LES SILENCES

DU MÊME AUTEUR

Le Don du roi, Éditions de Fallois, 1993 ; Livre de Poche
Le Royaume interdit, Éditions de Fallois, 1994 (Prix Femina
    étranger) ; Livre de Poche
Lettre à sœur Bénédicte, Éditions de Fallois, 1996
L'Été de Valentine, Éditions de Fallois, 1997
Musique et silence, Plon, 2000 ; J'ai Lu, 2010
La Couleur des rêves, Plon, 2004 ; J'ai Lu, 2010
Les Ténèbres de Wallis Simpson, Plon, 2006 ; J'ai Lu, 2009
Retour au pays, Plon, 2007 ; J'ai Lu, 2010

www.editions-jclattes.fr

Rose Tremain

LES SILENCES

Roman

Traduit de l'anglais
par Claude et Jean Demanuelli

JC Lattès

Titre de l'édition originale :
TRESPASS
Publiée par Chatto & Windus,
une division de Random House, Londres

Ouvrage publié sous la direction éditoriale
de Sylvie Audoly

ISBN : 978-2-7096-3504-2

À Richard,
avec tout mon amour

L'enfant a pour nom Mélodie.

Il y a bien longtemps, avant la naissance de Mélodie, sa jolie maman s'était essayée à composer de la musique.

Mélodie a dix ans, et, présentement, elle se mesure à un sandwich. Elle en écarte les deux moitiés et regarde longuement le jambon rose et moite niché à l'intérieur, les reflets verdâtres répugnants qui jouent à la surface. Tout autour d'elle, dans l'herbe jaunie, dans les arbres desséchés, les cigales et les grillons font leur drôle de bruit, pas avec leur voix (elles n'ont pas de voix, lui a-t-on expliqué), mais avec leur corps, dont une partie vibre contre l'autre. Ici, songe Mélodie, tout est animé, agité, sans cesse en mouvement, et elle est terrorisée à l'idée de voir un de ces insectes atterrir brutalement sur son sandwich ou sur sa jambe, ou bien venir se prendre les pattes dans ses cheveux.

Les cheveux de Mélodie sont soyeux et foncés. Tandis qu'elle contemple le jambon qui suinte, elle sent un filet de transpiration sur son crâne. La sueur, songe-t-elle, c'est comme une main froide qui essaierait de vous caresser. C'est quelque chose de bizarre qu'on a au-dedans de soi et qui s'insinue partout.

Mélodie pose le sandwich dans l'herbe brûlée. Elle sait que d'un moment à l'autre les fourmis vont se mettre à grouiller tout autour pour tenter de l'emporter. Là où elle habitait avant, à Paris, il n'y avait pas de fourmis, mais ici, où se trouve sa nouvelle maison, il y a plus de fourmis qu'on ne saurait jamais en compter. Elles sortent de terre et y redescendent. Si on creusait, on les découvrirait, agglutinées en une masse compacte, noire et rouge. La bêche les broierait sans peine. Peut-être n'y aurait-il même pas besoin de creuser bien profond.

Mélodie lève les yeux et fixe les feuilles du chêne au-dessus de sa tête.

Ces feuilles, elles jaunissent, comme si c'était déjà l'automne. Le vent qui s'appelle le mistral souffle à travers les branches, et le soleil ne cesse de bouger et de transpercer l'ombre ; ici, rien ne s'arrête jamais, rien n'est jamais immobile.

— Mélodie, dit une voix. Ça va ? Tu ne veux pas de ton sandwich ?

Mélodie se tourne vers sa maîtresse, Mlle Jeanne Viala, assise sur un plaid dans l'herbe à quelques pas, entourée des plus jeunes qui, penchés en avant, mastiquent consciencieusement leur baguette.

— J'ai pas faim, dit Mélodie.

— La matinée a été longue, dit Jeanne Viala. Essaie de manger quelques bouchées.

Mélodie secoue la tête. C'est difficile de parler des fois. Des fois, on est comme un insecte qui, privé de voix, doit se contenter de remuer une partie de son anatomie, pendant que, tout autour, le mistral n'arrête pas de souffler, les feuilles de tomber, même au beau milieu de l'été.

— Viens t'asseoir ici, poursuit la maîtresse. On va tous boire un peu d'eau.

L'institutrice demande à un des garçons, Jo-Jo (l'un de ceux qui taquinent et tyrannisent Mélodie, en imitant son accent snob de petite Parisienne), de lui faire passer le sac du pique-nique. Mélodie se lève, abandonnant le sandwich dans l'herbe ; Mlle Viala tend la main, et Mélodie s'assied, près de la maîtresse qu'elle aime bien, mais qui, ce matin, l'a trahie… c'est vrai, elle l'a trahie… en l'obligeant à regarder quelque chose qu'elle aurait voulu ne jamais voir…

Mlle Viala porte un chemisier de coton blanc, un jean vieillot et des chaussures en toile blanche. Ses bras sont souples et bronzés, et son rouge à lèvres est étonnamment brillant. Elle aussi est peut-être descendue de Paris, à une époque. Elle sort une petite bouteille d'eau d'Évian du grand sac encombrant et la tend à Mélodie.

— Tiens, dit-elle. Allez, bois.

Mélodie presse la bouteille fraîche contre sa joue. Elle voit Jo-Jo la dévisager. Ces brutes de garçons ont parfois des visages vides, complètement vides, comme s'ils n'avaient même jamais appris à dire leur nom.

— Voyons, reprend Jeanne Viala de sa voix d'institutrice. Je me demande qui va pouvoir me dire, après ce que nous avons vu ce matin au musée, comment on fabrique la soie.

Mélodie tourne la tête, regarde en l'air, sur le côté, très loin vers la lumière dansante, le vent invisible… Tout autour d'elle, les enfants lèvent la main, brûlant de dire ce qu'ils savent, ou plutôt, comme le soupçonne Mélodie, ce qu'ils ont *toujours* su, parce que eux font partie de ce paysage, sont nés de cette terre.

C'est Jo-Jo qui prend la parole :

— La soie est fabriquée par des vers.

Comme les autres, il l'a toujours su. Ils l'ont tous appris de leurs grands-parents ou de leurs arrière-grands-parents ; il n'y a qu'elle, Mélodie Hartmann, née à Paris, pour ne jamais s'être posé la question jusqu'à aujourd'hui, jusqu'à ce que Jeanne Viala les emmène au musée cévenol de la soie à Ruasse...

— Très bien, encourage Mlle Viala. Pas tous à la fois, s'il vous plaît. Toi, Mélodie, dis-moi. Imagine que tu veuilles obtenir de beaux vers à soie, quelle est la première chose à faire après avoir acheté les œufs ?

La première chose. Elle baisse les yeux sur ses mains, maculées de sueur et de poussière... de saleté humaine.

— Les garder au chaud... répond-elle dans un murmure. Sa voix plus ténue que celle d'une minuscule créature vivant entre deux épis de blé ou sous la racine d'un arbre.

— Oui, confirme Jeanne Viala. Très bien. Et pour cela comment vas-tu faire ?

Mélodie a envie de dire : « J'ai donné ma réponse. C'est fait. Je ne dirai plus rien. » Mais elle continue à regarder fixement ses mains sales, agrippées à la bouteille d'Évian.

— Moi, je sais ! lance Jo-Jo.

— Nous aussi, nous aussi ! crient deux filles, deux amies inséparables, Stéphanie et Magali.

— Bon, vas-y, Magali, donne-nous la réponse, dit Jeanne Viala.

Le visage de Magali est écarlate, bouffi d'orgueil et d'embarras.

— C'est ma mamie qui me l'a dit ! explose-t-elle. On les met dans un petit sac et on fourre le sac dans sa culotte !

Tandis que les rires fusent autour d'elle, Mélodie se lève. Elle a les jambes qui flageolent, mais elle s'éloigne aussi vite qu'elle peut du groupe d'enfants.

Des grillons au dos rouge voltigent dans tous les sens sur son chemin. Elle casse une tige rigide surmontée d'une tête fragile pleine de graines, dont elle se sert pour chasser les insectes. Elle entend la maîtresse l'appeler, mais ne se retourne pas. Jeanne Viala doit quand même savoir... elle ne peut pas ne pas savoir... que, si vous avez passé votre vie à Paris – dix ans de votre vie –, vous avez la nostalgie de la ville, la nostalgie d'une jolie chambre propre et moquettée dans un joli appartement, et vous n'avez pas envie de parler de vers à soie qui se tortillent dans un sac sous votre jupe. Parce que... ce n'est pas comme si Paris n'existait plus. Non, Paris est toujours là. Votre rue existe toujours. Et votre appartement. Et la chambre qui, un jour, a été la vôtre. Vous, en revanche, vous n'y retournerez jamais. Jamais. Tout ça parce que papa a eu une « magnifique chance ». Il a bénéficié d'une promotion. On l'a nommé directeur d'un laboratoire d'analyses médicales à Ruasse. *Directeur.* « C'est fantastique, a dit maman. Il faut que tu comprennes que c'est une chance extraordinaire. » Résultat : Paris a disparu. À la place, il y a une maison en pierre, perdue dans une vallée sombre. Les moustiques bourdonnent dans la chaleur de la nuit. La maison est un mas, prononcé « masse ». Dans les fentes entre les pierres, là où le mortier s'est écaillé ou est tombé, des scorpions viennent s'abriter du soleil. Et des fois, il y en a un, tout noir et méchant, sur le mur de votre chambre, et il faut que papa vienne et...

... il apporte un maillet en bois ou un marteau. Son visage devient tout rouge. Le coup de marteau laisse une trace sur le plâtre.

— Voilà, dit-il, tout va bien maintenant. C'est fini.

Fini.

Fini les trajets entre l'école et la maison, ponctués par le magasin de l'opticien, la boutique de la fleuriste et la pâtisserie à l'angle. Fini les après-midi d'hiver, quand les immeubles se découpent sur le bleu électrique du ciel.

Fini les cours de danse, le club de natation, les leçons de violon. Il ne reste plus rien.

Mélodie agite son arme dans tous les sens pour se frayer un chemin au milieu des sauterelles.

Elle pousse une grille rouillée et pénètre dans une pâture à l'herbe rare, se dirigeant vers l'ombre, vers de jeunes frênes jaunissants, vers un endroit où elle sera seule et pourra boire tranquillement son eau. La maîtresse a cessé de l'appeler. Peut-être s'est-elle plus éloignée qu'elle ne le croyait ? L'air est calme, immobile, comme si le mistral était soudain tombé.

Mélodie ouvre la bouteille. Qui n'est plus fraîche, qu'elle a salie avec ses mains terreuses et qui sent le plastique. Normalement, une bouteille comme ça n'a pas cette odeur ; ce n'est qu'ici qu'elle sent le plastique fabriqué par la main de l'homme, ici où la nature a l'air si… décidée… si… *envahissante*. Où elle remplit la terre, l'air et le ciel. Où elle vous remplit les yeux. Où vous pouvez la goûter sur votre langue…

Mélodie est en train de boire à grandes goulées quand elle entend un bruit nouveau. Des voix à la radio ? Une de ces discussions, dans le lointain, sur la politique ou une personnalité célèbre ? Une conversation qui ne vous est pas vraiment destinée ?

Elle arrête de boire et tend l'oreille. Non, pas des voix. Une sorte de bredouillement, plutôt, qui ressemblerait à des voix, mais pas tout à fait quand même… à moins que celles-ci ne parlent dans une langue que Mélodie n'a jamais entendue.

Elle regarde en direction de l'endroit où la pâture semble se terminer par un écran d'herbes aux feuilles duveteuses, d'un vert d'ortie. Les herbes poussent en touffes si drues qu'il paraît impossible de s'y frayer un chemin. Bien décidée à découvrir la source du bruit, Mélodie, sa tige à la main, se met à fouetter les herbes pour les rabattre. Tout en se disant : « Voilà comment il faut traiter cet endroit, cette terre des Cévennes, il faut la fouetter ! » Seulement, cette terre, elle ne se laisse pas faire. La tige casse. Pour progresser, Mélodie n'a plus qu'à piétiner les herbes de ses baskets blanches, achetées à Paris, qui ont maintenant perdu leur blancheur d'origine. Elle avance à grandes enjambées. Sent le sol s'incliner sous ses pas. Un frêne frémit entre elle et le soleil, pareil à un voile léger tendu au-dessus de sa tête.

Elle est invisible à présent. Ni la maîtresse ni les autres enfants ne peuvent plus la voir. Ils savaient, les autres — tous sans exception —, que les vieilles, dans le temps, couvaient les vers à soie sous leurs lourdes jupes, vers blancs contre la chair blanche de leur ventre, de leurs cuisses, mais, eux, ils ne venaient pas jusqu'ici, ils n'osaient pas venir fouetter les herbes et les écraser pour s'ouvrir un chemin vers…

… la courbe d'une plage de pierres grises et de galets blonds. Et, là-bas, au-delà des galets, tourbillonnant entre de gros rochers, un étroit ruisseau. Pas une rivière, non. Un cours d'eau plutôt, qui se prendrait pour une rivière, se parlerait à lui-même dans la langue des rivières, réduit pourtant par la sécheresse à un mince ruban. Des libellules qui dansent au-dessus des rochers. Des feuilles de frêne qui se détachent et sont emportées par le courant.

Mélodie traverse l'étendue de galets pour s'approcher du bord de l'eau. Elle se penche et trempe sa main pleine de terre pour la laver. Quelle sensation agréable que cette fraîcheur, ce froid, presque glacial ! Et, soudain, un sentiment d'exaltation à l'idée de se trouver là, invisible dans la splendeur ombragée des arbres, invisible et protégée, comme si les hautes herbes vert sombre s'étaient redressées après son passage, lui coupant le chemin du retour.

Presque heureuse à présent, elle marche le long de la petite plage, suivant le cours d'eau jusqu'au moment où il fait un coude. Qu'elle franchit, pour découvrir, surprise, que l'eau forme une grande nappe d'un vert profond. Elle reste là, à fixer le bassin. Un ruisseau qui s'efforce de redevenir rivière ! Ainsi donc, même la nature aurait une mémoire – si difficile à croire que ce soit –, tout comme elle-même garde en mémoire ce que, dans son idée, elle est censée devenir et où. Car c'est bien là l'impression qu'elle a : *le ruisseau n'aspirait qu'à cette nappe.* Il supportait mal de n'être qu'un ru, un ruisselet. Peut-être même était-il triste, peiné, comme elle peut l'être elle-même, elle qui, pour parler comme maman, a le « cœur lourd ». Mais, à présent qu'il se déverse dans les profondeurs du grand bassin, il sait qu'il est à nouveau chez lui.

Longtemps, Mélodie reste immobile, toute à sa contemplation. Puis elle est prise d'un désir soudain de tremper dans l'eau sa peau irritée par le soleil. Elle jette un coup d'œil en arrière, s'attendant presque à voir son institutrice traverser le rideau de jeunes arbres. Mais personne ne se montre.

Chaussures, jean, T-shirt. Elle enlève tout, à l'exception d'une petite culotte rouge et blanche, achetée au Monoprix des Champs-Élysées. Puis elle grimpe sur le premier des rochers qui la séparent du bassin. Avec une grande agilité maintenant, elle escalade les rochers l'un après l'autre, pour arriver au plus élevé, qui se trouve au milieu du courant. Elle se souvient alors du maître-nageur de son club de natation disant aux autres enfants : « Regardez Mélodie. Voilà comment je veux vous voir quand vous plongez : légers et gracieux comme des oiseaux. »

Elle se prépare à plonger. Positionne ses pieds nus sur le bord du grand rocher blanc. Elle est à une seconde d'un plongeon parfaitement exécuté, à une seconde de la froideur vivifiante, envahissante de l'eau quand... du coin de l'œil, elle aperçoit quelque chose qui ne devrait pas être là. Dont la nature, un instant, lui échappe. Elle regarde à nouveau. Ses yeux s'ouvrent tout grand.

C'est alors qu'elle se met à crier.

La tapisserie (« française, pastorale Louis XV tardif, Aubusson ») représente un groupe d'aristocrates élégants, assis sur l'herbe à l'ombre d'arbres à larges feuilles. Deux domestiques approchent, un homme d'un certain âge et une jeune femme, apportant de la viande, du pain, du vin et des fruits. Un chien dort, couché au soleil. Dans le lointain (« traces évidentes de décoloration, texture du tissage légèrement durcie »), une prairie couverte de fleurs. La bordure est très travaillée (« motif formel : écussons, roses et feuilles de chêne ») ; et les couleurs (« rouges, bleus et verts sur un fond neutre »), douces et agréables.

Par une froide matinée de printemps, à Londres, Anthony Verey, debout dans sa boutique, Anthony Verey Antiques, une tasse de café bouillant à la main, contemplait la tapisserie. Celle-ci était en sa possession depuis quelque temps déjà. Quatre, cinq ans ? Il l'avait acquise dans une vente aux enchères privée, dans le Suffolk. Il la voulait tellement qu'il l'avait payée 1 000 livres de plus que les 6 000 de la mise à prix, et, quand on la lui avait livrée, il l'avait suspendue sur un mur tout au fond du magasin, en face du bureau où il passait désormais ses journées, faisant plus ou moins semblant de travailler, mais, en réalité, flottant dans un état second de rêverie et veillant sur ses merveilleuses possessions – ses *bien-aimés*, comme il les appelait –, tout en les délaissant de temps à autre pour observer les passants dans Pimlico Road.

Une fois la tapisserie installée, Anthony constata qu'il n'avait aucune envie de la vendre. Le prix auquel il l'estimait – 14 000 livres – était dissuasif, mais n'existait en fait que dans la tête d'Anthony et n'était affiché nulle part. Si l'on venait à le lui demander, il répondait que l'œuvre n'était pas à lui, qu'il ne l'avait qu'en dépôt. D'autres fois, il annonçait qu'elle allait « chercher dans les 19 000 livres » et attendait que les marchands grimacent. Ou bien encore, il disait froidement qu'elle n'était pas à vendre. Elle était à lui : son Aubusson Louis XV chérie. Il savait au fond de lui qu'il ne s'en séparerait jamais.

De taille moyenne, Anthony était un homme de soixante-quatre ans doté d'une abondante chevelure grise et crêpelée. Il portait en ce jour un pull rouge à col roulé en cachemire, sous une veste en tweed marron confortable. Il ne faisait jamais très chaud dans le magasin, car les *bien-aimés* avaient une fâcheuse tendance à se fissurer, à gonfler, à se décolorer ou à se fendiller à des températures supérieures à quinze degrés. Or Anthony était maigre et craignait le froid. En conséquence, il avait en permanence à côté de son bureau un vieux radiateur à bain d'huile, dont le cliquetis lui tenait agréablement compagnie les après-midi d'hiver, buvait beaucoup de café, très chaud, qu'il arrosait à l'occasion de cognac, portait des chaussettes en thermolactyl, parfois même une écharpe et des gants en laine.

Il savait que toutes les manières, au demeurant gênantes, qu'il faisait à propos de ses *bien-aimés* étaient une marque d'excentricité, mais s'en moquait. Anthony Verey n'avait ni femme, ni maîtresse, ni amant, ni enfant, ni chien, ni chat. Tout au long de sa vie, à une époque ou à une autre, suivant les circonstances et les combinaisons possibles, il avait possédé tous ces attributs – tous sauf l'enfant. Mais à présent il était seul. L'homme en était venu à aimer le mobilier, et rien d'autre.

Anthony buvait son café à petites gorgées, sans quitter des yeux la tapisserie, où les aristocrates étaient assis à droite, les arbres derrière eux, et les domestiques arrivaient de la gauche. Le chien endormi et l'air d'heureuse attente peint sur le visage des personnages suggéraient un moment de contentement et de plaisir sans mélange. Le déjeuner approchait. Le soleil resplendissait.

Mais il y avait autre chose. À l'extrême bord droit de la scène, on distinguait, presque caché au milieu du feuillage, un visage sinistre, celui d'une vieille femme. Coiffée d'un bonnet noir. Elle dirigeait sur les acteurs de la scène un regard d'une rare malveillance. Aucun d'entre eux, pourtant, ne lui prêtait attention. Personne ne semblait l'avoir remarquée.

Anthony s'était souvent surpris à étudier le visage de cette femme. Était-elle destinée dès le départ à entrer dans la composition ? Elle donnait une impression d'immatérialité : un visage désincarné, une main noueuse placée sous le menton, le reste du corps caché par les arbres. Les tisseurs (« appartenant selon toute vraisemblance à l'atelier de Pierre Dumonteil, 1732-1787 ») avaient-ils allégé la monotonie de leur travail en ajoutant de leur propre chef ce détail, qui, si infime fût-il, n'en était pas moins saisissant ?

Ayant fini son café, Anthony s'apprêtait à retourner s'asseoir à son bureau pour se mettre, sans grand entrain, à ses comptes hebdomadaires quand un autre détail accrocha son regard : un fil arraché à la tapisserie. Luisant dans la clarté d'un spot halogène, il pendait sur le front de la vieille, où on aurait pu le prendre pour une mèche de cheveux. Anthony tendit la main et saisit le minuscule filament de soie entre le pouce et l'index.

Long d'à peine un centimètre, le fil était d'une exceptionnelle douceur. Anthony le fit rouler entre ses doigts un court moment, une minute, peut-être trois ou quatre, voire six ou sept, mais un moment suffisamment long en tout cas pour prendre pleinement conscience de la révélation, choquante autant qu'incontournable, que lui apportait ce fragment : à sa mort, il ne pourrait emporter avec lui le moindre éclat, la moindre éclisse de ses *bien-aimés*. En admettant qu'il y eût une vie dans l'au-delà, ce dont il doutait fort, il n'aurait rien, strictement rien, pour le consoler, pas même ce fil de soie noire, long d'à peine un centimètre.

La sonnette de la porte d'entrée retentit, tirant Anthony d'une transe qui, dans les jours et les semaines à venir, allait lui apparaître d'une importance extrême. Un homme vêtu d'un costume à fines rayures et arborant une cravate rose pénétrait dans le magasin. Il jeta un coup d'œil autour de lui. Pas un marchand, constata d'emblée Anthony, pas même un collectionneur amateur, simplement un de ces parvenus qui n'y connaissent rien, regardent un objet après l'autre, sans même savoir ce qu'ils ont sous les yeux.

Anthony laissa le philistin s'approcher de la pièce la plus onéreuse, une console en bois doré à dessus de marbre (« dessus fait de plusieurs marbres assortis aux bordures moulurées *verde antico*, premier quart du XIXe, italien. Structure en bois doré et atlantes debout, troisième quart du XVIIIe, également italiens »), puis s'avança à pas lents.

— Je peux peut-être vous aider, monsieur ?

— Oui, dit l'homme. Je cherche un cadeau de mariage pour ma sœur. Ils achètent une maison à Fulham. J'aimerais leur offrir quelque chose… Je ne sais pas… pour le hall d'entrée, peut-être. Quelque chose que tout le monde… hum… remarquerait.

— Je vois, fit Anthony. Pour un hall. Eh bien…

Il vit les yeux de l'homme s'écarquiller de surprise et d'admiration devant les atlantes en bois doré, aussi se dirigea-t-il droit sur la console pour en caresser le marbre.

— Une merveille, dit Anthony d'une voix qui gardait toujours un accent traînant quelque peu démodé qu'il ne se souciait plus de corriger. Une pièce exceptionnelle. Qui a besoin d'espace pour être mise en valeur. Le hall de votre sœur est-il grand ?

— Pas la moindre idée, répondit l'autre. Je ne l'ai pas encore vu. Mais j'aime bien ces chérubins en or… enfin, chérubins ou autres, je ne sais pas. Ça vous en met plein la vue. Et… vous en demandez combien ?

Anthony mit ses lunettes et se pencha, à la recherche d'une minuscule étiquette scotchée à la plinthe en marbre sur laquelle prenaient appui les atlantes.

— 28 000, annonça-t-il, imperturbable, en se redressant.

— OK, dit l'homme en tripotant sa cravate rose d'une main épaisse. Je vais juste jeter un coup d'œil sur le reste du magasin. J'espérais tomber sur une affaire.

— Une *affaire* ? s'exclama Anthony. Vous oubliez qu'on est à Pimlico !

*

Pimlico.

Non, pas tout à fait Pimlico. Encore Chelsea. L'extrémité ouest de Pimlico Road, Londres SW3, le fief d'Anthony, son gagne-pain, toute sa vie depuis quarante ans, l'endroit où son savoir, sa sagacité et son charme lui avaient apporté la fortune. Pas seulement la fortune. C'était là qu'il était devenu une star du monde de l'antiquité. Les marchands prononçaient son nom avec vénération : il était Anthony Verey, le grand Anthony Verey. Pas de vente aux enchères ou de vente privée, pas de vernissage auquel il ne fût invité. Il connaissait tout le monde et la position que chacun occupait dans la hiérarchie des marchands ou des collectionneurs ; il connaissait leurs faiblesses, leurs échecs autant que leurs insupportables triomphes. Il était comme le prince choyé d'un royaume certes petit mais riche, et s'exposait à l'envie de tous.

À l'apogée de sa célébrité, il pouvait s'endormir en comptant – lentement et avec délectation – tous les gens qui l'enviaient.

Et voilà que, par cette froide matinée de printemps, il avait brusquement vu… qu'avait-il vu, au juste ? Il avait découvert l'omniprésence de la solitude. Pas simplement chez l'homme qui avait un jour été prince, avait un jour été le grand Anthony Verey. Mais aussi chez tous les *bien-aimés*, toutes ces merveilles, fabriquées avec tant de soin, tant de dévotion… ces objets qui avaient perduré et survécu si longtemps… même eux avaient quelque chose de tragique dans leur isolement et leur solitude. Certes, il n'ignorait pas que de telles pensées étaient d'un sentimentalisme exacerbé. Les meubles étaient incapables de ressentir quoi que ce soit. Mais l'homme, lui, était capable de sentir à leur place. De s'inquiéter notamment du jour où il faudrait les abandonner derrière soi, les laisser à la merci de la négligence et de l'ignorance des autres. Surtout de nos jours, où l'on constatait une désaffection générale pour ce genre d'objets, considérés désormais comme appartenant à un monde ancien privé de toute pertinence. Quel sort les attendait ?

Anthony était à présent assis à son bureau, sur une chaise Windsor peu confortable, son derrière étroit soigneusement installé sur un coussin de soie vert. Ce coussin, acheté chez Peter Jones, était si parfaitement adapté à la forme de ses fesses qu'il se risquait rarement à le retaper ou à en secouer la poussière. Personne d'autre ne pénétra dans le magasin. Dehors pesait un jour sans lumière.

Anthony sortit son livre de comptes, chaussa ses lunettes et commença à examiner les colonnes de chiffres. Le livre était vieux, épais et usé, et constituait le dernier d'une série de sept : tout ce qu'il possédait en matière d'histoire écrite. Y était retranscrit l'ensemble des achats, ventes, taxes acquittées et dépenses encourues. Les livres 2 à 5 consignaient des totaux éblouissants. Dans le livre 6, les prix commençaient à chuter et le volume des ventes à diminuer suivant une horrible courbe descendante. Quant au livre 7 qu'il avait sous les yeux… ma foi, mieux valait éviter de regarder le solde au bas des pages.

Il consulta la section consacrée aux ventes du mois de mars : un portrait assez quelconque (« école anglaise, début XVIIIe. Sir Comus Delapole, avocat de la Couronne, et lady Delapole. Pastel retouché à l'aquarelle. »), un pot en majolique (« ovoïde, XVIIe italien, décoré de grandes gerbes de feuillage en volutes »), une théière en argent George III (« corps circulaire gravé d'une ceinture de palmettes, façonnée à godrons ») et – seul objet d'une réelle valeur – une table de salon Regency en acajou dont il ne tenait pas particulièrement à se séparer. Le tout lui avait rapporté un peu moins de 4 000 livres ; tout juste de quoi payer un mois de bail et les charges afférentes au magasin.

Pitoyable !

25

Anthony regrettait vaguement de ne pas avoir fait davantage d'efforts pour vendre l'adorable console italienne à l'homme à la cravate rose, lequel, pour finir, n'avait rien acheté et, en sortant, avait immédiatement traversé la rue pour entrer dans le magasin de David Linley. Il savait que ce n'était pas seulement le prix annoncé qui avait mis l'homme en fuite mais aussi le mépris non déguisé que celui-ci lui inspirait, et qui en avait déjà découragé plus d'un. Mais c'était plus fort que lui. Anthony adorait se montrer dédaigneux. Le dédain – né du savoir du spécialiste, qu'il préférait appeler un *savoir secret* – était une habitude perfectionnée au cours de quarante années d'exercice, et aujourd'hui un des rares plaisirs qui lui restaient.

Anthony se prit la tête entre les mains. Empoigna quelques touffes de ses cheveux. Au moins avait-il encore une chose : des cheveux. Soixante-quatre ans peut-être, mais des cheveux fantastiques. Sans compter, de loin le plus appréciable dans l'affaire, l'envie que provoquait cette toison chez ses amis hommes – les rares qu'il avait –, lesquels devaient endurer la honte quotidienne d'un crâne rose et lisse. Et il se surprit à admettre, comme il aurait pu le faire il y avait bien longtemps déjà, qu'être envié par les autres – de cette *invidia* bénie à laquelle l'humanité est si désastreusement encline – était, réellement et honnêtement, ce qui l'avait maintenu en vie. Prise de conscience choquante sans doute, mais tout à fait fondée. Des amants des deux sexes, ainsi qu'une éphémère épouse, Caroline, étaient venus puis repartis, mais l'admiration et l'envie des autres, elles, étaient demeurées, l'avaient accompagné dans son travail et ses loisirs, l'avaient nourri et abreuvé, lui donnant le sentiment que sa vie avait un sens et un but. Et voilà qu'aujourd'hui elles aussi avaient disparu.

Pour faire place à l'apitoiement. Tout le monde savait qu'il avait du mal à surnager, qu'il risquait même de couler. Ils en discutaient certainement dans les dîners : « Plus personne ne veut de meubles en bois ciré. Les intérieurs sont complètement différents à présent. Anthony Verey doit avoir de sérieux problèmes... » Et, bien sûr, ils étaient nombreux à vouloir le voir sombrer. Des centaines. Si le magasin devait fermer, comme certains triompheraient...

Que de pensées amères ! Anthony savait que, d'une façon ou d'une autre, il lui fallait tenir bon, continuer à se débattre. Mais qui l'aiderait ? Et quoi ? Où trouver encore du sens aux choses ? Il avait l'impression qu'en dehors des limites de son magasin, où les *bien-aimés* se pressaient autour de lui, ne s'étendait plus qu'un monde désolé et impitoyable.

Le téléphone sonna.

— Anthony, dit une voix brusque mais familière et amène, c'est V.

Le sentiment de soulagement et de gratitude qu'éprouva sur-le-champ Anthony eut sur lui l'effet d'une injection d'adrénaline. Sa sœur, Veronica, était la seule personne vivante pour laquelle il ressentait ce qui pouvait passer pour une véritable affection.

Au cours de ce même printemps frais, Audrun Lunel, qui, en soixante-quatre ans d'existence, n'avait jamais quitté son village cévenol de La Callune, marchait seule dans une forêt de chênes et de châtaigniers.

La beauté murmurante de cette forêt lui appartenait en propre, en vertu des volontés exprimées par son défunt père dans son testament (« *À ma fille, LUNEL Audrun Bernadette, je lègue en son entier la parcelle de terre boisée numérotée* Salvis 547... »), et Audrun venait souvent seule ici, pour sentir sous ses bottes en caoutchouc les contours du sol couvert de son tapis de feuilles, de glands et de bogues, toucher les arbres, regarder le ciel à travers les branches, et prendre pleinement conscience de ce que cet endroit était à elle « en son entier ». Les souvenirs qu'elle avait de ce bois semblaient remonter au-delà du temps, ou se situer *au-dessus* du temps, ou du moins de ce que les gens appelaient le « temps », avec sa linéarité, ses années bien ordonnées, ses contraintes. Ces souvenirs, dans la conscience d'Audrun, avaient *toujours* existé.

Elle savait qu'elle avait souvent des absences. Les gens le lui disaient. Ses amis, les médecins, même le curé, tous lui disaient : « Tu as parfois des absences, Audrun. » Et ils avaient raison. Il y avait des moments où la conscience d'elle-même, ou le sentiment d'exister – comment appelait-on le fait d'être en vie ? –, il y avait des moments où cela… vacillait. Il lui arrivait de tomber, comme sa mère, Bernadette, qui s'évanouissait quand le vent soufflait du nord. D'autres fois, elle continuait à voir et à entendre ce qu'elle avait devant elle, mais comme à travers une vitre, et à une distance étrangement terrifiante, et puis, l'instant d'après, elle ne savait plus au juste ce qu'elle venait de voir ou d'entendre. Il n'y avait plus en elle qu'une impression de vide.

Des « épisodes », c'était le nom que donnait le docteur au phénomène. De brefs épisodes cérébraux. Le docteur – ou les docteurs, car ce n'était pas toujours le même – lui prescrivait des comprimés, qu'elle prenait. Elle restait au lit, à avaler ses comprimés. Les posait sur sa langue comme des hosties. Essayait de s'imaginer transfigurée par leur pouvoir. Restait allongée dans la nuit cévenole, à écouter les cris de la hulotte, la respiration de la terre, à essayer de se représenter le courant chimique se répandant dans son sang. Ce courant prenait la forme d'un tourbillon marbré de violet, d'écarlate et de blanc, dont les couleurs se déployaient en volutes, se dotaient de contours presque reconnaissables, comme des nuages. Il lui arrivait de se demander si ces visions n'étaient pas déplacées. On lui avait dit que son esprit était aussi sujet à fabriquer des « idées déplacées ». Il était en tout cas capable d'imaginer des choses horribles. Des scènes de torture, par exemple. Capable de découvrir dans les vieux puits abandonnés de La Callune les corps de ses ennemis pendus tête en bas, les chevilles attachées avec du fil de fer, qui leur entrait dans la chair. Elle voyait le sang suinter de leurs yeux. L'eau dans les puits ne cessait de monter…

— Toi, des ennemis, Audrun ? Mais tu n'en as pas un seul, lui disaient les gens de La Callune.

Mais si, bien sûr qu'elle en avait. Sa meilleure amie, Marianne Viala, les connaissait. Le fait que l'un d'eux fût mort et enterré au cimetière ne suffisait pas à enlever à sa forme détestée son manteau d'ennemi. Il semblait souvent à Audrun que les morts, en perdant leur enveloppe, gagnaient en agilité et parvenaient à s'insinuer non seulement dans vos rêves, mais jusque dans l'air que vous respiriez. On pouvait sentir leur odeur, en avoir le goût dans la bouche. Il arrivait même qu'on sente leur chaleur repoussante.

Audrun poursuivait sa promenade. Ses yeux étaient vifs, jamais voilés, sauf quand un « épisode » se préparait et que les objets et les visages commençaient à s'étirer et à se déformer. Aujourd'hui, elle discernait les premiers signes du printemps, clairement découpés et emplis de lumière : feuilles pâles sur les châtaigniers, dents-de-chien à leur pied, chatons sur un noisetier. Son ouïe, aussi, était fine. Elle savait reconnaître le chant du pouillot, pouvait être importunée par le chuintement de ses bottes en caoutchouc. Arrivée au milieu du bois, elle s'arrêta et regarda la terre à ses pieds.

La terre – elle savait qu'elle ne pouvait se tromper sur son compte. Quand il s'agissait de sa terre cévenole bien-aimée, ses idées n'étaient jamais déplacées. Les choses étaient régies par un cycle qu'elle – Audrun Lunel, enfant de La Callune – connaissait parfaitement. Les incendies et les inondations pouvaient arriver (et arrivaient de fait assez souvent), balayant tout sur leur passage. Pour autant, la pluie continuait à tomber, le vent à souffler. Sur la roche mise à nu, de minuscules particules de matière s'agrégeaient dans les fissures et les déclivités : filaments de feuilles mortes, brindilles de genêts calcinés. Et dans l'air, presque invisibles, flottaient des grains de poussière ou de sable, qui se déposaient au milieu des détritus, préparant un lit pour les spores de lichen et de mousse.

Il suffisait d'une saison pour que le calcaire qui avait subi l'épreuve du feu ou de l'eau reverdisse. Puis, au cours des tempêtes d'automne, quand les pluies torrentielles s'abattaient au pied du mont Aigoual, les baies et les graines tombaient sur le lichen et prenaient racine. Buis, fougères commençaient à pousser, suivis avec le temps des poiriers sauvages, de l'aubépine, des pins et des hêtres. Tel était le cycle qui, en une seule génération, remplaçait la roche nue par de la forêt. Et ainsi, à l'infini.

Sauf quand il y avait transgression.

« Il se peut qu'on veuille te voler, Audrun, murmurait sa mère, Bernadette, il y avait bien longtemps. Des étrangers peut-être. Et d'autres, qui ne le seront pas. Tout ce qui existe peut être volé ou détruit. Il te faut constamment rester sur tes gardes. »

Elle avait essayé de ne jamais relâcher cette vigilance. Depuis l'âge de quinze ans, depuis la mort de Bernadette, Audrun Lunel avait suivi les instructions de sa mère. Jusque dans son sommeil, elle avait senti peser sur elle le fardeau de cette veille. Qui n'avait pourtant pas suffi à l'épargner.

Le soleil était chaud. Lui revint alors en mémoire une journée de printemps de son enfance, où elle s'était assise sur les marches qui menaient à la lourde porte d'entrée pour attendre la camionnette du boulanger.

La faim.

Elle se souvenait du pouvoir qu'elle exerçait sur sa volonté. Elle avait quatre ou cinq ans. Elle avait emporté les deux miches dans la cuisine, fraîche et silencieuse, sans parvenir à s'éloigner du pain. Malgré tous ses efforts, elle n'avait pu résister. Entamant une des miches, elle avait enfourné le pain blanc et croustillant dans sa bouche.

Un vrai délice ! C'est alors que son frère aîné, Aramon, l'avait prise sur le fait et lui avait dit que son père, Serge, lui donnerait la ceinture. Elle avait reposé le pain, prête à tout pour qu'il soit à nouveau intact. Terrifiée, parce qu'elle avait succombé à la tentation. Puis, Aramon l'avait fait asseoir et lui avait révélé un terrible secret : elle n'était pas vraiment de la famille et n'avait aucun droit ici, pas même au pain qu'ils payaient si cher. Parce qu'elle était l'enfant d'une autre.

En 1945, lui avait-il dit, alors qu'elle n'avait que quelques jours, qu'elle n'était qu'« un bébé puant », sa vraie mère, une collabo, l'avait enveloppée de chiffons et abandonnée sur les marches du couvent des carmélites à Ruasse. Mais les bonnes sœurs n'en avaient pas voulu. C'était une enfant du péché. Elles avaient fait tous les villages des alentours pour demander si quelqu'un voulait d'un nourrisson, une fille, si quelqu'un accepterait de se charger d'un vilain bébé au nombril en tire-bouchon. Sans succès. Qui donc, sans passer pour fou, aurait bien pu vouloir de l'enfant d'une collabo doté d'un nombril en tire-bouchon ? Personne – excepté Bernadette.

Bernadette était un ange, se vantait Aramon, son ange de mère. Et elle avait réussi à convaincre Serge de lui laisser adopter le bébé. Adopter. C'était le mot qu'avait utilisé Aramon quand il lui avait raconté cette histoire et qui d'après lui signifiait : prendre en pitié quelque chose qui ne vous appartient pas. Serge avait tempêté et hurlé : non, merci, un enfant, il en avait déjà un – son fils,

Aramon –, c'était tout ce qu'il lui fallait, il n'avait rien à faire d'une morveuse.

Mais Bernadette l'avait supplié tant et plus – Dieu sait pourquoi – de la laisser se charger du bébé abandonné sur le seuil des carmélites. Elle avait fini par obtenir gain de cause. Dieu seul sait comment. Ils étaient allés tous ensemble à Ruasse, avaient entendu résonner dans l'atmosphère glacée du couvent les cris du bébé, qu'ils avaient ramené à la maison. Elle avait reçu le nom de la mère supérieure du couvent : Audrun.

— Voilà, c'était toi, avait conclu Aramon. T'as été adoptée. Tu comprends ? Et maintenant mon père va te cuire le derrière à coups de ceinture pour avoir mangé notre pain. Parce que, lui, il a jamais pitié de ce qui lui appartient pas.

Longtemps, Audrun avait cru à cette histoire que son frère, Aramon, prenait grand soin de lui rappeler.

— Je suppose que tu te demandes qui est ton père, Audrun, pas vrai ?

Oui, c'était vrai. Elle savait que les bébés avaient forcément deux parents, et pas seulement un. Tout le monde était dans ce cas à La Callune, sauf ceux qui avaient « perdu » leur valeureux père pendant la guerre. Elle avait donc demandé à Aramon :

— C'était un de ces hommes « perdus », mon père ?

— Ma foi, avait-il dit en riant, pour perdu, il l'était. Et il brûle en enfer, maintenant ! C'était un Allemand. Un SS. Et ta mère était une putain de collabo. C'est pour ça que t'as un nombril en tire-bouchon.

Elle ne comprenait rien à tout cela, si ce n'est qu'elle était censée avoir honte. Aramon lui avait raconté que les gens de Ruasse avaient rasé la tête de sa mère (pas celle de

Bernadette, mais celle de cette autre mère qu'elle n'avait jamais connue, la *collabo*), lui avaient coupé ses longs cheveux blonds et l'avaient promenée nue à travers le marché, pendant que les marchands lui jetaient à poignées des entrailles de poisson sur les seins, parce que c'était ce qu'on faisait subir aux femmes qui « étaient allées » avec des soldats allemands, c'était leur châtiment, ça et la naissance d'enfants malformés, avec des queues en tire-bouchon qui leur sortaient du ventre.

La faim.

Elle était affamée. De pain, ce jour-là. D'une présence.

La petite Audrun, assise par terre dans l'enclos où fourrageaient les poules naines, essayait de serrer contre elle dans ses bras maigres la plus petite d'entre elles. Elle sentait les battements terrifiés de son cœur, voyait ses pattes noueuses comme de jeunes épis de maïs battre l'air. Même la poule qui ne voulait pas d'elle, la fille d'une *putain de collabo* et d'un soldat SS. Non loin de là, au lieu-dit Pont-Perdu, vingt-neuf personnes avaient été abattues par des soldats de l'infanterie allemande au cours d'une « opération de représailles » ; aujourd'hui, leurs noms étaient gravés sur un monument en pierre, dans une sorte de sanctuaire au bord de la route qui franchissait la rivière ; on y avait déposé des fleurs, pas des vraies, mais de celles qui ne mouraient jamais.

Audrun resserra autour d'elle sa vieille veste en laine effrangée et poursuivit sa marche dans le bois, le visage levé vers la chaleur du soleil. Encore un mois, et les hirondelles seraient là. Dans l'heure qui précédait le crépuscule, elles viendraient tournoyer, pas au-dessus de sa maisonnette avec son toit en tuiles mécaniques trop bas, mais du mas Lunel, où vivait toujours Aramon. Elles chercheraient où bâtir leurs nids sous les tuiles, contre les murs en pierre fissurés, et, debout à la fenêtre de sa bicoque, ou s'arrêtant de sarcler les haricots dans son petit potager, elle les regarderait, regarderait le soleil s'éteindre sur une nouvelle journée.

Elle verrait le néon — cette vieille barre de lumière teintée de vert — s'allumer en clignotant dans la cuisine du mas et se représenterait son frère en train de tituber autour de la cuisinière électrique, essayant de faire frire des lardons, un verre de vin rouge à la main, aux lèvres une cigarette dont la cendre tomberait dans la graisse de la poêle, puis s'emparant de la bouteille pour boire au goulot, son visage hirsute arborant ce sourire béat qui lui venait quand le vin commençait à l'échauffer. Puis, d'une main tremblante, il essaierait de manger les lardons brûlés et son œuf sur le plat tout aussi carbonisé, enfournant le tout à la cuiller, tandis qu'une autre cigarette se consumerait sur une soucoupe et que, dans l'obscurité du dehors, les chiens hurleraient dans leur enclos grillagé parce qu'il aurait oublié de les nourrir...

À l'étage, il vivait dans la crasse, portait les mêmes vêtements nauséabonds jusqu'à ce qu'il les suspende à la fenêtre sur une corde pour qu'ils se lavent à la pluie et s'aèrent au soleil. Et il en était fier. Fier de son « ingéniosité ». Fier des choses les plus curieuses. Fier que son père, Serge, lui ait donné le nom d'une variété de raisin.

Ah, il était beau, ce frère !

Qui était ta mère, Audrun ?
Une putain de collabo.
Qui était ton père ?
Un salaud de SS.

Elle était allée trouver son autre mère, Bernadette. Armée d'une paire de ciseaux, elle lui avait demandé de lui couper sa queue de cochon. Bernadette l'avait serrée contre elle, embrassé sur les cheveux et fini par lui dire qu'elle s'en occuperait. Elles iraient à l'hôpital de Ruasse, et les docteurs « arrangeraient » tout ça. Mais les docteurs étaient chers, et la vie était dure à La Callune, si bien qu'elle allait devoir être patiente.

Alors, patiemment, elle avait demandé : « Qui était mon autre mère, la collabo ? Elle est morte ? Est-ce qu'on l'a pendue tête en bas dans un puits, les chevilles attachées avec du fil de fer ? »

Bernadette, pleurant et riant à la fois, avait assis Audrun sur ses genoux et niché sa tête au creux de son épaule. Puis elle avait dégagé ses bras de son tablier, ouvert son corsage et montré à Audrun son sein blanc et l'aréole brune de son mamelon.

— Ta mère, c'est moi, avait-elle dit alors. Je t'ai allaitée là, à mon sein. C'est quoi, ces histoires de collabos ? Il n'y a jamais eu de ces gens-là à La Callune, et je ne veux pas t'entendre utiliser ce mot. Je suis ta mère, et c'est là que je t'ai nourrie. Tâte un peu.

Audrun avait posé sa petite main sur la poitrine, douce et tiède au toucher. Elle aurait voulu croire en ces paroles, aussi réconfortantes pour elle que du bon pain, mais Aramon l'avait prévenue :

— Bernadette te mentira. Toutes les femmes mentent. Elles descendent toutes de sorcières. Même les bonnes sœurs ont des sorcières pour mères. Elles mentent sur elles-mêmes, sur leur chasteté…

Elle avait alors retiré sa main, était descendue des genoux de Bernadette et était partie en courant. Mais

Bernadette, contrariée, l'avait rattrapée et soulevée dans ses bras.

— Tu es à moi, Audrun, avait-elle dit. Tu es ma petite fille, ma chérie. Je le jure sur ma vie. Tu es née un matin de bonne heure, je te tenais dans mes bras, et le soleil brillait par la fenêtre de la chambre, et dans mes yeux.

Audrun était à présent devant un marronnier, émue, comme à chaque printemps, à la vue des feuilles nouvelles. Quand elle était enfant, la famille nourrissait les cochons avec des marrons, et la chair du cochon, dont la couenne une fois rôtie se cloquait d'un beau brun croustillant, avait un goût authentique et sucré de terroir.

Mais une maladie s'était déclarée. L'endothia, tel était son nom. L'écorce des châtaigniers se fendillait, prenait une teinte rougeâtre, puis tombait, tandis que les branches au-dessus des blessures rouges commençaient à mourir. Les forêts de châtaigniers mouraient dans toutes les Cévennes. Même ici, dans le bois d'Audrun, les ravages provoqués par l'endothia étaient visibles. On lui avait dit qu'il n'y avait rien à faire, point de magicien ni de sauveur, comme au temps très ancien où Louis Pasteur était descendu jusqu'à Alès et avait découvert un remède contre les terribles maladies des vers à soie. L'endothia faisait partie de leur vie désormais, cette partie qui avait changé à tout jamais, l'époque du vieillissement, de la rouille et des flétrissures du temps. Les arbres n'allaient pas tarder à mourir dans ce bois. Il n'y avait rien d'autre à faire que les abattre et brûler les bûches dans la cheminée.

La bicoque d'Audrun n'avait pas de cheminée. Elle était chauffée par quatre radiateurs à accumulation, aussi lourds que des pierres dressées. À mesure que les après-midi d'hiver avançaient, les radiateurs refroidissaient, l'air ambiant aussi, et Audrun n'avait d'autre ressource que de s'asseoir dans son fauteuil, une couverture au crochet sur les genoux. Elle restait là, les mains croisées. Parfois, dans cette immobilité profonde et glacée, elle sentait venir un « épisode », comme une ombre qui peu à peu l'enveloppait, une ombre qui n'avait aucune forme précise, mais qui prenait la couleur de tout ce qu'il y avait dans la pièce, qui lui vidait le cerveau et étirait et déformait le mobilier comme derrière une plaque de verre...

Audrun examina le tronc du châtaignier. Aucun signe de la maladie sur celui-là pour l'instant, ce qui ne l'empêcha pas de prononcer le mot tant redouté pour elle-même : endothia. L'air était si tranquille qu'elle eut l'impression d'entendre le son pourtant inaudible de sa voix. Soudain, dans l'instant qui suivit, elle prit conscience d'une présence toute proche. Elle se retourna et le vit qui avançait de la démarche hésitante qui était la sienne depuis quelque temps – lui qui, enfant, avait été aussi vif et agile qu'un guerrier indien –, tout en ramassant du bois mort pour le feu et le fourrant dans une sorte de besace qu'il portait en bandoulière, bricolée à l'aide d'une vieille couverture mangée aux mites.

— Aramon.

Il leva le bras, comme pour l'empêcher d'approcher.

— C'est juste un peu de bois mort, dit-il. Juste un peu de bois pour le feu.

Il avait des arbres à lui, un bois touffu de chênes verts derrière l'enclos des chiens. Mais il était trop fainéant pour s'attaquer aux arbres à la scie, ou alors il préférait ne pas s'aventurer à manier cet instrument, craignant d'y laisser une main.

— Juste une branche ou deux, Audrun.

Il avait les cheveux sales et hirsutes. Son visage pas rasé était blafard, presque gris dans la lumière dure du soleil.

— Et puis je venais te demander…

— Me demander quoi ?

— C'est une pagaille pas possible, là-haut, au mas. Je trouve plus rien. Ma carte d'identité, mes lunettes…

Audrun n'allait que rarement chez lui, ne pénétrait pratiquement jamais dans cette maison, toujours si propre et bien tenue du temps de sa chère Bernadette. La puanteur qui y régnait la prenait à la gorge. Même la vue des vieilles chemises suspendues devant la fenêtre qui attendaient les effets de la pluie, elle ne la supportait plus, et elle détournait la tête, toute au souvenir de l'armoire à linge de Bernadette, des draps, des chemises, des maillots de corps blancs comme du fondant, pliés bord à bord, qui sentaient le pain fraîchement grillé.

— Aramon, dit-elle, rentre chez toi. Emporte le bois. Tu peux garder ce que tu as ramassé, même si tu sais fort bien que ce n'est pas à toi.

Il lâcha son fardeau de fortune, et le bois s'éparpilla à ses pieds. Il le contempla un instant, désemparé.

— Faut que tu m'aides, dit-il. C'est compliqué là-haut, tu sais.

— Comment ça, compliqué ?

— Tout est sens dessus dessous. Je trouve plus rien, c'est tout mélangé. Faut que quelqu'un trie tout ça. Je t'en prie…

Elle le regarda, l'œil aussi dur que du bois d'if. Elle sentait son poison la pénétrer, lui laissant le goût d'une graine d'if dans la bouche.

— Je te donnerai une paire de poules naines, proposa-t-il. Je leur tordrai le cou pour toi, je les plumerai et je les viderai. Tu pourras inviter Marianne Viala, hein ? Vous

vous ferez un p'tit gueuleton, et en avant les commérages. Pardi ! Vous les femmes, vous adorez ça.

— Une paire de poules en échange de quoi ?

Il se balança sur ses pieds, mal à l'aise, et se gratta la nuque. Ses yeux, autrefois si beaux, étaient encore d'un brun profond.

— Aide-moi, je t'en prie, Audrun. Parce que, maintenant, j'ai peur, je peux bien te le dire.

— Peur de quoi ?

— Je sais pas. C'est ce foutoir où je vis. J'arrive plus à trouver ce que j'ai besoin.

Les garçons.

C'étaient de jeunes hommes d'une vingtaine d'années au moins, mais c'est ainsi qu'Antony Verey les désignait volontiers : pour lui, ils étaient « les garçons », ou encore « mes garçons ». Ce qualificatif lui conférait un certain pouvoir sur eux, en ce qu'il contribuait à déprécier ce qui, jusqu'à une date récente, menaçait de le bouleverser et de l'attendrir à l'excès : leur beauté.

La plupart des garçons qu'il choisissait étaient pauvres, inscrits au chômage ou occupés à des petits boulots ingrats ; ils avaient du mal à entrer dans une vie d'adulte, du mal à survivre à Londres tout simplement. Il les amenait dans son appartement superbement décoré, au-dessus du magasin de Pimlico Road. Il aimait le frisson de plaisir qu'il éprouvait à avoir un étranger démuni dans son lit. Après, il les faisait descendre au magasin et les laissait regarder les *bien-aimés* dans la pénombre. Les laissait sentir, toucher, humer les *bien-aimés*. Respirer le savoir, la sécurité, le confort, la position sociale, l'argent. Mais il ne leur permettait jamais de s'attarder. Il payait honnêtement leurs services, mais les renvoyait sans jamais leur promettre de les revoir, parce qu'il ne supportait pas l'idée que, dans la mesure où il était de loin plus âgé, où de fait il était presque un *vieux*, ils puissent penser qu'il allait devenir esclave de leur virilité et de leur jeunesse.

Mais « les garçons » avaient déserté le lit d'Anthony depuis longtemps. Le désir n'était plus au rendez-vous. Le seul garçon à lui rendre encore visite – dans ses rêves ou dans ces moments creux où il restait assis au fond de la boutique à attendre un éventuel client –, c'était celui qu'il avait lui-même été.

Il savait que c'était abject, cette façon qu'il avait de se complaire dans la sensiblerie, mais il ne pouvait s'en défendre. Celui qu'il aspirait à être, c'était le gamin qu'il était jadis, quand, par exemple, en compagnie de sa mère, Lal, il regardait la magie des couleurs de l'arc-en-ciel allumer la bonbonnière posée sur la table de la salle à manger de sa maison du Hampshire, tout en goûtant avec elle le plaisir de faire briller l'argenterie, tandis que dehors dans le jardin s'écoulait lentement un de ces longs étés sans nuages des années cinquante.

C'était même pire qu'abject. Anthony ne disait à personne, pas même à sa sœur Veronica (« V » comme il l'appelait toujours), qu'il se languissait de cet enfant-là. Il apparaissait que V – son aînée de trois ans – était bien dans sa vie et dans sa tête, continuait à aller de l'avant avec obstination, toujours pleine d'idées, de projets, et pas même attachée à ses souvenirs d'enfance. S'il avait avoué que l'endroit où il rêvait d'être, c'était la vieille salle à manger où, à l'âge de dix ou onze ans, il nettoyait l'argenterie en compagnie de Lal, V se serait montrée sévère avec lui. « Par pitié, Anthony ! Nettoyer l'argenterie ! Dans le genre inutile, y a mieux ! Ma parole, tu as oublié à quelle vitesse ça se ternit ? »

Lal et lui s'en moquaient bien. Quand les couverts commençaient à brunir, ils les nettoyaient à nouveau, tout simplement. Parfois, ils chantaient en travaillant, toujours en parfaite harmonie. Assurés que V menait sa jument baie au petit galop en toute sécurité autour de l'enclos, ou qu'elle était claquemurée dans sa chambre, à dessiner au crayon, le nez sur son livre d'art préféré, *Comment dessiner un arbre*, ils chantaient des airs de comédie musicale.

> *Le bateau est au port ! Qu'y avait-il à bord ?*
> *Un violon-on et une belle da-a-me !*

La pièce d'argenterie qu'Anthony préférait à toutes les autres à cette époque était un des pots à lait de Lal. Il suivait d'un doigt précautionneux les contours compliqués de l'anse, les rinceaux délicats gravés sur les côtés. « Vraiment mignon, roucoulait Lal. Époque georgienne. Autour de 1760, je dirais. Adorables petits pieds sabots. Un cadeau de mariage. Il sera à toi, quand je ne serai plus là. »

Il y avait dans cette maison des dizaines et des dizaines d'objets qui ravissaient le garçon. Il adorait presser contre sa joue une pelle à gâteau en argent ciselé, ouvrir et refermer les pinces à asperge si ingénieuses. Ah oui, et écouter le carillon de l'horloge de grand-mère (« Wm. Muncaster, Whitehaven, 1871 ») qui se trouvait dans le hall, un son qu'il avait associé une fois pour toutes aux vacances scolaires, à un sapin de Noël tout blanc en décembre, et, en juillet, à un vase de pois de senteur, en même temps qu'à un au revoir au latin et au rugby pour un long moment de bonheur. Lal le regardait écouter le carillon de l'horloge, le regardait de ses yeux qui avaient le bleu du ciel, et lui effleurait le visage de sa main recouverte du gant en caoutchouc. « C'est si agréable, mon chéri, disait-elle, de te voir aimer ainsi le Muncaster. »

Lui souriait et proposait alors un autre air connu, afin qu'elle ne vît pas qu'il s'amusait de la façon dont sa mère, originaire d'Afrique du Sud et qui parlait encore avec un accent qui aplatissait les voyelles et lançait un nombre incalculable de sons dans les directions les plus étranges et les plus embarrassantes, utilisait le mot « chéri ».

Anthony pensait que Lal aurait compris son désir de redevenir petit garçon. Il avait remarqué qu'au cours des quinze dernières années de sa vie elle revenait souvent par la pensée à Hermanus, où ses parents possédaient une villa avec vue sur la mer et où, pendant l'été sud-africain, les repas étaient servis par des domestiques noirs (des « boys ») sur une véranda longue de quinze mètres. Elle disait à Anthony qu'elle avait fini par aimer l'Angleterre, son pays d'adoption, « mais une partie de moi reste sud-africaine, tu comprends ? Je me souviens encore des étoiles d'Afrique. Je me souviens du temps où j'étais plus petite qu'un balisier. »

Tandis qu'un lent crépuscule tombait sur Chelsea, Anthony, toujours assis à son bureau, contemplait son carnet d'adresses d'un œil sombre. Il se demandait si, ce soir, il allait avoir le courage d'appeler un des « garçons ». Sans enthousiasme, il feuilleta le carnet, parcourant les noms et les numéros de téléphone : Micky, Josh, Barry, Enzo, Dave…

Ils étaient pour lui un défi. Affamés, vigoureux, indomptés, ils lui faisaient l'effet d'être plus vivants qu'il ne l'avait jamais été. Le dernier à être venu dans son lit, c'était l'Italien, Enzo, des yeux solennels, une moue adorable. Il portait une chemise de prix, mais ses chaussures étaient poussiéreuses et un peu éculées. Il avait exhibé sa bite, l'avait offerte à son admiration, grosse et noueuse dans sa main, comme il l'aurait fait d'un objet mis aux enchères.

Puis, chuchotant à l'oreille d'Anthony, il s'était lancé dans un discours ordurier, une sorte de basse continue de franches grossièretés. Anthony avait écouté et regardé. La lumière dans sa chambre était tamisée, et, dans ses reflets d'ambre éteint, le corps du garçon semblait lisse et doré, les fesses grasses, presque féminines, exactement comme Anthony les aimait.

Ses bras enlacèrent Enzo. Il effleura les mamelons de ses seins, lui caressa la poitrine. Il commençait à réagir, à sentir la montée du désir quand ce foutu monologue bascula dans l'italien, perdant tout son sens et devenant simplement exaspérant. Il intima alors à Enzo d'arrêter de parler, mais en vain ; véritable diva du propos obscène, expert ès gauloiseries, l'autre continuait sa litanie.

Les choses qu'il nous faut faire…

Poussés par le désespoir…

Enzo était allongé sur le lit. Anthony s'agenouilla. Il n'avait toujours pas d'érection. Mais il se dit que ces fesses grasses pourraient remédier à cet état s'il se concentrait suffisamment sur elles, s'il les caressait, les pétrissait, les écartait… Pourtant, il n'avait qu'une envie, tout à coup, les frapper. Punir le jeune Italien. Se punir lui-même. Parce que toutes ces histoires de garçons, c'était tellement moche, tellement pitoyable – simplement pour se prouver que l'homme en lui n'était pas mort. Proprement ridicule ! Il s'était levé, avait enfilé sa robe de chambre et dit à Enzo de se lever et de partir. Lui avait donné la somme promise, la fourrant dans la poche de la veste en cuir du garçon, qui était sorti, offensé et boudeur. Anthony était resté assis un long moment dans sa cuisine, sans bouger, à écouter le bourdonnement du réfrigérateur, le bruit de la circulation, conscient du fait qu'il ne ressentait rien ; rien sinon une rage insensée.

Il écarta le carnet d'adresses. La seule idée d'un garçon, quel qu'il fût, dans son lit l'emplissait de lassitude. Physiquement, il éprouvait déjà assez de difficultés à affronter le quotidien. À force de rester assis toute la journée au fond du magasin, il avait des douleurs au bas du dos. Marcher jusqu'à Knightsbridge lui mettait les pieds en feu. Sa vue baissait si vite que c'est à peine s'il arrivait à lire ses étiquettes, même avec ses lunettes. Alors pourquoi diable imaginer que ce corps puisse soudain atteindre l'extase ou se laisser surprendre par l'amour ?

Il l'imaginait, parce que, d'une manière ou d'une autre, il fallait qu'il trouve le moyen de résister, de persister. Et quoi de mieux pour meubler l'avenir que l'amour, sous quelque forme que ce fût ?

Anthony se frotta les yeux et se versa un grand verre de sherry qu'il se mit à siroter. Il se leva et déambula au milieu des *bien-aimés* dans une obscurité quasi totale. Il les caressait au passage, tendant la main et répétant son geste à l'infini. Il savait qu'à cet instant précis il était incapable de s'imaginer le moindre futur. Tout ce qu'il pouvait envisager, tout ce que l'avenir semblait lui réserver – à lui, Anthony Verey, à une époque si connu –, c'était le déclin, inexorable et solitaire.

Il pensa à la tombe de Lal dans le Hampshire et au hêtre qui poussait à côté. Il avait tant envie d'entendre la voix de Lal, de presser contre sa joue une certaine pelle à gâteau en argent.

Il s'arrêta devant une gravure de jardin italien dans un cadre doré (« *Li giardini di Roma*, une des trente planches de de Rossi d'après les originaux de Giovanni Battista

Falda, 1643-1678 »). Il contempla longuement les allées et les parterres bien ordonnés, ainsi que les heureux promeneurs couleur sépia et les collines aux formes douces en arrière-plan.

— V, dit-il tout haut. J'ai grand besoin d'aide. Je suis désolé, ma chérie, mais je pense qu'il va falloir que ce soit toi qui viennes à mon secours.

.

Veronica Verey était paysagiste. Le projet sur lequel elle travaillait pour l'instant était un livre sur les jardins du sud de la France, avec pour titre provisoire : *Comment jardiner sans pluie.*

Veronica habitait avec son amie Kitty une belle et vieille ferme en pierre, Les Glaniques, dans un de ces villages du Gard au sud d'Anduze, où le XXIᵉ siècle semblait ne pas encore être arrivé, et où Veronica vaquait à sa vie dans un solide état de contentement. Elle prenait de l'embonpoint (adolescente, elle était déjà qualifiée, au même titre que son cheval, Susan, d'« enrobée »), mais cela ne la dérangeait pas, et Kitty non plus. Elles se contentaient d'aller au marché d'Anduze acheter des vêtements plus grands.

Kitty, enfant unique d'un couple ordinaire qui avait passé sa vie à essayer de tenir une pension de famille sur la côte du Norfolk, était aquarelliste et avait eu du mal à gagner sa vie. À présent, réagissant avec ardeur à la qualité de la lumière dans cette partie du sud de la France, elle s'était mise à la photographie. Elle espérait pouvoir fournir à Veronica l'ensemble des illustrations de son ouvrage. Et se délectait par avance de la page de titre, où leurs deux noms figureraient côte à côte :

Les Silences

COMMENT JARDINER SANS PLUIE
par
Veronica Verey et Kitty Meadows

Kitty avait le sentiment que, avant sa rencontre avec Veronica, elle n'avait été qu'une nullité, un être incolore, sans consistance, dont l'effacement et l'invisibilité dataient du temps lointain où, enfant, elle se voyait constamment signifier de ne pas rester à la vue ni à portée de voix des clients de la pension. Aujourd'hui, enfin, alors qu'elle approchait la soixantaine, elle était devenue visible à ses propres yeux. Elle aimait Veronica, qui le lui rendait bien, et, ensemble, elles avaient acheté leur maison et créé leur extraordinaire jardin, si bien que Kitty Meadows avait l'impression d'avoir pris un nouveau départ, bien meilleur que le premier. À un âge où nombre de leurs amis se laissaient aller ou renonçaient, Kitty et Veronica, elles, s'efforçaient de tout recommencer.

La maison se trouvait à quelque huit cents mètres du village de Sainte-Agnès-la-Pauvre. Depuis la terrasse, en direction de l'ouest, on voyait les grands plis bleu-vert des Cévennes, aussi touffus qu'une forêt tropicale. Certains moments passés sur la terrasse, à boire du vin et à manger des olives, à écouter les hirondelles, face à des couchers de soleil d'un rouge aveuglant, ne ressemblaient à rien de ce qu'avait pu connaître Kitty Meadows. Quand elle cherchait un mot pour les décrire, elle ne songeait qu'à « absolu ». Qui, pourtant, ne rendait qu'en partie la puissance de ses sensations.

— Une partie de moi-même, confia-t-elle un soir à V, ne demanderait qu'à mourir à l'instant, tellement c'est beau.

— Alors, dis à cette partie de la fermer, rétorqua Veronica en riant.

Elles savaient l'une comme l'autre que c'était un plaisir d'emprunt. La vue sur les collines, les couchers de soleil, la clarté des étoiles : elles savaient au fond d'elles-mêmes que rien de tout cela ne leur appartenait en propre. Quand on quitte son pays d'origine, surtout à un âge déjà avancé, pour bâtir un nouveau foyer dans un autre perdure le sentiment que l'on viole une loi invisible ; on vit alors avec la peur irraisonnée qu'un jour ou l'autre quelque « propriétaire légitime » viendra vous arracher ce foyer et vous obligera à quitter les lieux… Retour à Londres, ou dans le Hampshire, le Norfolk ou ailleurs, seul endroit que l'on peut légitimement revendiquer comme sien. Le plus souvent, ce genre de pensées n'inquiétait guère Veronica et Kitty, jusqu'au jour où elles étaient brutalement tournées en dérision dans un café d'Anduze, traitées de « putain de rosbifs » par un groupe de jeunes ou accusées de « voler » l'eau de la commune par le maire de Sainte-Agnès-la-Pauvre.

Ah, l'eau.

Ne pensant qu'à leur jardin, elles s'en étaient montrées trop prodigues, poussant à leur dernière extrémité les recommandations municipales concernant l'arrosage. « Vous vous êtes comportées comme si votre statut d'étrangères vous permettait d'échapper à la loi, ou alors vous avez fait semblant de ne pas la comprendre », avait dit le maire.

Veronica – aussi furieuse que le jour où elle et Susan avaient été exclues d'une compétition de trois jours pour avoir coupé un virage dans un parcours d'obstacles – avait protesté avec la dernière vigueur. Elles connaissaient parfaitement la loi et s'étaient tenues dans ses limites, n'arrosant jamais avant 20 heures. « Je suis bien d'accord, avait rétorqué le maire, vous l'avez observée à la lettre, mais pas dans l'esprit. Vos tourniquets fonctionnaient encore à minuit. »

Impossible de nier. Le soir, après le dîner, elles aimaient écouter le bruit des tourniquets, comme quelques mesures d'un air familier, imaginant ce que cette musique apportait à l'herbe assoiffée.

À présent, assises sur la terrasse, silencieuses et rongées par l'inquiétude, elles contemplaient le vert vif de la pelouse et leurs parterres de fleurs bien-aimées. Elles restèrent là jusqu'à ce que le seul point lumineux à briller encore dans le violet du soir fût celui des pétales blancs des anémones du Japon.

— Bon, je suppose que nous n'allons pas tarder à voir la fin du jardin, dit alors Veronica. Le nôtre et la moitié de ceux que j'ai conçus dans la région. J'imagine que toute l'entreprise était vouée à l'échec dès le départ. Comment diable soigner un jardin sans pluie ?

C'était la question cruciale, la seule pour tout dire : comment entretenir un jardin avec une pluviosité aussi réduite ?

— Il existe des moyens d'obtenir de l'eau et de la conserver auxquels nous n'avons pas pensé, fit Kitty après s'être levée et avoir arpenté un moment la terrasse. Il faut qu'on les expérimente tous, l'un après l'autre. Et qu'on procède à quelques petits travaux.

Veronica appréciait l'esprit pratique de Kitty : c'était là l'une de ses nombreuses qualités. Elle-même était maladroite, souvent désemparée devant les mécanismes qui faisaient fonctionner les objets du monde moderne ; Kitty, elle, était méthodique et bricoleuse. Elle savait réparer les choses cassées. Remettre la tondeuse en état ou changer le fil d'une lampe.

Ce fut donc Kitty qui s'attela au problème de l'eau. Elle fit curer et remettre le puits en état, acheta une pompe neuve qui allait chercher l'eau à neuf mètres de profondeur. Donna des instructions pour qu'un second puits soit creusé. De nouvelles descentes furent posées, destinées à récupérer l'eau de pluie que des canalisations souterraines conduisaient jusqu'à un bassin en béton nouvellement construit au-delà des arbres fruitiers. La plomberie fut modifiée de façon que les eaux usées aillent se déverser dans des réservoirs en plastique vert. Kitty et Veronica épandirent du compost en grandes quantités sur le moindre centimètre carré de terrain resté vierge. Elles arrachèrent les anémones trop gourmandes en eau pour les remplacer par des figuiers de Barbarie et des agaves. Quand arrivèrent les grosses pluies d'automne, elles disposèrent religieusement sur la pelouse brouettes, bassines et seaux avant d'aller les vider dans le bassin jusqu'à la dernière goutte. Et, comme pour les récompenser de leur peine, l'été qui suivit fut frais et humide, presque à l'image d'un été anglais, et le nouveau bassin se remplit à ras bord. Elles invitèrent le maire, burent le pastis avec lui et lui firent faire le tour du jardin pour lui montrer le fruit de leur dur labeur. Ce qui parut beaucoup l'amuser : tant d'efforts pour un bout de terrain où ne poussait pratiquement aucun légume !

— *À quoi il sert ce jardin, mesdames ?*

— *À rien, monsieur le maire. Mais c'est beau.*

Il était clair toutefois qu'on leur avait pardonné. Et c'est le lendemain de ce soir-là que Veronica annonça qu'elle allait commencer son livre, pour lequel elle avait déjà le titre idéal : *Comment jardiner sans pluie.*

— Les Anglais, dit-elle à Kitty, ont tendance à penser que le jardinage doit être le même partout dans le monde.

En Inde, en Espagne, en France, en Afrique du Sud, partout, mais ils ont tort. Moi, j'ai l'intention de découvrir les méthodes les mieux adaptées à cette région. Je procéderai avec minutie, testerai diverses variétés de plantes. Pour voir ce qui survit, et ce qui meurt, à moins d'y consacrer des tonnes d'eau de la commune. C'est une œuvre de longue haleine, mais qu'importe ? J'aime bien le long terme.

En ce début de printemps, il faisait déjà chaud à Sainte-Agnès. Cinq ou six degrés de plus qu'à La Callune, dans les collines, où Aramon Lunel venait chiper du bois à sa sœur, et neuf ou dix de plus qu'à Londres, où une petite pluie fine tombait en ce moment sur Chelsea. Kitty sortit son chevalet et travailla à une délicate aquarelle représentant un mimosa en fleur. Elle était assise sur une chaise pliante en toile qu'elle possédait pratiquement depuis toujours. Parfois, si elle fermait les yeux, elle entendait à nouveau le cri des oiseaux de mer qu'elle essayait de peindre il y avait bien longtemps à Cromer, assise sur cette même chaise à la toile affaissée. « Toujours en train de dessiner, hein ? se plaignait son père. Comme s'il en allait de ta vie. »

Et il en allait bel et bien de sa vie. C'était là ce que Kitty Meadows avait éprouvé tout au long de son enfance, puis au cours de ses années de jeunesse qui l'avaient vue passer d'un emploi à mi-temps à un autre, à la poste, dans une pharmacie, et pour finir dans une bibliothèque. Ses seuls moments de bonheur – c'était du moins l'impression qui lui restait aujourd'hui –, elle les connaissait quand elle se retrouvait sous les grands ciels solitaires, avec son carnet de croquis et ses couleurs, et pour compagnons les dunes changeantes, les vents chargés de sel et la splendeur de la lumière. La peinture l'avait sauvée. Elle lui avait permis de se réfugier dans une vie qu'elle appréciait. Et elle avait fini par la conduire, après de longues années d'attente, dans les bras d'une femme qu'elle pouvait aimer.

Veronica traversait la terrasse pour venir la rejoindre. Il y avait sur le visage de son amie une expression que Kitty ne connaissait que trop : menton levé et volontaire, sourcils froncés, yeux agités d'un clignement nerveux. Elle était alors, dans l'esprit de Kitty, « une pure Verey », sans plus rien de ce côté « Veronica » qu'elle aimait tant.

Kitty rinça son pinceau, tout en continuant à fixer du regard l'éclat du soleil sur le superbe mimosa. Elle savait que pour la famille de Veronica, elle n'existait pratiquement pas, elle était au mieux « cette amie de V, la petite aquarelliste ». Il lui fallait lutter pour ne pas retomber dans l'invisibilité. Elle leva la tête vers Veronica et lui demanda, avec toute la douceur possible :

— Quelque chose ne va pas, ma chérie ?

Veronica sortit d'un geste brusque une cigarette de la poche de son tablier de jardinier et l'alluma. Elle ne fumait que dans les moments de stress ou de tristesse. Elle se mit à faire les cent pas, tirant maladroitement sur sa Gitane.

— C'est Anthony, finit-elle par dire. Je n'ai pas fermé l'œil de la nuit, tant je me suis fait du souci après mon coup de fil hier soir ; il n'avait vraiment pas l'air bien. Et il vient juste de me rappeler. J'avais raison de m'inquiéter, Kitty. Il m'a dit qu'il se sentait… vaincu. Il reste toute la journée au magasin, à attendre le client. Tu imagines ! Tout seul, comme ça, à attendre, et personne n'achète rien. Il dit que les antiquités, c'est fini.

Surgit alors à l'esprit de Kitty cette vision douloureuse, qu'elle avait eue un jour de la demeure où s'entassaient les trésors d'Anthony Verey – tout ce bois, ce marbre, ces dorures, ce verre, chantourné comme ci et mouluré comme ça –, une cache princière d'objets inestimables dans Pimlico Road, qu'il appelait ses *bien-aimés*, ou une épithète du même genre, tout aussi sentimentale. Comment tant d'objets aussi coûteux pouvaient-ils être « finis » ?

— Je ne comprends pas, dit-elle.

— Je sais que c'est difficile à croire, dit Veronica. Il a toujours gagné des fortunes. Mais ça ne marche plus aujourd'hui. Je suppose que même les riches ont réduit leur consommation de Chippendale.

Veronica écrasa sa cigarette sous son pied et vint poser son bras lourd sur l'épaule de Kitty.

— Je sais que c'est un enfant gâté. Que ce n'est pas un hôte des plus faciles. Mais c'est mon frère, il a des problèmes, et il veut venir nous voir. Juste pour quelque temps. J'ai accepté. Tu seras gentille avec lui, dis ?

Que répondre ? Kitty rinça à nouveau son pinceau, saisit la main de Veronica. Elle avait envie de demander : « Quelque temps, combien, au juste ? » Mais même cette question lui parut égoïste. Il n'y avait aucune limite, ou presque, à ce qu'elle était prête à faire pour Veronica.

— Bien sûr, murmura-t-elle avec douceur.

Leur chambre d'amis ouvrait à l'est, sur leur petit verger et, au-delà, sur un champ d'abricotiers et des vignes. Carrelage blanc au sol, lit bateau, table de chevet bancale en fer forgé, poutres peintes en rouge magenta.

Pour Anthony, Veronica vida l'armoire en noyer du bric-à-brac d'hiver qu'elles entreposaient là, fit le lit avec des draps de coton blancs, aspira les toiles d'araignée, graissa les volets, briqua la salle de bains. Elle prit du recul pour examiner d'un œil critique le fruit de ses efforts et vit les pièces telles qu'Anthony les verrait : trop simples, trop dépouillées, un rien minables, sans compter cette couleur ridicule sur les poutres. Mais elle n'y pouvait pas grand-chose. Du moins la vue était belle.

Anthony avait l'avion en horreur. À l'entendre, les lignes aériennes à bas coût auraient dû être rayées du ciel. Il prendrait donc le train jusqu'à Avignon, où il récupérerait une voiture de location.

Il tenait à leur apporter du thé Earl Grey et de la Marmite, même si Veronica tenta de l'en dissuader, lui assurant qu'elles n'en avaient nul besoin. Il leur était « incroyablement reconnaissant ». Il était sûr que l'air du Midi lui permettrait de tout clarifier.

Qu'entendait-il par « tout clarifier » ? se demanda Kitty, qui s'abstint toutefois de poser la question. Car Anthony Verey lui avait toujours fait l'impression d'un homme pour qui tout était déjà parfaitement clair, décidé, pesé, catalogué et dûment classé et étiqueté. Dans une vie apparemment aussi égoïste que la sienne, que pouvait-il encore rester à comprendre ?

Audrun montait vers la vieille maison à pas lents et précautionneux, l'oreille aux aguets, attentive à tout ce qui l'entourait, à tout ce qui pouvait être là…

On ne pouvait jamais prévoir ce qu'allait faire Aramon. Un jour, il avait balancé son vieux poste de télévision et en avait acheté un neuf, grand comme une armoire. L'hiver dernier, il s'était fait livrer du sable, sans jamais dire – ni même, semblait-il, savoir – à quoi il allait servir. Déjà, les mauvaises herbes avaient commencé à pousser dans le tas meuble et croulant ; le sable et le poste de télévision cassé trônaient côte à côte dans l'herbe. La neige les avait recouverts en janvier, les brises tièdes de ce printemps tout neuf les enveloppaient maintenant, et Aramon passait devant sans les voir. Parfois, Audrun l'avait remarqué, les chiens faisaient leurs affaires dans le tas de sable, levaient la patte contre le poste de télévision. Si bien que l'écran était à présent zébré de coulures jaunâtres qui, quand il leur arrivait de refléter un rayon de soleil, donnaient l'impression qu'un vieil émetteur essayait de faire passer un signal hésitant.

Quand Audrun était enfant, le mas Lunel était en forme de U. Aujourd'hui, tout ce qu'il en restait, c'était le fond du U. Les toits des deux ailes, où dans le temps on gardait les bêtes, on remisait le grain et on élevait les vers à soie, avaient été endommagés au cours des tempêtes de 1950. Après quoi, le père, Serge, avait dit : « Bon, ben maintenant, on va pouvoir se mettre au boulot. »

Bernadette avait raconté à Audrun que pour elle « se mettre au boulot » signifiait reconstruire les bâtiments, colmater les fissures dans les murs, refaire les carrelages de brique, remplacer les portes et les fenêtres, combattre l'humidité. Au lieu de quoi, Serge avait commencé à démanteler les deux ailes. Il avait arraché les tuiles en argile, les avait entassées dans sa charrette et, cahotant sur la vieille route pleine d'ornières qui menait à Ruasse, était allé les vendre à un fournisseur de matériaux de construction au bord de la rivière. Puis il s'était attaqué au mortier gris qui recouvrait les murs des deux bâtiments et s'était mis à déposer les pierres, tout fier d'annoncer à ses voisins, les Viala et les Molezon, que les pierres étaient son « héritage » et qu'à présent, dans cette période d'après-guerre où personne n'avait plus rien, il allait gagner des fortunes en vendant des pierres.

Vendre des pierres.

— Bon sang, ne détruis pas la maison, l'avait supplié Bernadette. Ne nous laisse pas sans rien.

— Je nous laisse pas sans rien. Vous autres les femmes, vous comprenez rien à rien. C'est à notre fortune que je travaille.

Ils ne devaient jamais devenir riches. Cela se serait su. À moins que Serge n'ait caché l'argent dans un vieux sac d'engrais ou ne l'ait enterré quelque part ?

Le sol portait encore les traces des anciennes ailes est et ouest du mas Lunel. Une bâtisse imposante en son temps, un vrai mas cévenol, avec de l'espace pour tout et tout le monde, de la place pour abriter les engins de la pluie et les bêtes de l'hiver et, au-dessus, les magnaneries, les greniers où, saison après saison, les vers à soie éclosaient, dévoraient leurs énormes rations de feuilles de mûrier et filaient leurs cocons, avant d'être envoyés à la dernière filature de Ruasse encore en activité, où on les faisait bouillir vivants tout en dévidant la précieuse soie pour l'enrouler sur des bobines.

Audrun se souvenait des vieilles magnaneries du mas, de leur odeur, de la fraîcheur soudaine de l'air quand on montait les marches vers les pièces bien ventilées, du bruit que faisaient trente mille vers mastiquant des feuilles, un crépitement qui évoquait la grêle sur le toit.

« C'était terrible comme travail, lui avait raconté Bernadette. Vraiment terrible. Il fallait ramasser des paquets et des paquets de feuilles de mûrier, tous les jours que le bon Dieu faisait. Et s'il avait plu, et que les feuilles étaient mouillées, on savait que beaucoup de vers allaient mourir, parce que l'humidité leur causait une sorte d'infection intestinale. Mais on n'y pouvait rien. Chaque matin, on n'avait plus qu'à enlever les vers morts et à continuer. Quelle puanteur ils laissaient là-haut, qui s'ajoutait à celle des déjections. C'était épouvantable. Certains jours, j'en aurais vomi. Je détestais ce travail, vraiment ! »

Elle s'était pourtant acquittée de sa besogne sans se plaindre. Toujours accrochée au mur du petit salon d'Audrun, il y avait une photo de Bernadette, avec, sur les genoux, un panier plein de cocons de soie, et sans le moindre signe sur le visage de trouble ou de dégoût, uniquement le sourire d'une belle glaneuse, fatiguée mais heureuse du travail accompli. La photo était passée et jaunie, mais dans la blancheur des cocons persistait encore une sorte d'éclat obstiné.

En France aujourd'hui, toute la soie venait d'Extrême-Orient. Ce qui avait autrefois constitué un commerce florissant et avait permis à des milliers de familles cévenoles de vivre avait disparu dans les années cinquante. Quand Serge avait vendu les pierres du mas Lunel, il savait déjà que tout était fini. Les plateaux en bois utilisés pour l'éclosion des vers avaient été débités et jetés au feu ; et la dernière filature de Ruasse, démolie. Même si Bernadette s'était montrée terrifiée devant la violence avec laquelle Serge avait démantelé les deux ailes du vieux mas, elle avait poussé un soupir de soulagement en voyant les magnaneries brûlées disparaître à jamais. « Quand c'est arrivé, avait-elle confié à Audrun, j'ai enfin trouvé la paix de l'esprit. »

Aramon couchait dans le lit où Bernadette était morte. Sur le même matelas. Dans des draps qui lui avaient appartenu.

Audrun détestait pénétrer dans cette pièce, où tout attestait de la violation infligée par Aramon à la mémoire de leur mère. Parce que ce frère n'avait jamais aimé Bernadette, pas comme Audrun l'avait aimée. Toute sa vie, Bernadette avait souffert de son comportement fantasque, et, quand elle était morte, il s'était contenté de regarder son cadavre l'air absent, mâchonnant quelque chose qui aurait pu être du tabac, du chewing-gum ou même une feuille de mûrier, parce que c'était son habitude : comme un ver à soie, il était toujours à mâchouiller quelque chose, l'œil vide.

Non sans réticence, Audrun avait accepté de l'aider à remettre la maison en ordre et à tenter de retrouver ce qu'il disait avoir perdu.

Tandis qu'il tuait les poules qu'il lui avait promises, elle entreprit de fouiller dans le fatras et les saletés à la recherche de ses lunettes et de ses papiers d'identité. Elle fourra son linge sale dans deux taies d'oreiller, pour l'emporter chez elle, le passer à la machine et l'étendre sur la corde au soleil et au vent. Elle ne put trouver des draps propres pour refaire le lit, qu'elle laissa en l'état, se contentant de mettre les vieilles couvertures et l'édredon en dessous de la fenêtre pour les aérer un peu. S'il passait la nuit à se gratter, c'était tant pis pour lui.

Elle imbiba un chiffon de vinaigre et nettoya les vitres. Elle balaya et lessiva le plancher, emporta le tapis dans le jardin pour le battre contre le tronc d'un vieux mûrier. Tandis qu'elle le lançait avec force, elle entendit les chiens aboyer dans leur enclos et décida de s'y rendre, histoire de voir si Aramon s'en occupait ou les laissait crever de faim.

C'est alors que, au moment où elle levait les yeux sur la maison en se dirigeant vers l'enclos, elle remarqua la fissure dans le mur. Immense et sombre. Elle commençait sous la génoise, zigzaguait le long de la façade, puis contournait une fenêtre avant de se rétrécir en arrivant au-dessus de la porte.

Audrun s'arrêta net. Depuis combien de temps était-elle là ? Elle sentit le temps commencer, à sa manière si particulière, à la tirailler entre événements passés et conscience du présent. Se pouvait-il qu'elle eût levé les yeux des dizaines de fois sur cet éclair qui zébrait la façade du mas sans jamais le voir... jusqu'à aujourd'hui ? Les hurlements des chiens se faisaient plus pressants. Le tapis toujours poussiéreux était aussi pesant qu'un cadavre dans ses bras. Elle reprit lentement sa marche.

Elle se rappelait, alors qu'elle tenait compagnie aux ouvriers qui construisaient sa maisonnette, assise avec eux sur le sol pierreux au milieu des plaques de Placoplâtre qu'on venait de livrer, tandis que le camembert de leur casse-croûte se faisait au soleil, les avoir entendus dire que, partout dans les Cévennes, des fissures apparaissaient sur les murs des vieilles maisons de pierre. Plus la maison était haute, plus les fissures étaient profondes.

Et personne n'en savait la raison, selon eux. Ces demeures avaient été construites pour résister au temps. Mais elles n'y résistaient plus. Le temps, semblait-il, détruisait tout plus vite qu'avant, à un rythme que personne n'aurait imaginé.

— Vous croyez que le mas Lunel pourrait s'écrouler ? avait-elle demandé aux maçons.

Ils avaient tous tourné la tête vers la grosse bâtisse, aussi solide qu'une forteresse, nichée sous sa colline boisée.

— Pas celle-là, avaient-ils répondu en secouant la tête. Celle-là, elle devrait nous enterrer tous sans problème.

Audrun n'avait rien dit, se contentant de regarder les hommes étaler le camembert gras sur leur baguette et enfourner les morceaux de pain et de fromage dans leur bouche. Mais, dans sa tête, elle se dit qu'ils se trompaient. Elle estimait que, si l'on construit une maison en U, puis, comme l'avait fait Serge, qu'on l'ampute des membres qui lui servent d'étais, le bâtiment ne peut qu'être fragilisé. Tout ce à quoi il manque quelque chose – un cerisier dont une branche cassée laisse couler la sève, un puits qui a perdu son couvercle – est à la merci de la nature.

Dans le monde des hommes, seul l'amour est à même de combler les manques.

Audrun pénétra dans l'enclos des chiens, dont les aboiements redoublèrent. Élevés pour chasser le sanglier, vigoureux et téméraires, ils geignaient et rongeaient leur frein dans leur prison, le museau collé au grillage en permanence.

Aramon était toujours membre d'une société de chasse et se flattait volontiers d'avoir tué un sanglier dans le passé, mais il ne participait pratiquement plus aux battues à présent, conscient de ne plus avoir la main assez sûre pour manier un fusil. Il semblait préférer rester assis à boire et à regarder la vie violente et tressautante qui se déroulait sur l'écran de sa télévision toute neuve, où des gens plus jeunes et plus agiles torturaient et tuaient, avant d'être à leur tour torturés et tués. Et il en oubliait ses chiens, livrés à l'inactivité et au froid de l'hiver, nourris de châtaignes comme les cochons, d'eaux grasses et de quelques os. Aujourd'hui, même leur auge était vide. Tandis qu'Audrun la remplissait, la colère qui montait en elle menaça de la suffoquer et fit palpiter une veine dans son cou. Un jour, se dit-elle, il faudrait mettre bon ordre à tout cela. *Un jour.*

Dans la cuisine, tout en récurant les casseroles noircies et en grattant la graisse de la cuisinière, Audrun dit à son frère :

— Tu sais qu'il y a une fissure sur la façade, Aramon ?

Il était rentré avec les deux poules égorgées, qu'il avait jetées sur la table. À présent, il tripotait ses lunettes, qu'Audrun avait retrouvées sous son oreiller, et dont les branches métalliques s'étaient tordues sous le poids de sa tête.

— Ouais, j'ai vu, répondit-il. C'est rien.

Audrun lui conseilla de demander à Raoul Molezon, le maçon, de venir jeter un coup d'œil, mais Aramon rétorqua que c'était inutile, qu'il avait vérifié lui-même et que c'était simplement le mortier qui s'était fissuré, rien d'inquiétant. Puis il chaussa ses lunettes, chercha ses cigarettes, en alluma une, se mit à tousser, cracha sur le sol en pierre et dit :

— De toute façon, j'en ai ma claque. Ça me rend dingue, cette porcherie dans ce trou paumé. Ça me fout en l'air, ça me détruit la santé. C'est décidé, je vends la maison, et les terres avec. Je vends tout.

Audrun regarda ses mains, qui lui firent l'effet de racines comestibles dans l'eau de l'évier. Avait-elle bien entendu ?

— Oui, dit Aramon, comme pour anticiper sa question. J'en ai assez. Alors, je suis passé à l'action – avant qu'on me fasse changer d'avis. Y a des agents immobiliers de Ruasse qui sont venus. Je suppose que tu les as vus en m'espionnant derrière tes rideaux ! Une mère et sa fille. La fille avec des talons aiguilles, pauv' connasse, va ! Mais ça les a intéressées. Et pas qu'un peu. Le marché est moins bon qu'il l'a été, mais d'après elles je peux encore en tirer un bon prix, un sacré paquet de fric même. Et vivre comme un coq en pâte pour le restant de mes jours.

Vivre comme un coq en pâte, Aramon ?

Comme ce volatile au port fier ?

— Parfaitement, reprit-il. Vendre à des étrangers, c'est ce qu'elles ont dit ces grognasses. À des Suisses, des Belges, des Hollandais, des Angliches. Y en a qu'ont encore du fric à pas savoir qu'en faire, malgré la crise. Et ils raffolent de ces vieilles bâtisses. Ils les retapent, ajoutent des piscines et Dieu sait quoi encore. S'en servent de maison de vacances…

Audrun se sécha les mains sur un torchon déchiré.

— Tu ne peux pas vendre le mas comme ça, Aramon. Il était à nos parents, et à nos grands-parents avant eux... dit-elle, en se tournant vers lui.

— Il est à moi, je le vends quand je veux et comme je veux. Toi, t'as eu ton foutu bois et ton bout de terrain pour ta bicoque et ton potager. Moi, j'ai eu la maison. J'ai le droit d'en faire ce que je veux.

— Combien tu crois pouvoir en tirer ? demanda Audrun d'une voix calme en repliant le torchon.

Il prit un air surpris, presque effrayé. Puis il ramassa une allumette usagée et avec le bout calciné écrivit dans la paume de sa main, avant de l'approcher – doigts repliés comme prêts à se refermer sur un poussin – du visage d'Audrun, laquelle vit alors le chiffre inscrit : 450 000 euros.

Audrun prit son médicament et se mit au lit.

Elle rêva des étrangers qui allaient s'installer au mas Lunel, tandis qu'à quelque distance de là Aramon vivrait comme un coq en pâte.

Les étrangers s'attaquaient à la maison avec une férocité toute particulière, comme si ce n'était pas cette maison-là qu'ils voulaient, mais une autre, sortie de leur imagination. Ils redessinaient le terrain. Un lac apparaissait. De couleur rose, comme si l'eau était mêlée à du sang. Ils parlaient une autre langue, peut-être le néerlandais. Leurs enfants saccageaient tout dans la cour, où Bernadette, autrefois, s'asseyait au soleil pour écosser ses petits pois. Le soir, ils sautaient, nus et hurlants, dans le lac teinté de sang et faisaient beugler de la musique rock. L'écho de leur vacarme déchirait le silence des vallées.

La veille de son départ pour la France, Anthony dîna chez ses vieux amis, Lloyd et Benita Palmer, dans leur maison de Holland Park.

Lloyd, banquier d'affaires en semi-retraite, avait au fil des ans acheté pour des centaines de milliers de livres de mobilier à Anthony. Benita, décoratrice d'intérieur, avait, elle, créé les pièces qui abritaient désormais ledit mobilier. Sa palette de couleurs préférée allait du jaune paille au corail en passant par le crème. Dans ses toilettes du rez-de-chaussée, habillées d'une toile de Jouy abricot, se trouvait une vitrine en bois d'amourette et acajou du XIXᵉ (« galerie en cuivre au sommet surplombant une frise de fleurs peintes, corps du bas à deux portes marquetées en bois d'amourette et tablier à feston ») d'une valeur d'au moins 16 000 livres. Dans la salle à manger beige, crème et or, où ils étaient assis à présent, étaient accrochées deux peintures à l'huile de Barend Van der Meer (« bel exemple de nature morte aux prunes et aux raisins avec feuilles de vigne sur un compotier, 1659 », et « bel exemple de nature morte aux grenades avec perroquet gris d'Afrique, 1659 »), valant chacune au bas mot 17 000 livres. Quant aux porte-bouteilles George III en argent (« flancs percés de feuillages en volute avec bords à godrons ») qui se trouvaient devant la place de Lloyd, Anthony les avait eus dans une vente à Worcester pour 300 livres la paire, avant de les lui revendre 1 000 livres chacun.

Bien qu'Anthony eût souvent taquiné Lloyd Palmer en l'accusant d'être un de ces « riches salopards maîtres de l'univers », il s'était jusqu'alors satisfait du rôle d'arbitre du goût qu'il jouait dans cet univers auprès de Lloyd et de Benita, quand il s'agissait de choisir mobilier et tableaux. Ce soir, pourtant, à la vue de Lloyd, toujours sur la crête de la vague à soixante-cinq ans, en dépit du ralentissement économique – dont il se plaignait haut et fort (« J'ai subi des pertes épouvantables, Anthony, foutrement épouvantables ! »), mais qui, étrangement, ne semblait pas du tout affecter son mode de vie –, et nanti d'une épouse certes corpulente mais encore belle, semblable à un spinnaker cousu de paillettes claquant à son côté à l'avant-garde de tout ce qu'il y avait de plus désirable dans la haute société britannique, oui, à la vue de cet homme, Anthony sentit la morsure de l'envie.

Les Palmer formaient un couple incroyablement fortuné dans tous les sens du terme. Leur superbe et vaste navire, lesté de nombreux enfants et petits-enfants, n'était menacé ni par les tempêtes ni par les calmes plats, ni même par la corrosion – c'est du moins l'impression qu'il donnait. Anthony fut bien obligé de se le formuler sans détours ce soir-là : Lloyd avait toujours eu plusieurs longueurs d'avance sur lui, et il en serait toujours ainsi. Pour tout dire, de l'avance, il en avait tellement et sa position de tête était à ce point imprenable qu'il était inutile qu'Anthony se fatigue à imaginer pouvoir jamais le rattraper. Et le pire, dans l'histoire, c'était qu'il voyait bien que Lloyd avait le même genre de pensées. Des pensées qui étaient peut-être aussi celles de Benita : pauvre

Anthony, il est vrai que les choses sont difficiles pour tout le monde, mais pour Anthony Verey Antiques, ça ne peut être que la fin. Dieu merci, nous n'avons pas, nous, à gagner notre vie, dans ce XXIᵉ siècle anarchique, en essayant de vendre ce que notre amie américaine, Mary-Jane, appelle « des meubles de défunts ».

Ces sombres considérations avaient amené Anthony à boire de grandes quantités de l'excellent vin de Lloyd. Son hôte n'avait pas été en reste, rivalisant avec lui à la gorgée près, et tous deux étaient à présent assis face à face, de part et d'autre d'un lac agité de verres et de bouteilles, toussant entre deux bouffées de leur cigare, lampant leur cognac, bien décidés, comme Lloyd l'avait exprimé de si émouvante façon, à « aller au foutu fond des choses ».

Benita s'était retirée. Elle savait – peut-être parce qu'elle était plus cultivée que Lloyd, avait lu et compris à la fois Ibsen et Lewis Carroll – que le « foutu fond des choses », ça n'existait pas, et que quand les hommes entendaient le trouver ils finissaient en règle générale par parler voitures. Parfois, avait-elle remarqué, ils devenaient sentimentaux et évoquaient leurs souvenirs de jeunesse, élevant leurs farces d'étudiant au rang de mythes universels, ou exagérant les traumatismes causés par les corrections reçues dans leur *public school*. Ce soir-là, quand elle referma la porte de sa chambre, elle entendit Anthony déclarer :

— La seule fois, Lloyd, où j'ai été vraiment heureux… la putain de fois où j'ai été le plus heureux de ma vie, c'était dans une cabane dans les arbres !

Lloyd éclata d'un rire retentissant. Lloyd adorait rire (et les gens avaient tendance à l'adorer en partie parce qu'il aimait tant rire), mais là il découvrit que son accès de gaieté avait pour effet de lui faire légèrement mouiller son caleçon. Voilà, se dit-il, tout en continuant à pouffer, qui

73

était surprenant, et qui arrivait aux hommes âgés, mais pas (encore) à lui.

— Oui, poursuivait Anthony, c'est la vérité vraie, mon vieux. Une cabane dans les arbres.

— Seigneur ! dit Lloyd, se remettant de sa crise et portant une de ses grosses mains à son entrejambe pour voir si l'humidité avait traversé son pantalon, ce qui était le cas. Après avoir jeté une serviette de table froissée sur l'auréole révélatrice, il lança :

— Alors, raconte, où il était ce putain d'arbre ?

Anthony s'empara de la carafe William Yeowood pour se verser un autre verre de cognac.

— Un jour, pendant les vacances, quand V et moi étions gamins, j'avais construit une cabane dans les arbres dans le petit bois derrière la maison…

— Barton House, hein, ou un truc comme ça ?

— Oui, presque. Bartle. La maison de ma mère. Notre maison. Avant que tu me connaisses.

— Bien avant, mon vieux. Et encore, bien avant, c'est peu dire. À moins que tu n'en aies encore été à construire des cabanes dans les arbres quand tu étais à Cambridge ?

— Ferme-la, Lloyd, et écoute. On est censés, je te le rappelle, aller au fond des choses.

— Parce que tu veux dire… tu veux dire… qu'au fin fond des choses, qu'au fond de tout, bordel, y a juste une putain de cabane dans les arbres ?

— Non, c'est pas ce que je suis en train de te dire. J'te dis simplement… oui, simplement… enfin, tout ce que je veux dire, c'est que j'étais drôlement heureux quand j'ai invité ma mère pour le thé.

— Quel thé ?

— Écoute un peu, j'te dis. Tu m'écoutes pas.

— Mais je fais que ça.

— J'ai préparé un thé dans ma cabane. J'ai invité ma mère. D'accord ? J'ai demandé à Mrs Brigstock de cuisiner deux ou trois trucs : cake aux raisins, cigarettes russes au gingembre. Et j'ai tout installé au poil. La table. La nappe. Le service à thé. Les chaises. Tout, quoi.

— C'est qui Mrs Brigstock ?

— Mrs Brigstock, c'est Mrs Brigstock, bon sang ! La cuisinière et gouvernante de ma mère à l'époque.

— D'accord, d'accord. T'énerve pas ! Comment je peux savoir ? Mais, dis-moi, comment t'as fait pour monter ce foutu mobilier dans ta putain de cabane ?

— Je l'ai transporté, qu'est-ce que tu crois. En montant à l'échelle. Je voulais que tout soit nickel pour ma mère.

Lloyd, à ce stade de l'histoire, fut incapable de réprimer un nouveau fou rire, et, quand celui-ci se fut accompagné d'un nouvel écoulement tiède dans son pantalon, il se leva, se pencha en avant, tenant sa serviette de telle sorte qu'Anthony ne puisse voir l'auréole sur son pantalon, et se dirigea à petits pas vers la porte.

— J'en ai pour une minute, dit-il. Je veux absolument entendre le dénouement ! Je t'assure, Anthony. C'est aussi passionnant qu'une histoire de Winnie l'ourson.

Dans le charmant vestiaire tendu de toile de Jouy, Lloyd soulagea sa vessie douloureuse et tenta de sécher son caleçon à l'aide d'un tampon de papier toilette abricot.

La vitrine en bois d'amourette et acajou renvoya à Lloyd son reflet chancelant. Ce petit problème de fuite lui avait un peu éclairci l'esprit, mais pas au point de l'empêcher de prendre plaisir à la soirée, à la compagnie d'Anthony, et d'éprouver en même temps une certaine satisfaction à constater le désarroi dans lequel était plongé son vieil ami. Cet état, qui – il fallait bien qu'il se l'avoue –

n'était pas fait pour lui déplaire, semblait lié non seulement à la situation financière d'Anthony, mais à quelque
chose d'ordre mental, de nature existentielle, qu'il donnait
l'impression d'être incapable de formuler.

Par le passé, quand Lloyd disait être un ami d'Anthony
Verey, il avait souvent eu à subir, de manière totalement
prévisible, une réaction d'admiration ébahie, et en avait
toujours conçu le sentiment d'une injustice personnelle,
dans la mesure où, bon an mal an, il avait toujours gagné
plus d'argent qu'Anthony, probablement beaucoup plus.
Mais sans faire de bruit, loin des projecteurs de la noto-
riété. Les gens « connaissaient » Anthony Verey parce
qu'on le voyait à tous les vernissages chics, à toutes les
inaugurations de galeries prestigieuses, le plus souvent au
milieu d'une clique d'acteurs et d'artistes extravagants, et
parce qu'il avait son nom sur l'enseigne d'une boutique
élégante de Pimlico, dont aucun collectionneur amateur
n'osait franchir le seuil. Il était drôlement calé en tableaux
et meubles anciens, Lloyd était bien obligé de le reconnaître, mais lui, Lloyd, en connaissait un rayon sur les
marchés mondiaux. Pourquoi l'art avait-il fait d'Anthony
« le grand Anthony Verey », alors qu'une fortune amassée
dans la City n'avait jamais fait de lui « le grand Lloyd
Palmer » ?

Lloyd resta un moment dans les toilettes à vaciller sur
ses jambes. Les laitières de la toile et leurs amoureux continuaient à danser, éternellement jeunes, sur le mur. La
cuvette des w-c regorgeait à présent de papier abricot.

Tous les gens de sa génération étaient maintenant
rattrapés par le temps, songea-t-il. Même Benita, dont les
superbes bras avaient perdu de leur éclat et de leur
fermeté. Mais Anthony Verey, lui, était rattrapé d'une
manière hautement dévastatrice et satisfaisante.

Resté seul dans la salle à manger, Anthony s'aperçut bientôt que son cigare s'était éteint. Les opérations nécessaires à son rallumage lui apparaissant pour l'instant insurmontables, il le posa dans le lourd cendrier de verre et demeura immobile, se contentant de contempler la pièce qui l'entourait de son imposante opulence.

Il surprit l'image floue de son visage dans le trumeau en bois doré qui se trouvait au-dessus de la cheminée (« dernier quart du XIXᵉ, cadre sculpté de fleurs et de volutes, tête sculptée en forme de cartouche asymétrique ») et découvrit que ce visage était blême, plutôt petit, plus fripé qu'à l'accoutumée. Il s'entendit soupirer. Il n'avait pas du tout envie d'avoir l'air petit et fripé, alors que Lloyd, lui, était si voyant et imposant, sa peau si rose et luisante, ses cols de chemise si raides et immaculés…

Et voilà qu'une nouvelle pensée venait ajouter à son désarroi : pourquoi diable – mais pourquoi diable – racontait-il à Lloyd Palmer l'histoire de la cabane dans les arbres ? Il s'agissait là d'un épisode intime. Qui les concernait, Lal et lui. Et eux seuls. Alors pourquoi aller livrer quelque chose d'aussi personnel et précieux à un philistin tel que Lloyd ? Qu'est-ce qui lui arrivait ?

Il prit conscience avec horreur du fait qu'il était ridiculement ivre. Peut-être ce visage aperçu dans la glace du trumeau n'était-il pas vraiment le sien ? Peut-être n'était-il qu'un pâle reflet juste bon à suggérer la façon dont il pourrait apparaître à un œil peu averti, à quelqu'un qui ne le connaîtrait pas vraiment… Et demain, il aurait disparu, ce visage que personne ne connaissait. Lui serait très loin, en France, sous une autre lumière, et avec Veronica, sa sœur bien-aimée, V…

Il savait qu'il était stupide de sa part de s'être soûlé à ce point. Cela voulait dire qu'il débarquerait à Avignon avec la gueule de bois. Juste au moment où il espérait y voir clair à nouveau, il aurait mal à la tête et le cerveau embrumé. Et l'amie de V, ce petit bout de femme courtaude, cette Kitty, cette barbouilleuse d'aquarelles avec son épouvantable habitude de dire tout haut ce qu'elle pensait, saurait exactement ce qu'il en était, le lui ferait savoir et lui rendrait les premières vingt-quatre heures proprement insupportables…

Bon Dieu, pourquoi fallait-il que tout soit aussi moche et flétri, aussi entaché de souffrances et de compromissions ? Anthony dégagea un petit espace autour de son set de table, qui n'était pas un set, en fait, mais une énorme assiette de présentation en papier mâché doré, et posa la tête dessus, à la manière d'un ange déchu, songea-t-il, se laissant tomber sur son inconfortable auréole.

Il ferma les yeux. La maison était plongée dans le silence, comme si Lloyd était allé non pas aux toilettes, comme l'avait cru Anthony, mais se coucher, las de sa compagnie, las d'essayer d'aller au fond des choses, sachant que ce fond – le vrai – se trouvait quelque part très loin derrière et que rien ne saurait le changer.

C'était aussi bien comme ça. Lloyd, de toute façon, n'aurait pas compris. Mais il y avait des choses qu'on n'avait pas *du tout* envie de changer. Mieux, des choses qu'il convenait de faire sans cesse revivre dans sa tête pour s'assurer qu'elles resteraient inchangées, fidèles à l'impression qu'elles vous avaient laissée. Non pas conformes à ce qu'elles avaient été dans la réalité – ce qui, de toute façon, était invérifiable – mais conformes à la manière dont elles vous étaient apparues. Ce dont il fallait les protéger, c'était des altérations inhérentes au passage du temps.

Il avait tout soigneusement préparé. Absolument tout. La nappe en lin blanc, bordée d'une lourde dentelle de

Bruxelles. Les serviettes blanches. Les tasses à thé, soucoupes, assiettes à dessert, sucrier et le vide-tasses en porcelaine bleue, blanche et or, le service préféré de Lal, ainsi que ses petits couteaux favoris avec un manche en os. Les coussins en velours bleu pour les chaises un peu dures. Des prime-vères dans un vase en cristal taillé. Il avait neuf ans.

Il était aux aguets, prêt à aider Lal à monter jusqu'à son repaire. Et la voilà qui arrivait, justement, traversant le petit bois en dessous de lui, vêtue d'une robe lavande, d'un cardigan assorti et de chaussures en toile blanche.

— Je suis là, mon chéri ! avait-elle appelé.

Et il s'était approché du bord de la plateforme, répondant en écho :

— Je suis là, maman !

Il l'aida à grimper, encore qu'elle n'eût guère besoin d'aide, tant elle était légère et agile. Elle entra, et le soleil, qui éclairait le seuil derrière elle, posait des reflets blancs sur ses cheveux blonds. Quand elle vit la table dressée pour le thé, elle battit des mains.

— Oh, c'est si pimpant ! avait-elle dit. J'adore !

Il la conduisit jusqu'à la petite fenêtre et lui montra comment le feuillage vert du hêtre dans lequel la cabane était construite se faisait plus dense vers l'intérieur, comment le ciel semblait si proche et si brillant qu'on avait l'impression de l'avoir pour soi tout seul. Puis il la fit asseoir sur une des chaises, la maison se balança légère-ment quand l'arbre oscilla, et ils écoutèrent le vent bruire dans les feuilles, les oiseaux gazouiller pour saluer l'après-midi.

— Magique. C'est tout bonnement magique ! s'était exclamée Lal.

Mrs Brigstock apporta le thé, le cake aux raisins et les cigarettes russes sur un plateau en argent, et Anthony descendit le lui prendre des mains et – c'était le moment, il le savait, dont il serait le plus fier – le monta sans avoir besoin de se servir de ses mains pour s'agripper à l'échelle. Quand il déposa le plateau devant Lal, il avait le cœur battant, comme un amoureux.

Que s'était-il passé ensuite, de quoi avaient-ils parlé, il n'avait jamais pu se le rappeler. Seul lui restait le souvenir d'une impression : l'impression de quelque chose de parfaitement abouti, d'une sorte d'œuvre d'art, son œuvre à lui, sans le moindre défaut. Le sentiment aussi qu'ils avaient l'un comme l'autre eu conscience du phénomène. Il avait créé un moment de perfection esthétique.

Lloyd revint dans la salle à manger, toujours accroché à sa serviette, pour trouver Anthony endormi, la tête sur son assiette dorée.

— Réveille-toi, mon vieux, dit-il en lui donnant une bourrade dans les côtes. Allez…

Mais Anthony ne bougea pas, incapable du moindre mouvement.

Merde. Lloyd Palmer se mit à jurer tout bas. Il allait devoir se coltiner Anthony, le mettre au lit, tout en redoutant qu'il vomisse sur un des tapis hors de prix de Benita, lui préparer un petit déjeuner, veiller à ce qu'il ne rate pas son avion, ou son train, il ne savait pas au juste ce que l'autre était censé prendre. Et tout ça pour quoi ? Une histoire à la con sur un moment de bonheur.

— Merde, répéta-t-il. Tu parles d'une saloperie, le bonheur !

Laissant Veronica faire les courses et la cuisine en prévision de l'arrivée d'Anthony, Kitty Meadows se réfugia dans son atelier, aménagé dans une grange en pierre derrière la maison, qui avait autrefois abrité les bêtes de la ferme dans ses sombres recoins. Obscurité que dissipaient maintenant des Velux et une lourde baie vitrée ouvrant à l'ouest. Un poêle à bois chauffait l'endroit en hiver.

Kitty, adossée à l'évier en porcelaine, contemplait son aquarelle du mimosa en fleurs, toujours sur le chevalet. Contrairement à nombre de ses peintures, celle-ci ne se flétrit pas sous son examen ; elle se dit même que c'était probablement là ce qu'elle avait fait de mieux depuis un an. Les couleurs, délicates, ne sombraient pas dans le criard, et elle avait réussi à rendre le paradoxe des fleurs – leur individualité en même temps que leur masse –, sans laisser transparaître les terribles efforts qu'avait exigés ce travail. Kitty se plut à imaginer que même son héroïne la plus révérée, l'aquarelliste Elizabeth Blackadder, aurait pu saluer cette œuvre d'un hochement de tête bref mais prometteur. Elle était convaincue que le tableau trouverait sa place dans *Comment jardiner sans pluie* : « Acacia decurrens, *Dealbata* », aquarelle de Kitty Meadows.

Sous l'empire de l'exaltation, Kitty se sentit d'humeur à entamer autre chose.

En peinture – comme peut-être dans tous les arts ? –, le succès ouvre la voie au succès, de même qu'un échec vous mène droit à l'échec. Elle se dit que, sur sa lancée, il lui fallait tirer parti du mimosa et s'essayer à nouveau aux oliviers. Elle mourait d'envie de saisir les mouvements et les chatoiements de ce coin du jardin, sa beauté trem-blante, mais toutes ses tentatives jusqu'ici étaient restées vaines. Ses oliviers avaient l'air hérissé, ce qui ne corres-pondait pas à la réalité ; la couleur de la feuille, sa blan-cheur étonnante, lui avait toujours échappé ; et dans ses mains inexpertes les nœuds des troncs avaient des allures d'étrons.

Le sentiment de honte qui envahit alors Kitty face à son incompétence mit un terme à son moment d'optimisme. Pourquoi ces arbres étaient-ils si difficiles à rendre ? Peut-être parce que chacun d'eux (taillé tous les deux ans au printemps par la main experte de Veronica) abritait une révélation inattendue de l'air et du ciel, et c'était cette bril-lance, élément indispensable, qui avait toujours été absente des tableaux de Kitty. Elle avait tenté, conscien-cieusement, de dépeindre les trouées dans le feuillage d'un vert grisé, mais le ciel avait alors, pour ainsi dire, fait irrup-tion à travers ces trouées, sous la forme de ridicules taches de bleu profond qui paraissaient plaquées de l'extérieur et gâtaient complètement l'ensemble.

— Infect, dit Kitty à voix haute. Du travail de merde !

Poussant un long soupir, elle se dit que ce n'était déci-dément pas le moment de faire une nouvelle tentative de ce côté. Anthony serait là, et la seule idée d'essayer de peindre quelque chose d'aussi évanescent à portée de son œil critique la rendait malade.

Elle finit par se résoudre à mettre de l'ordre dans son atelier, mais sans enthousiasme, plus par désœuvrement qu'autre chose. Elle tailla tous ses crayons. Lava à nouveau ses pinceaux et les rangea par taille dans ses bocaux familiers tachés de peinture. Récura l'évier, enleva les toiles d'araignée des murs en pierre. Tout en laissant ses pensées l'entraîner vers le passé. Elle ne tarda pas à se voir sous les traits de l'humble tâcheronne sans talent qu'au fond d'elle-même elle se savait être.

Elle rassembla toutes les peintures ratées de l'oliveraie, les lacéra et en jeta les morceaux dans la poubelle de recyclage bleue. Elle avait chaud, tourmentée qu'elle était par ses insupportables défaillances et par la ménopause. Elle redevint la timide employée de bibliothèque, poussant son chariot de livres d'un rayon à l'autre, tandis que les ombres de la fin d'après-midi tombaient sur Cromer.

*

La nuit n'était pas loin quand Anthony descendit du train à la gare TGV d'Avignon et, tirant ses valises derrière lui comme deux chiens noirs dociles, se dirigea vers les comptoirs de location de voitures.

Il avait dormi dans le train, cuvant l'essentiel de son vin, tandis que les bois, les vallées, les zones industrielles de la France défilaient au-dehors, invisibles à ses yeux. Une honte, songeait-il, d'avoir ainsi manqué la France : la presque totalité du pays, du nord au sud. Mais voilà ce qui arrivait quand on buvait trop : on passait à côté des choses. Dans son délire, on se fixait un bel objectif, et puis on le ratait.

À présent, au sortir de la gare, Anthony livrait son visage aux douces senteurs de l'air. Les pins, la clarté des étoiles, la pureté des ombres et de la lumière, voilà ce qu'il humait dans l'air. Au milieu des rangées de voitures de location, Anthony posa ses valises. Et resta un moment sans bouger.

J'avais oublié, songea-t-il, le sentiment bien particulier de l'arrivée dans un lieu nouveau, le coup de fouet qu'il vous donne. Il regarda les nuages semblables à des dragons noirs s'étirer sur l'horizon gris perle. Et sentit se dissiper les dernières fumées de l'alcool.

« La vieillesse, lui avait dit un jour un de ses amis acteurs, arrive en brèves rafales. Entre les rafales, il y a une sorte de répit. » C'était là ce qu'Anthony avait l'impression de se voir accorder : un répit, qu'il aurait même été prêt à qualifier de rémission. Il prit donc la décision de ne pas gâcher le moment béni qui lui était alloué, de ne pas le ternir par des actes de méchanceté. Il se conduirait en bon invité chez sa sœur. Ne tarirait pas d'éloges sur son jardin, boirait du pastis avec ses amis français, ne dérangerait pas ses habitudes. Et – du moins tant qu'elle ne le provoquerait pas – il se montrerait aimable avec Kitty Meadows.

Tout en conduisant sa voiture de location, une Renault Scenic noire, sur la route d'Alès, en direction du nord-ouest, Anthony sentit une idée radicalement nouvelle germer dans son esprit. Il constata avec plaisir qu'elle n'était pas seulement audacieuse mais logique : si c'en était fini de sa vie à Londres, alors tout ce qu'il avait à faire pour retrouver le bonheur, c'était de l'admettre une fois pour toutes et de passer à autre chose. Il ne s'était jamais imaginé vivre ailleurs qu'à Chelsea, mais il s'y voyait désormais forcé. Il lui fallait envisager une autre vie : c'était ça ou mourir.

Une idée lumineuse, facile à réaliser. Il vendrait l'appartement, bouclerait ses affaires. Sur l'imposant stock de *bien-aimés*, il prélèverait celles des pièces pour lesquelles il éprouvait un amour inconditionnel (la tapisserie d'Aubusson, par exemple) et mettrait le reste aux enchères dans des ventes bien ciblées chez Sotheby ou Christie. Il pourrait sans doute vendre deux ou trois pièces directement par téléphone à des clients américains à des prix raisonnablement vertigineux, et les expédier à New York ou à San Francisco. Au bout du compte, il aurait largement de quoi acheter une belle maison ici dans le sud de la France, près de V, dans ce monde meilleur et moins complexe, et c'est ici qu'il recommencerait sa vie... une vie entièrement différente.

Anthony conduisait vite, prenant plaisir à voir la route sombre s'évaser pour venir étreindre la voiture. La lumière orange du tableau de bord éclairait suffisamment ses traits pour qu'il prenne conscience du sourire obstiné gravé sur son visage. Sa soirée avec Lloyd Palmer, marquée par ce sentiment d'envie purement matérielle qu'il avait éprouvé à l'égard de son hôte, lui semblait appartenir à un autre monde. Anthony était désormais installé à fond dans le présent, et conscient de le vivre pleinement. Ses projets bavardaient gaiement dans sa tête, comme les clients d'un bar pendant les *happy hours*. Ne pensait-il pas inconsciemment depuis longtemps qu'il serait magnifique de vivre près de V, près de la seule personne pour qui il ressentait encore une véritable affection ? À son côté, il pourrait redevenir le petit frère et se décharger sur elle d'une partie de la responsabilité oppressante de son bien-être, qu'il trouvait de plus en plus difficile à assumer.

Aux Glaniques, Veronica et Kitty attendaient en silence. Depuis le hall leur parvenait le tic-tac familier de l'horloge de grand-mère. C'était comme si, songea Kitty, elles attendaient un événement capital, dangereux, porteur de catastrophe, un lancement de la Nasa, par exemple.

Kitty regarda Veronica, assise dans son fauteuil préféré près de la cheminée où brûlait un beau feu, et elle eut soudain le terrible pressentiment que leur vie ne serait plus jamais la même à dater de ce moment. L'horreur de cette seule idée – même s'il ne s'agissait que d'une éventualité et non d'une certitude – poussa Kitty à se lever, à venir s'agenouiller près de son amie et à poser la tête sur ses genoux couverts de sa jupe en jean fraîchement lavée.

— Qu'y a-t-il ? demanda Veronica. Kitty, qu'est-ce que tu as ?

L'inquiétude de Kitty était trop irrationnelle, trop teintée d'émotion pour qu'elle puisse l'avouer. Elle avait besoin de réconfort. Ce qu'elle voulait, c'est que Veronica lui caresse les cheveux, lui dise un mot affectueux, comme elle le faisait d'ordinaire. Mais elle la sentait tendue : sa jambe droite tressaillait, aucune partie de son corps n'était au repos.

— Dis-moi ce qui ne va pas, dit encore Veronica.

— Tout va bien. Caresse-moi les cheveux, ma chérie, tu veux ?

Les cheveux courts de Kitty, saupoudrés de gris, formaient une masse de boucles épaisses et emmêlées. Veronica posa doucement une main sur la tête de Kitty, prenant une mèche puis une autre et les retenant entre ses doigts.

— Si tu veux savoir, dit-elle au bout d'un moment, tes cheveux ne se prêtent guère à la caresse.

C'est à cet instant que la sonnette du portail automatique retentit, et Veronica dut relever Kitty pour pouvoir se redresser et aller débloquer la grille.

— Le voilà, lança-t-elle, ce qui était tout à fait superflu.

Kitty vit les phares surgir de la nuit. La voix de Veronica à la porte se fit entendre, vive et pleine d'emphase, comme si elle accueillait un plombier ou un maçon dont on n'espérait plus la venue. Puis ce fut celle d'Anthony : l'accent traînant de Chelsea, cette manière de parler qu'avaient les gens distingués du temps où la gamine malingre qu'elle était aidait à faire les lits et à préparer le petit déjeuner dans la pension de famille de Cromer.

Veronica le fit entrer dans le salon, en le tenant par la main, comme s'il était toujours le petit frère adoré, le garçon charmeur et charmé, Anthony. Il avait la pâleur de ceux qui vivent à l'intérieur, et sa peau se desquamait. Il s'approcha de Kitty avec un sourire qui rétrécissait ses yeux, plissait ses joues d'homme à présent dans sa septième décennie, mais qui, Kitty le devinait aisément, pouvait encore séduire à l'occasion.

Il lui donna un léger baiser, où l'on décelait à peine une distance dédaigneuse. Il sentait le train, les choses abandonnées dans une atmosphère confinée, et Kitty eut l'impression très particulière qu'il avait besoin d'être arrosé à l'eau salée, besoin d'un bon abrasif, de glace, de grains de sable, pour que son sang colore à nouveau sa peau, pour que le monde lui redevienne réel.

Debout près du feu, il admirait les tapis et les coussins qu'elles avaient achetés à Uzès. Veronica servit le champagne, fit passer sa tapenade maison. Il était content d'être là, dit-il, ajoutant :

— Ce que j'aime entendre, c'est le silence.

450 000 euros.

Audrun ne parvenait pas à se sortir la somme de la tête. Était-ce vraiment ce nombre astronomique qu'elle avait vu écrit sur la paume d'Aramon ? Ou bien, cette suite de chiffres sans rapport avec quoi que ce soit se contentait-elle de flotter dans la masse grise et confuse de son cerveau ?

Elle lui reposa la question :

— Combien elles ont dit que tu pouvais demander pour la maison ?

Mais cette fois-ci, il refusa de répondre. Il s'enfourna quelques brins de tabac dans la bouche avant de les recracher et de dire :

— Le mas est à moi. C'est tout ce que je sais. À moi jusqu'au dernier euro.

Depuis sa fenêtre, les rideaux de tulle écartés d'un demi-centimètre, Audrun observait les gens qui arrivaient pour visiter la maison. Elle les vit prendre du recul et lever les yeux vers la fissure dans le mur. Ils passèrent à pas prudents devant le tas de sable et le poste de télévision rouillé, jauni par l'urine. Se retournèrent pour regarder la vue côté sud, qui englobait son potager quadrillé par des morceaux de corde à botteler où pendaient des chiffons servant d'épouvantails et sa corde à linge, décorée des hardes d'Aramon. Sentant les étrangers, les chiens dans l'enclos se déchaînèrent. Les visiteurs repartirent.

Puis ce fut Raoul Molezon, le maçon, qui arriva.

Audrun se précipita dehors avec du café pour Raoul et lui demanda :

— C'est vrai, pour les 45 000 euros ?

— J'en ai aucune idée, Audrun. Moi, je viens juste réparer la fissure.

Elle lui dit que la fissure finirait par traverser la maison et la fendre de part en part, parce que là où se trouvaient les deux ailes du mas, dans le temps, il n'y avait plus aujourd'hui que du vide.

— La terre attire à elle les murs en pierre, Raoul. Tu es maçon, je sais que tu comprends ça. À moins qu'ils ne soient étayés, comme ils l'étaient avant, la terre finira par les attirer. Je suis sûre que ma mère le savait.

Raoul hocha la tête. Il était toujours gentil avec Audrun. L'avait toujours été, sa vie durant.

— Tu as peut-être raison, opina-t-il. Qu'est-ce que j'y peux ?

Raoul but les dernières gorgées de son café et lui rendit le bol. Il s'essuya la bouche avec un vieux mouchoir écarlate et commença à installer ses échelles, qu'il cala avec des pelletées de sable. Il avait des sacs de ciment dans sa camionnette. Audrun comprit alors qu'Aramon avait fait venir Raoul pour reboucher la fissure au mortier et la recouvrir ensuite d'une couche de crépi gris, de façon que les acheteurs éventuels ne puissent imaginer ce qu'il y avait en dessous.

— Crois-moi, Raoul, dit-elle en serrant le bol vide contre elle, il faut que tu mettes des tirants pour consolider…

Il était à mi-hauteur de l'échelle, agile, précis, sûr de ses appuis, même à soixante-six ans. À une époque, Audrun aurait pu tomber amoureuse de Raoul Molezon, si Bernadette avait vécu, si sa vie avait été radicalement différente. Elle regarda ses jambes bronzées, dans son short poussiéreux. Dans le temps, elle se disait, en voyant Raoul, qu'on pouvait aimer un homme rien que pour ses jambes, pour le plaisir de les caresser, comme on le ferait de l'encolure délicate d'une chèvre. Ça, c'était avant… avant qu'aimer un homme lui devienne impossible… à jamais.

Elle observa Raoul mettre ses lunettes, qui pendaient à une chaîne autour de son cou, et examiner la fissure. Il glissa sa main dedans. Il allait forcément voir l'étendue des dégâts.

— Alors, Raoul, lui lança-t-elle. Ça traverse carrément, hein ?

Il ne répondit pas. Le visage tourné sur le côté, pratiquement collé au mur à présent, on aurait dit qu'il écoutait battre le cœur de la maison. C'est alors que la porte s'ouvrit brutalement et qu'Aramon sortit, chargeant au pas de course, le visage enflammé par le vin et la colère.

— Tu lui fous la paix, Audrun ! hurla-t-il. Tu laisses Raoul tranquille, hein !

Il essaya de l'écarter du plat de la main, comme il aurait chassé une mouche.

Elle recula devant le contact, comme elle le faisait toujours. Aramon savait qu'il pouvait l'effrayer dès l'instant où il portait la main sur elle. Elle se détourna et s'éloigna. Presque en courant.

91

Elle tenait le bol toujours serré contre elle au cas où elle aurait eu besoin d'une arme, au cas où Aramon l'aurait suivie. Elle se vit en train de lui plaquer le bol sur la figure, comme pour prendre une araignée au piège.

Mais il ne la suivit pas, et elle atteignit sa porte, rempart fragile dépourvu de densité ou de solidité, pitoyable. Elle la verrouilla derrière elle, tout en sachant que le verrou n'avait guère plus de consistance que le reste, simple petit bout de métal bien peu résistant. Pourquoi en était-il ainsi ? Les portes étaient censées être solides et coriaces. Censées vous protéger de tout et de tous ceux qui pourraient vous faire du mal. Mais, pour elle, ça n'avait jamais été le cas.

Elle s'assit dans son fauteuil. Quelque part, au loin, elle entendait les voix d'Aramon et de Raoul Molezon, portées jusqu'à elle par le vent qui soufflait du nord, ce vent qui parfois s'infiltrait dans le crâne de Bernadette et l'étendait raide par terre, sous la lessive qu'elle mettait à sécher ou sur le sol couvert de plumes du poulailler.

Elle essaya d'égayer le cours de ses pensées en se remémorant les merveilleuses potions que la vieille Mme Molezon, la mère de Raoul, concoctait dans la pénombre de sa cuisine : jeunes pousses de roncier, séchées, bouillies et mélangées avec du miel pour les maux de gorge ; tisane de sauge pour les nausées ; décoction de bourrache pour les commotions. Pourtant, Audrun ne l'ignorait pas, il y avait des maux pour lesquels il n'existait aucun remède. La cuisine de Mme Molezon avait été impuissante à sauver Bernadette. Dans ses derniers jours, elle avait dit à Audrun que son cancer était comme une magnanerie, et son corps un mûrier. Rien sur cette terre n'avait su empêcher les vers à soie de dévorer les feuilles, jusqu'au dernier fragment de verdure.

C'est à ce moment-là que tout avait changé – quand avait disparu ce dernier brin de verdure.

À quinze ans, Audrun avait été retirée de l'école pour aller travailler dans une fabrique de sous-vêtements à Ruasse. Son père et son frère restaient à la maison à s'occuper des vignes, des champs d'oignons, des légumes et des arbres fruitiers en terrasse. Ils prenaient également soin des bêtes et les abattaient. Audrun, elle, à les entendre, n'était bonne à rien dans ce domaine et ne le serait jamais ; son devoir, c'était de rapporter de l'argent à la maison. Alors, tous les matins à 7 heures, six jours par semaine, elle prenait son car qui la laissait devant l'usine aux abords de Ruasse, et elle passait toute la journée courbée sur sa machine à coudre, à confectionner des gaines, des porte-jarretelles et des soutiens-gorge. Dans son souvenir, tous ces sous-vêtements aux formes bizarres étaient rose pâle, de la couleur de sa chair, ou presque, du moins aux endroits que le soleil n'avait jamais visités.

Son père lui ordonna de rapporter à la maison des échantillons de son travail. Serge et Aramon tripotèrent ces dessous roses, les reniflèrent, étirèrent les gaines élastiques dans tous les sens, tirant aussi sur les jarretelles comme on tirerait sur un pis de vache, tout en riant, soupirant et s'agitant sur leurs chaises. Puis ils dirent à Audrun d'enfiler les dessous, pour leur montrer à quoi ils ressemblaient, et faire semblant d'être un de ces mannequins de magazine. Quand elle refusa, Serge l'attira brutalement contre lui. Lui toucha les seins ; elle avait quinze ans, et ils étaient déjà bien développés. Puis il lui chuchota à l'oreille qu'elle avait besoin d'un soutien-gorge pour ces seins magnifiques, non ? et qu'il lui en paierait un si elle essayait la gaine devant lui…

Elle s'arracha à lui. Vit Aramon, plié en deux dans un coin, rouge d'embarras et d'excitation, s'esclaffant de son rire de hyène.

Elle sortit en courant de la maison et se précipita au cimetière où le corps de Bernadette reposait dans son catafalque de pierre, entassé sur ceux de ses beaux-parents, et c'est alors qu'Audrun sentit pour la première fois les choses se dilater, prendre autour d'elle des formes absurdes... la brise pareille à des battements d'ailes, le soleil à du beurre fondu qui rendait les pierres tombales glissantes, les cyprès à des bâtiments prêts à s'effondrer. Elle cria, mais il n'y avait personne pour l'entendre. Elle s'accrocha à la terre et la sentit s'effriter entre ses doigts, comme du pain.

Audrun se balançait dans son fauteuil, toute à ses souvenirs : ça, c'était la première fois.

Raoul Molezon vint quatre matins de suite. Il amena avec lui son apprenti, Xavier, pour lui donner un coup de main. Ils rebouchèrent la fissure avec du ciment, la recouvrirent d'un nouveau crépi, rejointoyèrent les briques autour des fenêtres. Puis ils firent quelque chose d'extraordinaire : ils repeignirent le crépi en jaune ocre vif.

Dans l'ombre fraîche du petit matin, les murs avaient la couleur pâle des primevères ; dans le couchant, ils flamboyaient comme une cascade d'œillets d'Inde. La maison n'avait plus rien du mas Lunel.

Audrun passait des heures dans son potager, appuyée sur une fourche ou une binette, à contempler, ébahie, cette apparition jaune. Elle vit Xavier charger le vieux téléviseur dans le fourgon de Raoul et débarrasser le tas de sable. Vit Aramon planter un forsythia près de la porte d'entrée. Remarqua que les chiens, comme drogués par les vapeurs de peinture, s'étaient tus.

Elle vit ensuite revenir les agents immobiliers : la mère et la fille, sur ses chaussures marron à hauts talons. Vit en leur compagnie Aramon, qui pour une fois portait des vêtements propres, devant la maison, dans la tiédeur toute neuve de la mi-journée, tous trois les yeux levés sur le surprenant nouveau visage du mas Lunel. Les dames entreprirent de faire des photos, méthodiquement, de près, puis de loin. Et Audrun lisait en elles comme dans un livre ouvert : cette transformation n'allait-elle pas faire monter le prix du mas ?

Un demi-million d'euros ?

Elle porta la main à son cœur. Sa bicoque à elle avait été bâtie en un mois pour quelques milliers d'euros. C'était le seul abri qui lui appartiendrait jamais.

Elle interpella les deux femmes sur la route, agitant ses bras maigres pour leur faire signe de s'arrêter. Elle passa la tête par la vitre baissée.

— Excusez-moi, dit-elle. Je suis la sœur de M. Lunel, et dans le temps j'habitais cette maison. J'ai vu ce qu'il a fait. Il a appelé le maçon pour colmater la fissure, mais elle est toujours là.

Les dames avaient des visages ronds, aux contours presque identiques, des petites bouches pincées enduites de rouge à lèvres. La fille fumait, tirant de longues bouffées sur une de ces cigarettes mentholées de luxe, et recrachant la fumée par la fenêtre. Toutes deux regardaient Audrun sans rien dire.

— C'est pas un peu de ciment qui va l'empêcher de s'élargir, reprit Audrun, s'agrippant à la carrosserie brûlante. La terre attire à elle les pierres de chaque côté de la bâtisse. Elle n'arrête jamais.

— Écoutez, madame, dit la mère au bout d'un moment. Il y a une chose qu'il faut que vous compreniez. Votre frère nous a demandé de nous occuper de la vente du mas. C'est tout. Franchement, nous n'avons pas à être mêlées à je ne sais quelle querelle de famille.

Une querelle de famille.

— Ah, dit Audrun. Alors, il vous a dit, c'est ça ? Il vous a dit comment j'avais été traitée ?

— Comment vous avez été traitée ? Non, pas du tout. Votre passé ne nous concerne en rien. Nous intervenons simplement comme agents dans la vente du mas.

— Je ne suis pas étonnée qu'il ne vous ait rien dit. Il fait comme s'il ne s'était jamais rien passé.

— Désolée, mais il faut qu'on y aille. Nous avons un autre rendez-vous, un rendez-vous urgent, à Anduze.

— Vous devriez lui demander pour la fissure. Demandez-lui. Il a fait venir Raoul. Et j'ai vu ce qu'il a fait, Raoul. Je ne vous mens pas. Il s'est contenté de quelques truelles de mortier dans…

Déjà, elles n'écoutaient plus. La mère enclencha le levier de vitesse, et Audrun sentit la voiture bouger ; il lui fallut d'abord sautiller sur quelques mètres pour l'accompagner, puis ressortir vivement la tête, avant de regarder le véhicule prendre de la vitesse.

Une semaine après son arrivée, tandis que, par une chaude après-midi, il binait quelques minuscules mauvaises herbes dans la cour gravillonnée par ailleurs impeccable de Veronica, Anthony surprit le reflet de son visage dans une des portes-fenêtres et remarqua que le soleil du Midi, en effaçant sa pâleur de Londonien, l'avait rajeuni.

Admirant sa nouvelle allure, il eut soudain une pensée qui lui enflamma l'esprit : je pourrais à nouveau aimer. Après tout, peut-être bien que je pourrais…

Il se redressa et leva le visage vers le ciel.

Qui sait, peut-être même aimer une femme ? Pourquoi pas ? Il avait aimé Caroline, son ex-épouse, sur le mode amical. Pourquoi ne mènerait-il pas une vie simple et confortable au côté d'une femme séduisante mais peu exigeante, et ce pendant encore une dizaine ou une quinzaine d'années, et ne trouverait-il pas la paix…

… ou bien alors, cette partie de la France était pleine de garçons bronzés aux cheveux foncés, et rien que d'y penser, rien qu'à l'idée de ce qu'ils pourraient lui chuchoter à l'oreille en français dans la chaleur des nuits d'été, il eut une érection qui, pour être hésitante, n'en était pas moins glorieusement bienvenue.

Il revint à sa besogne avec une énergie renouvelée, décidé à arracher jusqu'à la dernière herbe de la cour. Il ne s'était pas attendu à aimer jardiner, mais il découvrait à présent que ce genre de travail générait en lui une agréable tranquillité d'esprit, qui apportait avec elle une lueur d'espoir, comme le soleil qui, sortant d'un nuage, vient en éclairer les bords.

— Tu sais que tu m'as sauvé la mise, n'est-ce pas ? dit-il à Veronica ce même soir, tandis qu'ils buvaient un vin blanc bien frais au salon.

— Qu'est-ce que tu veux dire ? demanda-t-elle.

— Londres me tue, V. Littéralement. Je n'arrête pas d'y penser depuis que je suis arrivé, et j'ai pris une décision sur laquelle je ne reviendrai pas. J'ai l'intention de vendre. J'aurais dû le faire il y a déjà deux ou trois ans. Je sens qu'ici, en France, je vais renaître.

Au moment où il prononçait ces mots, il décela, non sans plaisir, un éclair de terreur dans les yeux de Kitty Meadows. Un éclair qui en disait long.

— Ne vous inquiétez pas, dit-il en adressant à celle-ci un sourire paresseux. Je n'ai pas l'intention de m'installer à votre porte. Je ne suis pas à ce point insensible. Je vais chercher quelque chose un peu plus au sud, probablement dans les environs d'Uzès. Une belle vue et assez de place pour caser quelques-uns de mes *bien-aimés*, je n'ai besoin de rien d'autre.

Veronica se leva, s'approcha d'Anthony et lui passa les bras autour du cou.

— Mon chéri, s'écria-t-elle. Je trouve que c'est une idée merveilleuse. Fantastique même, courageuse et brillante. Levons nos verres en son honneur ! Nous t'aiderons à trouver la maison idéale.

Kitty resta sans bouger sur son fauteuil. Et croisa ses petites mains sur ses genoux.

Anthony téléphona à Lloyd Palmer. Il commença par présenter ses excuses pour son comportement d'ivrogne, ce fameux soir.

— C'est bon, dit Lloyd, laisse tomber. Tu n'as pas été malade, c'est déjà quelque chose. Comment trouves-tu la France ?

— Écoute, j'ai eu une sorte d'épiphanie. Ce serait trop long et ennuyeux à t'expliquer, mais je crois que je vais acheter une maison ici.

— Une maison dans les arbres ? fit Lloyd avec un petit ricanement.

— OK, Lloyd, touché. Sérieusement, si j'appelle, c'est parce que je vais peut-être te demander de vendre quelques-unes de mes actions…

— Tu veux *vendre* des actions ? J'ai bien entendu ?

— Oui.

— Tu es cinglé ou quoi ? Ne compte pas sur moi, mon vieux. Tu as jeté un coup d'œil à l'indice Footsie récemment ? C'est *hors de question*, je refuse. Même pour toi.

— Si je trouve une maison, Lloyd, je vais devoir faire vite. Ici, quand on achète, on ne peut pas tergiverser indéfiniment. Il faut s'engager rapidement.

— Fais-le en liquide.

— Le liquide, je le trouve où ? Tout ce que j'ai en dehors de mes actions, ce sont des dettes.

Le mot fatal réduisit Lloyd Palmer au silence.

— Je n'en reviens pas, finit-il par dire. Qu'est-ce qui s'est passé ?

— La réalité, le temps, et le reste, voilà ce qui s'est passé. Et puis, vendre l'appartement risque de prendre du temps, si bien…

— Vendre l'appartement ? Bon sang, je n'en crois pas mes oreilles ! Tu as complètement perdu la boule, Anthony !

— Non, je t'assure. Londres, pour moi, c'est fini. Benita et toi, vous le savez aussi bien que moi. Alors je vais tenter un nouveau départ, ici, pas trop loin de V.

Lloyd laissa échapper un long soupir mélancolique.

— J'essaie de sauver mon âme, Lloyd, dit Anthony dans le silence qui suivit. Ou ce qu'il en reste.

— *Emprunte !* aboya Lloyd. C'est la seule chose sensée qui te reste à faire.

La pluie arriva.

Installées sur de vieilles chaises en bois sous la voûte de pierre qui menait à la terrasse, Veronica et Kitty la regardaient tomber.

Une véritable manne, attendue depuis des mois ! Elles l'écoutaient glouglouter le long de leurs belles descentes toutes neuves, tambouriner sur les feuilles du mûrier d'Espagne. Si le sol sous le mûrier était détrempé, c'était une bonne pluie, meilleure que lorsque les villageois de Sainte-Agnès annonçaient qu'il était tombé trois gouttes, une de leurs façons de la mesurer.

Elles respiraient à pleins poumons l'air chargé d'humidité. Imaginaient le gonflement imperceptible qui se produisait déjà dans les millions de fibres minuscules des racines du gazon et se disaient que si la pluie voulait bien continuer et non s'arrêter abruptement d'un moment à l'autre, leur pelouse serait à nouveau d'un beau vert vif en trente-six heures.

La pluie bénie se faisait plus drue maintenant, et le ciel était couleur d'ardoise. L'eau commençait à former des flaques sur le sol en pierre inégal de la terrasse quand Anthony apparut sous la voûte.

— Qu'est-ce que vous faites là ? demanda-t-il à Veronica.

— On regarde la pluie.

— On regarde la pluie, renchérit Kitty, en écho.

Anthony, lui, regarda les deux femmes. Leur immobilité était telle, elles paraissaient si émues, comme envoûtées par le spectacle, qu'on aurait pu les croire en train d'assister à quelque sublime représentation du *Lac des cygnes*. Si bien qu'il lui sembla normal de se joindre à elles. Il alla donc chercher une autre chaise, s'assit en silence derrière elles, comme dans une loge à l'opéra, et contempla lui aussi la pluie qui tombait.

Qu'elles sont donc curieuses parfois, et imprévisibles, songea-t-il en s'asseyant, les choses qui nous deviennent précieuses, qui acquièrent le statut de *bien-aimés*. Qui aurait jamais imaginé que la pluie puisse être à ce point appréciée par deux Anglaises d'âge mûr ? On aurait pu le comprendre de la part d'Africains vivant sur une terre perpétuellement desséchée. Lal évoquait souvent pour lui le souvenir qu'elle gardait de l'arrivée des pluies dans la province du Cap, des pistes conduisant à la ferme de ses grands-parents, qui devenaient rouges, du beau rouge sang de la latérite, et des innombrables fleurs sans nom qui couvraient le *veld* dénudé. Il était impossible que Veronica ait jamais pensé à la pluie avec une telle ferveur.

— Le problème, c'est qu'on ne sait jamais, dit-il à haute voix. Non, on ne peut pas savoir.

— Savoir quoi ? demanda Veronica.

Anthony n'avait pas vraiment eu conscience de parler tout haut.

— Oh, je me disais simplement que ce n'est pas plus mal de ne pas savoir. De ne pas savoir à l'avance ce qui soudain va nous émouvoir.

— Nous émouvoir ? De quelle manière ? demanda Kitty.

Pour rompre le charme, on pouvait compter sur elle. C'était là un des nombreux travers qu'il avait du mal à supporter chez elle. Une petite briseuse de charme, pédante, et sans imagination, voilà ce qu'elle était. Quelle mascarade de se prendre pour une artiste ! Anthony soupira. Une fois qu'il serait installé quelque part dans la région, il se mettrait en quête d'une nouvelle compagne pour sa sœur.

— Peu importe, fit-il. Nous faire ressentir aussi bien de l'extase, par exemple, que de l'irritation.

La pluie tomba sans interruption trois jours durant. Les fleurs de mimosa se gorgèrent d'eau et brunirent. La maison se refroidit. Anthony se prit à croire que l'Angleterre l'avait poursuivi jusqu'ici et tirait sur sa manche pour se rappeler à lui, mais il s'efforça de combattre cette impression.

Depuis sa fenêtre, il contemplait les Cévennes, noyées dans une brume bleuâtre. Se demandait si ce ne serait pas une expérience unique et fabuleuse que de vivre là-haut, sur les cimes, que de pouvoir être au contact de la grandeur originelle des choses et se sentir plus proche des étoiles. Avoir le sentiment que le monde s'étendait à nouveau à vos pieds, que l'on régnait en maître sur son empire – comme il avait lui-même eu l'impression de le faire au temps glorieux de ses succès –, supérieur, d'une certaine manière, à tout et à tous ceux qui trimaient en bas, au fond de la vallée.

Là-haut, au milieu de cette brume chargée de la senteur des pins, semblait triompher une miraculeuse solitude, comme si l'espace n'appartenait plus à l'homme, mais aux aigles et au silence. Là-bas, on pouvait sans doute se contenter simplement d'*exister*. On pouvait, enfin, cesser de s'acharner, et attendre que la joie de se sentir pleinement vivant vous inonde.

À présent, la voiture de l'agence immobilière multipliait les allées et venues entre Ruasse et le mas Lunel. Les chiens affamés aboyaient, déchaînés. Audrun voyait les acheteurs potentiels se figer dans l'allée, paralysés par cette fureur animale.

Quand Audrun vint rapporter à Aramon une autre pile de linge propre, elle lui dit :

— Si tu veux vendre la maison, tu ferais bien de te débarrasser des chiens.

Il était en train de s'escrimer sur une torche électrique qui ne marchait plus, enlevant les piles puis les remettant en place, et cognant l'instrument sur la table en bois.

— C'est pas les chiens, dit-il. Ils savent que les chiens partiront avec moi. C'est ta bicoque.

Audrun posa le linge propre sur une chaise. Elle s'apprêtait à le ranger dans le placard séchoir où il finirait de s'aérer, mais ces paroles lui en ôtèrent l'envie. Elle vit la torche soudain s'éclairer. Entendit son frère pousser un grognement de plaisir.

— Oui, lança-t-il en dirigeant le faisceau de la lampe sur son visage. Ils disent que ta maison, c'est une verrue. Ouais, c'est le mot qu'ils utilisent tous : une « verrue ». Moi, je leur ai dit qu'ils avaient qu'à te la racheter, ta baraque. Et la démolir ! Pas une mauvaise idée, hein ? Même que je pourrais le faire pour eux. Et me faire payer pour.

Son rire perçant d'asthmatique le plia en deux. Il éteignit la torche, l'abattit sur la table et attrapa une cigarette.

— Les gens qui ont du fric, dit-il, ils raffolent des vieilles maisons. Ils aiment la pierre, l'ardoise, les grosses poutres. Pour eux, une bicoque comme la tienne, ça vaut pas un clou, ça fait rien qu'esquinter le paysage.

Audrun tourna les talons et se dirigea vers la porte. Elle était sur le point de sortir dans le soleil quand elle entendit Aramon ajouter :

— Dommage que tu l'aies construite si près de la limite.

— J'ai construit là où on m'a dit que je pouvais, répliqua calmement Audrun. De façon à être raccordée à l'eau et à l'électricité.

— Si tu le dis, n'empêche que par endroits t'as empiété sur mes terres. Je le sais bien, je t'ai vu faire ! Je m'en vais appeler le géomètre pour qu'il vienne jeter un coup d'œil... là où t'as dépassé la limite. Et tout ce qui se trouvera de *mon* côté, je pourrai y faire passer le bull.

À quoi bon discuter ? Les mots n'avaient aucune prise sur Aramon. Quand il était enfant, il n'y avait qu'une chose pour lui en imposer : les coups de ceinture ou de canne de bambou administrés par Serge. À présent, la seule chose qui le fasse réagir, songea Audrun, c'est l'argent. La seule.

Arrivée devant sa porte, Audrun se retourna et embrassa les alentours du regard. Bien que les deux maisons, le mas Lunel et la sienne (qui n'avait pas de nom), fussent situées juste à la sortie de la Callune, on aurait pu croire qu'elles se trouvaient à des lieues de toute autre habitation. En dehors de la route qui longeait l'arrière de sa propriété, de la vieille allée qui menait au mas, et qui avait été aménagée par Serge à l'aide de morceaux d'ardoise et de débris de brique, des vieux murets écroulés des vignes en terrasse et de son carré de légumes, le reste n'était que nature à l'état sauvage, prés, chênes verts, hêtres, bois de châtaigniers, avec, surplombant le tout, la colline couverte de pins et, au-delà, la rivière. Les gens la croyaient stupide, un peu dérangée, parce qu'il lui arrivait de temps à autre de perdre la notion du temps, mais elle n'était pas assez bête pour ne pas se rendre compte de la beauté de ce qui l'entourait, et du fait que c'était cette beauté qu'un homme d'affaires habitant une ville laide et grouillante aurait envie d'acheter.

Elle examina ensuite sa bicoque. Le crépi était d'un rose passé, et Audrun avait peint les fenêtres au cadre métallique en bleu, la couleur préférée de Bernadette, mais ce bleu, finalement, lui avait toujours paru incongru avec le rose. En été, elle mettait des géraniums d'un rouge écarlate sur le rebord des fenêtres, mais les pots, en ce moment, étaient vides, gorgés d'eau par les pluies récentes. Le dallage en pierres plates de sa terrasse était recouvert de feuilles détrempées, rassemblées par le vent en paquets aux formes bizarres. La vasque en pierre pour les oiseaux, où venaient boire les moineaux et les mésanges, était couverte de vert-de-gris. Le rideau pour les mouches s'était en partie décroché et pendait en travers du linteau de la porte. Sa petite Fiat, garée tout près, était tellement rouillée qu'elle semblait attendre la grue du ferrailleur qui l'embarquerait.

L'endroit avait un air misérable. Et Audrun se dit que les acheteurs potentiels du mas n'avaient pas tort : la bicoque n'aurait jamais dû être construite. Le mas et les terres qui l'entouraient auraient dû être à elle. Elle aurait vendu les chiens à un chasseur qui aurait pris soin d'eux et les aurait fait travailler. Elle aurait correctement réparé la fissure et fait de la maison un endroit propre, salubre et agréable à vivre.

Mais, surtout, elle se serait occupée de la terre. Parce que c'était ça qui importait. Ces derniers temps, obsédés par l'idée de l'argent que pourrait leur rapporter la vente de leur maison, des milliers de Cévenols semblaient avoir oublié leur rôle de gardiens de la terre. Les arbres étaient atteints par la maladie. Les vignes en terrasse s'effondraient. La vase envahissait les cours d'eau. Et personne ne semblait le remarquer ni s'en soucier, comme si les choses allaient s'arranger d'elles-mêmes, comme si la nature allait faire le travail de l'homme à sa place, pendant que les gens resteraient figés, à l'image d'Aramon, devant leur écran de télévision géant, exposant leur cerveau au rayonnement intense d'une lumière stérile.

Et que dire des nouveaux venus, des étrangers, qui depuis peu achetaient des propriétés dans la région ? Ceux-là étaient pitoyables, songea Audrun. Pitoyables. Sans que ce soit vraiment leur faute. Émus, ils l'étaient, vraiment, par la beauté des lieux. Au début, ils croyaient pouvoir trouver le moyen de s'occuper de tout. En réalité, ils ne comprenaient absolument rien à la terre.

Ce n'était pas la première fois, non, certes pas, mais Audrun se prit à penser que c'était Aramon, et non Bernadette, qui aurait dû mourir en 1960. Il serait réduit en poussière à l'heure qu'il était. Quelle idée délicieuse : son visage, son rire, sa puanteur... tout cela, réduit en poussière.

Et toutes les terres des Lunel, acquises plus d'un siècle auparavant par ses grands-parents, seraient maintenant à elle, prospères, boisées, verdoyantes.

Audrun marchait dans son bois au côté de Marianne Viala. La rivière, derrière elles, était haute et rapide. Le soleil jouait à cache-cache entre les nuages blancs cotonneux.

— Il faut absolument te protéger, Audrun, disait Marianne.

Qu'elle se protège ? Marianne devait pourtant bien se rappeler que, après la mort de Bernadette, Audrun n'avait eu aucun moyen de le faire.

— Je suis sérieuse, reprit Marianne. Tu ferais bien de voir un avocat. Si une partie de ta maison empiète sur le terrain d'Aramon, alors il est en droit de...

— Elle n'est pas sur son terrain. Elle est sur le mien.

— Comment peux-tu en être sûre ?

— Quand on a fait les plans, on a tracé des lignes là où se trouvaient les limites de propriété.

— Je suppose que tout va bien, alors. Que tu n'as rien à craindre.

Tu n'as rien à craindre.

C'était ce qu'avait dit Bernadette quand elle avait emmené Audrun voir le chirurgien à l'hôpital de Ruasse. Elle lui avait dit qu'il lui couperait la queue en tire-bouchon qui sortait de son ventre et lui ferait à la place un joli nombril, tout plat, comme celui des autres enfants. Après, elle ne les entendrait jamais plus se moquer d'elle : « Montre-nous ta queue de cochon, Audrun ! Montre-nous ton cul de porc ! »

Allongée sur son lit d'hôpital, elle sentait le sang tiède jaillir de sa blessure et couler le long de ses cuisses. Elle essaya d'appeler à l'aide, mais la salle dans laquelle elle se trouvait était haute et lui renvoyait le son de sa voix, une voix beaucoup trop faible ; elle ne produisit qu'un petit cri étranglé qui monta vers le plafond, comme un oiseau pris au piège.

Tu n'as rien à craindre.

Elle avait huit ans. Elle se demandait si c'était normal, ce sang tiède qui s'écoulait d'elle. Non, sans doute pas. Elle avait plutôt l'impression que c'était sa vie qui la quittait, la vie précieuse et unique de la fille de Bernadette Lunel, retenue prisonnière entre la mince couverture et le dur matelas de l'hôpital. Petit à petit, à mesure que ses artères et ses veines se vidaient, elle allait devenir plus mince, plus plate. Et aussi pâle qu'un ver à soie.

Quand elle se réveilla, il y avait une poche de sang attachée à son bras et une main fraîche posée sur son front : celle de Bernadette. Qui approcha son visage tout près du sien et murmura : « Tout va bien, ma petiote. Tout va bien. Je suis là maintenant. Maman est là. Tu n'as plus rien à craindre. »

Audrun et Marianne continuaient leur promenade, et quand elles furent à nouveau en vue de la bicoque, Marianne s'arrêta brusquement, regarda la maison et dit :

— J'ai une idée. Pourquoi tu ne fais pas venir Raoul pour qu'il te monte un mur ?

— Ça changera quoi ?

— Un haut mur en pierre. Comme ça, ceux qui achèteront le mas ne pourront pas voir ta maison, et toi, tu ne les verras pas non plus.

— Et comment je le paye ?

— Ça pourrait être juste des moellons de ton côté. Avec un habillage en pierre du leur.

— Même comme ça, je ne vois pas comment je trouverais l'argent.

Marianne se retourna pour regarder derrière elles.

— Tu n'as qu'à vendre le bois, dit-elle.

Vendre le bois ?

Audrun secoua la tête un long moment, d'un côté, puis de l'autre, comme une marionnette. De penser à tout cela, d'envisager ces horribles éventualités, elle était toute retournée, avait les jambes flageolantes.

Plus tard, elle resta éveillée dans le noir.

« Bien à l'abri dans ton lit, avait coutume de dire Bernadette, maintenant, tu es bien à l'abri dans ton lit. » Mais Bernadette se trompait.

Audrun essayait de se rappeler : une partie de sa maison avait-elle été construite sur le terrain d'Aramon ?

Tout ce dont elle se souvenait, c'est que les choses avaient été faites à la va-vite, un peu n'importe comment, avec juste un permis de construire griffonné par les services de la mairie, sans plans en bonne et due forme, tout au plus quelques croquis de l'entrepreneur : on met ça ici, ça, là, et c'est bon. C'est Raoul qui aurait dû construire la maison, mais il avait refusé : il n'aimait que la pierre.

Si bien que c'était une autre entreprise qui était venue de Ruasse, et les choses se décidaient au jour le jour, presque d'une heure à l'autre, dans ces moments où les hommes, assis au soleil, mangeaient leur pain et leur camembert, buvaient de la bière, tout en examinant à l'occasion un plan du chantier ; un jour, ils avaient même

111

emballé le reste de leur fromage dans un des dessins dont, à les entendre, ils n'avaient plus besoin.

Autant qu'elle s'en souvînt, aucun géomètre n'était jamais venu vérifier l'implantation de la maison. Personne n'avait rien contrôlé, une fois les travaux terminés, parce que tout le monde s'en fichait éperdument. Toutes ces terres appartenaient à la famille Lunel, et ce depuis trois générations. C'était au frère et à la sœur de délimiter leurs terrains…

Mais, à présent, un géomètre allait venir. Même un mur en pierre ne pourrait tenir à distance quiconque estimerait être en droit d'occuper les lieux. Elle n'aurait plus qu'à attendre, impuissante, que le géomètre trace une ligne sur le sol avec sa chaîne d'arpenteur. Et si cette ligne arrivait jusqu'à sa maison et la traversait de part en part, que se passerait-il ? Est-ce qu'on lui expliquerait alors – comme on l'avait fait sa vie durant – qu'elle avait commis une erreur ?

Tu ne fais jamais ce qu'il faut, Audrun.

Tu ne vois pas le monde comme il est.

Étendue sur le dos, Audrun regardait fixement l'obscurité. Puis elle ramena les bras sur les côtés, ferma les yeux et s'efforça de calmer les battements de son cœur. Elle fit semblant d'être Aramon, allongé dans sa tombe. Elle attendit que le froid envahisse le caveau.

La terrasse du restaurant des Méjanels, à quelques kilomètres de Ruasse, était perchée au-dessus d'un pont en pierre qui enjambait le Gardon. Il y avait des années que l'eau de la rivière n'avait pas été aussi haute au printemps. Tout le monde ne parlait que de ça : les flots d'un beau vert de jade du Gardon, gonflé après la fonte des neiges d'un hiver très froid et les récentes pluies.

Veronica, Kitty et Anthony étaient assis à une table non loin du bord de la terrasse.

Le soleil d'avril était chaud et poignardait d'éclairs la rivière impétueuse. Le restaurant proposait de la truite, des cuisses de grenouille et une omelette aux cèpes. Veronica commanda une carafe d'un rosé local. Anthony mit une vieille casquette de cricket. Il n'y avait pas un nuage au ciel.

Anthony choisit l'omelette, puis une truite. Il mangeait tout très lentement, par petites bouchées, chacune d'elles esthétiquement parfaite grâce à l'addition de quelques feuilles d'une salade magnifiquement assaisonnée. Le vin était très froid, sec et léger, et il le buvait de la même manière, à petites gorgées, soucieux d'éviter qu'une précipitation gourmande de sa part vienne rompre le parfait équilibre de ces instants délectables.

Il était plus heureux qu'il ne l'avait été depuis long-temps. Heureux. Il osait prononcer ce mot de conte de fées. Il était aussi satisfait de la vie qu'il pouvait l'être autrefois après une vente aux enchères couronnée de succès. Et ces collines, cette longue vallée majestueuse avec sa rivière qui coulait là depuis des temps immémoriaux… elles étaient marquées, songeait-il, au sceau de la durée. S'il pouvait commencer une nouvelle vie en s'installant dans les environs, elles deviendraient ses merveilleux compagnons. La beauté qu'il créerait dans son intérieur à l'aide de ses *bien-aimés*, et, pour eux, trouverait un écho, jour après jour, saison après saison, dans le magnifique paysage, de l'extérieur.

— C'est vraiment l'endroit idéal, V, dit-il en se tournant vers sa sœur. C'est ici que je veux vivre. Ma prochaine enchère, ce sera pour les Cévennes.

Veronica sourit. Son nez était en train de rougir au soleil.

— Ma foi, lança-t-elle, essayant d'inclure Kitty dans son sourire, ça me paraît une bonne idée. Que dis-je, excellente. Il ne nous reste plus qu'à trouver la maison.

Anthony prenait maintenant conscience d'autre chose. Jusqu'ici, il avait pensé à une petite maison avec un modeste bout de terrain attenant, juste assez grand pour que Veronica lui dessine un joli jardin. Mais cette image était en train de changer pour faire place à une autre. Il imaginait désormais quelque chose de plus grandiose, avec de hauts plafonds, une grande cuisine, un endroit où il pourrait s'essayer à des éclairages audacieux pour mettre en valeur les plus belles pièces de sa collection, du moins celles qu'il pourrait se permettre de conserver. Avec assez de place pour une piscine. Une piscine l'aiderait à prolonger sa vie. Ah oui, et beaucoup de terrain. Il voulait du terrain ! Moins pour se protéger des envieux de ce monde que pour leur donner quelque chose à envier de nouveau.

Les projets grandissaient, fleurissaient, se multipliaient dans sa tête : chambres d'amis, *pool house*, sauna, jardin d'agrément au dessin compliqué, prairie de fleurs sauvages… Il surprit Kitty Meadows en train de le dévisager comme si elle lisait dans ses pensées débridées et avait déjà mis au point une stratégie pour les réduire à néant.

— Qu'en pensez-vous, Kitty ? demanda-t-il après s'être redressé contre le dossier de sa chaise.

Elle détourna le regard pour le porter vers les sommets lointains des collines. Elle avait un nez retroussé qu'on avait sans doute trouvé mignon à une époque, mais qui donnait aujourd'hui à son visage l'allure aplatie d'un pékinois.

— Pourquoi ne pas d'abord louer quelque chose ? dit-elle. Le temps de voir si vous vous habituez à vivre aussi loin de tout.

Une location ? Ce serait du gaspillage, et un manque flagrant d'ambition. Et qu'est-ce qu'elle entendait par son « loin de tout » ? Kitty Meadows n'avait pas la moindre idée de ce qui avait de l'importance, ou en avait eu, aux yeux d'Anthony Verey, était à cent lieues de l'imaginer. Et il n'allait certainement pas lui révéler la vérité au sujet de ce « tout », à savoir qu'il s'était égaré, de façon apparemment irrémédiable, sur le chemin du « rien ». Parce qu'il allait de nouveau empoigner la vie, et tout récupérer, et il ne laisserait personne se mettre en travers de son chemin, Kitty Meadows moins qu'une autre…

— Non, je n'ai pas envie de louer, rétorqua-t-il. Je veux trouver quelque chose et m'investir à fond. Et le faire avant qu'il soit trop tard.

— Trop tard ? releva Kitty. Que voulez-vous dire ?

— V le sait très bien, dit-il en se tournant vers sa sœur. Pas vrai, ma chérie ?

Il voulait parler du temps, Kitty le savait pertinemment. Ce qu'il voulait, c'était réaliser quelque chose de grandiose avant que les années le consument davantage, l'obligeant à abdiquer toute vanité. Et telle était, apparemment, la forme qu'allait prendre ce quelque chose : une maison dans les Cévennes, restaurée à grands frais et meublée de manière irréprochable. Des amis célèbres seraient invités à venir s'y prosterner. Il passerait ses journées à tout régler à la perfection, pour ensuite faire parade de ses réalisations. Il parlerait un mauvais français d'une voix forte. Tout le monde le détesterait dans le voisinage, sans qu'il en prenne jamais conscience.

Kitty était déjà si lasse de la compagnie d'Anthony qu'elle en était venue à la vivre comme une calamité quotidienne. Il était aux Glaniques depuis dix jours, perturbant leur mode de vie, lui rendant tout travail impossible, et voilà qu'il s'apprêtait à se mettre en chasse pour une maison, chasse qui risquait de s'éterniser des semaines, voire des mois. C'était intolérable.

Intolérable.

Tandis que Veronica commandait des crèmes caramel et des cafés, Kitty se voyait en train de conduire Anthony Verey jusqu'au pont qui se trouvait en dessous d'eux, lui attacher des pierres autour des chevilles et le faire basculer dans les flots impétueux. C'était le dernier représentant masculin des Verey, une famille de snobs pleins de préjugés et du sentiment que tout leur était dû. Ce serait certainement beaucoup mieux – pour elle, pour Veronica, pour le monde entier – si l'on se débarrassait de lui, si cette vie qu'il semblait considérer comme si précieuse était brutalement interrompue.

— À quoi penses-tu, Kitty ? demanda soudain Veronica.

Kitty sursauta, effarouchée comme un oiseau, et posa sa serviette : elle avait changé d'avis à propos de la crème caramel et préférait aller se promener le long de la rivière.

— Oh, non, dit Veronica. Attends que nous ayons fini, et nous irons tous ensemble.

Mais Kitty se leva. Au moment où elle secoua la tête, elle se remémora, non sans en éprouver de la peine, ce que Veronica lui avait dit au sujet de ses cheveux, qui étaient « difficiles à caresser ».

Elle s'éloigna de la table en direction des marches qui menaient à la route. Au même moment, elle entendit Anthony s'écrier d'une voix forte :

— Bon sang, j'ai dit une horreur ? Je suis un monstre, ou quoi ?

Kitty continua, sans un regard en arrière. Chaque pas qui m'éloigne un peu plus de lui, songeait-elle, est une bénédiction. Mais à l'idée que, dans le même temps, elle s'éloignait aussi de Veronica, son cœur se serra. La dernière fois qu'elles étaient venues aux Méjanels toutes les deux, à la fin de l'été dernier, elles étaient descendues au bord du Gardon après le déjeuner, s'étaient assises au soleil pour jouer au morpion dans le sable, et Veronica avait lancé :

— Moi, je prends les croix. Tiens, voilà un premier baiser pour toi.

Tout en se dirigeant vers le bord de l'eau, Kitty s'interrogeait : l'amour, quel qu'il soit, n'a-t-il pas besoin pour s'épanouir de son propre espace protégé ? Et, si c'est le cas, pourquoi les amoureux ne comprennent-ils pas mieux les dégâts que peut entraîner la violation de cet espace ? Elle était furieuse de voir Veronica se conformer aussi facilement à l'accord tacite qui voulait qu'aucun terme ne fût fixé au séjour d'Anthony — comme si c'était lui qui lui importait le plus, lui qui avait le droit, et l'aurait toujours, de passer en premier, et que c'était à elle, Kitty, d'accepter cette priorité avec élégance et maturité, sans en faire toute une histoire.

Bien entendu, Anthony n'ignorait rien de tout cela. Sans doute en concevait-il même un immense plaisir. Le plaisir de voir la « petite amie de V » reléguée au second plan. Il n'était pas impossible qu'il prolonge son séjour jusqu'à l'été, voire au-delà, uniquement dans le but de la persécuter, de faire de son mieux pour détruire l'amour de Veronica pour elle.

Quand elle atteignit la rivière, Kitty prit à droite et longea l'étroit sentier qui surplombait l'eau écumante et étincelante. La plage grise où elle s'était assise avec Veronica était recouverte et ne réapparaîtrait qu'avec la chaleur de juillet, quand la rivière serait réduite à un ruban étroit et paresseux. Les gros rochers qui se dressaient l'an dernier au milieu du courant étaient aujourd'hui submergés, et Kitty imaginait les truites brunes tout juste nées grandir dans cette pénombre protectrice, grignotant les algues vertes, riches en protéines, qui tourbillonnaient à la surface.

À l'idée de la vie innocente des poissons, Kitty fondit en larmes.

Elle poursuivit son chemin en trébuchant. Elle aurait voulu s'asseoir pour pleurer à son aise. Mais il n'y avait aucun endroit pour ce faire. Rien que l'étroit sentier, juste assez large pour une personne, qu'elle ne pouvait que suivre, jusqu'à ce qu'elle se sente capable de faire demi-tour et de revenir sur ses pas.

Anthony était persuadé qu'elle l'avait fait exprès, uniquement pour lui gâcher son moment de bonheur, ce qui renforça sa décision de ne pas la laisser empoisonner le reste de sa journée ni le distraire de son projet, lequel était d'aller trouver sur-le-champ autant d'agents immobiliers que Ruasse en comptait.

Ils se mirent enfin en route, après avoir attendu Kitty une demi-heure. Veronica était au volant, Anthony à côté d'elle, et personne n'ouvrait la bouche. Kitty appuya la tête contre la vitre et ferma les yeux.

Je parierais, songeait Anthony, qu'elle veut rentrer directement à la maison, histoire de contempler ses aquarelles minables et de concocter un moyen de se débarrasser de moi. Mais qu'elle n'y compte pas, je ne me laisserai pas faire. Je suis Anthony Verey, et je suis à nouveau moi-même : le grand Anthony Verey...

À Ruasse, Veronica gara la voiture sur la place du marché, sous les premières feuilles des platanes blancs, tandis que le soleil commençait à décliner et la fraîcheur de l'air à se faire sentir. De l'autre côté de la place, il y avait deux agences, que Veronica désigna à Anthony, avant d'ajouter qu'elle ne tarderait pas à le rejoindre.

« D'accord », dit-il, sur un ton résigné destiné à faire savoir à sa sœur qu'il n'approuvait pas la manière dont elle se pliait aux humeurs et aux caprices de Kitty Meadows. À son avis, ils auraient dû laisser Kitty mijoter à l'arrière de la voiture, tandis que Veronica et lui-même seraient allés regarder les photos des propriétés dans les devantures. L'idéal aurait été de l'abandonner à son sort dans la voiture, de l'y enfermer comme une gamine, pendant qu'eux, les Verey, auraient un premier aperçu de l'avenir qu'il se préparait…

Il traversa la place à grandes enjambées, sa casquette de cricket toujours sur la tête, au son du claquement des boules sur le gravier et du carillon de quelque vénérable clocher. Ruasse, lui avait-on dit, avait deux âmes, et celle-ci était l'une d'elles, celle du vieux Ruasse, avec ses platanes, ses constructions étroites et penchées dotées de toits d'argile et sa poignée de boutiques de luxe. L'autre âme était ailleurs, aux abords de la ville, là où de grands immeubles se dressaient sur de fragiles fondations. Si l'on pouvait éviter d'être confronté à ce Ruasse-là, c'était aussi bien, du moins à ce qu'avait déclaré V.

Anthony était planté devant la vitrine d'une des agences. Son cœur battait à tout rompre. Il se mit à regarder les photos et les prix. À travers la porte en verre, il aperçut deux femmes devant leur ordinateur sous des tubes à la lumière froide. Elles relevèrent la tête et ouvrirent de grands yeux devant son drôle de couvre-chef.

Assise dans sa cuisine, Veronica fumait et écoutait le silence de la nuit.

Devant elle, sur la table, se trouvaient des croquis à moitié terminés d'un jardin qu'elle était en train de dessiner pour des clients de Saint-Bertrand. Elle ne travaillait pas sur le dessin lui-même, mais promenait son crayon sur le papier, ombrant des bosquets de buis et une rangée d'ifs destinés à servir d'écran, autant d'ornements qui avaient plongé les clients dans le ravissement. Veronica savait qu'il faudrait trois ans à ces ifs pour prendre la forme sculpturale qui enthousiasmait tant le couple, mais elle n'avait pas osé le lui dire. Elle en avait assez d'avoir à répéter qu'un jardin prenait du temps, ne se construisait pas comme un intérieur, qu'il fallait se montrer patient. Elle savait que la patience n'était pas le fort du monde dans lequel elle vivait. Même ici, où la vie s'écoulait pourtant plus lentement qu'en Angleterre, elle sentait l'urgence fébrile des gens, pressés de donner corps aux merveilles fugaces qui leur traversaient l'esprit.

Ce soir, le cœur de Veronica était lui aussi dans un état de grande agitation. La journée avait bien commencé, mais s'était mal terminée. Elle avait dû se montrer sévère avec Kitty dans la voiture à Ruasse, pour finir par lui dire que rien, non vraiment *rien*, ne saurait l'empêcher d'aimer Anthony, parce qu'il était son frère, et que si Kitty s'attendait à ce qu'elle cesse de l'aimer, alors ils allaient tous au-devant de graves ennuis.

Elle savait que Kitty avait pleuré, ce qui la bouleversait. Chaque fois qu'elle se remémorait d'où venait Kitty et se laissait torturer par l'image de son amie en train de mettre la table du petit déjeuner dans la pension de famille de Cromer, de servir une clientèle peu reluisante qui laissait des pourboires de misère, puis de partir d'un pas pesant retrouver son emploi de second ordre à la bibliothèque, elle sentait son cœur se briser. Elle aurait voulu pouvoir, avec le recul, donner un autre passé à Kitty. Mais le passé était le passé. On ne pouvait rien y changer. C'était en substance ce qu'elle avait dû lui rappeler dans la voiture :

— Tu as ton passé à toi, j'ai le mien, dont Anthony fait partie. Et ce frère, jamais je ne l'écarterai. Ni pour toi ni pour personne. Jamais.

Jamais.

Elle vit l'effet que produisit le mot sur Kitty. Et découvrit alors que son amie n'avait toujours pas compris à quel point était fort son besoin de protéger Anthony, de le protéger du monde et de lui-même. Elle dut recommencer ses explications : quand ils étaient enfants, Raymond Verey, ce père, si bel homme mais si souvent absent, rudoyait son fils, le traitait de geignard, de mauviette, de bébé, et ne cessait de lui demander quand il allait « devenir un vrai mec ». Lal, entièrement soumise à Raymond Verey, assistait le plus souvent à ces séances sans rien dire, si bien que Veronica avait pris l'habitude de défendre son frère.

— À le voir tourmenter Anthony de la sorte, j'en étais venue à haïr mon père, avait-elle confié à Kitty. Ce n'était pas la faute de ce pauvre enfant s'il n'était pas costaud ni taillé pour le sport. Moi, je l'étais, pas lui. Il était fluet et rêveur. Il adorait aider maman dans la maison.

Veronica se souvenait très nettement de l'amour obsessionnel d'Anthony pour Lal. Contre cela aussi elle avait dû le blinder, comme elle l'avait expliqué à Kitty. Les jours où elle le voyait sur le point de mourir de chagrin, elle avait dû s'efforcer de le préserver de ses propres sentiments.

— Et toi dans tout ça ? demanda Kitty. Qui te protégeait du monde et des gens ?

— Je te l'ai dit : moi, je n'avais besoin de personne. J'étais imperméable à des tas de choses. Et puis, j'avais mon cheval, Susan. Je lui parlais. Avec Susan, on fonçait autour du manège, et j'oubliais tout. Je me sentais bien. Mais Anthony, quand maman était fâchée contre lui, il cessait d'exister.

Elle illustra ensuite son propos à l'aide d'un incident particulièrement marquant. Pour fêter les onze ou douze ans d'Anthony, Lal les avait emmenés pique-niquer sur la plage de Swanage. Juste tous les trois. Raymond était à Londres, comme d'habitude, vivant sa vie. C'était le plein été, le soleil était chaud, la mer bleue et calme. Ils avaient mangé le délicieux pique-nique préparé par Lal, tout sauf le gâteau d'anniversaire, qu'ils réservaient pour plus tard, puis ils étaient allés se baigner.

Lal, élégante comme toujours, était moulée dans un costume de bain vert à fermeture Éclair. Mais, quand, une fois le bain terminé, elle voulut l'enlever, la fermeture se coinça, et, entre le vent qui se levait et les nuages qui jouaient avec le soleil, Lal commença à avoir froid et à s'énerver. Elle s'acharna un moment sur la fermeture, sans succès, puis essaya de s'extraire du maillot sans la descendre, mais il était trop collant.

Anthony dansait d'un pied sur l'autre sur le sable, le visage blême de terreur. Il tendit sa serviette à Lal, mais elle la jeta par terre en disant : « Ne sois pas ridicule, Anthony. Tu ne vois pas que ce truc est trempé. » Elle lui lança les clés de la voiture et l'envoya derrière les dunes, le caleçon de bain pendouillant entre les jambes, chercher une pince dans les outils de son Hillman Minx. Il revint hors d'haleine, chargé de toute la boîte, et Lal, gagnée par l'impatience, garda levé son joli bras bronzé tandis qu'il fourrageait à la recherche de la pince au milieu d'un fouillis de clés anglaises et de clés à mollette. Une fois l'instrument en main, il s'en servit pour agripper la fermeture Éclair et tenta de la faire descendre.

Sans succès. Lal était maintenant bleue de froid, et son corps était parcouru de frissons. « Allez, allez ! n'arrêtait-elle pas de lui hurler. Dépêche-toi, Anthony ! Pour l'amour de Dieu, décoince-moi ce truc ! Tu ne vois pas que je suis en train d'attraper la mort ? »

Lui aussi était gelé, et ses mains tremblaient. C'est alors que la pince glissa malencontreusement dans la chair tendre et blanche de l'aisselle de Lal. Poussant un cri, celle-ci le repoussa violemment. Il tomba à la renverse dans le sable et éclata en sanglots.

Il passait ses journées à essayer de la satisfaire, et maintenant qu'elle avait un ennui, qu'elle avait besoin de lui, il ne réussissait qu'à la blesser.

— Il ne supportait pas l'idée de ce qu'il avait fait, dit Veronica. Avoir blessé Lal ! Avoir fait couler son sang ! Ça l'a traumatisé. Il n'aurait pu imaginer pire.

— Et toi, qu'est-ce que tu as fait ? avait demandé Kitty, nullement émue.

— Ma foi, je crois que j'ai mis mon mouchoir sur la blessure de maman en lui disant de le maintenir en place, ou quelque chose de ce genre, et j'ai essayé de les réchauffer tous les deux. Je suis allée chercher le plaid dans la voiture, les ai fait asseoir l'un contre l'autre et les y ai enveloppés. Anthony pleurait, accroché à maman, et je lui ai dit : « C'est ça, Anthony, serre-la très fort et tiens-lui chaud. » Et puis je me suis mise en quête d'une paire de ciseaux. Ça m'a pris une éternité, mais j'ai fini par trouver une dame très gentille qui avait un nécessaire à tricoter avec des ciseaux dedans, et elle m'a aidée à découper le maillot pour délivrer maman. Après quoi, on l'a habillée, et on est rentrés à la maison. Elle n'a pas ouvert la bouche de tout le trajet. Elle pensait que le monde entier aurait dû être puni parce qu'elle s'était retrouvée prisonnière d'un maillot de bain.

— Grotesque… avait soufflé Kitty.

— Oui, je sais. Mais elle était comme ça, certains jours. On n'a jamais touché au gâteau d'anniversaire d'Anthony. Maman s'est arrangée pour l'oublier. Et quand Anthony a compris qu'elle ne mettrait pas de bougies dessus, qu'elle ne le couperait pas, qu'il n'y aurait ni chansons ni rien, il s'est installé tout seul dans la cuisine et a englouti le gâteau presque tout entier, avant d'aller vomir dans le jardin.

Kitty avait gardé le silence quand Veronica était arrivée au bout de son histoire. Sans doute se disait-elle que leur mère n'était qu'une enfant gâtée : la vie qu'elle avait passée pour moitié parmi les Blancs d'Afrique du Sud l'avait empêchée de prendre conscience de l'égoïsme de son comportement. Mais Veronica espérait que le récit de l'incident survenu à Swanage ferait comprendre une bonne fois pour toutes à Kitty que protéger Anthony était une habitude de toujours à laquelle elle serait à jamais incapable de renoncer.

— Je comprends, avait déclaré Kitty au bout d'un moment. Si, je t'assure. C'est en partie pour cela que je t'aime, parce que tu es bonne. Mais il faut que tu me dises combien de temps Anthony va rester avec nous. C'est tout ce que je te demande.

— Je suis incapable de te répondre. Parce que je n'en sais rien. Il veut chercher une maison, à présent. Il met tous ses espoirs là-dedans. Que veux-tu que je fasse sinon l'aider ?

— Bien sûr. Mais il n'a pas besoin d'être là tout le temps, jour et nuit. Pourquoi ne va-t-il pas s'installer à l'hôtel ?

Furieuse, Veronica avait détourné la tête et abattu son poing sur le volant.

— Si tu es capable de sortir une chose pareille, c'est que tu n'as pas compris un traître mot de ce que je viens de te dire !

Sur la table, en dessous de ses croquis, il y avait une pile de brochures provenant des agences immobilières de Ruasse, que Veronica entreprit de feuilleter après avoir écarté ses propres dessins. Elle examina des photos passées de grandes bâtisses en pierre délabrées, assorties de descriptions succinctes et de prix gonflés. Il apparaissait que les propriétaires cévenols étaient résolus à présent à s'enrichir eux aussi, comme tout un chacun dans le monde occidental.

L'œil de Veronica tomba sur la photo d'un mas, haut et carré, adossé à une colline basse plantée de chênes verts. Contrairement aux autres, la façade de celui-ci était d'un jaune crémeux, ce qui conférait à l'endroit une grandeur inattendue. Le prix demandé était de 475 000 euros. Veronica se frotta les yeux et se mit à lire les détails : six chambres, grands espaces sous les combles, poutres et hauteur de plafond exceptionnelles...

Un bruit dans la cuisine lui fit lever les yeux. Kitty était là, vêtue de la grosse veste en laine délavée qu'elle utilisait comme robe de chambre.

Elle s'approcha de Veronica, se pencha, lui passa les bras autour des épaules et posa la tête sur la sienne.

— Je suis désolée, fit-elle. Vraiment désolée.

Veronica repoussa les brochures. Leva les bras vers Kitty, et elles restèrent ainsi un long moment, enlacées dans une étreinte maladroite.

— Moi aussi, finit par dire Veronica.

— Viens te coucher, murmura Kitty. Je déteste être au lit sans toi.

Chaque fois qu'une voiture s'arrêtait sur la route à présent, Audrun croyait qu'il s'agissait du géomètre.

— Il va venir d'un jour à l'autre, lui avait dit Aramon. On verra alors ce que tu m'as volé, comme terre. On va pas tarder à savoir, crois-moi !

Debout à la fenêtre, elle attendait.

Elle vit Aramon sortir de bonne heure un matin pour se diriger vers les vignes en terrasse, courbé sous le poids du pulvérisateur en métal plein de désherbant qu'il s'était sanglé sur le dos. Les agents immobiliers lui avaient conseillé de nettoyer les terrasses, le genre d'acheteurs intéressés par le mas Lunel seraient sans doute séduits par l'idée de faire pousser de la vigne.

— Moi, je vois pas l'intérêt, avait-il dit d'un ton méprisant. Ces connasses de l'agence qui croient tout savoir connaissent rien à la vigne. Moi, si. Je sais que la vigne, c'est un truc à te casser les reins. Et où tu vas trouver un feignant de citadin, qu'il soit belge ou anglais, capable de faire ce boulot ? Mais on s'en fout. Moi, je fais ce qu'on me dit. Pour 475 000 euros, je veux bien faire la putain.

Audrun le suivit à son insu jusqu'aux terrasses. Elle regarda les rangées de plants, qui n'avaient pas été taillés et autour desquels s'enroulaient encore les vrilles de l'année précédente, tandis que les mauvaises herbes étouffaient la terre pierreuse qui les nourrissait. Abritée derrière un bouquet de chênes verts, elle observa Aramon manier son sécateur sans grande conviction, sectionnant quelque bois mort ici et là, avant de s'arrêter pour allumer une cigarette. Il resta là à fumer, ses yeux d'ivrogne clignant furtivement dans la lumière vive, le pulvérisateur abandonné dans l'herbe haute.

Audrun l'observait, le regard dur, les yeux plissés, essayant de décider de la meilleure façon de le tuer.

Elle monta au mas Lunel et se mit à la recherche de son testament.

Aramon ne s'était jamais marié et n'avait jamais eu d'enfant, si bien que tout devait lui revenir à elle s'il mourait le premier, à moins qu'il eût trouvé le moyen d'en léguer une partie à un de ses vieux camarades de chasse. Elle doutait fort qu'il eût pris la peine de s'embarrasser des visites nécessaires chez le notaire pour cela, mais elle avait besoin de s'en assurer. S'il avait rédigé un nouveau testament, par simple malveillance à son égard, il en avait obligatoirement caché une copie quelque part.

Elle se dirigea d'abord vers une vieille commode en acajou qui se trouvait dans le salon, de loin la pièce la plus confortable du mas, où Aramon s'attardait toutefois rarement, comme s'il reconnaissait que l'endroit avait quelque chose de trop grandiose pour lui... pour la personne qu'il était au fond de son être.

Bernadette avait toujours rangé la bible de la famille dans cette commode. Pendant de longues années, cette bible avait exercé un magnétisme sacré sur tout ce qui semblait devoir s'enorgueillir de posséder un poids administratif certain ou une grande valeur sentimentale, telles les lettres écrites par Serge des Ardennes pendant la guerre, puis d'Alsace, où il avait été rapatrié après la défaite de la France, et enfin pendant la période où il avait travaillé à Ruasse dans le cadre du Service du travail obligatoire.

Il y avait de gros paquets de lettres de l'écriture indisciplinée de Serge, que personne n'avait lues depuis fort longtemps. Ainsi que d'anciennes cartes d'identité, des factures adressées à la coopérative vinicole, des invitations à des mariages, des baptêmes ou des premières communions, des avis de décès, des photos de famille, des coupures de journaux, des lettres de condoléances, des arrêtés municipaux, un menu délavé d'un restaurant bon marché des Halles, à Paris... Autant de documents déversés là, en compagnie des Évangiles.

Audrun ouvrit la commode et sortit la bible. En l'approchant de son visage, elle retrouva – même après tant d'années – l'odeur de sa mère enfermée dans la couverture en tissu. Elle reposa le livre. Elle contempla le tas de papiers, saupoudré d'une sciure de vers de bois plus fine que le sable fin. La vue de la sciure lui dit que rien ici n'avait été déplacé depuis un bon bout de temps. Aramon ne se retournait donc jamais sur son passé. Rien d'étonnant : il avait bien trop peur de l'image qu'il lui renverrait de lui-même.

Audrun souleva une brassée de lettres, de photographies et de cartes. Une photo, qui représentait Bernadette, tomba du paquet, et Audrun se retrouva en train de fixer le visage de sa mère, ces traits à la douceur sans pareil, tel qu'il était jadis, quand elle était jeune et souriait dans le soleil devant la boîte carrée du vieil appareil. Qu'elle avait donc été belle, Bernadette ! Ses cheveux séparés par une raie sur le côté étaient relevés et retenus en chignon par une grosse pince en écaille. De grands yeux rêveurs. Une peau lisse et sans défaut. Elle portait un corsage à rayures dont Audrun ne gardait pas le souvenir.

Elle glissa la photo dans la poche de la vieille veste de laine rouge qu'elle avait mise ce jour-là. Elle revint à la commode. À nouveau, la disposition des papiers laissés dans le meuble lui signala qu'on n'y avait pas touché. Mais il était encore possible qu'Aramon ait rédigé son testament et l'ait glissé discrètement au plus profond du millefeuille compliqué de ce qui tenait lieu d'archives familiales.

Elle fouilla, feuilleta, tria, à la recherche d'un document vraisemblablement plus blanc que les autres, et imprimé en caractères encore noirs. Mais elle ne trouva rien de tel. Au fond de la commode, elle dénicha une carte postale de la rivière à Ruasse, dont les eaux submergeaient presque les berges et venaient baigner les vieux étals du marché qui à cette époque se tenait là, ainsi que les pieds des chevaux de trait attendant docilement. Le message, écrit de la main de son père et daté de 1944, était le suivant :

Ma chère femme,

Je prie pour que tu ailles bien, et tout le monde aussi à La Callune, ainsi que le garçon et le bébé. Mon travail ici n'est pas trop pénible. Je fais partie du groupe du STO chargé de garder les locomotives la nuit et d'empêcher les opérations de sabotage des maquisards. Je m'attache de plus en plus à ces machines. Est-ce que tu as demandé au vieux Molezon de réparer la cheminée sur le toit ? Est-ce que le garçon tousse toujours ? Ici, on travaille la nuit et on dort le jour. J'embrasse tes seins.

Serge.

Audrun reposa la carte et remit tout en place, comme elle l'avait trouvé.

J'embrasse tes seins.

Elle remit également la bible à sa place et referma la commode. Elle n'avait pas envie de repenser à son père.

Ma chère femme, j'embrasse tes seins...

Elle se redressa et jeta un regard autour d'elle. Où pouvait-elle chercher maintenant ?

Elle monta jusqu'à la chambre d'Aramon. La fenêtre était grande ouverte, renouvelant un peu l'air fétide. Audrun s'agenouilla devant le lit et passa la main sous le matelas. Elle retira une poignée de magazines du genre qu'elle s'attendait à trouver là, et se dit en les regardant qu'il fallait que la mort d'Aramon soit à la mesure de celle qu'il méritait, que son agonie soit longue et douloureuse.

Audrun fourra les revues pornographiques sous le lourd matelas. En faisant le tour du lit pour examiner l'autre côté, elle se rappela qu'il y avait toujours des bouteilles et des plaquettes de comprimés sur la table de nuit d'Aramon et elle rebroussa chemin. Elle fouilla ses poches à la recherche de ses lunettes qu'elle chaussa, et examina les étiquettes pharmaceutiques : elle n'en reconnut aucune, mais supposa qu'il s'agissait de somnifères, d'antidépresseurs ou de quelque autre médicament destiné à provoquer l'oubli.

Et elle s'interrogea... se pouvait-il que ce ne soit pas plus difficile que ça : l'enivrer tant et plus sans qu'il s'en rende compte, lui enfourner des comprimés dans la bouche ou les réduire en poudre et les lui laisser avaler avec son vin ou son whisky, et l'affaire passerait pour un suicide ?

Mieux encore : le retourner à plat ventre sur le lit, et se servir de la poire à lavement pour lui injecter le poison.

Parce qu'il lui semblait bien avoir lu dans un magazine que Marilyn Monroe était morte de cette façon : on lui avait injecté une énorme quantité de barbituriques dans le colon. Et pourtant, à l'époque, tout le monde avait cru qu'elle était morte après avoir avalé des comprimés, qu'elle avait voulu mourir, que la vie lui était devenue insupportable... et ce que personne n'avait révélé pendant des années, c'est qu'il n'y avait aucune trace d'une quelconque overdose dans son estomac. Absolument aucune. Pour autant, on avait rendu un verdict de suicide.

Audrun imagina les deux scènes : la mort de Marilyn, qui appartenait au passé, et celle d'Aramon, encore à venir. Elle se représentait la beauté, la douceur des fesses de Marilyn, son corps languide et sans défense, abandonné au sommeil, et les gestes brusques et paniqués des assassins, enfonçant la sonde et injectant le liquide. D'après l'article du magazine, le travail avait été salopé. Il avait fallu laver les draps au milieu de la nuit. Incroyable, tout de même. Tandis que la star, le visage blême, était en train d'agoniser sur son lit aux approches de l'aube, le tambour d'une vieille machine à laver américaine tournait, tournait sans relâche...

Si elle, Audrun, tuait Aramon de cette façon, elle ne pourrait se permettre de saboter le travail comme ça. En dépit du dégoût qui l'envahirait à devoir le toucher, sentir l'odeur de son cul, lui enfiler la canule à lavement dans l'anus, il faudrait qu'elle procède avec les plus grandes précautions, comme un chirurgien, qu'elle porte des gants et ne laisse aucune trace derrière elle. Aucune.

Et elle se délecta à l'idée de ce qui se passerait ensuite. Une fois la sonde enfoncée, ce serait extraordinaire : quel plaisir de commencer à presser sur la poche, de la sentir expulser son venin, et ce poison se répandre dans son corps.

Quand elle l'en aurait rempli, quand la poche serait vide et qu'il serait allongé, inconscient, elle ressortirait le tube avec précaution pour la remplacer par un bouchon, un bouchon de vin ordinaire, mouillé et ramolli. Ensuite, elle lui enroulerait les fesses dans des chiffons bien serrés, pour empêcher le bouchon de sauter et de laisser s'écouler le poison. Hilarant, et si merveilleusement à propos de le ficeler ainsi, pour empêcher quoi que ce soit de sortir de lui ! Après, elle n'aurait plus rien à faire qu'à attendre, tout simplement. À attendre qu'il meure. Et elle serait sans aucun doute très belle, cette attente silencieuse et solitaire.

Elle était à présent dans son lit. *Bien à l'abri dans son lit.* Avec les soupirs du vent dans son bois pour la réconforter. Elle n'avait pas trouvé de testament.

À la lumière jaunâtre d'une lampe à l'abat-jour en parchemin, elle contemplait la photo de Bernadette. Elle lui murmurait qu'elle n'avait plus peur du géomètre maintenant… maintenant qu'elle avait décidé de tuer Aramon. Ils pouvaient bien venir et démolir sa maison, elle s'en moquait, parce qu'Aramon allait bientôt se retrouver sous terre et qu'elle s'installerait au mas Lunel, dans le lit de Bernadette, à nouveau propre et sain grâce à un matelas neuf et à des draps fraîchement lavés et repassés…

Elle retourna la photo pour voir s'il y avait une date au dos.

Et lut ces mots : *Renée, mas Lunel, 1941.*

Renée. Ils n'en parlaient jamais. Jamais. Pas même Serge. Sauf une fois. Une seule. Quand elle lui avait servi d'excuse pour tout ce qui allait se passer ensuite…

Renée.

135

Audrun posa la photographie à l'envers sur sa table de nuit. Moins d'un an après que le cliché avait été pris, Renée était morte. Tuée par les soldats allemands, en représailles contre les premières opérations des maquisards à Pont-Perdu.

Audrun avait osé demandé à son père :

— Qu'est-ce que faisait Renée à Pont-Perdu ?

Il avait poussé un soupir et s'était tortillé sur sa chaise.

— Elle était là-bas ce jour-là, c'est tout, ma fille.

— Mais pourquoi ? On connaît personne à Pont-Perdu.

Il avait l'air aussi triste qu'une mule, avec sa tête grisonnante penchée sur sa poitrine, et Audrun en avait ressenti du chagrin et était allée se placer tout près de lui, pour immédiatement le regretter.

Il s'était frotté les yeux.

— Ah les femmes… avait-il dit. Il faut les surveiller… jour et nuit, jour et nuit. Sinon elles vous possèdent. Mais j'étais pas là. J'étais en Alsace. Je pouvais rien surveiller. J'étais piégé par la guerre.

Renée était dans sa tombe quand il était revenu au pays. Elle avait été sa fiancée, la plus belle fille de La Callune, abattue avant qu'il puisse même commencer sa vie avec elle. Peut-être l'avait-elle trahie avec un amant à Pont-Perdu, mais personne n'en parlait jamais, d'une manière ou d'une autre. Serge Lunel avait laissé passer quelques mois avant d'épouser sa sœur jumelle, Bernadette, qui lui ressemblait trait pour trait.

— La continuité, avait dit Serge, sans quitter son attitude prostrée, sa tête poivre et sel toujours pendante, ses mains se tordant sur ses genoux. C'est ce qu'il faut à un homme. C'est ce dont il a besoin avant tout dans ce merdier qu'est la vie. Et moi j'en ai aussi salement besoin que le premier couillon venu.

Assis seul à la table en marbre sur la terrasse de Veronica, Anthony étudiait en détail les propriétés à vendre, dont les descriptifs lui avaient été fournis par les agents immobiliers de Ruasse. Au-dessus de lui, dans le mûrier d'Espagne, une bande de moineaux, en plein travaux de construction, allait et venait, brindilles et brins de paille au bec.

Les photos imprimées dans les brochures étaient d'un flou exaspérant. Sans compter qu'à trop séjourner dans un classeur ou une devanture surexposée, elles affichaient un bleu verdâtre, qui laissait à penser qu'elles avaient déjà commencé à passer. Sur la plupart d'entre elles, le ciel derrière les maisons n'était pas bleu mais gris. On aurait presque cru voir tomber une petite pluie anglaise, invisible et silencieuse.

Anthony ôta ses lunettes, les essuya avec son mouchoir, les remit et revint aux photos. Il songea au soin méticuleux qu'il accordait aux photos des *bien-aimés* qu'il faisait paraître dans des magazines de luxe au papier glacé, veillant à ce que la lumière soit de nature à rendre à la perfection la patine et la texture de l'objet, ses détails et ses couleurs. Par comparaison, ces clichés-là, pourtant destinés à des acheteurs prêts à débourser plus d'un demi-million d'euros, avaient manifestement été pris à la va-vite et sans soin aucun. Pas un seul d'entre eux qui ressemblât de près ou de loin à l'image de la maison qu'Anthony avait en tête. Pis encore, ils lui faisaient peur. Même s'il était assez lucide pour se dire qu'il y avait parfois un gouffre si profond entre une idée et sa réalisation que la seule réaction possible était un cri de désespoir étouffé, il sentait en ce moment ce cri monter en lui avec une telle puissance, et de façon presque audible, qu'il faillit en perdre le souffle et s'étrangler.

Il était sur le point de rentrer dans la maison pour aller jeter les brochures dans la poubelle de recyclage de Veronica quand Kitty Meadows sortit sur la terrasse et s'assit, sans y être invitée, en face de lui.

Elle lui sourit. Un sourire, songea Anthony, qui accentua plus que jamais sa ressemblance avec un pékinois. Mais dans lequel il crut déceler une intention, le désir de communiquer par ce biais ce qu'elle ne pouvait (ou ne voulait) pas formuler explicitement. Une excuse, décida-t-il, du moins c'est ce qu'il espérait. Après son comportement aux Méjanels, elle lui devait bien ça, non ? Une excuse pour avoir sous-estimé le pouvoir des liens du sang qui les unissaient, Veronica et lui.

Le sourire disparut quand Kitty tendit la main pour s'emparer d'une des brochures.

— Je peux ? demanda-t-elle.

— Allez-y, servez-vous.

Il la regarda examiner la photo de ce qui ressemblait à une sorte d'usine en pierre, peut-être une ancienne fabrique de parfum à partir de l'essence de lavande ou de l'huile des oliveraies du coin, dotée d'une série de fenêtres étroites juste en dessous du toit et d'une haute cheminée d'usine – un endroit construit à seule fin, semblait-il à Anthony, de pousser ses occupants au suicide.

Il continua à observer Kitty, tandis qu'elle s'imprégnait du prix colossal demandé pour cette monstruosité et parcourait les détails du descriptif. Au-dessus d'eux, Anthony entendit les moineaux se lancer soudain dans un gazouillis fébrile et passionné, ce qui lui rappela combien il trouvait fabuleux à une époque de faire partie d'un groupe bavard et admiratif et d'être littéralement transporté sur les ailes de cette joyeuse bande dans tous les endroits où il voulait être vu, et où les gens prononçaient son nom avec une ferveur respectueuse.

Son regard revint sur Kitty. Pauvre femme ! se dit-il. Jamais elle ne serait capable d'imaginer, même de très loin, ce que c'était qu'entrer dans une galerie de Mayfair lors d'un vernissage et, en passant d'un pas léger au milieu des invités, d'entendre des petits silences émerveillés tomber doucement autour de lui comme autant de flocons de neige. « C'est Anthony Verey. Le grand Anthony Verey… »

Et puis voir les gens se détourner des tableaux accrochés aux murs pour le saluer avec ostentation. « Anthony, très cher ! » « Anthony, quelle divine surprise ! » Et, mieux encore, savoir que sa présence en ces lieux était capitale pour l'artiste lui-même, un soutien inestimable, et qu'il pouvait user de son influence, accorder ses faveurs ou les refuser suivant l'envie ou l'humeur du moment. Il pouvait par exemple glisser à l'oreille des riches, des marchands, ou d'amis tels que Lloyd et Benita Palmer : « Ce peintre est *vraiment* très bon. Croyez-moi. D'ici un an, sa cote sera au plus haut. » Puis, un peu plus tard, dans un léger délire provoqué par le champagne, voir une jeune femme aux longues jambes arpenter la salle sur des talons aiguilles sonores de dix centimètres, détachant des pastilles rouges d'une feuille de papier pour les coller sur les tableaux. Enfin, pouvoir prendre l'artiste à part et lui dire, un sourire entendu aux lèvres : « J'ai conseillé à certains d'acheter. Faites le tour de la salle, pour voir si ça a marché. »

Ensuite partir de bonne heure – toujours de bonne heure, toujours avec force démonstrations –, pour le plaisir de humer l'espace d'un instant le sombre parfum de déception qu'il laissait dans son sillage. De bonne heure aussi, parce que très souvent il lui fallait se rendre à une autre soirée, où, quand il arrivait, le même scénario se reproduisait. « C'est Anthony Verey. Tu te rends compte ! » Et son hôte ou son hôtesse de quitter incontinent ceux avec lesquels ils discutaient pour venir l'accueillir et l'entraîner dans la foule des invités impatients d'être présentés.

Finie, cette impatience. Et son nom, oublié…

Kitty reposa la fiche de l'ancienne raffinerie d'huile d'olive et se saisit d'une poignée de prospectus. Irrité d'avoir à rester ici et à attendre qu'elle ait parcouru tout le tas, Anthony ôta ses lunettes, se frotta les yeux et dit : « Elles ne valent rien. Ni les unes ni les autres. » Il aurait préféré pouvoir lui asséner : Elles ne valent rien, pas plus que vos aquarelles. C'est le genre de choses que je vois au premier coup d'œil. Inutile de perdre son temps à discuter.

Mais il se retint, et Kitty tourna vers lui la photo qu'elle était en train de regarder. On y voyait la haute bâtisse oblongue, peinte en jaune, que, de fait, il avait examinée avec un peu plus d'enthousiasme que les autres.

— Celle-ci, montra-t-elle. Veronica a dit qu'elle lui plaisait.

— Ma foi, répondit-il, je m'y suis arrêté un moment. Mais je la trouve trop massive et trop sévère.

— À en croire le prospectus, elle a de très beaux plafonds, poursuivit Kitty. Sans compter de nombreuses vignes en terrasse. Pensez au jardin que nous pourrions vous dessiner.

Il lui prit la photo qu'il regarda à nouveau, avant de relever les yeux sur Kitty pour constater que son sourire était revenu, son sourire de pékinois, dont il se méfiait à présent, car il ne parvenait pas à déchiffrer l'intention cachée derrière.

C'est le moment que choisit Veronica pour faire son apparition. Elle aussi souriait.

— J'ai décidé de te secouer un peu, Anthony, lança-t-elle d'un ton enjoué en posant la carafe de citronnade maison qu'elle avait apportée. J'ai appelé l'agence et j'ai pris rendez-vous pour visiter cette maison vendredi.

Les mains d'Anthony agrippèrent les branches de ses lunettes. Il aurait aimé avoir quelque chose de plus substantiel à sa disposition.

Non, avait-il envie de dire. Non, V...

Parce que, inutile de se voiler la face, il avait peur. Peur d'être confronté à un de ces endroits, quel qu'il fût. Il était terrorisé à l'idée que, au moment de contempler la façon dont un autre avait maladroitement assemblé la pierre, la brique et l'ardoise, la fragile vision qu'il avait de son avenir ne se brise aussi irrémédiablement qu'un vase Lalique : dans un cas comme dans l'autre, on ne pourrait recoller les morceaux.

— V... commença-t-il. Franchement, je ne crois pas...

— L'endroit ne fera probablement pas du tout l'affaire. Mais c'est sans importance. Il faut bien commencer quelque part, Anthony. J'ai dit que j'allais te secouer un peu, et c'est bien mon intention. Si tu envisages sérieusement de venir t'installer dans les Cévennes, il faut que tu te bouges et que tu ailles visiter autant de maisons que possible. Pour avoir des points de comparaison.

Il garda le silence, tandis que Veronica servait la citronnade. Sa bouche n'était plus qu'une mince ligne d'angoisse. Il se sentait désemparé, comme si soudain Lal s'était trouvée là tout près d'eux, dans l'ombre fraîche du mûrier, et s'en prenait à lui. S'en prenait à lui contre toute attente, en le traitant de pleurnichard.

Cette terreur, Kitty Meadows la perçut, y prit plaisir, un plaisir extrême. À quoi pouvait s'attendre un homme qui avait comme lui vécu dans l'insouciance et l'hédonisme pendant plus de soixante ans sinon à une peur panique au moment où approchait le dernier acte significatif de son existence ? Il n'empêche qu'il était fascinant de voir à quel point une telle terreur était manifeste, comme une forme extrême de trac du comédien, ou la panique d'un condamné. Si fascinant, en fait, que Kitty ne demandait qu'à voir le spectacle se prolonger. Elle songea que cette seule pensée l'aiderait à s'endormir heureuse le soir, et que, la prochaine fois qu'Anthony aurait un regard méprisant pour son travail, elle serait capable de se dire à elle-même, voire de *lui* dire tout haut : D'accord, je ne suis peut-être qu'un peintre médiocre, mais en tant qu'être humain, je vis une passion qui pourrait durer toute ma vie et dont vous n'avez jamais fait, ni ne ferez jamais, l'expérience. Avant même que vous ayez vu une seule de ces maisons, vos beaux projets de vie en France sont en train de tomber à l'eau…

En même temps, Kitty faisait et refaisait les calculs de la durée éventuelle du séjour d'Anthony aux Glaniques. Durée qui pouvait fort bien se monter à un nombre de jours vertigineux, à moins que ou jusqu'à ce qu'il trouve une maison à acheter. À ce stade, supputait-elle, un trait serait tiré. Car alors, ou peu de temps après, il lui faudrait retourner à Londres, boucler ses affaires, rassembler ses liquidités et mettre son appartement en vente. À partir de là, elles seraient débarrassées de lui pour un moment. Peut-être pour toujours ? Parce que si l'envie le prenait de rester avec elles durant la période nécessaire à tous les aménagements coûteux et fastidieux qu'il envisageait d'infliger à sa nouvelle demeure, alors elle, Kitty, taperait du pied pour dire non, et il faudrait bien que Veronica se fasse à ce refus.

Kitty se divertit un instant à la pensée du faible qu'avait toujours eu Veronica pour les jolis pieds de son amante, qu'elle aimait à caresser de ses mains parfumées à l'essence de rose, qui s'égaraient pour venir la frotter doucement *là*, à l'endroit où elle-même sentait autrefois le frottement de la selle de Susan et la chaleur de la jument sous ses cuisses, avant de s'agripper avec passion à l'encolure de sa monture tout en se trémoussant d'avant en arrière pour atteindre ses inoubliables orgasmes d'adolescente. Voilà ce que dirait Kitty : « Je tape du pied, ma chérie. » Et, séduite, Veronica s'inclinerait. Séduite, c'était bien là le mot.

Dans les rêves de Kitty, cependant, l'avenir immédiat ne se déroulait pas sous des auspices aussi heureux. Davantage que des rêves, c'étaient plutôt des cauchemars. Qui l'assaillaient parfois en plein jour et dans lesquels Anthony ne trouvait aucune maison à acheter. Il se contentait de s'incruster aux Glaniques. Le printemps passait, puis l'été ; l'automne arrivait, et il était toujours là, prenait possession de la cuisine. L'odeur de sa lotion après rasage polluait l'atmosphère. Et tout ce dont il parlait – des heures durant – c'était du passé qu'il partageait avec Veronica, de la souffrance que leur avait causée l'absence de leur père, et, après la mort de Lal, de l'attachement qui les avait unis et avait fait qu'ils étaient devenus « tout » l'un pour l'autre, parce qu'ils n'avaient plus personne au monde. L'évocation de ce « tout », assaisonné de plaisanteries et de sous-entendus intimes, torturait Kitty au point qu'il lui fallait quitter la pièce, sortir au grand air, prendre le sentier qui descendait à la rivière ou celui qui montait jusqu'à Sainte-Agnès. Là, elle s'asseyait sur le bord de la fontaine publique, s'aspergeait le visage d'eau fraîche et laissait le bavardage des femmes du village – vous avez vu la nouvelle petite amie du maire ? qui va être élu au comité des fêtes ? et la postière qu'on a perdue, partie se marier à Limoges ! – l'apaiser et la ramener à la réalité et à un semblant d'équilibre.

Mais ce n'était pas son seul souci : elle était persuadée qu'Anthony écoutait le bruit de leurs ébats à travers la cloison de leur chambre. Pas seulement dans ses cauchemars, mais dans la réalité : il était dans sa chambre ou dans le couloir, à tendre l'oreille dans l'obscurité. Elle ne le voyait pas ni ne l'entendait, mais elle aurait pu jurer qu'il était là. Et elle savait que la même appréhension s'emparait peu à peu de Veronica. Car, à présent, c'était un peu comme si son amie avait peur d'être prise en flagrant délit de conduite amoureuse. Au lit, où elle avait toujours fait preuve d'une grande volubilité, voire d'une totale absence de retenue, elle s'était mise à chuchoter d'une petite voix de souris, comme si Kitty et elle étaient des enfants condamnés au silence après l'extinction des feux dans un dortoir de pensionnat. Quand Kitty essayait de l'embrasser, il lui arrivait même souvent de la repousser gentiment.

Aussi désagréable que ce fût, Kitty décida de ne pas faire d'histoire. Elle était résolue à ne pas tomber dans le genre de comportement détestable et boudeur dont Lal s'était manifestement rendue coupable. Elle resta donc éveillée pendant que Veronica dormait, s'efforçant d'imaginer quelque moyen habile d'obliger Anthony à quitter Les Glaniques. Mais elle savait qu'un tel moyen n'existait pas. Il s'en irait comme et quand il le voudrait, et pas avant. Tout ce que Kitty pouvait espérer, c'était qu'il renonce à son projet farfelu d'installation dans les Cévennes (dont il n'avait pas vraiment perçu l'isolement et dont l'histoire et les coutumes lui étaient totalement inconnues), ou bien que se présente rapidement une maison qui enflamme sa précieuse imagination.

Tandis que son amie ronflait doucement, Kitty se consola en repensant à l'agitation d'Anthony quand Veronica l'avait mis devant le fait accompli en lui annonçant le rendez-vous du vendredi. Elle essaya de se représenter l'état de son cœur, de l'organe lui-même, et l'imagina d'une couleur brunâtre, sec et nerveux, animé d'infimes pulsations, semblables au tic-tac précipité d'un chrono-mètre. Elle finit par se dire qu'un cœur dans un tel état ne pouvait pas garder quelqu'un en vie bien longtemps, fût-ce une personne aussi apathique et inactive qu'Anthony. L'homme n'allait donc pas tarder à mourir. Et il mourrait d'un cœur pétrifié.

Au bout d'un moment, ces fantasmes eurent bel et bien un effet apaisant sur Kitty, qui sentit venir le sommeil. Elle se tourna sur le côté et posa tendrement la paume de sa main contre le dos de Veronica. Avant de fermer les yeux, il lui vint à l'esprit qu'elle prendrait grand plaisir à aller voir la maison jaune vendredi, avec Anthony et Veronica, et à observer – là-haut, au milieu des genêts sauvages, des châtaigniers agonisants et des serpents endormis au soleil – jusqu'où la terreur d'Anthony pouvait aller.

Anthony, Veronica et Kitty étaient en route pour La Callune dans la voiture de la propriétaire de l'agence. Celle-ci s'appelait Mme Besson. Elle avait laissé sa fille, Christine, derrière son bureau à l'agence, fermée du temps de midi, en compagnie des cigarettes extra-longues qu'elle fumait comme un pompier et de son portable.

Mme Besson connaissait cette route en corniche comme sa poche et conduisait à une vitesse inquiétante, valsant dans les tournants sans visibilité et serrant de trop près les voitures qui la précédaient. Assis à côté d'elle, Anthony, sa ceinture de sécurité serrée au maximum, ne pouvait s'empêcher de lancer sans arrêt son pied droit vers une pédale de frein imaginaire, ni d'étouffer le cri silencieux qui montait en lui.

Mourir dans un accident de voiture serait une façon bien vaine de terminer sa vie. L'idée qu'il puisse périr là, maintenant, dans une vieille Peugeot conduite en dépit du bon sens, non seulement le mettait hors de lui, mais le rendait soudain particulièrement impatient de voir la maison jaune. Il avait hâte désormais – une hâte quasi maladive – d'en franchir la porte d'entrée, de voir comment elle s'intégrait dans le paysage, comment elle résistait au climat. Sa terreur à la pensée de l'avoir devant

lui – d'être ainsi confronté à une version grandeur nature
de son avenir – s'était miraculeusement évanouie, pour
faire place à la peur de trouver la mort sur la route avant
d'être arrivé à destination.

Pour se changer les idées et tenter d'apaiser ses craintes,
Anthony demanda à Mme Besson, dans son français hésitant et imprécis, de lui en dire plus sur le mas Lunel. Le
silence qui accueillit sa question donna à penser qu'il
fallut quelques instants à la dame pour se remettre la
maison en mémoire. Besson Immobilier, disait ce petit
silence paniqué, est la plus grosse agence de Ruasse ; vous
devez comprendre que nous nous occupons de centaines
de propriétés, et qu'il n'est pas toujours facile de nous
rappeler…

— C'est une très belle maison, finit-elle par déclarer,
faisant bondir la voiture juste derrière une bétonneuse qui
avançait au pas et la laissant collée là dans son sillage sulfu-
reux. Ne soyez pas rebuté par l'état des pièces. Elles sont
encombrées du bric-à-brac d'un vieil homme. Il faut les
imaginer débarrassées. Avec les vieilles maisons de ce
genre, qui sont dans la même famille depuis des générations et n'ont jamais été restaurées, il faut savoir faire
preuve de beaucoup d'imagination.

Anthony acquiesça de la tête. Cette femme l'irritait.
Elle sentait la nicotine. Conduisait dangereusement.
Parlait tellement vite qu'il avait le plus grand mal à la
comprendre.

— Paysage, dit-il. C'est comment ?

— Paysage ? Qu'est-ce que vous voulez dire ?

— Le paysage. Les terres autour la maison…

— Ah, je vois. Eh bien, c'est un peu à l'abandon.
Personne ne travaille plus la terre depuis des années.
Certains des murets sont écroulés. Mais ce n'est rien. Tout

ça se répare facilement. Vous autres Anglais êtes des fanatiques des jardins, je le sais. Et de l'espace, vous n'en manquerez pas, je vous le garantis.

La route n'en finissait pas de dérouler ses lacets, montant, descendant, tournant, remontant, redescendant. Anthony commençait à avoir très soif et, quand il vit une baraque sur le bord de la route arborant une publicité pour Orangina, il demanda à Mme Besson de s'arrêter. Celle-ci se gara sur le bas-côté, et Anthony, Veronica et Kitty descendirent de voiture. Ils restèrent un moment sur le talus à respirer la douceur de l'air. Le soleil aujourd'hui était plus chaud. Les abeilles bourdonnaient au-dessus des genêts. Une prairie verte, parsemée de boutons d'or, s'étendait à leurs pieds.

— L'été, annonça Veronica. Il arrive tôt par ici. Et il se fait sentir tout d'un coup.

Ils se dirigèrent vers la baraque, qui avait pour enseigne La Bonne Baguette.

— Prenons chacun un sandwich. C'est presque l'heure du déjeuner, après tout, continua-t-elle, ayant vu sur le comptoir une vitrine réfrigérée pleine de sandwichs croustillants.

Mme Besson sortit de la voiture et alluma une cigarette. Anthony lui proposa quelque chose, mais elle refusa, un œil réprobateur sur la silhouette massive de Veronica. Vous autres Anglais, disait ce regard, mangez des cochonneries. Sans même remarquer qu'elles vous tuent à petit feu.

Elle fit les cent pas pendant qu'ils achetaient leurs baguettes et leurs boissons.

— Mangez-les ici, les enjoignit-elle d'un ton péremptoire. Ça m'évitera d'avoir des miettes plein la voiture.

Ils descendirent donc jusqu'à la prairie aux boutons d'or et s'assirent dans l'herbe drue pour boire et manger, observés de loin par Mme Besson.

— J'imagine, dit Anthony, qu'elle en a assez des étrangers. Nous lui faisons gagner de l'argent, certes, mais elle préférerait nous voir rentrer chez nous.

Il rit en disant cela et regarda du côté de Kitty, comme s'il s'attendait à ce qu'elle réagisse dans le même sens, mais elle se contenta de détourner la tête.

Pour tout dire, ce qui la préoccupait c'était le contenu du sandwich qu'avait choisi Anthony : fromage et tomate. Elle eut un frisson de plaisir en se rappelant cet ami de Veronica, qui n'habitait pas très loin d'ici, mort d'avoir mangé du fromage non pasteurisé.

Il apparut enfin, le mas Lunel. Doré sous le soleil de midi, avec, en toile de fond, les chênes verts arborant leurs premières feuilles, et, plus haut, les épaulements sombres des sapins. Les pâquerettes saupoudraient de blanc la pelouse à l'abandon.

Ce qui enchanta d'emblée Anthony fut l'impression de complet isolement que donnait le mas, juché sur son plateau abrité, comme si le paysage s'était sculpté autour de lui, et non l'inverse. Au sud, les vignes et les oliviers en terrasse descendaient jusqu'à la route. Anthony sortit de voiture et resta immobile, s'efforçant de saisir l'atmosphère de l'endroit, de s'imprégner de ce merveilleux isolement, de cette beauté sauvage, avant qu'ils se dégradent.

Un homme d'un certain âge sortit de la maison. Il boitait légèrement. Il était maigre, portait des vêtements miteux et avait le teint couperosé et haut en couleur de l'alcoolique. Un mouchoir rouge foncé était noué autour de son cou décharné. Il s'abrita les yeux du soleil.

Mme Besson s'avança pour lui serrer la main. Anthony l'entendit lui rappeler rapidement qu'elle lui avait amené des acheteurs anglais cette fois-ci, et il vit l'homme se tourner dans leur direction et les regarder bouche bée, tout en essuyant du dos de la main un filet de salive qui lui coulait de la bouche.

Mme Besson fit les présentations.

— M. Lunel. M. Verey. Sa sœur. Une amie…

Et ils se rapprochèrent les uns des autres pour sacrifier aux poignées de main et aux salutations de rigueur depuis longtemps abandonnées en Grande-Bretagne. Les chiens, dans leur enclos grillagé, s'étaient mis à aboyer, déstabilisant manifestement Kitty, et M. Lunel s'empressa de s'excuser.

— Ne faites pas attention. Ce sont mes chiens de chasse. On chasse le sanglier par ici, plus haut dans les collines. Mais ils partiront avec moi. Rassurez-vous. Je n'essaie pas de les vendre avec la maison.

Lunel rit de sa petite plaisanterie, ce dont il fut aussitôt puni : son rire se mua en une toux grasse qui montait de la poitrine et l'obligea à se détourner pour cracher dans un chiffon. Il vend parce qu'il est sur la fin, songea Anthony. Il veut tirer profit de son bien avant de casser sa pipe.

Quand il fut remis de sa quinte, Lunel dit qu'il allait faire du café. Ou du thé, peut-être ? Les Britanniques aimeraient-ils une tasse de thé ? Il en avait. Du Lipton. Il valait mieux qu'il s'occupe du thé pendant que Mme Besson leur faisait faire le tour de la maison, parce que lui ne saurait pas comment s'y prendre. Il avait vécu ici toute sa vie. Et quand on a passé toute sa vie dans un endroit, on ne peut pas savoir ce que des étrangers vont en penser. On ignore ce qui va leur plaire ou leur déplaire…

Ils acceptèrent le thé, puis se mirent en route à la suite de Mme Besson, et Anthony vit Lunel se diriger vers l'enclos des chiens, sortir de sa poche quelques vieux restes de nourriture et les leur jeter pour les calmer.

— Les maisons cévenoles sont sombres, dit Mme Besson, tandis qu'ils pénétraient dans le vaste espace qui contenait la cuisinière et une grande table de ferme gauchie et bancale, parce que les fenêtres sont réduites au minimum. C'est la seule façon de garder la fraîcheur l'été et de retenir la chaleur l'hiver. Vous avez remarqué l'épaisseur des murs ?

La pièce sentait le feu, l'huile de friture et les oignons.

Le sol en pierre était usé par endroits à force de subir le frottement des chaussures. Un grand buffet en chêne (« français, autour de 1835... supposa Anthony, colonnes à volutes montrant des traces d'usure et des éclats ») était rempli à craquer de plats, d'assiettes, de carafes, de saladiers et de lampes en cuivre noirci. À l'autre bout de la pièce, un lit de repos, recouvert d'un plaid écossais, croulait sous un monceau de catalogues de machines agricoles jaunis. À côté, par terre, un vieux téléphone en bakélite. Un robinet gouttait au-dessus de l'évier en pierre. Des bouteilles de whisky vides décoraient l'égouttoir. Sur la table trônaient quelques pommes moisies, une bouteille de pastis et un verre sale.

— Je vous avais prévenus, dit Mme Besson. Tout est dans un état épouvantable. Mais cette pièce a de belles proportions. Et regardez. Que dites-vous des plafonds, superbes, non ?

Anthony vit des poutres en bois noircies par la fumée soutenant un réseau dense de chevrons entrecroisés plus étroits. Entre ces derniers, le plâtre rafistolé s'écaillait par endroits, mais Mme Besson avait raison, le plafond était exceptionnel. Il rappela à Anthony celui de la petite église de paroisse sans prétention de Netherholt, où Lal était enterrée. Et il se dit : c'est par là qu'il faudrait commencer le travail de restauration, par ce plafond pareil à un toit d'église, avec ses échos du passé. Redonner au bois sa couleur originale. Replâtrer. Puis enlever le crépi sur les murs et les rendre à la pierre. Démanteler le présent. Revenir à l'état premier et inonder l'endroit de lumière.

On les retrouvait dans toutes les pièces du rez-de-chaussée, ces plafonds stupéfiants, même dans la réserve, avec son sol en ciment et son vieux congélateur, connecté à un câble électrique qui traînait par terre.

— Ils ne te rappellent pas l'église de Netherholt ? chuchota-t-il à l'oreille de Veronica.

Veronica sourit, et Anthony se rendit compte que c'était le genre de sourire indulgent qu'elle aurait pu adresser à un enfant, mais peu lui importait, parce qu'il était maintenant en proie à une grande excitation, à un enthousiasme véritable. Il en avait presque le souffle coupé, tandis qu'il suivait Mme Besson dans l'escalier plutôt raide qui montait à l'étage.

Les plafonds étaient plus bas, et les pièces donnaient une surprenante impression d'exiguïté, mais, lisant avec une remarquable acuité la déception sur le visage d'Anthony, Mme Besson tapa sur l'un des murs et dit :

— De simples cloisons, que vous pouvez facilement abattre. Personnellement, je ferais tomber aussi les plafonds et je me débarrasserais des greniers. Vous avez bien assez de place sans, y compris pour les salles de bains. Moi, je laisserais les murs des chambres monter jusqu'au toit. Vous pouvez isoler bien sûr. Vous auriez des volumes extraordinaires, d'allure presque gothique.

Brusquement, Anthony se prit à adorer Mme Besson, lui pardonnant pêle-mêle sa conduite dangereuse, son mépris pour l'embonpoint de Veronica et son addiction à la cigarette. Elle faisait son travail avec intelligence. Transformait l'ordinaire en merveilleux. Donnait en fait à la maison la perfection achevée d'une superbe pierre précieuse, dont les splendeurs audacieuses attendaient encore d'être révélées sous une couche fragile de plâtre. Il aurait volontiers fait claquer un baiser sur ses joues ravinées par le soleil.

Il s'approcha d'une des fenêtres de la chambre et examina la grande parcelle de terrain qui serait sienne. Il y avait même au bas de la pelouse une grange en pierre de bonne taille dont on pourrait faire un magnifique usage (*pool house* ? appartement indépendant réservé aux amis ?), et, sur la gauche, il voyait les terrasses exposées au sud. Elles étaient envahies par les mauvaises herbes, mais plantées de vignes et d'oliviers et de ce qui ressemblait à de vieux arbres fruitiers noueux, délicatement recouverts d'un lichen gris et duveteux. La fenêtre était ouverte, et Anthony se pencha sur l'appui, n'entendant plus maintenant que le chant des oiseaux. Il adorait cette sensation d'être sur une éminence. Avec l'aide de Veronica, cette vue pourrait devenir si séduisante qu'il n'aurait plus jamais envie de la quitter…

Il était dangereusement proche de l'instant où il allait appeler Veronica pour lui chuchoter qu'il était prêt à acheter, avait déjà pris sa décision, avait une vision sublime de ce que l'on pourrait faire de l'endroit, quand Kitty vint le rejoindre. Elle n'avait rien dit jusqu'ici, mais il avait remarqué son regard acéré et fureteur, comme il avait remarqué que les chiens dans leur enclos l'avaient perturbée, tant elle était sentimentale. Elle se tenait à présent à côté d'Anthony, scrutant le paysage.

— C'est intéressant, dit-elle. De l'intérieur, et même d'ici, on a l'impression que la maison est isolée.

— Que voulez-vous dire ? dit Anthony. Bien sûr qu'elle est isolée.

— Ma foi, pas tout à fait. Il y a la bicoque.

— Quelle bicoque ?

Kitty se pencha davantage à la fenêtre. Anthony ne supportait pas la façon dont elle se coupait les cheveux, très courts à l'arrière, une coupe d'homme, comme si elle voulait vous inviter à remarquer les tendons durs de sa nuque.

— Là-bas, dit-elle. On l'aperçoit à peine. Dans le tournant de l'allée.

Il regarda l'endroit qu'elle lui désignait. Vit un toit en tuiles mécaniques, l'arête d'une façade, peinte en rose, des géraniums dans ce qui avait l'air d'être des pots en plastique.

— Vous ne l'avez pas vue en arrivant ? demanda Kitty.

— Non, dit-il. Non.

Et c'était vrai qu'il ne l'avait pas remarquée. Il regardait droit devant lui à ce moment-là, absorbé par son premier contact visuel avec le mas Lunel. Mais elle était bien là, cette bicoque. Une autre habitation, la vie d'un tiers, avec son fatras, son bric-à-brac, empiétant sur un terrain qu'il s'était imaginé à lui.

Il jura silencieusement. Il avait cru contempler un coin de paradis, choisissant d'oublier qu'il ne restait plus de paradis sur cette terre. Tous les endroits encore beaux étaient abîmés par leur proximité avec quelque chose que l'on n'avait envie ni de voir ni d'entendre, ou auquel on ne pouvait s'empêcher de penser. Et voilà qu'elle se manifestait à nouveau, cette malédiction, à l'instar du visage ricanant de la vieille dans la tapisserie d'Aubusson qui venait jeter une ombre sur les joyeux aristocrates prêts à déguster leurs mets et leurs vins délicieux.

Il se sentait suffoquer, tant il s'en voulait. Pourquoi, lui qui était d'ordinaire si soucieux des détails de son environnement, n'avait-il pas remarqué cette foutue baraque ? Il n'arrivait plus à en détacher les yeux, comme s'il avait pu l'effacer du paysage par un simple effort de volonté. Bien entendu, se dit-il avec lassitude, il avait fallu que ce soit Kitty qui attirât son attention sur cette verrue, qui vînt refroidir son enthousiasme, doucher sa joie toute neuve.

La seule question désormais était de savoir si l'existence de la bicoque lui gâchait l'endroit irrémédiablement ou s'il y avait moyen de parvenir à un compromis. Il savait qu'il lui faudrait sortir pour aller voir la chose de près avant de pouvoir répondre à cette question, mais il redoutait de le faire, craignant que sa laideur ne le précipite à nouveau dans la dépression.

Anthony appela Mme Besson près de lui.

— Ah oui, fit-elle, cette petite maison appartient à la sœur de M. Lunel. Mais l'essentiel de ses terres se trouve de l'autre côté de la route. Elle n'a qu'un minuscule bout de pelouse et un petit potager de ce côté-ci. Vous pourriez facilement vous isoler. Par exemple, en plantant des cyprès à croissance rapide. Vous ne sauriez même pas qu'il y a quelque chose derrière.

Oh si, se dit Anthony, ce n'étaient là que propos bien rodés d'agent immobilier, mais il n'était pas Anthony Verey pour rien, lui saurait. Même s'il ne la voyait pas, il la sentirait : la vieille femme dans la forêt, une autre existence, avec sa détresse et ses bruits, sa banalité laborieuse, alors que ce à quoi il aspirait, c'était à une solitude parfaite, sans tache, un royaume tout à lui, où il pourrait vieillir avec élégance.

Anthony se tourna vers Mme Besson.

— J'aime beaucoup la maison, dit-il en anglais, car il était trop agité pour essayer de parler français. La hauteur de plafond, les volumes. L'emplacement même. Mais la bicoque gâche tout. Pour moi, elle est rédhibitoire.

Par politesse, il leur fallut boire le thé préparé par M. Lunel.

Il les fit asseoir à la table de la cuisine, débarrassée des pommes et du pastis, et fit circuler une assiette de biscuits rassis.

— Bon, dit-il, je vous emmènerai voir les vignes quand vous aurez bu votre thé. Elles sont pas en trop bon état. Je vis tout seul ici. J'ai pas de fils pour m'aider et reprendre la terre, c'est pour ça que je vends. Mais c'est une bonne terre, travaillée depuis des générations...

Anthony, qui trempait des lèvres dédaigneuses dans le breuvage tiède, dit à Mme Besson :

— Pouvez-vous, s'il vous plaît, lui demander ce qui appartient à sa sœur ?

— Je vous l'ai déjà expliqué, déclara Mme Besson. L'essentiel se trouve de l'autre côté de la route.

— Demandez-le lui quand même, je vous prie, lâcha Anthony d'un ton sec.

Quand Mme Besson s'exécuta, Anthony vit l'inquiétude assombrir soudain le regard de Lunel. Celui-ci ne répondit pas tout de suite, mais se pencha vers l'agente pour lui chuchoter :

— Dites-leur que ma sœur ne compte pas. Elle sera partie. La maison ne sera plus là. D'ailleurs, elle n'aurait jamais dû être construite là où elle est, cette baraque.

157

Mme Besson pinça les lèvres. Elle s'agita sur sa chaise, se tapota les cheveux et se tourna vers Anthony.

— Il se pourrait, lui dit-elle, il semblerait... que la sœur de M. Lunel doive également partir. Auquel cas, je suppose que le bout de terrain et la petite maison seraient mis en vente. Mais je n'ai aucune garantie là-dessus.

— Audrun a tout un bois à elle ! intervint Lunel avec véhémence. Je lui avais dit de construire là, dans son foutu bois. C'est là qu'elle aurait dû être la maison. Au lieu de ça, elle est en plein milieu de mes terres.

— Est-ce que vous êtes en train de dire, M. Lunel, que la maison de votre sœur se trouve sur vos terres ? demanda Mme Besson.

— Oui... enfin, une partie...

— Ah, bon ? Cela ne m'a jamais été clairement notifié. D'après les plans que j'ai vus...

— Mais je fais venir un autre géomètre ! l'interrompit Aramon Lunel en tapant du poing sur la table. Ces limites sont toutes fausses, et Audrun le sait !

Mme Besson sortit un carnet de son sac et se mit à écrire. Anthony remarqua que la transpiration commençait à perler sur les tempes de Lunel. Son poing fermé tremblait.

— Je l'ai dit à Audrun, fit-il à Mme Besson, elle est en infraction. On attend juste que le géomètre vienne régler ça.

— J'estime que, en tant qu'agents, nous aurions dû être informés de ce... de cette querelle familiale, M. Lunel, répondit-elle. Je ne peux pas continuer à faire visiter les lieux tant que les limites de propriété ne seront pas clairement établies.

— Non, je vous assure ! s'écria Lunel. Tout est clair... Y a pas de « querelle ». Vous allez voir ! Tout va s'arranger. Dès que j'arriverai à convaincre le géomètre de Ruasse de se bouger le cul…

Mme Besson se leva et fit signe aux autres d'en faire autant. Lunel l'attrapa par la manche.

— Partez pas ! supplia-t-il. J'aime bien ces acheteurs. Ces Angliches, ils ont des sous. Ils ont même pas fini leur thé. Laissez-moi leur montrer les vignes…

— Non, je suis désolée, il faut que nous partions, déclara Mme Besson, tout en dégageant son bras et en consultant sa montre. Nous avons un autre rendez-vous à Saint-Bertrand.

Audrun tondait sa pelouse quand Aramon descendit l'allée en boitant et se mit à lui hurler dessus. Elle tourna la petite tondeuse dans sa direction, songeant au plaisir qu'elle aurait à lui passer sur les pieds.

— Arrête-moi ça ! Arrête-moi ça ! s'époumonait-il.

Mais elle laissa l'engin tourner au ralenti près d'elle, comme une arme amorcée, prête à faire feu.

Il s'était soûlé au pastis. Ses yeux, incapables de se fixer, roulaient dans leurs orbites. Le soleil cognait sur sa tête échevelée.

— J'ai un acheteur ! bafouilla-t-il. C'est sûr à quatre-vingts pour cent. Quatre-vingt-dix même. Un acheteur anglais, un genre d'antiquaire bourré de fric. Mais il hésite, bon Dieu, il hésite ! Et tu sais pourquoi ? Parce qu'il veut pas voir ta bicoque, et j'ai dit à la bonne femme de l'agence qu'elle allait disparaître, ta baraque !

— Tu as dit aux agents immobiliers...

— J'ai pas l'intention de laisser passer l'occasion. C'est mon dû. C'est mon droit !

Audrun garda le silence. Elle avait toujours la main sur la commande de la tondeuse. Elle imaginait une fontaine de sang, de chairs et d'os broyés jaillissant sur l'herbe, de la même couleur rose que celle du lac qui hantait ses rêves. Aramon s'approcha d'elle en titubant.

— Y a le géomètre qui vient demain, dit-il en lui agitant le doigt presque sous le nez. Et je lui ai dit que ta maison, c'était pas légal.

— Laisse-moi tranquille, Aramon.

— T'es sourde ou quoi ? Le géomètre vient demain matin. Et d'ici la semaine prochaine, tu recevras un ordre d'expulsion. J'ai dit à ces crétins d'agents immobiliers que j'en faisais mon affaire. Je leur ai dit…

À ce moment-là, il fut pris de convulsions et vomit sur la pelouse, se prenant l'estomac à deux mains. Le cœur soulevé de dégoût, Audrun dut détourner les yeux, tant le spectacle était répugnant. Elle songea alors à l'endroit où elle l'enterrerait une fois qu'elle l'aurait tué ; pas dans le caveau de famille à La Callune, où reposaient leurs parents, mais dans quelque coin de terre non consacré où personne n'allait jamais, au milieu des genêts épineux. Attirés par l'horrible odeur de sa chair, des oiseaux de proie viendraient, qui le nettoieraient jusqu'à l'os, comme il ne l'avait jamais été. Ce n'était qu'une question de temps.

Elle lui tourna le dos et reprit sa tonte, agrandissant les cercles à présent, sans plus regarder de son côté. L'odeur de l'herbe fauchée remplaça peu à peu la puanteur du vomi. Au bout d'un moment, Audrun sut qu'il était reparti, remontant l'allée d'un pas hésitant en direction du mas. Elle l'imagina se traînant jusqu'en haut de l'escalier pour aller s'écrouler sur son lit dans sa chambre. Il aurait dû être au travail dans ses vignes, au lieu de quoi il ronflerait dans son trou à rats, les murs inondés par la lumière du jour. Elle se demanda si le moment n'était pas bien choisi pour faire ce qu'elle avait à faire…

Elle avait vu les Anglais, entendu le son de leurs voix, particulièrement fortes. La plus petite des deux femmes avait fait quelques pas dans l'allée pour venir examiner sa bicoque. Audrun l'avait observée, derrière ses rideaux de dentelle. Elle ressemblait à un homme. Trapue, une démarche arrogante. Son air un peu bravache avait provoqué chez Audrun un sentiment étrange, comme si cette femme possédait un pouvoir mystérieux.

Elle se surprit à se demander si c'était avec ce même air arrogant que Jésus de Nazareth s'était approché des pêcheurs le long du rivage, quand Il avait appelé à Lui Ses disciples et que ceux-ci avaient quitté leurs barques sur-le-champ, abandonnant leurs filets et leur travail pour Le suivre. Audrun savait qu'une telle pensée était incongrue, pour ne pas dire blasphématoire, et que c'était exactement le genre de choses qui faisait dire à son entourage qu'elle était folle. Mais personne ne semblait comprendre qu'on ne maîtrise pas toujours ses pensées. C'était l'inverse qui était vrai pour Audrun et qui constituait l'un des éléments les plus perturbants de son existence. Elle n'était qu'un simple réceptacle ouvert à des pensées et à des actes d'une horreur inimaginable. Et c'était là la malédiction avec laquelle elle était condamnée à vivre : l'inimaginable devenait réalité en elle, et uniquement en elle.

Elle s'assit dans son fauteuil, pour se reposer de sa tonte. Elle se demanda combien de temps il lui faudrait pour s'emparer des comprimés d'Aramon, les piler, les dissoudre dans l'eau tiède, remplir la poche à lavement et retourner silencieusement dans sa chambre. Se réveillerait-il trop tôt et se débattrait-il ? Ou bien serait-elle capable, tout en manipulant la canule et la poche, de le calmer et de le rassurer, de lui dire qu'elle essayait de lui faire du bien en lui administrant une purge spéciale qui allait le nettoyer de sa maladie ? Alors, il se soumettrait. Il se soumettrait à sa propre mort…

Audrun ferma les yeux. Un jour, quand ils étaient encore enfants, avant que Bernadette les eût laissés pour aller reposer au cimetière de La Callune, Aramon était tombé d'un abricotier sur l'une des terrasses les plus éloignées de la maison. Elle, qui n'avait alors que dix ans, l'avait entendu crier et l'avait trouvé presque évanoui de douleur. Elle s'était efforcée de le rassurer, de l'apaiser, tandis qu'il se contorsionnait sur le sol, la cheville cassée.

Elle avait essayé de le redresser et de le porter, mais il était trop lourd, et elle avait dû l'allonger par terre sur un tas gluant d'abricots et de feuilles sèches. Elle lui dit qu'elle allait courir chercher Bernadette ou Serge, mais Aramon s'accrochait désespérément à elle. Il avait treize ans, et, épouvanté, ne cessait de lui répéter : « Ne m'abandonne pas ici. Ne me laisse pas tout seul, Audrun… »

Elle avait alors pris la tête de son frère sur ses genoux et lui avait caressé le visage pour tenter de le tranquilliser. Au bout d'un moment, il était tombé dans une sorte de transe. Elle était restée assise là, sur le sol visqueux, assaillie par les guêpes, à le tenir dans ses bras et à attendre. N'osant pas appeler à l'aide, de peur d'interrompre ce sommeil si particulier, et fière d'avoir pu le provoquer.

Ce n'est que plus tard, quand Serge les avait trouvés à la fin de la journée, qu'on lui dit qu'elle n'avait pas fait ce qu'il fallait, qu'Aramon aurait pu mourir d'une commotion sur les terrasses du bas, qu'elle aurait dû le couvrir avec son manteau et venir aussitôt réclamer de l'aide. Le soir, elle entendit son père dire à Bernadette : « Elle a vraiment pas d'idée, ta fille. Elle fait jamais c'qu'y faut. Dieu sait quel genre de vie elle se prépare. »

Dieu sait quel genre de vie.

Et voilà qu'elle pouvait à nouveau mal tourner, cette chose qu'elle appelait sa vie. Si elle accomplissait l'acte qu'elle avait en tête, un acte qu'elle savait être *nécessaire*, n'était-elle pas assurée d'une fin misérable ? Parce que la prison, ce serait comme la mort, de la même manière que son travail à l'usine de Ruasse avait été lui aussi une forme de mort. Elle passerait ses journées entre une cellule glaciale et une salle bruyante, résonnant des rires et des cris démoniaques de femmes occupées à quelque horrible tâche. Sa vue baisserait à coup sûr ; ses « épisodes » se multiplieraient, jusqu'à ne plus former qu'un écheveau ininterrompu de souffrances confuses et indicibles. Et, la nuit, elle rêverait à son bois, hantée par la certitude de ne plus jamais le revoir, de ne plus jamais l'entendre bruire, de ne plus connaître le printemps qui réjouit les cœurs, mais d'en être réduite à imaginer le changement des saisons et la fuite du temps…

Audrun était toujours assise dans son fauteuil ; lentement, le crépuscule envahissait la pièce. Elle se rendait compte à présent que ce plan qui remplirait son office sans laisser de trace, elle ne l'avait toujours pas. Elle ramena sur elle les pans de sa veste. Avant de se dire : Non, je ne l'ai pas encore, mais il me viendra, c'est sûr. Il me surprendra, sans crier gare, comme un étranger arrogant débarquant sur le seuil de ma porte. Et je me lèverai pour le suivre.

Elle se leva de bonne heure, but son bol de café, enfila son tablier à fleurs et remit de l'ordre dans la maison en prévision de la visite du géomètre. Elle passa une serpillière sur le carrelage, observant les traces luisantes que laissait l'humidité et se prenant à souhaiter que ce brillant ne disparaisse pas, comme il le faisait toujours.

Elle savait que sa bicoque ne valait guère mieux qu'un taudis, assemblé à la va-vite sous son toit de tuiles mécaniques, mais maintenant qu'elle allait probablement la perdre, elle sentait grandir en elle un attachement sentimental. Cette maison contenait toutes ses possessions : son lit, son armoire, ses plantes, sa télévision, sa cuisinière, ses descentes de lit, son fauteuil préféré. Ses murs l'avaient abritée, avaient enfermé sa douleur en leur sein.

La matinée était lumineuse et paisible. Audrun arrosa les géraniums sur sa terrasse, arracha deux oignons blancs pour son souper, chassa une grenouille. Au moment où l'animal disparaissait dans l'herbe, Audrun vit Marianne Viala remonter la route dans sa direction.

— Le géomètre vient ce matin, lui dit-elle.

Marianne lui avait apporté un morceau de sa fameuse tarte au chocolat sur une assiette bleue. Qu'elle posa sur la table en plastique. Elle secoua la tête, une tête que ses boucles fraîchement permanentées et leur couleur châtain clair faisaient paraître plus petite.

— Aramon devrait avoir honte, dit-elle.

Elles s'assirent sur les chaises en plastique, la tarte, encore intacte, entre elles. Chaque fois qu'une voiture passait sur la route, elles tournaient la tête, se demandant si c'était le géomètre.

— Si ton frère démolit ta maison, reprit Marianne au bout d'un moment, tu pourras toujours venir habiter chez moi.

Audrun garda le silence. Elle savait que c'était très gentil de la part de Marianne de lui faire une telle proposition, excessivement gentil – si elle était vraiment sincère –, mais cette proposition, elle ne pouvait l'accepter. Elle avait passé toute son existence ici, sur une terre qui appartenait aux Lunel depuis trois générations.

Se retrouver dans une petite pièce sombre au fond de la maison, entourée des possessions de Marianne, serait tout bonnement insupportable.

— Je crois que je vais aller vivre au mas, dit-elle après avoir relevé la tête.

— Quoi ? fit Marianne. Avec cet individu ?

Audrun baissa les yeux sur ses mains, emprisonnées l'une dans l'autre devant elle, sur la table.

— Au train où il boit, affirma-t-elle, il ne peut pas en avoir pour bien longtemps.

Au bout d'une heure, Audrun refit du café ; les deux femmes mangèrent la tarte et sentirent le sucre leur réchauffer le sang. Elles évoquèrent certains souvenirs d'école, dont celui de leur ancien instituteur, M. Verdier, qui amenait son chien bâtard, Toto, en classe tous les jeudis, parce que sa femme travaillait à l'épicerie du village ce jour-là, et que Toto ne supportait pas de rester seul.

À la récréation, on lâchait Toto dans la cour de l'école avec les enfants, et ils l'embrassaient, le cajolaient, lui tiraient les oreilles, lui donnaient des bonbons et le poursuivaient dans des rondes sans fin ; tout à ses gambades, les bâtons que lui lançaient certains des grands le laissaient indifférent.

Un jeudi, pourtant, le panier de Toto, posé dans un coin de la classe, resta vide, et M. Verdier, après avoir donné un travail de lecture silencieuse aux enfants, s'assit à son bureau, regardant le ciel par la fenêtre.

« — Si vous plaît, m'sieur, demanda un des enfants. Il est où, Toto ?

— Toto a disparu, dit le maître. Nous ne savons pas où. Nous espérons simplement qu'il n'est pas tout seul. »

167

— Est-ce qu'il est jamais revenu ? demanda Marianne. Je ne m'en souviens plus.

— Non, dit Audrun. Il n'est jamais revenu. Ce que nous aimons ne revient jamais.

Marianne eut un reniflement désapprobateur, comme pour dire que le pessimisme d'Audrun était parfois pénible à supporter, et elle changea de sujet pour parler de sa fille, Jeanne, institutrice à Ruasse, maintenant.

— Les enfants sont bien moins disciplinés que nous l'étions, déclara-t-elle. Beaucoup moins... surtout dans les villes. Jeanne en voit de toutes sortes. Ce trimestre, dans sa classe, elle a une petite Parisienne, qui se fait persécuter par les autres gamins.

— Bof, dit Audrun, ce n'est pas vraiment nouveau.

— Non, je sais bien. Mais c'est dur pour Jeanne. Elle doit se montrer juste avec tout le monde. Elle déteste en voir un plus malheureux que les autres, même si elle reconnaît que cette petite est une enfant gâtée. Son père est docteur, ou quelque chose comme ça.

— Elle s'appelle comment ? demanda Audrun. À Paris, ils donnent à leurs gosses des noms de stars de cinéma, des noms américains.

— C'est vrai, dit Marianne. Elle s'appelle Mélodie. *Mé-lo-die*. Tu te rends compte d'un nom pour une gamine ! Et, évidemment, ça n'arrange pas les affaires de Jeanne.

La matinée s'écoula, et Marianne finit par rentrer chez elle, sans que le géomètre se soit manifesté.

« La femme, avait dit un jour Bernadette à Audrun, passe une bonne partie de sa vie à attendre. Elle attend que les hommes rentrent de la guerre, des champs ou de la chasse. Elle attend qu'ils veuillent bien réparer tout ce qui a besoin de l'être. Elle attend leurs mots d'amour. »

Audrun rentra à l'intérieur. Mangea un peu de pain et de fromage, avant de verrouiller sa porte et d'aller s'allonger. L'attente l'avait fatiguée. Elle dormit deux heures et fut tirée de son sommeil par quelqu'un qui frappait à sa porte. À entendre les coups précipités, elle pensa que c'était sans doute Aramon qui venait encore s'en prendre à elle pour une chose ou une autre, et prit son temps pour aller répondre.

Elle trouva sur le seuil un homme vêtu d'un costume gris froissé, une cravate dénouée pendait, informe, sur sa chemise. Il avait une liasse de papiers sous le bras.

— Je suis le géomètre, dit l'homme. De Ruasse.

Peu après la mort de Bernadette, Serge Lunel avait dit à son fils : « Aramon, à partir de maintenant, c'est nous contre le reste du monde. Toi et moi contre le reste du monde. Faut qu'on prenne le contrôle de la situation. Et je vais te dire comment. »

Aramon se trouvait à présent à côté du caveau des Lunel au cimetière de La Callune.

Il s'aperçut qu'il tenait dans les mains une petite couronne de fleurs en plastique, sans savoir comment elle était arrivée là. L'avait-il prise sur une autre tombe ? L'avait-il trouvée par terre, dans l'herbe ?

Il se dit que c'était sans importance, qu'une couronne en plastique, c'était le genre de choses dont tout le monde se moquait comme d'une guigne, et il la posa distraitement au pied du caveau en granit où reposaient ses parents et ses grands-parents Lunel, Guillaume et Marthe, tous entassés les uns sur les autres, sa mère et son père coincés en dernier en haut de la pile, juste en dessous de la pierre tombale. Aramon n'arrivait pas à croire qu'il était aujourd'hui plus âgé que ne l'était Serge à sa mort. Le temps, songea-t-il, avait tout de sables mouvants : comment pouvait-on jamais imaginer s'y creuser une existence un tant soit peu rationnelle ?

171

Au fond de lui, Aramon savait que leur existence à tous les deux – la sienne et celle de Serge – avait été faussée et salie par le choix qu'ils avaient fait après la mort de Bernadette. Mais il refusait de penser que l'un ou l'autre devait en porter la responsabilité. Le responsable, c'était le temps. Le temps, qui leur avait donné Bernadette, puis la leur avait reprise, comme il avait repris Renée. *L'homme né de la femme n'a que peu de temps à vivre.* Le temps, ça vous changeait les besoins et les exigences de votre corps.

Ce n'était pas quelque chose dont on pouvait parler, et, en effet, ils n'en avaient jamais été capables, ni l'un ni l'autre. Même quand ils binaient les oignons dans la terre chaude (en ces jours lointains où pareille culture était encore rentable), avançant au même rythme le long des rangées, pendant qu'Audrun travaillait à la fabrique de Ruasse, ils n'avaient jamais abordé le sujet. Sauf une fois, tout au début, quand Serge lui avait chuchoté à l'oreille :

— C'est tout à fait logique, fils. Il y a eu Renée, mais elle est morte, elle a été punie pour ce qu'elle avait fait, puis il y a eu ta mère, mais, elle aussi est partie, nous a quittés. Et maintenant… il y a l'autre. C'est logique de garder ça dans la famille. Tout à fait dans l'ordre des choses.

Aramon s'en évanouissait parfois, si vive était l'excitation qui le prenait quand il pénétrait dans la chambre d'Audrun la nuit pour faire ça. Pour lui, c'était de l'amour, le plus parfait, le plus violent qu'il fût en mesure d'imaginer. Mais c'était plus que son corps et son esprit ne pouvaient supporter. Si bien qu'après, il fallait parfois que Serge vienne le ramasser sur le sol où elle l'avait fait basculer et le porte dans son lit, lui claque les joues pour le faire revenir à lui, lui administre un peu de cognac. « Allez, murmurait Serge tendrement, c'est bon. Tu vas pas en mourir. T'as juste fait ce que doivent faire les jeunes gens de ton âge. Dors, à présent. »

Puis il entendait Serge repartir dans le couloir, entrer à son tour dans la chambre, dont il refermait la porte derrière lui, et, plus tard, glapir comme un chien. Aramon se moquait bien d'avoir à partager son amour. Ce qu'il n'admettait pas, ce qui le rendait fou, c'est qu'elle ne criait jamais, elle. Tout ce qu'elle lui donnait en retour pour ce qu'il faisait – pour cet *amour* qu'il lui portait – c'était son silence.

Des années s'écoulèrent ainsi – Serge et Aramon criant dans le noir pendant plus de quinze ans –, jusqu'à ce que Serge tombe malade. À la fin, sur son lit de mort, il avait dit à son fils : « Je vais aller en enfer, Aramon. Je le sens. Et c'est à cause de *ça*. Alors, toi… il vaudrait mieux que tu ailles voir ailleurs maintenant. Le mas est à toi, et la plus grande partie des terres. Trouve-toi une fille et marie-la. Laisse Audrun se construire une petite maison à elle. Sinon ta vie deviendra un enfer. Fais-le avant qu'il soit trop tard. »

Fais-le avant qu'il soit trop tard.

Il descendit à Ruasse (l'autre Ruasse, celui auquel les touristes préféraient ne pas penser) et ramassa une putain à la peau olivâtre du nom de Fatima ; il la baisait deux fois par semaine dans sa chambre, sous les toits, où des foulards en mousseline tamisaient les abat-jour et où l'encens et les huiles essentielles embaumaient l'air.

Mais, avec Fatima, Aramon Lunel ne perdait jamais connaissance. Ce qu'il faisait avec elle ne ressemblait en rien à ce qu'il avait connu. Et puis, un jour, Fatima était morte. Tuée à coups de couteau, là, dans sa petite chambre surchauffée et parfumée, ouverte de la poitrine

173

au pubis, puis emportée, enveloppée dans un sac en plastique, à la morgue.

Aramon fut emmené au commissariat pour y être interrogé. (Ils appelaient ça un interrogatoire, mais on ne percevait guère les points d'interrogation à la fin de leurs phrases.)

Tu l'as tuée, cette fille.

Tu as poignardé cette putain. Fatima. Tu lui as ouvert le ventre.

Il leur dit qu'il n'aurait jamais pris cette peine. Elle n'était pas grand-chose pour lui. Avec elle, il n'avait jamais perdu connaissance.

Perdu connaissance.

Dis donc, mais c'est que ça expliquerait tout, ta perte de mémoire…

T'as tué la pute. Et puis t'as perdu conscience.

Les « interrogateurs » étaient des flics ordinaires et bornés. Comment expliquer à des gens comme eux l'intensité des sensations qu'il avait ressenties naguère ? Tout ce qu'il trouvait à leur répéter c'était : « Elle était rien pour moi, Fatima. Je crois même que je l'ai jamais appelée par son nom. » Au bout d'une éternité, après des jours et des jours de garde-à-vue, ils avaient fini par mettre la main sur un autre homme qu'ils accusèrent du meurtre, et ils avaient cessé de harceler Aramon. Ils lui dirent qu'il était « un homme libre ». Mais lui savait ce qu'ils ignoraient : après ce qui s'était passé pendant quinze ans, il ne serait plus jamais libre.

Il y avait beaucoup de caveaux de famille dans le cimetière de La Callune. L'endroit n'était pas grand et presque plein. Certains des morts étaient honorés comme héros de la Résistance et avaient leurs noms gravés dans la pierre.

Ce n'était pas le cas de Serge, bien sûr, lui qui avait protégé des trains et des tronçons entiers de lignes de chemin de fer contre les attaques des saboteurs de la Résistance, mais d'un bon nombre des autres. En dépit de toutes ces tombes, chaque fois qu'Aramon se rendait au cimetière, il se retrouvait seul, comme si Serge avait d'une manière ou d'une autre arrangé ce rendez-vous de façon qu'ils puissent se parler (enfin, lui voyait la chose comme une conversation, même s'il savait que ce n'était qu'un monologue) sans risquer d'être entendus par des étrangers venus se recueillir sur la tombe de parents disparus. « Tous ces villages sont remplis d'espions, lui avait dit Serge un jour. On peut faire confiance à personne. Sauf à la famille. »

À présent, Aramon était en train de confier son désarroi à Serge. Il allait se faire un paquet de fric avec la vente du mas et des terres. 475 000 euros ! Près de trois millions de francs ! Plus qu'on n'en avait jamais vu au cours de plusieurs générations de Lunel. Mais il ne savait pas où aller quand il aurait touché tout cet argent.

— Où est-ce qu'y faut qu'j'aille, s'obstinait-il à demander. Hein, dis-moi où ?

Il aurait bien aimé que Serge lui réponde. Serge Lunel avait été un survivant. Il s'en était fallu de peu, chaque fois, mais il s'en était toujours tiré. Il avait failli être massacré par l'armée allemande dans les Ardennes. Il avait survécu à la mort de Renée en épousant Bernadette. Il s'était débrouillé pour éviter d'être envoyé en Allemagne avec le STO, en acceptant de garder les trains et les voies la nuit à Ruasse. Quant à ce qui s'était passé après, il avait survécu à sa propre culpabilité en faisant de son fils un complice.

Aramon contemplait la lourde maçonnerie des caveaux. Tout, songeait-il, est si *pesant* dans ce pays. La terre. Les maisons (celles des vivants et celles des morts). Les pulvérisateurs remplis de poison qu'il faut transporter sur le dos. Les rochers dans la rivière. Les nuages gros de pluie et d'orage…

S'il buvait, c'était pour oublier le poids des choses. L'alcool détruisait sa santé un peu plus chaque jour, il le savait, sans pour autant trouver de substitut, de moyen de s'extraire de la chape de souvenirs qui menaçait de l'écraser, de l'étouffer sous la pression du remords et d'un amour qu'il était incapable d'exprimer.

Souvent, dans ses rêves éveillés, il se revoyait enfant, il revoyait Audrun sauter à la corde dans la cour poussiéreuse, ses cheveux châtains brillant dans le soleil. Ensemble, ils donnaient à manger aux poules et au cochon. Quand il avait beaucoup plu, on les envoyait, main dans la main, ramasser des escargots dans des seaux en métal identiques.

Parfois, quand ils les dénichaient près de la rivière, que la terre détrempée collait à leurs bottes en caoutchouc et que les herbes et les roseaux mouillés leur frôlaient les jambes, il lui demandait de lui montrer sa cicatrice, là où les docteurs avaient coupé sa queue en tire-bouchon, et elle soulevait son tablier et lui montrait son petit ventre rond, et il le caressait, lui disait qu'il regrettait de l'avoir taquinée en essayant de lui faire croire qu'elle était la fille d'un SS. Et elle répondait que c'était sans importance, qu'elle avait tout oublié. Alors il lui donnait quelques-uns de ses escargots, pour que Bernadette soit fière d'elle et s'exclame : « Bravo, ma chérie ! Tu en as trouvé plus que ton frère. »

D'autres fois, à la fin des journées tièdes d'avril et de début mai, à l'heure où les fleurs blanches prenaient un nouvel éclat dans la lumière déclinante, ils restaient ensemble au crépuscule dans les champs de cerisiers en fleur, guettant le chant des rossignols. Un soir – Audrun, encore enfant, s'épanouissait de jour en jour et commençait à ressembler à sa mère et à Renée, sa tante défunte –, Aramon avait cassé une petite branche de cerisier et la lui avait glissée derrière l'oreille. « À présent, je suis une princesse, pas vrai ? » avait-elle dit, en levant les yeux vers lui.

Emmène-moi là-bas.

C'est ce qu'Aramon avait envie de dire à Serge. « Voilà l'endroit où je voudrais aller. Je t'en prie, emmène-moi là-bas. S'il te plaît. Là-bas, dans le champ de cerisiers blancs. »

Mais les morts ne répondaient jamais aux prières des vivants. Ils étaient capables, semblait-il, d'arranger une rencontre confidentielle, mais quand on leur chuchotait ses désirs à l'oreille et qu'on leur demandait leur aide, ils redevenaient inertes, inutiles : branches fragiles, brindilles nues, simple poussière.

Aramon reprit lentement, péniblement, le chemin du mas. Ses pieds lui faisaient mal tout le temps, maintenant. Et puis il y avait cette douleur à la hanche. Et ces crampes d'estomac, qui n'étaient ni de la faim ni une envie de vomir, mais un malaise permanent qu'il ne parvenait pas à identifier. Il se demanda si, une fois en possession de ces liasses de billets qu'il recevrait en échange du mas et des terres, il ne ferait pas bien de se mettre en quête d'un hôpital ou d'une maison de repos et de payer pour qu'on l'accepte et qu'on le prenne en charge. Existait-il des endroits où l'on pouvait simplement sonner à la porte et être emmené jusqu'à une chambre modeste mais propre ? Les gens disaient que, dans le monde d'aujourd'hui, tout ce que l'on pouvait imaginer existait bel et bien, à condition de pouvoir payer. Alors pourquoi pas ce genre d'endroit ? Une sorte de sanctuaire.

L'époque était venue de tailler les oliviers, juste avant l'arrivée de l'été.

Veronica et Kitty avaient participé à un séminaire à Ruasse où on leur avait expliqué comment procéder. On ne coupait la repousse que tous les deux ans, et il fallait alors laisser le feuillage aéré, garder présente à l'esprit l'image d'un oiseau capable de traverser l'arbre de part en part sans rencontrer le moindre obstacle.

Aux Glaniques, l'oliveraie comptait plus de vingt arbres, et Anthony avait accepté d'aider à la taille. Il aimait les tâches répétitives. Elles lui apaisaient l'esprit. Et le contact du sécateur dans la main lui rappelait le temps où il taillait les rosiers avec Lal : le bruit clair et net de l'instrument en action, l'idée réconfortante que cette tâche contribuait à fortifier la plante, la tiédeur inattendue du soleil de printemps sur le visage… Il était heureux de travailler ainsi. Kitty était suffisamment loin, et Veronica à portée de voix. Aucun nuage n'obscurcissait le ciel.

Les chants d'oiseau lui rappelaient aussi le jardin de Lal, et cette époque où la draine était encore répandue, où les bouvreuils à la poitrine écarlate craillaient doucement dans les haies, où l'on entendait encore les piverts – ces spécialistes du bricolage – taper sur les troncs dans le verger et les faisans brailler dans le petit bois.

Voilà qui était une autre raison de quitter l'Angleterre : au moment où les gens et les richesses envahissaient le paysage, la nature, de son côté, retirait ses largesses. Tout se passait comme si la terre s'était lassée de voir l'homme délibérément ignorer sa variété et sa complexité et avait décidé de se punir en ne gardant que les quelques espèces sans grâce que tout le monde était capable d'identifier. Dans une cinquantaine d'années, il n'y aurait plus que des merles, des mouettes, des orties et de l'herbe.

Les belles branches d'olivier s'accumulaient aux pieds d'Anthony. Aimer la France, songea-t-il en abaissant les yeux sur elles, allait lui être facile.

Son portable sonna : Mme Besson avait une autre maison à lui montrer près de Ruasse, une propriété qui venait tout juste de rentrer.

Anthony s'entendit pousser un soupir audible. Il savait qu'il serait incapable de supporter une nouvelle déception sitôt après sa visite au mas Lunel. Être si loin de quelque chose d'aussi beau après en avoir été si près le faisait enrager.

Il demanda si la maison était isolée – vraiment isolée –, sans rien pour lui gâcher la vue. Elle répondit par l'affirmative : elle était tout en haut d'une éminence, disposait de sa propre allée, au bout d'une route qui s'arrêtait là.

— Isolée, affirma-t-elle. Loin de tout. Mais j'ai cru comprendre que c'était ce que vous recherchiez, monsieur Verey, n'est-ce pas ?

— Oui, dit-il. Sans doute. Elle est en pierre ? Elle est belle ?

Il y eut un moment de silence, pendant lequel Anthony devina que Mme Besson avait couvert le combiné de sa main.

— Je ne l'ai pas encore vue moi-même, finit-elle par dire. C'est ma fille qui s'est rendue sur place. Elle l'a trouvée très jolie.

Très jolie.

Si c'était tout ce qu'elle était, alors elle ne l'intéressait pas. « Très joli » : ce n'était pas en ces termes qu'Anthony daignait envisager son avenir. Mieux valait ne pas avoir d'avenir du tout, plutôt que de se contenter de pareille banalité. Et puis les agents immobiliers commençaient à le fatiguer. Ils ne semblaient pas comprendre à qui ils avaient affaire : le grand Anthony Verey, qui vivait dans la terreur d'un environnement sans grâce. Ils lui faisaient perdre son temps.

Et pourtant... Il fallait bien poursuivre les recherches. Il fallait bien qu'il essaie de le dénicher, cet endroit où il pourrait enfin vivre heureux. Anthony répondit à Mme Besson qu'il passerait à l'agence le vendredi pour prendre les clés et s'informer de l'itinéraire. Il exprima le souhait de voir la propriété seul.

— Comme vous voudrez, monsieur Verey, fit-elle. Je vais avertir les propriétaires. Mais c'est un endroit très isolé. Je ne voudrais pas que vous vous perdiez en route.

La veille du jour où Anthony devait visiter la maison, ils étaient invités à dîner tous les trois chez des amis français de Veronica, M. et Mme Sardi, qui avaient une propriété près d'Anduze. Veronica avait re-paysagé leur parc, et en avait fait, selon leurs dires, « le jardin de leurs rêves ». La gratitude des Sardi, expliqua Veronica à

Anthony, s'exprimait souvent par le biais d'invitations à des repas somptueux.

Leur maison était une construction massive en stuc gris, dotée de tourelles, une sorte de château miniature, dont le style, commenta Anthony au moment où ils remontaient l'allée, n'était pas en accord avec l'architecture de la région.

— Anthony, intervint Veronica d'un ton sévère, tu ne vas pas passer toute la soirée à critiquer, j'espère ?

— Pas du tout. Je suis trop bien élevé. Mais quand même, regarde ça : pourquoi n'est-elle pas en pierre ? Le stuc, c'est le fait des régions de la Loire. Ou bien tes amis sont-ils barbares au point d'avoir masqué la pierre sous un crépi ?

— Tais-toi, Anthony, tu veux ! dit Veronica. Nous allons passer une excellente soirée.

— Je n'ai jamais dit le contraire.

— Alors, tais-toi.

Les Sardi – Guy et Marie-Ange – n'étaient pas le moins du monde gênés par leur opulence. Dès l'arrivée, les visiteurs tombaient sur une fontaine d'une taille impressionnante, qui n'était pas sans rappeler celle qui se trouve devant la Maison-Blanche à Washington, DC, et d'où jaillissait un éventail d'eau étincelante qui retombait en pluie dans un bassin à nénuphars, creusé au milieu du cercle formé par une allée au gravillon immaculé et bordée de cyprès de Florence, de buis taillés en topiaire et de boules de santoline et de tenerum.

— J'adore ce jardin, déclara Kitty, au moment où ils descendaient de voiture. Ça sent le maquis.

— C'était l'idée de départ, dit Veronica. Et Anthony se demanda, avec un petit frisson de plaisir, si cette réponse n'avait pas quelque chose d'une rebuffade. Il regarda Kitty, qui portait pour l'occasion une veste à la Nehru en soie bleu marine et un pantalon blanc bouffant qui lui raccourcissait encore les jambes. Elle souriait. Sans nullement paraître offensée. Mais il se souvint avec soulagement que, de bonne heure le lendemain, elle partait pour Béziers présenter ses pitoyables peintures à un galeriste. Il allait être seul avec V au moins vingt-quatre heures. Offensée ou non, elle serait bientôt partie. Peut-être même trouverait-il un moyen, s'il le voulait très fort, de la tenir éloignée plus longtemps.

Les invités des Sardi furent accueillis non pas par Marie-Ange, mais par un majordome, qui leur offrit une flûte de champagne sur un plateau en argent. Après une gorgée bienvenue de ce breuvage, Anthony fut aussitôt attiré par une colonne en marbre sur laquelle trônait une copie XIXe d'un vase Borghèse qui ressemblait beaucoup à celui du Louvre. Il ne put résister au plaisir de l'examiner de plus près. Il faillit même chausser ses lunettes pour vérifier la justesse de ses premières conclusions (« restauration possible du bord ? Valeur probable, dans les 30 000 livres… »), mais s'en abstint, craignant de passer pour un vulgaire commissaire-priseur. C'est néanmoins dans cette attitude, tandis qu'il finissait le contenu de sa flûte trop maigre et étudiait le vase Borghèse, que le trouva Marie-Ange Sardi.

— Eh oui, bien sûr. Veronica nous a dit que vous étiez collectionneur d'objets anciens, dit-elle dans un anglais impeccable, et je vois que vous êtes allé droit vers la pièce maîtresse. Qu'en pensez-vous ?

— Oh, bonsoir, madame Sardi. Je suis désolé. Je n'ai pas pu résister…

— Mais je vous en prie, pourquoi pas ? C'est une pièce qui sort de l'ordinaire. Mon mari l'a dénichée à Florence.

C'est une copie des années 1850 du vase Borghèse du Louvre. J'adore les danseurs, pas vous ?

Marie-Ange était une femme d'une cinquantaine d'années, mince et soignée, dont la peau cependant commençait à souffrir des ravages causés par le soleil. Anthony procéda à une rapide estimation de la personne, qu'il jugea assez perspicace. (« Possible ascendance juive, en dépit du prénom aux consonances catholiques. Pourrait bien avoir apporté à Guy Sardi un joli pécule, auquel lui-même aurait ajouté le sien grâce à ses activités de banquier d'affaires, un couple finalement assez proche de celui que formaient Benita et Lloyd Palmer... »)

Cette fois-ci, Anthony osa sortir ses lunettes et les chausser. Il avait grande envie de toucher le vase.

— Il est magnifique, dit-il. Les satyres, sur les anses, constituent un détail absolument extraordinaire ! Votre mari et vous êtes donc également collectionneurs ?

— Non, pas vraiment. Nous nous contentons d'acheter des objets qui nous plaisent. Nous avons beaucoup de mobilier Louis XVI. Et il se peut que quelques-uns de nos tableaux vous intéressent. Nous avons ici deux Corot, mais comme nous passons la majeure partie de l'année à Paris, c'est là-bas que se trouvent nos plus beaux trésors.

Ah, songea Anthony, très grosse fortune, donc, le genre de position inattaquable qui aurait dû être la mienne, dont j'ai toujours présumé que je l'atteindrais un jour, jusqu'au moment où j'ai soudain pris conscience que j'avais laissé passer l'occasion. Il eut beau sourire à Marie-Ange et acquiescer poliment de la tête, il se sentait, une fois de plus, dévoré de jalousie. Il aurait voulu pouvoir tourner les talons, ressortir dans le jardin, écouter un moment les oiseaux chanter, et repartir. Mais Marie-Ange avait posé une main légère sur son bras.

— Venez, que je vous présente Guy et les autres.

Les autres ?

Mon Dieu ! Veronica ne l'avait pas prévenu qu'il s'agissait d'une véritable réception. Et nul doute que les amis de Guy et Marie-Ange Sardi seraient tous des gens fortunés, tous confortablement installés dans la certitude d'un avenir de serviettes de table blanches surdimensionnées et toujours amidonnées, de vin toujours servi à bonne température, de chauffeurs la main sur la portière, d'habits doublés de soie… En se détournant du vase pour suivre Marie-Ange au salon, il se sentit soudain oppressé par cette même lassitude qu'il éprouvait encore il y avait peu dans sa boutique à la fin d'une journée où il n'avait rien vendu.

Guy Sardi était bronzé et bel homme, un peu plus petit qu'Anthony, mais son port plein d'assurance le faisait paraître plus grand qu'il n'était en réalité. Ses yeux, encore beaux et frangés d'épais cils noirs, disaient clairement : Je peux séduire qui je veux – hommes et femmes de ma condition, domestiques, P-DG de compagnies internationales, secrétaires, croupiers de casino, bonnes, jusqu'aux chiens qui viennent me lécher les mains…

La poignée de main de Sardi était ferme, presque brusque, et à son contact Anthony se sentit vieux et ramolli. En regardant Sardi, et en imaginant comment l'autre le voyait, Anthony se dit : C'est complètement absurde, ce désir que j'ai de continuer à vivre à tout prix ! Je suis un homme fini depuis longtemps. Pourquoi suis-je affligé d'une ténacité aussi ridicule ?

Il échangea quelques mots de rigueur à propos du vase Borghèse avec son hôte, puis, quand celui-ci s'éloigna pour accueillir un nouvel invité, se dirigea vers Veronica. En approchant, il l'entendit parler français à une femme qu'il crut vaguement reconnaître : une personnalité politique ou une de ces actrices dont le nom vous échappe toujours, mais qui gagne sa vie en multipliant les brèves apparitions dans des films à gros budget. Jugeant qu'elle risquait de se sentir mortellement offensée s'il ne la reconnaissait pas, Anthony obliqua d'un air dégagé en direction d'un domestique qui passait, une bouteille de champagne à la main, et lui tendit sa flûte vide.

Juste derrière l'épaule du serveur, au-dessus d'une petite épinette en acajou (« France, fin XVIIIe... clavier à quatre octaves, avec marches en ébène – usées – et feintes en ivoire »), Anthony aperçut l'un des Corot. Il attendit que son verre soit rempli, puis, quelque peu ragaillardi, il s'en approcha en commençant à boire, sa main gauche se portant instinctivement vers sa poche de poitrine où se trouvaient ses lunettes.

Toutefois, avant qu'il puisse se concentrer sur le tableau, son œil fut attiré par une photographie en noir et blanc dans un cadre en argent, seul ornement de l'épinette. On y voyait la tête et les épaules d'un jeune homme d'une beauté stupéfiante, qui souriait à l'appareil. Des boucles juvéniles lui tombaient sur l'œil. La bouche sensuelle était légèrement entrouverte sur les dents blanches et soignées d'un enfant adoré et gâté.

Anthony, le souffle un peu court, en resta bouché bée. Il s'aperçut qu'il avait effectivement la bouche grande ouverte et la referma promptement. « Voilà, avait-il envie de murmurer tout haut, ce que j'appelle la beauté. Ce visage résume pour moi toute la grâce et le charme du monde... » À en juger par sa ressemblance tout juste perceptible avec Guy – surtout dans les yeux pareillement rêveurs, et frangés de longs cils épais –, il devait s'agir là du fils Sardi. Il avait environ vingt-cinq ans. Sur la photo il portait un banal T-shirt blanc, et n'avait sans doute pas délibérément posé pour le photographe... se contentant de se tourner vers lui et de sourire, sachant que ce qu'exprimait ce sourire c'était la certitude, l'assurance inébranlable d'un avenir merveilleux. « Saisissez-moi maintenant, semblait être le message, avant que je prenne mon envol et vous laisse tous derrière moi... »

Marie-Ange, en hôtesse attentionnée, se matérialisa au côté d'Anthony. Derrière eux, dans le salon, le brouhaha avait gagné en volume, signe que d'autres invités étaient arrivés, et, en vérité, Anthony aurait été bien incapable de dire depuis combien de temps il était en contemplation devant la photo du jeune homme. Il était conscient de ce que Marie-Ange risquait de trouver mal élevé de sa part, ou du moins incongru, qu'il passe ainsi l'heure de l'apéritif à fourrer son nez dans les objets personnels de la famille Sardi. En réalité, sa voix avait une gentillesse amusée lorsqu'elle s'adressa à lui :

— Ah, vous avez trouvé Nicolas. J'ai pris la photo dans le jardin l'été dernier.

— Votre fils ?

— Oui.

— Il est... fort beau garçon. Beau tout court, en fait. Beau, tout simplement.

Marie-Ange posa sur la photo un regard d'adoration. Elle tendit la main pour toucher les cheveux bouclés.

— Il tourne un film en ce moment. Il n'a que vingt-quatre ans et il dirige son premier long métrage. Guy et moi sommes complètement sous le charme.

— Je veux bien le croire, dit Anthony. Je suis moi-même sous le charme.

— Bien, conclut Marie-Ange. Venez, que je vous présente à nos invités. La plupart de nos amis sont avocats ou banquiers, si bien que tout le monde parle anglais.

Avocats et banquiers.

Comme le monde est plat, songea Anthony. D'une platitude fastidieuse, paralysante. Si plein de tout ce qu'on a déjà vu ou croisé des milliers de fois déjà, et qui ne vous a jamais touché, ni ne le fera jamais. Pour autant, rien ne change…

Marie-Ange Sardi avait une main sur son bras et le conduisait vers le groupe bruyant de gens entre deux âges, occupés à lamper leur champagne. Il fut bien obligé de se laisser entraîner, sans toutefois pouvoir résister à l'envie de jeter un dernier coup d'œil à la photo de Nicolas.

Viens à moi, bafouillait son cœur. *Trouve-moi, Nicolas. Rends-moi à la vie.*

Quand on vit seule, songeait Audrun, quand on a vécu seule pendant trente-quatre ans, la présence d'un étranger, dans la maison ou à proximité, est difficile à supporter. On ne peut pas s'empêcher de penser à tous les torts qu'il pourrait vous causer.

Audrun fit du café pour le géomètre, une fois l'homme parti à la recherche de bornes délimitant les deux propriétés. Elle n'avait pas l'esprit à son café, mais aux pieds du géomètre, qui allaient et venaient autour de la maison. Elle savait bien ce que feraient ces pieds : piétiner les fleurs, ternir le vert brillant de l'herbe toute neuve, éparpiller le gravier, laisser des marques en s'enfonçant dans la terre du potager.

Des bornes.

Elle avait dit au géomètre, un certain M. Dalbert, qu'il n'en trouverait pas. Qu'il n'en trouverait aucune, jamais. Pour la bonne raison que ce n'était pas ainsi qu'on avait procédé.

Autrefois, il y avait sur ce bout de terrain une étable, où un âne gris restait attaché dans l'obscurité. Il arrivait, quand Audrun était encore enfant, que Serge le détache, et l'animal restait là, à cligner des yeux dans la lumière du jour, tandis que Serge le chargeait de paniers de bât qu'il remplissait ensuite de bois ou de sacs d'oignons. Audrun se revoyait couvrir de ses mains les yeux de la pauvre bête pour les protéger. Plus tard, après la mort de Serge, Aramon lui avait dit :

— Tu peux construire ta bicoque là. D'accord ? Là où cette vieille rosse inutile a claqué. Où l'étable s'est effondrée. T'as qu'à te servir des pierres.

M. Dalbert ne s'intéressait pas au passé ni aux souvenirs. Uniquement aux certitudes. Il dit qu'il ne voulait pas se montrer impoli en la contredisant, mais qu'il existait certainement des bornes délimitant son terrain de celui d'Aramon. La commune de La Callune avait dû exiger le bornage au moment où avait été délivré le permis de construire.

Depuis la fenêtre de sa cuisine, elle l'observait qui s'activait dans la chaleur de l'après-midi. Les rayons du soleil faisaient reluire son crâne chauve. L'homme était de petite taille, mais plein d'une cruauté mesquine, elle le sentait, et fier de sa capacité à faire souffrir les gens… Audrun effrita un peu de la terre noire du pot de géraniums qui était sur l'appui de sa fenêtre et la mélangea à son café moulu, parce qu'elle savait que regarder le géomètre avaler du compost sans qu'il s'en doute apaiserait son angoisse.

Elle posa le plateau du café sur la table de la terrasse et attendit. Les chiens dans l'enclos du mas donnaient de la voix, sentant la présence de l'étranger, même à cette distance. Il y avait fort à parier qu'Aramon était en train de se réjouir là-haut, au milieu des décombres de sa vie, de sourire béatement, une bouteille à la main, tout en se disant : voici venue l'heure de rendre des comptes, le moment qui va précipiter Audrun dans les bras de Dame Nature, ah, ah, ah ! Et qui la laissera sans rien en dehors de sa sacro-sainte forêt.

De la terre noire dans le café ; sous les planchers, les ossements d'un animal mort, les pierres recouvertes de mousse de l'étable effondrée... Si ces détails pouvaient coexister dans le temps, alors d'autres choses plus exceptionnelles pouvaient... pouvaient quoi ? Eh bien, pouvaient soudain *arriver*. Qui aurait jamais imaginé que Marilyn Monroe puisse mourir comme ça, sa petite âme s'envolant par son trou de balle pendant que tournait une machine à laver et que les gens allaient et venaient dans sa maison de Fifth Helena Drive, à Brentwood, en Californie, au petit matin ? C'était pourtant bien ce qui s'était passé. Apparemment.

Audrun le regardait toujours marcher de long en large, le géomètre chauve, tandis qu'il examinait l'allée, consultait sa liasse de documents, étirait sur le sol son mètre métallique, se redressait, relâchait le mètre qui rentrait d'un coup dans son logement, fouillait les mauvaises herbes et les orties. De long en large, piétinant tout sur son passage.

Puis il revint, l'air toujours important, monta les trois marches de la terrasse où Audrun attendait et abattit la liasse des plans de l'entrepreneur sur la table. Tapotant le papier rigide d'un doigt rapide, il indiqua l'emplacement des différentes bornes : « Ici, ici, ici et là. »

Audrun écarquilla les yeux en silence.

— Je n'arrive pas à les trouver, avoua M. Dalbert, essuyant la sueur sur son front. Les bornes ont été soit enlevées soit déplacées. Dans les deux cas, c'est illégal.

Audrun se dit à part elle : Je vous avais prévenu, des bornes, il n'y en a jamais eu.

— Il est interdit d'y toucher, formellement interdit, reprit l'autre. Les bornes sont la propriété de la commune.

Saviez-vous que c'est une infraction grave que de les enlever ?

Infraction. Un mot intéressant.

Audrun aurait voulu lui faire remarquer combien étaient nombreux et divers les crimes auxquels pouvait s'appliquer un tel mot. Mais il y avait en cette fin d'après-midi quelque chose dans l'air, dans sa respiration, dans ses poumons – une sorte de pesanteur – qui l'empêchait pour ainsi dire de parler.

L'arpenteur la mesurait du regard par-dessus ses lunettes. (Encore un qui la prenait pour une folle, sans doute, informé par Aramon de ce qu'elle était incapable de distinguer le nord du sud, n'avait pas idée d'où commençait une chose ni d'où une autre finissait.) Elle décida que le moment était venu de verser le café, avec son goût aigre de terre, mais constata alors que son bras restait inerte à son côté, incapable du moindre mouvement. Le géomètre secoua la tête d'un air agacé, comme si le café additionné de sa petite dose sucrée de compost était précisément la raison qui l'avait amené ici, et qu'il découvrait maintenant qu'il allait devoir s'en passer.

Les chiens continuaient à gémir, à appeler de leurs aboiements la liberté, la nourriture, le sang. Audrun regarda M. Dalbert tourner la tête en direction de cette meute sauvage et sentit monter soudain en lui une vague d'angoisse. Oui, elle la *sentit.* Comme si l'espace d'un instant, d'une fraction de seconde, elle avait quitté son propre corps pour aller habiter l'air que respirait cet étranger…

… cette sortie d'elle-même, cette division de sa personne, elles lui étaient aussi familières que les battements de son cœur quand elle était allongée sur son lit dans le noir. Elle savait que c'était le signe de quelque chose – une chose qui n'était plus censée arriver, mais qui arrivait néanmoins.

Néant moins.

Les mots. Comment savoir quand ce sont les bons ? Comment ?

Voilà qu'à présent il la regarde ébahi, terrifié, cet homme dont elle a déjà oublié le nom. Il est tout entier dans ce regard terrifié, là tout près d'elle, et sa bouche remue, comme s'il parlait ou essayait de le faire, mais tout bruit s'est évanoui. Puis Audrun sombre d'un coup : c'est le néant.

Elle revient à elle sur le sol de son salon, recouverte de son édredon vert. Marianne Viala est agenouillée près d'elle et lui tient la main. Quelque part, à la périphérie, il y a une autre personne, qui attend, attend que le temps reprenne son cours.

D'une voix qui lui semble toute petite et étouffée, Audrun chuchote à Marianne :

— Bernadette disait que quand on vit dans le Sud... si loin dans le Sud, où souffle le mistral... alors les événements ne font que... simplement ils...

— Chut, fit Marianne.

— Oui, elle disait que... qu'on ne peut pas plier les choses à sa volonté.

— Chut, chut. Tiens, bois un peu d'eau.

Plus tard, elle se réveilla dans son lit. Sa petite lampe de chevet diffusait une chaleur douce, un réconfort dont elle fut reconnaissante à celui qui le lui avait procuré. Elle savait qu'il était arrivé quelque chose, parce qu'elle avait froid et se sentait toute faible. Mais quoi ?

Elle jeta un coup d'œil autour de la chambre, par-dessus les couvertures, pour voir si elle était seule. Une odeur âcre lui chatouilla les narines, celle d'un air déna-turé par un élément extérieur.

— Alors, dit une voix, t'es enfin réveillée.

Ainsi donc, Aramon était là. Cul décharné sur une chaise dure. Cigarette à la main.

— Qu'est-ce qui s'est passé ? demanda-t-elle.

— À ton avis ? T'as eu une de tes crises ! Mais cette fois tu l'as fait exprès. Pas vrai ?

Elle avait faim. Elle avait envie de lui dire : fais-moi un bouillon avec des légumes et des os à moelle, comme ceux de Bernadette quand on était petits. Soulève-moi et donne-le moi à la cuiller, d'une main assurée et bienveil-lante. Mais elle se refusait à lui demander quoi que ce soit. Mieux valait endurer la faim et la soif que de lui réclamer un quelconque service.

— Attends, dit-il. Attends.

Il écrasa sa cigarette et se pencha sur elle pour l'aider à se remonter un peu dans le lit. Elle dut fermer les yeux, tant la proximité de son visage lui était pénible. Elle se laissa aller contre les oreillers. Aramon lui tendit un verre, à moitié rempli d'eau, qu'elle but. Puis il se redressa, lui tourna le dos, et elle le vit examiner la pièce.

— Ça va pas chercher grand-chose, cette bicoque, grogna-t-il. Pas vrai ?

Elle but l'eau, qui était tiède. Elle s'aperçut qu'elle portait sa blouse à fleurs au-dessus d'un corsage bleu, mais qu'elle ne semblait pas avoir de jupe sous la blouse. Elle sentait le contact du drap sur ses jambes nues. Aramon se retourna et se rassit sur la chaise près du lit. Il respira profondément et rejeta l'air dans un long soupir.

— Tu démolis ça dans l'après-midi, dit-il. Les murs sont pas plus épais que du papier à cigarette.

Audrun s'efforça de remonter le cours des événements de la journée, peut-être d'ailleurs déjà terminée. Elle crut se souvenir de la visite de Marianne, arrivant avec une de ses fameuses tartes au chocolat, mais ne se rappelait plus si elles l'avaient mangée, ou si, même, ce n'était pas un autre jour.

Elle avait l'impression de n'avoir rien avalé depuis très longtemps. Et maintenant, à travers les rideaux ouverts, elle voyait qu'il faisait nuit.

— Bon, faut que tu saches, dit Aramon, qu'à présent on sait où on en est. La visite du géomètre a clarifié les choses. D'accord ?

Il semblait attendre une réponse, mais elle ne trouvait rien à dire, pour la bonne raison qu'elle ne comprenait pas de quoi il parlait.

— Je vais appeler l'agence demain, poursuivit-il, pour leur dire qu'ils me renvoient cet acheteur anglais. S'il sait que cette bicoque pourrie va disparaître, il sera prêt à payer mon prix. Après ça, on pourra tous repartir de zéro.

Repartir de zéro…

Cette idée s'en alla chuchoter à travers la pièce plongée dans la pénombre. Audrun entendit le vent se lever et essayer de couvrir son murmure. Son envie d'un bon bouillon à la moelle la dévorait maintenant. Aramon alluma une nouvelle cigarette.

— Marianne dit que tu peux aller habiter chez elle pendant quelque temps, dit-il. C'est plutôt gentil de sa part, non ? Mais tu pourras pas y rester indéfiniment. Va falloir que tu te décides, Audrun : ou bien tu reconstruis quelque chose dans ton bois, ou bien tu le vends. Avec ce que t'en tireras, tu pourrais t'acheter un appartement à Ruasse.

À onze ans, Anthony quittait le Hampshire pour un pensionnat dans le Sussex. Depuis ce jour, il avait toujours eu du mal à s'endormir.

« Verey ! aboyait souvent le responsable de sa section, Mr Perkins (surnommé "Polly" par les élèves), lors de l'appel du matin devant le réfectoire. Vous dormez debout. Un peu de nerf, mon garçon ! »

Anthony avait essayé d'expliquer à Polly qu'il avait oublié le truc qui permettait de s'endormir, un truc apparemment fort bien maîtrisé par tous les autres occupants du dortoir. Il les regardait et les entendait le mettre en pratique, chacun à tour de rôle. Ils se tournaient sur le côté, passaient un bras autour de leur oreiller ou posaient un coude en travers du visage, et en quelques minutes – mieux, en quelques *secondes* –, le miracle semblait s'accomplir : ils dormaient comme des bienheureux. Pendant que lui, allongé dans une demi-obscurité, écoutait tous ces soupirs et respirations exhalés en cadence, les enviant de tout son être, n'aspirant qu'à les rejoindre là où ils étaient, sans jamais y parvenir. Parfois il ne s'endormait qu'au lever du jour, ou juste avant la sonnerie du réveil à 7 heures moins 5. Il lui arrivait même de ne pas s'endormir du tout.

Verey, vous dormez debout. Un peu de nerf, mon garçon !
Au fil des ans, Anthony avait inventé des centaines de manières différentes d'essayer de se calmer pour tomber dans l'inconscience. Cette constante gestion du sommeil lui apparaissait comme une punition injuste, une lamentable pénitence qu'il n'aurait jamais dû avoir à subir si Lal ne l'avait pas envoyé en pension.

Il lui arrivait de penser que si sa mère devait tout à coup revenir à la vie, il aurait un certain nombre de choses à lui reprocher. Il le ferait avec affection, bien sûr. Prendrait sa main dans la sienne, ou poserait délicatement ses pieds sur ses genoux pour les lui masser de ses longs doigts sensibles, en lui rappelant toutefois que, au cours de cette vie plutôt courte qui avait été la sienne, elle avait fréquemment péché par manque de réflexion.

À présent, dans la chambre d'amis de Veronica, après un retour tardif de chez les Sardi, Anthony était à nouveau victime de cette incapacité torturante à s'endormir, qui remontait si loin et contre laquelle il n'avait jamais trouvé d'antidote efficace. Le lit bateau était dur, et il s'y sentait à l'étroit. Il avait bu trop de champagne et avait mal à la tête. Et il était dévoré par une soif que l'eau ne semblait pas pouvoir étancher.

Des images du superbe garçon, Nicolas, flottaient au bord de sa conscience. Il brûlait du désir – qu'il n'avait pas connu depuis des mois – de tenir quelqu'un, et ce quelqu'un-là en particulier, dans ses bras, et refusait de voir s'évanouir cette sensation.

Il se caressa. Il ne s'égarait que rarement dans les pièges et les désillusions de l'autoérotisme. La chose le déprimait, comme si elle le renvoyait inévitablement aux polissonneries du dortoir. Anthony n'en ferma pas moins les yeux et s'imagina en compagnie de Nicolas dans la suite d'un luxueux hôtel new-yorkais, dotée d'un lit large et moelleux, et de tentures lourdes et épaisses. Du dehors montaient les échos de la circulation. La France et l'Angleterre donnaient l'impression d'être très loin, si loin que tout retour dans l'une ou l'autre paraissait impossible. Nicolas l'embrassait. L'excitation que ressentait déjà Anthony était extrême, tant il était transporté d'éprouver à nouveau un désir aussi pressant. Il était mort, mort dans son corps, depuis si longtemps... mais à présent il ressuscitait. Il déposait le garçon précoce en travers du vaste lit. Son jeune corps était bronzé, mince et musclé. Anthony se déshabillait lentement, sans quitter Nicolas des yeux une seconde. Le garçon lui tendait un bras.

Nu maintenant, sans être le moins du monde gêné par sa nudité d'homme vieillissant, Anthony montait dans le lit, embrassait à nouveau Nicolas, puis se plaçait au-dessus de lui et approchait le ventre de son visage. Il ne voulait pas toucher une quelconque partie d'un être aussi éblouissant de peur de le blesser, de l'abîmer. Une telle beauté devait être respectée. Il se contentait d'effleurer de son pouce la bouche rose et sensuelle du garçon. Puis Nicolas se soulevait, et Anthony imagina la bouche avide, ouverte à présent, comme celle d'un nourrisson cherchant le sein, qui venait se refermer sur sa queue et commençait à la lécher. En moins de trente secondes, cette bouche divine le faisait jouir.

Il resta allongé, dans une immobilité totale. Aussi épuisé qu'un coureur de fond après la course.

Il dormit et rêva de la mort de Lal. Qui se déroula dans son rêve exactement comme dans la réalité.

Veronica était en Italie, où elle faisait à grands frais un stage sur l'art des jardins, quand Lal avait finalement reconnu qu'elle avait un cancer. Elle n'avait pas voulu qu'on alerte sa fille, si éclatante de santé, disant qu'elle souffrait simplement d'« une petite affection » et promettant d'être à nouveau sur pied pour le retour de Veronica.

Elle fut hospitalisée à Andover, dans le comté du Hampshire. Elle passait son troisième jour dans une petite chambre blanche individuelle, où son nom, Mrs Raymond Verey, était inscrit sur une carte à côté de la porte, quand Anthony était venu de Londres en voiture pour la voir.

Il allait avoir trente-cinq ans sous peu.

Il n'avait pas fermé l'œil et, quand il arriva à Andover, il était mort de fatigue.

Le visage de Lal était jaune et cireux. Dans son bras frêle s'écoulait goutte à goutte une perfusion censée prolonger sa vie. Elle était sous morphine et n'était consciente que par intermittence. Anthony s'assit à son chevet et lui lut à haute voix des extraits de son livre préféré, *Quelques Jours avant la nuit*, de Paul Scott. De temps à autre, il savait que Lal écoutait, parce qu'un sourire étirait doucement les coins de sa bouche, et que, une ou deux fois, quand il s'arrêta, elle marmonna : « Continue, mon chéri. »

Il poursuivit donc :

Il était surprenant de constater à quel point même des femmes plus frêles que Lila pouvaient être fortes, et déterminées. Leurs préférences et leurs lubies, aussi soudaines qu'inexplicables, à propos de choses qui lui semblaient à lui totalement futiles (le slip kangourou, oui, le caleçon plus lâche et plus aéré, non) étaient tout aussi stupéfiantes. Que vous ne sachiez jamais ce qu'elles allaient dire ou faire l'instant d'après, ni sur quel pied – ni même dans quel lit – danser avec elles, faisait indubitablement partie de leur charme. L'unique soir où il avait réussi à accrocher l'œil de Hot Chichanya à Ranpur et à être admis dans sa chambre, elle avait éclaté de rire en voyant son slip...

Ensuite, ce fut l'heure du repas, une infirmière posa bruyamment un plateau à côté de Lal, auquel Anthony savait qu'elle ne toucherait pas ; il la laissa le temps d'aller prendre un café, histoire de ne pas s'endormir et de pouvoir continuer sa lecture l'après-midi. Quand il parvint à la cafétéria, il constata qu'il était incapable de rester éveillé une minute de plus. Il rejoignit sa voiture et s'endormit sur-le-champ.

Il ne sut jamais combien de temps il avait dormi dans la voiture cette après-midi-là. Une heure ? Deux heures ? Tout ce dont il se souvenait c'était d'avoir ouvert la portière pour sortir et d'avoir vu l'or du soleil briller sur une haie de pyracantha, dont les grosses baies évoquaient des perles de corail. Et de s'être dit que l'air sentait déjà l'automne.

Quand il revint dans la chambre, Lal était morte.

Une infirmière, ou un médecin, lui avait déjà fermé les yeux, l'oreiller sous sa tête avait été retiré, pour éviter que sa mâchoire pende. Son petit bras maigre refroidissait déjà. Le plus affreux, c'est que le repas était toujours là, sur son plateau en plastique, à côté de son exemplaire broché de *Quelques Jours avant la nuit* : deux tranches de jambon qui commençaient à noircir sur les bords, une salade de chou rouge qui sentait le vinaigre...

Au chagrin d'Anthony se mêla la fureur provoquée par les événements fortuits qui l'avaient amené à sortir pour aller à sa voiture, l'avaient laissé coincé là, à ronfler dans une caisse en métal, alors qu'il aurait dû être ici, au côté de Lal, à respirer à l'unisson avec elle, à la réconforter, à l'assister au terme de son voyage. L'horreur de cet abandon était insoutenable. Plus terrible à sa façon que la mort de sa mère elle-même. Parce que la faute était si patente, si manifeste : il avait abandonné sa Lal chérie au moment précis où elle avait le plus besoin de lui, et il savait, au-delà de toute certitude, qu'il ne pourrait jamais se le pardonner.

Il se tortura à l'idée qu'elle l'avait peut-être appelé, sans recevoir de réponse. Peut-être même avait-elle trouvé la force de dire : « Continue ta lecture, mon chéri. Lis-moi encore l'histoire des caleçons. C'est tellement drôle. »

Et puis elle avait attendu que la lecture reprenne, que s'élève à nouveau sa voix consolatrice, mais seul le silence lui avait répondu, et elle avait su alors qu'elle était seule et qu'autour d'elle gagnait l'obscurité.

Anthony fut réveillé par le bruit d'une voiture qui démarrait. Quand il descendit, il trouva Veronica qui fredonnait en faisant de la confiture d'abricot.

Kitty était déjà partie pour Béziers.

Il s'assit à la table de la cuisine, et Veronica lui apporta un croissant frais et du café. Elle le regarda de son air tendre et maternel.

— Anthony, dit-elle d'un ton enjoué, la maison que tu vas visiter sera peut-être la bonne.

Il haussa les épaules et mit les mains autour de son bol. Il était heureux d'être enfin seul avec V. Il fut tenté de lui parler de son rêve à propos de Lal, mais se retint par peur de l'énerver.

Son portable sonna : c'était Lloyd Palmer, lui aussi apparemment enjoué. Ils ne l'ont pas vu, se dit Anthony, pas plus V que Lloyd. Ils n'ont jamais aperçu le visage de la vieille sur la tapisserie, avec sa boucle de cheveux noirs détachée du tissage…

— Lloyd, dit Anthony, d'une voix neutre. Content de t'entendre.

— Ça ne va pas ? demanda l'autre. Au son de ta voix, on te croirait malade.

Verey, vous dormez debout. Un peu de nerf, mon garçon !

— Non, non, tout va bien. Et comment ça se passe à Londres ?

— Bien, bien. Le temps est superbe. On se croirait en juin, pas en avril. Benita s'achète des maillots de bain Prada. Et en France ?

— Bien. Chaud, ici aussi. Je vais visiter une autre maison aujourd'hui.

— Ah ? Tu n'as encore rien trouvé à ton goût ?

— Eh bien, si, j'en ai vu une. Un potentiel fantastique. Mais il y a un gros hic.

— Un hic ? De quel genre ?

— Une horrible bicoque, juste à côté.

— Ah, d'accord. CQFD. Écoute, mon vieux, je me suis rendu compte après coup que je m'étais un peu emporté la dernière fois au téléphone. Il va de soi que je suis tout prêt à vendre tes actions si c'est ce que tu veux. Je ferai au mieux, tu peux compter sur moi, mais dis-toi quand même que tu vas perdre un max…

— Ce n'est plus d'actualité pour l'instant, Lloyd. Je te rappellerai si j'ai le coup de foudre.

Ils parlèrent ensuite de l'Angleterre. Les pelouses de Kensington Gardens jaunissaient déjà sous l'effet de la vague de chaleur printanière. Lloyd allait offrir à Benita la nouvelle Mercedes Classe E pour son anniversaire. Gris argent. Il espérait qu'elle ferait au moins deux mille kilomètres avant que les accros au crack de Ladbroke Grove vandalisent la foutue bagnole.

Anthony mit un terme à leur conversation. Lloyd, songea-t-il, est un type bien, foncièrement généreux, mais c'est plus fort que lui, il faut toujours qu'il soit content de lui.

Il revint à son café, et Veronica se remit à touiller sa confiture, tout en lui demandant ce qui lui ferait plaisir pour le dîner.

— Du foie de veau, répondit-il. S'il te plaît, du foie de veau et une purée, comme Mrs Brigstock nous en faisait dans le temps.

Veronica vint vers lui et se pencha pour déposer un baiser sur ses cheveux encore drus.

— Il faut que tu arrêtes de penser au passé, mon chéri, dit-elle.

— Pourquoi ? J'aime bien m'y retrouver.

Anthony se planta devant la glace de la table de toilette et s'examina. La lumière crue de la fenêtre voisine tombait directement sur lui, et il resta là à regarder les rides sur son front et la petite fente étroite et pincée qu'était devenue sa bouche.

Il pensa à Dirk Bogarde dans le rôle d'Aschenbach dans le film de Visconti, d'après la nouvelle de Thomas Mann, *Mort à Venise*, au moment où il se fait teindre les cheveux et maquiller les lèvres pour que... pour quoi, au juste ? Pour que le regard de Tadzio, ce garçon exquis, s'attarde ne serait-ce qu'une fraction de seconde de plus sur lui ? Pour que l'évidence de son caractère mortel ne les atteigne pas, Tadzio et lui, d'une manière aussi maladroite et humiliante ?

Anthony se rendit compte que ce visage dans la glace était bien trop vieux pour prétendre jamais plaire à un Nicolas Sardi. Même s'il parvenait à créer une pièce d'une beauté sans pareille (dans une demeure tout aussi exceptionnelle) où recevoir le jeune homme, Nicolas n'accepterait jamais d'y mettre le pied : Anthony était bien trop abîmé et flétri par le temps pour être d'un quelconque intérêt pour le divin éphèbe qu'il était.

Il étudia ses dents, qui avaient la couleur des bougies à la cire d'abeille. Devait-il, lors d'un prochain séjour à Londres, envisager un traitement onéreux qui leur rendrait leur blancheur ? Ou bien une mesure aussi dispendieuse se révélerait-elle aussi vaine et pitoyable que celle d'Aschenbach se faisant teindre les cheveux ?

Il se détourna de la glace et redressa les épaules. Au moins, le désir était ressuscité. C'était un premier pas, un nouveau départ, non ? Lors de sa nuit new-yorkaise imaginaire, il avait éprouvé une merveilleuse impression de puissance et de vie.

Chaque fois qu'Aramon descendait à la petite épicerie de La Callune, de bonne heure le matin, environ deux fois par semaine, il achetait le journal local, *Le Courrier cévenol.*

De retour au mas, il se faisait du café, chaussait ses lunettes, étalait le journal sur la table, et passait le reste de la matinée à le lire de la première à la dernière page. Avec un peu de chance, une palpitante affaire criminelle, à la une, relevait un peu la banalité des autres nouvelles : manifestations d'agriculteurs protestant contre le prix du gas-oil ; arrivée dans la région d'une nouvelle variété de maïs génétiquement modifié, résistante à la sécheresse ; avis de toutes sortes concernant fêtes locales, corridas, concerts pop, expositions de peinture, concours de boules et vide-greniers ; enquêtes sur le niveau des rivières, les feux de forêt, la fréquentation des campings et la chute des effectifs dans les écoles maternelles...

Aramon s'amusait de la façon dont le monde continuait à danser, à se démener dans une débauche d'efforts inutiles. La seule pensée de ces foules déambulant au milieu du fatras d'un vide-greniers et achetant des cuivres, des livres abîmés ou de la vaisselle, alors que ces gens auraient pu rester tranquillement chez eux, comme lui, et économiser leur argent, le mettait en joie.

L'idée le prenait parfois d'acheter un billet pour une corrida. Autrefois, il aimait bien l'ambiance de terreur et les cuivres qui vous déchiraient les tympans et étincelaient au soleil. Le courage des taureaux, la manière dont ils continuaient à se battre le garrot ruisselant de sang l'émouvait toujours, d'une certaine façon. Mais ces dernières années, il avait commencé à trouver ridicules les matadors qui se pavanaient, bouffis d'orgueil, avec leur cul pailleté. À présent, il aurait voulu voir le taureau tuer le torero, voir l'homme et non l'animal traîné dans la poussière jusqu'aux abattoirs…

Aujourd'hui, un gros titre en première page du *Courrier cévenol* retint aussitôt son attention : *IL FAUT METTRE UN TERME AU DÉPLACEMENT DES POPULATIONS LOCALES PAR LES ÉTRANGERS, DÉCLARE LE MAIRE*. L'article incluait une courbe montrant l'envolée des prix de l'immobilier dans les Cévennes ces dix dernières années, essentiellement à cause des « étrangers », et citait le maire de Ruasse :

> *Trop, c'est trop. L'invasion est allée trop loin dans notre belle région. La vente de biens immobiliers à des ressortissants étrangers doit désormais faire l'objet d'un contrôle sévère, et peut-être même de quotas. Il ne saurait être question de discrimination raciale, mais force nous est d'admettre que, aujourd'hui, **nos** jeunes ne peuvent plus se permettre d'acheter ou de construire un logement sur la terre où ils sont nés, qu'ils connaissent et qu'ils aiment, et cela à cause des Belges, des Hollandais, des Suisses et des Anglais à la recherche d'une résidence secondaire. Il ne faut donc pas hésiter à poser la question : pourquoi faudrait-il que ces gens fortunés aient droit à une résidence de ce genre*

quand nos propres enfants sont dans la pratique privés de leurs droits à tout logement ?

Aramon relut l'article à plusieurs reprises, jusqu'à en avoir mal aux yeux. Il était rare qu'il se sente vraiment concerné par ce qu'il découvrait dans le journal, mais cette fois-ci…

Il pensa aux 475 000 euros qui lui tendaient les bras, l'attendaient pour lui ouvrir le chemin vers une vie nouvelle et irréprochable, et se dit que, d'un coup d'un seul, l'intervention du maire de Ruasse risquait de compromettre son avenir tout entier. Il abattit son poing sur la table.

— Quel crétin ! aboya-t-il. Mais quel con !

Il s'empara du téléphone et appela l'agence. Il fallait faire revenir l'antiquaire anglais le plus vite possible, leur faire savoir que le problème de la bicoque d'Audrun était définitivement réglé, même s'il savait qu'il était inutile de leur mentir à ce sujet. Il pouvait raconter n'importe quoi à Audrun, parce qu'elle n'y comprenait rien, mais ces je-sais-tout d'agents immobiliers, ces deux bonnes femmes autoritaires, auraient tôt fait de demander à voir le rapport du géomètre. Or, de rapport, il n'y en avait pas, pour la bonne et simple raison que l'autre n'avait pas trouvé la moindre borne.

Aramon prit violemment Mme Besson à partie, lui demandant pourquoi aucun autre acheteur ne s'était présenté, lui disant que la vente était devenue une urgence, qu'il fallait qu'elle se fasse au plus tôt, d'ici la fin du mois, avant qu'un crétin de maire vienne le priver de ses droits. Gardant son calme, Mme Besson lui posa des questions sur la maison de sa sœur. L'occupante allait-elle quitter les lieux ? La maison serait-elle incluse dans la

209

vente ? Dans cette éventualité, la proposition serait bien plus attractive...

Aramon se frotta les yeux.

— Madame, dit-il, se forçant à rester poli, je suis pratiquement sûr à cent pour cent que j'arriverai à convaincre ma sœur de partir. Sûr et certain, presque à cent pour cent. Par malchance, le géomètre que j'avais convoqué n'a pas pu finir son expertise parce que ma sœur est tombée malade pendant qu'il était sur place. Mais je vais à nouveau expliquer la situation à ma sœur, et je pense que quand elle l'aura comprise – surtout quand je lui aurai montré l'article du *Courrier cévenol* qui risque de saborder mon avenir – elle acceptera une fois pour toutes de partir.

— Dans ce cas, dit Mme Besson, les perspectives d'une vente rapide s'en trouveraient grandement améliorées.

— Et pour ce qui est du prix ? s'enquit Aramon. On pourrait demander combien si la bicoque était vendue avec le mas ?

Il y eut un silence, pendant lequel Aramon entendit la molette du briquet de Mme Besson tout près du téléphone.

— Il faudrait d'abord que je jette un coup d'œil à la petite maison, finit-elle par dire, et au terrain qui va avec. Mais je pense qu'on pourrait sans doute aller jusqu'à 600 000 euros, ou dans ces eaux-là.

600 000 euros !

Une somme magique ! Le salut assuré ! L'espace de quelques secondes, Aramon resta sans voix.

— Mais j'ai pensé à autre chose, reprit Mme Besson. Les vignes en terrasse, lors de ma dernière visite, j'ai constaté que vous n'aviez pas fait beaucoup de progrès dans ce domaine.

— Je vous assure que si ! protesta Aramon. Je prends tout ça en main…

— Le problème, vous comprenez, c'est que les gens ont du mal à imaginer ce qu'ils n'ont pas sous les yeux.

— Je comprends, je comprends. Je vais y travailler jour et nuit à ces terrasses. Jour et nuit !

Il était près de 11 heures quand Anthony se présenta à l'agence pour récupérer les clés de la maison qu'il devait visiter et l'itinéraire. Posé sur le bureau de Mme Besson, un ventilateur blanc brassait mollement l'air tiède. Quand elle tendit à Anthony la photographie mal imprimée de la maison et la fiche descriptive, elle lui dit : « Celle-ci est vraiment isolée… vous voyez ? »

C'était une grosse bâtisse en pierre, sombre et rébarbative. Elle était flanquée d'un côté d'une petite plantation de pins parasols, mais, partout ailleurs, on ne voyait guère que du maquis et des pierres. Le lourd toit en ardoise bosselé s'incurvait entre les pignons.

— Elle a l'air pratiquement à l'abandon… commença Anthony.

— Ah, non ! protesta Mme Besson. Les propriétaires sont suisses.

— Alors pourquoi vendent-ils ?

Mme Besson eut un haussement d'épaules impatient, avant de tendre la main vers son téléphone qui sonnait.

— Ils ont dit à ma fille qu'ils n'y venaient plus, répondit-elle. C'est tout ce que je sais.

Anthony retourna à sa voiture, qui, en l'espace d'un quart d'heure à peine, s'était transformée en fournaise. Il s'assit, en laissant la portière ouverte, pour étudier le plan, et calcula qu'il avait une bonne trentaine de kilomètres à faire sur une route en corniche pleine de dangers. Il se dit

que c'était sans doute la raison pour laquelle les propriétaires vendaient : personne ne venait plus les voir, les gens
n'étaient pas prêts à risquer leur vie pour une simple visite.

Peut-être ce couple suisse avait-il d'abord aimé l'endroit
précisément en raison de son isolement, et puis, au bout
de quelques étés passés sous leurs pins parasols à contempler la vallée à leurs pieds, ils s'étaient aperçus qu'ils
étaient devenus inaccessibles pour tous leurs amis.
Anthony se demanda si c'était là ce qu'il voulait vraiment.
Sans compter que, s'il lisait bien la carte, même la distance
qui le séparerait de Veronica et des Glaniques serait consé-
quente. Et qu'en serait-il la nuit ? Et l'hiver ?

Il démarra et se mit en route. Il fallait malgré tout qu'il
la voie, cette maison, ne serait-ce que pour éprouver à
nouveau la merveilleuse envie d'avoir quelque chose à lui.
Mais à présent, tout d'un coup, il était effrayé à l'idée du
trajet qui l'attendait. Et s'il venait à se perdre là-haut, s'il
tombait en panne, ou s'il appréciait mal un virage et allait
s'écraser dans le vide ?

Veronica lui avait mis de l'eau dans une glacière.
À l'entendre, le baromètre n'arrêtait pas de monter, la
chaleur risquait de devenir rapidement impitoyable là où
il allait, et, s'il partait se promener à pied – comme il le
lui avait laissé entendre –, il n'était pas sûr de trouver une
rivière ou une source.

Anthony lui était à présent reconnaissant d'avoir pensé
à l'eau, reconnaissant des soins tout maternels dont elle
l'entourait. Mais il lui sembla que l'eau ne suffirait pas : il
fallait qu'il mange, en prévision d'une urgence éventuelle,
et c'est alors qu'il se souvint de la baraque en plein air, La
Bonne Baguette, où ils s'étaient arrêtés pour acheter des
sandwichs en se rendant au mas Lunel. Il savait qu'il
devait passer devant, avant de franchir la rivière près du

village de La Callune, et décida qu'il s'achèterait deux sandwichs. Avec de l'eau et de quoi manger, il serait paré. Une sorte d'assurance contre les imprévus.

Arrivé à la hauteur de La Bonne Baguette, Anthony vit aussitôt que l'aire de stationnement où s'était garée Mme Besson était occupée par un énorme camion-citerne. Il jura. Le conducteur d'une BMW pressée lui collait au pare-chocs, et il n'y avait nulle part ailleurs où stationner. En temps ordinaire, il se serait résigné à la faim qui l'aurait tenaillé plus tard dans la journée et aurait poursuivi sa route, mais là, brusquement, il constata que ce sandwich était pratiquement devenu une question de vie ou de mort. Il savait qu'il ne trouverait pas d'autre baraque ni de café sur sa route. Ces collines étaient manifestement dépourvues de tout équipement dans ce domaine. Il lui fallait donc absolument revenir à La Bonne Baguette.

Il ralentit. La BMW n'arrêtait pas de déboîter pour tenter de le dépasser. Puis il parvint à un endroit où la route s'élargissait juste avant un tournant, fournissant un accotement gravillonné étroit sur une centaine de mètres ; il y engagea brutalement la Renault noire et s'arrêta dans un crissement de pneus.

Le conducteur de la BMW l'incendia copieusement au moment où il le doubla. Anthony lui rendit son doigt d'honneur et descendit de la voiture, dont il fit le tour avant de redescendre en direction de la baraque à sand- wichs.

Le soleil faisait miroiter le rocher et la route. L'espace dont il disposait pour avancer, entre la paroi de granit et les voitures qui venaient en face, lui paraissait si dangereu- sement exigu qu'il se voyait déjà les pieds écrasés sous une roue. Son cœur battait à tout rompre, et la transpiration lui dégoulinait dans le cou, mais l'idée d'avoir à se passer de son sandwich lui était devenue insoutenable. C'était le seul objet capable de l'aider à venir à bout de cette journée, à affronter tous les dangers qui le guettaient. Il poursuivit donc sa route, le nez contre la paroi rocheuse ou presque. Les automobilistes le regardaient avec stupeur : que faisait donc ce touriste vieillissant à un endroit où personne n'était censé être à pied ? Mais il se moquait de ce que les gens pouvaient bien penser ; il n'avait qu'une idée en tête : mettre la main sur son sandwich.

Il arriva enfin à destination et reconnut le marchand, corpulent, l'air dur, le menton mal rasé, qui bavardait avec le chauffeur du camion-citerne. Les deux hommes semblaient être de vieux amis. Une plaisanterie les fit soudain se tordre de rire, et le patron de la baraque s'essuya la bouche avec un mouchoir rouge, avant de se tourner sans enthousiasme vers Anthony pour s'occuper de lui.

— Oui, monsieur ?

La dernière fois, il avait pris un fromage tomate, se refusant à courir le risque d'un jambon ou d'un saucisson avariés, qui le rendraient malade. Il savait qu'il était d'une prudence voisine de la névrose sur ce chapitre, mais quelle importance ? Une femme de sa connaissance était morte d'avoir mangé des sushis, pourquoi les risques ne seraient-ils pas les mêmes avec du salami ou du jambon ? Il étudia la liste des sandwichs, puis montra du doigt celui au fromage.

— Deux comme ça, s'il vous plaît, monsieur.

La large main brune s'empara des sandwichs, chacun dans son emballage de Cellophane barré de l'inscription : *À La Bonne Baguette, tout est bon* ! Tandis qu'il cherchait de la monnaie pour payer, il vit que ses mains tremblaient.

De retour dans la voiture, Anthony régla la climatisation sur seize degrés et attendit un moment que la voiture se rafraîchisse, que son cœur retrouve un rythme normal.

Puis il repartit et arriva bientôt en vue du panneau indiquant la route étroite qui franchissait l'un des bras du Gardon et obliquait en direction de l'ouest et des hauts plateaux. Il ne tarda pas à aborder les zigzags indiqués sur la carte, et fit un effort pour garder son calme quand il engagea la Renault dans une valse lente qui épousait les tournants en épingle à cheveux. La route, à présent, passait au milieu de sapins plantés si serrés que rien d'autre ne poussait dans l'obscurité à leurs pieds. Anthony, plongé dans un souvenir d'enfance où figuraient des arbres semblables, détourna momentanément son attention des dangers de la conduite.

Raymond, Lal, Veronica et Anthony étaient dans la Land Rover de Raymond, et s'en allaient déjeuner près de Newbury, quand Lal avait vu une plantation de sapins des Eaux et Forêts.

— Regardez ! Raymond, les enfants, regardez un peu ! Vous avez vu ça ? Ils cultivent des arbres maintenant. É-pou-van-table ! Je trouve ça absolument épouvantable !

— C'est pour la construction, ma chérie, avait dit Raymond. Pour faire des planches, des poutres, ce genre de choses.

— Je me fiche de savoir pour quoi c'est faire. On ne devrait pas cultiver des arbres comme ça. Je ne l'ai jamais vu faire en Afrique du Sud, et on ne manquait pas de planches.

C'était là un nouveau sujet d'inquiétude pour Anthony : Lal posant les yeux sur des « arbres qu'on cultivait » et devenant d'un coup agressive, hargneuse, pleine de mépris pour son pays d'adoption, le seul qu'il connût, lui.

215

Il avait tenté de trouver quelque chose d'amusant à dire, susceptible de dissiper son irritation, mais sans succès, et ils avaient donc poursuivi leur route en silence jusqu'au moment où Veronica, prise d'une inspiration malencontreuse, s'était risquée à dire :

— M'man, on ne peut pas vraiment employer le mot « cultiver » pour parler d'un arbre. Ce sont des Douglas, des *Pseudotsuga menziesii,* et il y en a des plantations dans toute l'Europe.

Lal avait alors allumé une Peter Stuyvesant avec l'allume-cigare et, sans se retourner, avait dit d'une voix égale :

— Veronica, ma chérie, tu es vraiment exaspérante avec ta graisse et tes manières de Mlle Je-sais-tout.

Anthony avait laissé échapper un hurlement de rire. Il l'avait aussitôt regretté parce que, après tout, c'était terrible, ce que venait de dire Lal. Terrible. Il avait porté la main à sa bouche, comme pour refouler ce rire déplacé dans sa gorge. Il se détestait d'avoir produit un son aussi horrible, et savait que Veronica aurait toute raison de le détester, maintenant. Il se tourna vers elle, s'attendant à la voir en larmes. Mais non. Elle regardait tranquillement le paysage défiler derrière la vitre.

À présent, tandis que la route dévidait ses méandres sur les hauteurs des Cévennes, de plus en plus étroite, tortueuse, imprévisible, les bas-côtés jonchés par endroits d'éboulis, Anthony se surprit à souhaiter de toute son âme – malgré la cruauté avec laquelle sa mère avait réduit V au silence, malgré son hurlement de rire intempestif – avoir à nouveau treize ans et rouler sur une route secondaire du Berkshire aux douces ondulations, avec toute sa vie devant lui.

Veronica appréciait de se retrouver seule pour la journée.

Elle avait acheté du foie de veau et des lardons à la boucherie, du pain frais à la boulangerie, des pommes de terre, des légumes et des fruits à l'étal de son producteur local préféré. Toutes ses emplettes étaient soigneusement rangées, et elle travaillait à présent à une section de *Comment jardiner sans pluie*, intitulée « Graviers décoratifs ».

Il faisait frais dans son bureau, protégé du soleil du matin par les volets mi-clos, qui ne l'empêchaient cependant pas d'entendre et d'apprécier les bruits du jardin : moineaux sur le mur, près de la vasque en pierre où ils venaient se rafraîchir, cigales dans le mûrier d'Espagne juste devant sa fenêtre, cliquetis des feuilles de palmier dans la brise légère.

... le type de gravier privilégié dans le sud de la France pour les allées des habitations, écrivit-elle, *est un matériau composite à base de sable et de minuscules cailloux ronds. Sa couleur est agréable à l'œil : presque blanc par temps très sec, il fonce pour devenir jaune paille après la pluie. Il n'est guère utilisé en Angleterre, mais, en France,*

on le trouve notamment au jardin des Tuileries, à Paris, et sur les boulodromes aux quatre coins du pays.

Elle considéra cette dernière phrase d'un œil attristé et comprit d'emblée qu'il lui fallait se débarrasser de ce « aux quatre coins du pays » : l'expression figée était si faible et banale qu'elle en rougit. Veronica était consciente de ses lacunes en matière d'écriture, mais elle savait aussi que les acheteurs potentiels de son livre n'y seraient guère sensibles. Ils n'y chercheraient rien d'autre que des connaissances, des tuyaux et une information solide. Cela dit, elle s'efforçait toujours de rendre sa prose aussi lisible que possible, en partie pour plaire à son éditrice, une beauté du nom de Melissa dont les charmes ne la laissaient pas totalement insensible. Peut-être aussi entendait-elle encore la voix de Lal lui répéter que ses rédactions étaient « pitoyables, dignes d'une illettrée », et qu'elle n'arriverait jamais à rien si elle n'était pas capable d'aligner des phrases correctement construites.

Elle était bel et bien arrivée à quelque chose. *Regarde-moi aujourd'hui, maman. Je suis heureuse et j'ai réussi dans la vie...* Savoir aligner correctement les mots – et la relative incompétence qui aurait pu être la sienne dans ce domaine – s'était finalement révélé sans grande importance. L'horticulture, les couleurs, les formes, et sa compréhension de ces éléments, voilà ce qui avait compté.

Elle décida d'ignorer le « *aux quatre coins du pays* » pour le moment et de poursuivre :

Le gravier, en règle générale, joue un rôle capital dans la création de jardins susceptibles de résister à la sécheresse. Si vous êtes tenté par le gazon – cet éternel assoiffé –, pensez qu'il serait peut-être préférable de créer à la place un espace

*gravillonné. Envisagez, pourquoi pas, des graviers
exotiques, tels que le gravier volcanique noir rapporté de
Tahiti par Bougainville en 1767. Il s'agit là d'une variété
onéreuse, certes, mais parfaitement adaptée à la vision
« moderne » très en vogue actuellement auprès des jardi-
niers paysagistes, dans laquelle le recours à des couleurs
surprenantes (noirs, gris, bleu roi stupéfiants) peuvent créer
l'inoubliable.*

Veronica s'interrompit, soudain consciente de ce que
son travail, ce matin, était loin d'être brillant. « L'inoubliable », par exemple, était à pleurer : abstraction beso-
gneuse suspendue en fin de paragraphe, comme une figue
trop mûre prête à tomber sur le fichu gravier tahitien de
Bougainville ! Elle se doutait bien que Melissa ne laisserait pas passer cet « inoubliable », mais à nouveau elle ne
trouva aucune formulation plus élégante et plus soudée au
reste de la phrase propre à le remplacer.

Elle aurait apprécié la présence de Melissa en chair et en
os, allongée peut-être sur la méridienne jonchée de
coussins ; elle aurait alors été en mesure de lui lire son
manuscrit à haute voix, phrase après phrase, et de recevoir d'emblée ce que Melissa appelait « un petit spécimen
de contribution éditoriale ». Dans de telles conditions, le
chapitre sur les « Graviers décoratifs » aurait été bien
avancé au retour de Kitty.

Veronica leva les yeux. Son regard tomba sur la pendule
de voyage en cuivre (cadeau fort coûteux d'Anthony)
posée sur la tablette de la cheminée, et elle constata que le
temps avait passé à une vitesse proprement vertigineuse :
il n'était pas loin de 13 heures… et Kitty avait promis
d'appeler vers 11 heures, pour annoncer qu'elle était bien
arrivée à Béziers. Or il n'y avait eu aucun appel.

Veronica décrocha le téléphone et composa le numéro du portable de son amie. La messagerie s'enclencha aussitôt, et la voix de Kitty, abrupte et légèrement irritée, se fit entendre : « *Kitty Meadows here. Leave a message please. Thank you.* Ici Kitty Meadows. Veuillez laisser un message, s'il vous plaît. Merci. »

— Kitty, dit Veronica. C'est moi. J'espère que tout va bien, ma chérie. Je pense à toi et je croise les doigts pour la galerie. J'ai le sentiment vraiment très fort que ça va marcher. J'ai failli acheter du champagne au village, mais je me suis dit que cela porterait la poisse. Ici, tout va bien. Je suis toute seule, bien au calme, et je travaille d'arrache-pied au chapitre des graviers. Appelle-moi quand tu auras un moment. Tendresses.

Elle essaya de revenir à son travail. Commença une phrase visant à déconseiller l'emploi des membranes en polyéthylène à placer sous le gravier pour empêcher la prolifération des mauvaises herbes. *Avant de prendre une décision à ce sujet,* écrivit-elle, *réfléchissez bien au risque de sols détrempés ou inondés à la saison des crues et au...* Elle s'interrompit une nouvelle fois, soudain prise d'inquiétude devant son incapacité à joindre Kitty.

La vieille voiture de cette dernière, si peu spacieuse, l'obligeait à conduire pratiquement écrasée contre le volant si elle voulait que ses jambes courtes atteignent les pédales. La minuscule Kitty ne manquait pas de courage au volant, mais quand Veronica se la représentait cahotant sur les autoroutes, ballottée dans le sillage supersonique d'Audi et de Mercedes pleines de morgue, prise dans l'ombre écrasante d'énormes poids lourds, son cœur terrifié faisait des embardées.

Elle se leva de son bureau et sortit sur la terrasse. Le soleil était brûlant sur son visage. Tout en faisant lentement le tour du jardin, encore vert de l'humidité de l'hiver et du début du printemps, elle songea que le moment approchait où bon nombre des espèces qui poussaient ici risquaient à nouveau de souffrir de la sécheresse, un risque que sa vigilance, et celle de Kitty, ne diminuait qu'en partie. Arrivée au vieux puits en pierre, elle se pencha pour y plonger les yeux, fermement agrippée à la margelle. Le niveau avait déjà baissé.

Après avoir déjeuné d'une part de tarte aux oignons et d'une salade, Veronica essaya de se remettre à la rédaction de son chapitre. Elle laissa deux autres messages sur le répondeur de Kitty dans le cours de l'après-midi, sans que celle-ci la rappelle. Elle ne cessait de se répéter que si la messagerie vocale fonctionnait toujours c'était que le portable – et du même coup Kitty elle-même – n'avait pu être réduit en miettes dans un accident de voiture.

Elle aurait voulu que l'après-midi passe vite – pour que, avec le retour d'Anthony, elle ait au moins quelqu'un avec qui partager son angoisse au sujet de Kitty –, mais en même temps elle aurait aimé que le temps s'arrête, que le soir n'arrive pas, parce que, au fil des heures, les raisons de son angoisse ne feraient que se multiplier, inexorablement.

Elle fut bientôt tellement obnubilée par cette lutte contre le temps qu'elle finit par se retrouver complètement immobile au milieu de sa cuisine, sans plus aucune envie de bouger dans quelque direction que ce fût, ni de s'assigner une quelconque occupation. Sans même comprendre ce qu'elle faisait, elle se mit à pleurer. C'était stupide, et pourtant, une fois les vannes ouvertes, elle sentit que ce débordement était en étrange harmonie avec l'instant. Elle enfouit son visage dans une feuille d'essuie-tout arrachée au rouleau, remarquant que ses larmes étaient tièdes, presque chaudes, comme peut l'être le sang.

C'est alors que le téléphone sonna.

Veronica se moucha et courut répondre. Ce ne pouvait être que Kitty ; elle devait être ridicule, les joues marbrées par ses pleurs brûlants et parfaitement inutiles. Quand elle dit : « Allô », elle fit de son mieux pour masquer l'émotion qui étranglait sa voix. Mais ce n'était pas Kitty. C'était Mme Besson.

— Excusez-moi de vous déranger, dit celle-ci en anglais. Pourrais-je parler à M. Verey ?

— Il n'est pas ici pour le moment, répondit Veronica.

Le seul fait de parler sembla déclencher en elle une nouvelle vague de panique. *Alors, c'est que Kitty est morte. Cette voix n'est pas la sienne. Kitty est morte dans sa petite voiture pliée en accordéon…*

— Ah, fit Mme Besson. Très bien. Je suis désolée de vous avoir dérangée.

Veronica comprit que son interlocutrice allait raccrocher.

— Il y a un ennui, Mme Besson ? s'empressa-t-elle de demander. Mon frère est bien allé voir la maison ?

— Il est passé prendre les clés à 11 heures, répondit la femme de l'agence après s'être éclairci la voix. Il m'a dit qu'il les rendrait vers 14 heures. Mais je ne l'ai toujours pas vu, et j'ai maintenant d'autres personnes, un couple, qui voudraient visiter la maison.

— Oh, s'excusa Veronica, je suis désolée. Je crois qu'il voulait aller se promener un peu, là-haut…

— Ah, bon ? Il avait pourtant dit qu'il serait de retour vers 14 heures, et il est presque 17 heures maintenant.

— Je vais l'appeler, assura Veronica, le sourcil froncé. Il a son portable sur lui.

— Je vous remercie. Je quitte l'agence dans une demi-heure. Pouvez-vous demander à votre frère de me rapporter les clés demain matin ? Je n'en ai qu'un jeu, et les propriétaires sont en Suisse.

Quand Veronica composa le numéro d'Anthony, le portable resta silencieux. Elle fit une seconde tentative, sans plus de succès : ni bip, ni tonalité, ni sonnerie, rien. Le silence total.

Veronica se fit un thé à la menthe et s'assit à la table de la cuisine pour le boire lentement. Elle avait plus envie de vomir que de pleurer, maintenant, et elle espérait que le thé allait la soulager. La seule idée de préparer le foie de veau aux lardons lui donnait des haut-le-cœur.

Quand l'impression de nausée se fut quelque peu apaisée, elle fut remplacée par une sensation d'abattement. Veronica monta alors à pas lents jusqu'à sa chambre. Enleva ses chaussures d'un coup de pied et s'allongea. Fixa d'un œil éteint l'oreiller à côté du sien, là où reposait toujours la tête de Kitty. Puis elle tendit la main, se saisit de l'oreiller qu'elle pressa contre elle, et ferma les yeux.

Quand elle les rouvrit, il ne faisait pas encore nuit noire, mais la pénombre d'un crépuscule bleu et désolé avait envahi la chambre. Elle prit conscience d'un bruit soudain et intempestif. La sonnerie du téléphone. Elle tendit le bras, l'esprit encore embrumé par le sommeil, et se contenta de plaquer l'écouteur contre son oreille, attendant simplement les nouvelles qui allaient en sortir.

— Veronica, dit la voix de Kitty. C'est moi.

Le soulagement la submergea, presque aussi intense qu'un orgasme. Suivi aussitôt d'une vague de colère, qui la porta à accabler Kitty : pourquoi ne pas avoir appelé, envoyé un SMS ou écouté ses messages ? Pourquoi l'avoir laissée se faire un sang d'encre ? Comment pouvait-on être aussi insensible et manquer à ce point d'imagination ?

— Je suis désolée. Désolée…

— Mais POURQUOI, bon Dieu ? hurla Veronica. Tu avais dit que tu appellerais. Je t'ai laissé des tonnes de messages, je t'ai crue *morte* !

— Je suis désolée, répéta Kitty. Je ne pouvais pas appeler. Ni envoyer de texto. J'en étais tout bonnement incapable.

— Qu'est-ce que ça veut dire, tout bonnement incapable ? On dirait que tu as bu. Qu'est-ce qui s'est passé ?

— Il ne s'est rien passé. C'est bien là le problème. Rien du tout. Et, oui, tu as raison, j'ai un peu bu. Je suis à l'hôtel.

— À l'hôtel ? Mais qu'est-ce que tu racontes ? Je croyais que tu allais passer la nuit chez André et Gilles.

— C'est ce qui était prévu. Mais je ne m'en suis pas senti le courage… Je leur ai téléphoné…

— Kitty, bon sang, mais qu'est-ce que diable…

— Ne m'oblige pas à le dire, Veronica. Ne m'y oblige pas.

— À dire quoi ?

— Arrête, je te dis !

Veronica se tut. Elle sentit sa colère s'évanouir, se maudit de ne pas avoir compris plus tôt.

— Très bien, déclara-t-elle, d'une voix beaucoup plus calme. C'est moi qui vais le dire. La galerie a refusé tes tableaux.

Veronica sortit les jambes du lit. Dehors, à présent, le ciel ne cessait de s'assombrir. Elle entendait Kitty pleurer.

— Kitty, il y a d'autres galeries. Tu m'écoutes ? Il y en a des centaines d'autres auxquelles on peut s'adresser.

Quand Kitty eut raccroché, penaude, quelque peu consolée, après avoir promis d'aller manger un morceau et de se mettre au lit, Veronica descendit et trouva la maison plongée dans le silence et l'obscurité. Il était presque 20 heures. Elle sortit le foie de veau du réfrigérateur, le déballa et commença à le préparer. Elle ne cessait de lever les yeux, croyant entendre la Renault d'Anthony sur l'allée gravillonnée, mais aucune voiture n'apparut.

Audrun savait qu'elle allait devoir procéder calmement, méticuleusement, et faire les choses dans l'ordre.

Elle commença par mettre tous ses vêtements dans son lave-linge, qu'elle brancha sur un programme long. Elle essaya de s'interdire de penser à cet autre lave-linge, cette vieille machine américaine, tournant au milieu de la nuit dans Fifth Helena Drive, sans pouvoir empêcher l'image de s'imposer à elle.

Elle fit ensuite couler un bain et se lava consciencieusement, des pieds à la tête, cheveux compris, avant de récurer la baignoire avec une poudre abrasive et de l'asperger à l'aide de la douchette à plusieurs reprises, jusqu'à ce qu'elle reluise.

Une fois ses cheveux séchés, elle enfila une veste en laine et alla faire un tour dans son bois. Elle cueillit quelques jacinthes qu'elle mit dans un pot en rentrant chez elle, et, tout en humant leur parfum, les admira. Puis elle monta dans sa petite voiture rouillée et descendit jusqu'au village. Où elle frappa à la porte de Marianne.

Elle remarqua la Renault de Jeanne Viala garée devant la maison, entra et salua Marianne et sa fille. Elle reconnut sur le visage de Marianne ce sourire de satisfaction qu'arborait celle-ci chaque fois que Jeanne venait la voir, et se dit qu'elle aurait apprécié, elle aussi, d'avoir une fille – la fille d'un homme qu'elle aurait aimé. Raoul Molezon avait deux grandes filles, que lui avait données sa femme, Françoise. Audrun, elle, n'avait personne.

— Je ne veux pas vous déranger, dit Audrun. Je passais juste vous dire un petit bonjour.

— Tu ne nous déranges pas, dit Jeanne. Viens donc t'asseoir.

Elles s'embrassèrent, avant de s'asseoir autour de la table de la cuisine. Marianne était en train de faire bouillir des escargots, la gâterie que réclamait sa fille chaque fois qu'elle venait voir sa mère. Âgée de trente ans maintenant, Jeanne se consacrait entièrement à son métier d'institutrice. Elle ressemblait, en plus jeune, à sa mère, avait sa minceur, son teint foncé, son sourire lent et charmant.

— Et les enfants, à quoi ressemblent-ils ? demanda Audrun. Des enfants, je n'en connais plus. Dis-moi un peu comment ils sont.

Jeanne Viala défit le peigne en écaille qui retenait ses cheveux attachés, puis les rassembla en chignon avant de remettre le peigne en place. Avec le temps, songea Audrun, surtout si aucun mari ne se présente – un mari aimant et gentil –, le visage de Jeanne va devenir sévère.

— Ils sont agités, dit Jeanne. Ils ont du mal à se concentrer longtemps sur un même sujet.

— Ce n'est pas la première fois que je l'entends dire, dit Audrun. Je suppose que c'est l'influence de la ville, non ?

— Je ne sais pas. Je dirais que les jeux vidéos, la télévision et tous ces trucs qu'ils font chez eux ont aussi leur rôle à jouer. Et puis, ils n'ont aucune notion d'histoire, si bien que le plus souvent ils ne comprennent pas ce qu'ils ont sous les yeux. C'est incroyable, par exemple, de voir que certains d'entre eux ne savent pratiquement rien sur leur propre région. Ils y sont nés, mais n'ont jamais cherché à connaître son passé.

— Pourtant, Dieu sait qu'il est long, ce passé...

— Exactement. Ils n'ont aucune idée, entre autres, des industries qui étaient implantées autrefois dans les Cévennes. Je leur organise des visites dans un moulin à huile, et au musée cévenol de la Soie, pour leur montrer comment on élevait les vers, comment fonctionnaient les filatures, et nous irons bientôt voir des exploitations agricoles en activité.

— Ah, soupira Audrun. On en aurait des choses à leur raconter, nous autres, sur les travaux de la ferme, pas vrai, Marianne ?

— C'est bien vrai.

Marianne se leva alors pour aller remuer ses escargots dans sa marmite. Sur la table, il y avait l'ail et le persil frais qu'elle allait bientôt utiliser pour faire le beurre. Jeanne alluma une cigarette et tendit le paquet à Audrun, qui refusa d'un geste.

— Je parie qu'Aramon fume toujours ? fit Jeanne en souriant.

— Oh, pour ça, oui, répondit Audrun. Les cigarettes et les cigarillos. Ça finira par le tuer...

— J'ai cru comprendre qu'il partait, de toute façon.

— De quoi tu parles, Jeanne ?

— On m'a dit qu'il vendait le mas.

Audrun contempla ses mains posées sur la table. Elle avait un peu froid dans cette pièce, malgré la chaleur que dégageait la marmite sur le feu et le soleil couchant qui chauffait les vitres de la fenêtre.

— L'argent, s'indigna-t-elle, c'est tout ce qui compte pour lui à présent. Il ne pense qu'à ça. L'argent, la boisson, les cigarettes. Mais je ne crois pas que la vente du mas se fera…

— Ah, bon ?

Audrun tendit sa main brune aux grosses veines et la posa sur le bras de Jeanne.

— Il y a une fissure dans la façade, Jeanne. Un défaut de construction. Raoul est venu la colmater avec un peu de ciment et puis il a couvert les murs de ce crépi jaune, et maintenant Aramon croit qu'il peut berner tout le monde avec ça, mais qu'on ne vienne pas me dire qu'une expertise même rapide ne révélerait pas une anomalie pareille. Tu achèterais une maison avec une fissure dans le mur, toi ?

— Eh bien… non, sans doute pas.

— Il faudrait qu'Aramon fasse réparer ça comme il faut, pour qu'il n'y ait plus de risques, mais il n'a jamais rien fait et il ne fera jamais rien. Il n'a jamais voulu voir ce qu'il avait sous le nez. Et maintenant il va tomber de haut, croyez-moi. Il n'obtiendra jamais le prix astronomique qu'il demande pour le mas. Et quand il va enfin comprendre, il va devenir fou furieux, tu ne crois pas, Marianne ? Il pourrait bien faire quelque chose d'irréparable.

Marianne et Jeanne levèrent la tête et regardèrent Audrun avec de grands yeux.

— Qu'est-ce que tu veux dire ? demanda Jeanne.

Avant de répondre, Audrun tira sur une tige de persil et renifla son parfum frais et discret.

— Simplement que… Aramon n'a jamais été facile à contrôler. Je suis bien placée pour le savoir. Il est obsédé en ce moment par un acheteur en particulier : un riche

Anglais, du genre artiste. Mais je peux vous garantir, moi, que ce type n'achètera jamais le mal Lunel. J'en mettrais ma main au feu. Et quand Aramon va comprendre... Mon Dieu ! il va devenir enragé. Il serait même bien capable de s'attaquer à quelqu'un.

Jeanne échangea un regard avec Marianne. Et tira une longue bouffée sur sa cigarette.

— Ce serait triste, de toute façon, de vendre à des étrangers, vous ne trouvez pas ? dit-elle. Ils rachètent toutes les vieilles maisons en pierre qui ont du caractère. J'ai lu ça dans *Le Courrier cévenol*. Mais le maire veut que ça cesse.

— Et il a bien raison, le maire, acquiesça Audrun. Parce que les gens de l'extérieur, ils ne savent pas ce que c'est que de prendre soin de la terre. Aujourd'hui, tout le monde croit qu'il n'y a que les maisons qui comptent, mais c'est faux. Le plus important, c'est la terre.

Plus personne ne parla pendant un moment.

Audrun tournait et retournait la tige de persil dans sa main, tout en repensant au tambour de sa machine, qui, lui aussi, tournait toujours.

— Si Aramon vend le mas, reprit Jeanne Viala, où va-t-il aller ?

— Je n'en sais rien, répliqua Audrun. Bien malin qui pourrait le dire. Où diable veux-tu qu'il aille ?

Kitty Meadows était dans son lit et regardait le néon vert d'une pharmacie de garde clignoter de l'autre côté de la rue lugubre où se trouvait son hôtel.

Elle n'avait pas voulu se montrer trop dépensière, et cet hôtel, Le Mistral, un établissement deux étoiles où les cloisons étaient minces comme du papier à cigarette, et les lits durs et étroits, était le moins cher qu'elle eût trouvé. Le grincement de l'ascenseur la faisait sursauter chaque fois qu'elle croyait s'endormir. Des montées et des descentes incessantes, des cargaisons de gens en mal d'amour ou de repos – le divin repos que procure l'amour.

Au moins, je suis seule, songeait Kitty. Même si elle aimait beaucoup ses amis, André et Gilles, elle s'était sentie incapable d'affronter leur pitié, leurs sourires désolés dissimulant des jugements pleins de suffisance du genre :

— Désolé, ma chère Kitty, mais, pour tout dire, on savait à l'avance qu'une galerie comme celle-là, avec la réputation qui est la sienne, ne prendrait jamais le risque de t'exposer...

Mieux valait être ici, dans cette chambre d'hôtel impersonnelle, avec une bonne dose d'alcool dans le sang, que chez eux, en ce soir d'humiliation. Elle aurait apprécié d'être consolée par Veronica, mais la seule perspective de rentrer aux Glaniques pour se retrouver en butte au plaisir non déguisé que ne manquerait pas de manifester Anthony Verey devant sa déception était inconcevable.

De fait, ce que craignait surtout Kitty, c'était précisément cet éventuel retour et la manière dont elle y ferait face. Depuis l'arrivée d'Anthony, elle avait l'impression de ne plus pouvoir tirer le moindre plaisir de la demeure qu'elle partageait avec son amie. Elle avait trouvé refuge dans son atelier, loin de Veronica et de son frère. C'était là qu'elle était la plus heureuse, seule avec son travail et ses rêves. Mais à présent elle allait devoir affronter un double supplice : non seulement retourner vivre sous le regard méprisant d'Anthony, mais surtout, plus terrible encore, reconnaître le fait que, quand il était jugé par des experts, le travail qu'elle aimait tant et qu'elle prenait tant de peine à exécuter au mieux de ses compétences était déclaré sans valeur.

Elle avait certes réussi à placer quelques toiles dans des boutiques et des petites galeries, mais, à présent, un établissement de renommée avait examiné ses aquarelles et l'avait taillée en pièces :

Je suis désolé, madame Meadows, les photos de vos œuvres sur Internet laissaient augurer un travail intéressant, mais maintenant que nous avons les tableaux sous les yeux... eh bien, disons que vous avez un certain sens de la couleur, mais la technique demanderait à être améliorée. Alors voilà, je ne pense pas que nous pourrions réaliser une seule vente avec vous dans notre galerie...

Kitty s'abrita les yeux de la main pour se protéger du clignotement exaspérant de la pharmacie, tout en songeant qu'elle allait au moins pouvoir continuer à travailler sur *Comment jardiner sans pluie*, en fournissant les aquarelles et les photos. Et peut-être que, une fois le livre publié, quelqu'un quelque part trouverait ses illustrations intéressantes.

Mais quel n'avait pas été son désir, un désir presque obsessionnel, d'être acceptée par une galerie de renom ! Combien de fois n'avait-elle pas rêvé au catalogue qui lui serait consacré : *Kitty Meadows*, AQUARELLES RÉCENTES. Et puis au fabuleux soir du vernissage... aux pastilles rouges « vendu » se multipliant au bas des tableaux... au sourire de fierté sur le visage de Veronica... au compte en banque bien garni...

Son portable sonna, le nom de Veronica affiché sur l'écran lumineux. Elle jeta un coup d'œil à sa montre et vit qu'il était presque 1 heure du matin.

— Veronica ? dit-elle d'une voix calme.

— Désolée, pour l'heure. Tu dormais ?

— Non. Ça ne risque pas.

— **Bon**, alors écoute-moi, ma chérie, il y a un problème, un problème grave.

Kitty s'assit dans le lit, heureuse de la diversion, heureuse qu'on lui rappelle qu'il existait des gens et des choses en dehors de son malheur.

— Dis-moi...

Elle entendit Veronica tirer sur une cigarette.

— C'est au sujet d'Anthony, commença-t-elle, toussant au moment où elle rejeta la fumée. En partant, il m'a assurée qu'il serait de retour pour le dîner. Je lui ai même demandé ce matin ce qui lui ferait plaisir, et il m'a répondu : du foie de veau ; je suis donc allée en acheter à la boucherie. Il a bien insisté sur le fait qu'il serait de retour à temps. Or il n'est toujours pas rentré, Kitty, et il est 1 heure du matin.

Kitty avait l'appareil collé à l'oreille. Sur le coup, elle fut incapable de parler, tant la nouvelle la transportait.

Son esprit, soudain, n'est plus qu'un grand écran de cinéma : une route sinueuse dans la montagne au-dessus de La Callune, la voiture d'Anthony qui prend trop vite un virage en épingle à cheveux, dérape, fait un tête-à-queue, part dans le vide, tombe, s'écrase sur les rochers au fond du ravin…

— Bon, fit-elle, se forçant à prendre un air grave. Tu as essayé son portable ?

— Oui. Rien. Le silence total.

— Pas de messagerie ?

— Non, rien, je te dis. La femme de l'agence a téléphoné pour dire qu'Anthony n'était jamais passé rendre les clés de la maison.

— Bon, euh… il faut qu'on réfléchisse à ce qui a pu…

— J'ai un horrible pressentiment, Kitty. Il y a sans arrêt des accidents dans les montagnes par ici. Les gens conduisent trop vite, et Anthony n'a pas l'habitude de ce genre de routes. Ça fait des heures que je suis là à attendre et que je crois voir des phares dans l'allée, alors que ce sont les voitures qui passent sur la route d'Uzès. Qu'est-ce que je vais faire ?

Kitty avala une gorgée d'eau et jeta les jambes hors du lit. Le néon vert de la pharmacie clignotait sans relâche, comme pour dire : *ici vous trouverez du secours, ici vous trouverez du secours, ici…*

— Il faut garder la tête froide et réfléchir, dit-elle, consciente à la fois de la quantité d'alcool qu'elle avait dans le sang et du déroulement dans sa tête du film de la voiture en chute libre.

Anthony Verey était mort.
Enfin !

Kitty se demanda si Veronica pouvait déceler dans sa voix, ou dans sa respiration, des traces de l'exaltation fébrile qui s'était emparée d'elle.

Kitty prit un petit déjeuner matinal et rentra au volant de sa voiture, avec un mal de tête lancinant qui lui troublait la vue, comme si le pare-brise était recouvert d'une buée d'un genre particulier. Elle avait grande envie d'une tasse de thé et d'un long sommeil réparateur.

Elle trouva une voiture de police dans l'allée des Glaniques. Veronica, pâle, les traits tirés, les cheveux emmêlés, était dans le salon et parlait à deux gendarmes, un homme et une femme. Tous se retournèrent en entendant Kitty ; Veronica s'avança à sa rencontre, et, quand elle enlaça son amie et essaya de lisser ses cheveux emmêlés, Kitty surprit les gendarmes en train d'échanger quelques mots à voix basse.

— Des nouvelles ? murmura Kitty.

— Non, rien, dit Veronica. Aucun accident de voiture n'a été signalé. Je suppose que c'est déjà bon signe.

— On a une idée ?

— Oui. Il est possible qu'en allant se promener après avoir laissé sa voiture il se soit perdu ou blessé et que son téléphone se soit cassé en tombant. Ils vont lancer des recherches en hélicoptère. L'appareil vient de partir.

— Bien, dit Kitty. Bien. Il doit être facile de se perdre là-haut. Mais ils vont le retrouver.

Kitty s'esquiva pour aller se préparer du thé. Sa fatigue était maintenant aggravée par l'idée désolante qu'Anthony avait échappé à la mort, tout comme il avait échappé pendant soixante-quatre ans au châtiment que méritaient sa vanité et son égoïsme. Il serait probablement de retour aux Glaniques en fin de journée. Veronica s'accrocherait à son cou décharné et lui dirait à quel point il comptait pour elle, à quel point elle avait hâte de le voir s'installer en France, et tout recommencerait comme avant, exactement comme avant, si ce n'est qu'elle ne pourrait même plus se consoler avec ses rêves de galerie.

Kitty avait cru que les gendarmes la laisseraient tranquille. Après tout, elle n'était qu'« une amie ». Anthony Verey ne lui était rien, et qu'aurait-elle pu savoir – elle qui était à Béziers en train de se faire éreinter – d'un accident survenu dans les Cévennes ? Mais quand elle leva les yeux de la théière où elle était en train de verser ses feuilles de thé, ce fut pour découvrir la femme sur le seuil de la cuisine.

— Juste une ou deux questions, dit-elle. Vous parlez français ?

— Oui, dit Kitty. Vous voulez du thé ?

— Du thé ? Ah non, merci.

Simple question de routine, pas davantage, la rassura la femme, mais il fallait qu'elle vérifie l'emploi du temps de Kitty au cours des dernières vingt-quatre heures. S'était-elle trouvée à un moment ou à un autre dans la montagne au-dessus de Ruasse, ou dans les environs ?

Par l'esprit, oui, aurait aimé dire Kitty. Par l'esprit, j'y étais. Je l'ai tué. J'ai expédié sa voiture dans le vide. Je l'ai vue se fracasser des dizaines de mètres plus bas. J'ai vu son sang gicler sur les pierres.

— Non, dit Kitty. J'étais à des kilomètres de là.

Quand les gendarmes furent partis, Veronica alluma une cigarette :

— Bon, eh bien je suppose qu'on n'a plus qu'à attendre, maintenant.

La chaleur montait sur la terrasse. Les géraniums commençaient à sécher sur pied.

Effectivement, j'attends, songea Kitty. J'attends que tu veuilles bien te rappeler ce qui m'est arrivé hier à Béziers. Que tu daignes poser les yeux sur moi.

Elle se leva, prit la cigarette de la main de Veronica, l'écrasa, et sans un mot entraîna son amie dans la chambre. Elle la sentait déjà résister, protester, mais elle était bien décidée : elle voulait de l'amour. Les mots ne suffiraient pas. En fait, des mots elle n'en attendait pas, elle n'avait besoin que d'un désir muet. Et elle pressentait que l'avenir tout entier – le sien et celui de Veronica, leur avenir commun – allait se décider dans les quelques instants qui allaient suivre.

Il se dit que c'était peut-être la chaleur, ou son travail épuisant dans les vignes, peut-être un peu des deux, mais il avait si mal au ventre à présent qu'il lui fallait parfois se mettre à genoux avant de se recroqueviller sur le sol – comme un foutu fœtus –, le temps que les spasmes se calment. Il ne s'écoulait pas un jour sans qu'il ait à endurer ce supplice.

Il n'avait plus d'appétit. Les sucreries, il arrivait encore à les avaler, une cuillerée de confiture, un carré de chocolat, puis il restait assis, immobile, à attendre que la dose de sucre passe dans son sang, mais même le pain tournait à la bouillie dans sa bouche et lui donnait envie de vomir. La seule idée de manger de la viande l'horrifiait à présent, comme si la chair étalée à la boucherie était de la chair humaine...

— Qu'est-ce que je peux te donner, Aramon ? lui demandait Marcel, le boucher de La Callune. Un petit morceau de veau ? Des jolies merguez ?

Jusqu'à l'odeur du magasin qui l'écœurait.

— Rien pour moi, mon vieux, marmonnait Aramon. Juste quelques os... pour les chiens.

Et puis, au moment où il partait, il entendait Marcel dire aux autres clients :

— Y va pas bien, Lunel, vous trouvez pas ?

Il restait souvent assis à sa table, à boire du sirop de menthe et à fumer. Il se demandait s'il ne se préparait pas un cancer de l'estomac. Se demandait même s'il n'avait pas été empoisonné. Parce que ce genre de choses arrivait bel et bien dans le monde d'aujourd'hui. Des bactéries entraient dans la chaîne alimentaire ou dans l'eau de la ville. Et on pouvait en mourir, lentement, à petit feu, sans jamais connaître la cause.

D'autres symptômes l'inquiétaient. Des vertiges subits, quand tout se dissolvait dans une étrange obscurité. Un moment il était dehors, debout dans la chaleur, au milieu du bourdonnement des insectes et des chants d'oiseau, et, l'instant d'après, il était ailleurs, allongé au pied d'un muret de pierre ou face contre terre, dans un monde devenu soudain silencieux, où l'ombre des arbres tombait là où elle n'aurait jamais dû tomber.

Ces trous étranges dans la trame du temps, il se permettait parfois de les relier à l'époque lointaine où il perdait connaissance à cause de ce que faisait son corps, et où Serge le ramenait à lui à coups de gifles et l'aidait à rejoindre son lit, souvent en le portant. Mais il comprit bien vite qu'il n'y avait aucun lien entre les deux. Ces moments-là, il les avait voulus : il ouvrait une porte délibérément et entrait, et ce qui se passait ensuite le bouleversait comme rien d'autre auparavant. Rien de ce qui lui arrivait aujourd'hui, en revanche, n'était voulu. Aramon sentait bien que les « épisodes » qui empoisonnaient la vie de sa sœur depuis ce temps-là s'attaquaient désormais à lui.

Il songea à aller voir le médecin. Mais la seule idée de se faire examiner la bouche, palper l'estomac, lui donnait la nausée. Et il avait peur, au cas où l'autre aurait une mauvaise nouvelle à lui annoncer, de ne pas savoir comment réagir.

En se réveillant très tôt un matin, il entendit les chiens hurler comme des loups.

Il enfila péniblement sa salopette et ses bottes, descendit son fusil de calibre 12 du râtelier près de la porte, ramassa sa cartouchière et sortit. En le voyant, les chiens se mirent à griffer furieusement le grillage de l'enclos.

Aramon prit deux cartouches et, quand il ouvrit le fusil pour les mettre en place, constata qu'il y en avait déjà deux à l'intérieur, qui avaient servi. Il continua à se diriger vers l'enclos, tout en se creusant la cervelle pour savoir ce qu'elles faisaient là. Il n'avait jamais, de sa vie, rangé son fusil en laissant deux cartouches déjà utilisées dans les canons.

Il ouvrit la grille de l'enclos et entra. La puanteur le prit à la gorge, et il cracha des glaires jaunes dans la poussière. Il pensa d'abord que c'était son état physique délabré qui le rendait moins tolérant aux odeurs fétides de l'endroit, mais, après avoir jeté un coup d'œil alentour, il vit qu'au fond de l'enclos il y avait un chien étendu raide dans l'ombre du matin. L'animal avait des lambeaux de chair arrachés, et deux ou trois blessures ensanglantées sur lesquelles grouillait un tas de mouches.

Aramon resta un moment immobile, les yeux fixés sur le cadavre. Puis il prit lentement conscience de l'état de l'enclos : une saleté repoussante, des excréments partout, des auges vides... Il essaya de se rappeler la dernière fois où il était venu leur apporter des os, ou même leur donner à boire. En vain.

Les chiens bondissaient sur place, s'agrippant à ses jambes, à sa hanche. Il vit dans leurs gueules ouvertes l'écume blanche de la soif. Il les repoussa, s'approcha du cadavre, saisit les pattes arrière raidies et se mit à le traîner dans la poussière, son fusil toujours à l'épaule. C'est alors qu'il leva les yeux et aperçut Audrun, qui contemplait la scène, son tablier à fleurs plaqué contre son visage.

— Mon Dieu, Aramon, dit-elle, quelle puanteur ! Mais qu'est-ce que tu as fait ?

Comment, ce qu'il avait fait ? Qu'est-ce qu'elle voulait dire ? Il n'avait rien fait. Il y avait juste à s'occuper des chiens… eh bien… ça lui était sorti de la tête.

— Je travaille comme un nègre là-haut dans les vignes, dit-il. Et puis, je suis malade. J'ai été empoisonné.

— Empoisonné ?

— Ça serait pas impossible. Pour avoir mal au bide comme ça.

— Mais empoisonné par quoi ?

— N'importe quoi. Aujourd'hui, tu peux pas savoir ce qui va t'achever.

— Des bêtises, tout ça. Rien que des bêtises. C'est toi qui as abattu le chien ?

— Non. Pourquoi je ferais une chose pareille ?

— Alors, il est mort comme ça, tout seul ? Remarque, ils sont tous en train de crever de faim. Mais regarde-les !

Aramon eut un élan de pitié pour les pauvres bêtes. Elles n'y étaient pour rien. Oui, il allait remplir leurs auges et descendre chez Marcel chercher un gros paquet d'os…

— C'est pas ma faute, dit-il, si j'ai un poison dans le sang. J'ai besoin d'aide. Je te l'ai dit y a des semaines de ça. Je m'en sors plus, moi. Un homme tout seul… qu'est-ce-qu'il peut faire ?

Il referma la grille de l'enclos, et les chiens se déchaînè-rent de plus belle, se jetant sur le grillage et aboyant comme des démons. Si Serge était encore en vie, se dit Aramon, il me corrigerait à coups de ceinture pour avoir négligé les chiens. Puis il se rappela les deux cartouches dans le fusil et il s'apprêtait à en parler à Audrun, qui le suivait en direction de la maison, quand elle sortit de la poche de son tablier un numéro du *Courrier cévenol*.

— Tu as vu ça ? lui demanda-t-elle. Je venais te le montrer.

Aramon lâcha le cadavre du chien. Les corps morts pesaient si lourd ; on ne pouvait pas les trimballer bien loin. Et le sol était tellement sec que creuser une tombe pour l'animal lui prendrait ses dernières forces. Il se retourna pour faire face à sa sœur, le souffle court. Elle lui tendit le journal.

— Qu'est-ce que c'est ? demanda-t-il.

— Regarde donc la photo.

Il n'avait pas ses lunettes sur lui, tant il s'était habillé à la hâte.

— J'y vois rien.

Elle avait plié le journal en deux et le lui agitait sous le nez.

— Regarde, j'te dis !

— Qui c'est ? demanda-t-il en scrutant l'image brouillée qu'il avait sous les yeux. J'y vois rien, bon Dieu !

Elle retira le journal d'un geste brusque et lut :

LE TOURISTE ANGLAIS TOUJOURS PORTÉ DISPARU. Les gendarmes ont repris les recherches pour tenter de localiser Anthony Verey, l'Anglais dont la disparition remonte à mardi dernier. L'antiquaire britannique, âgé de soixante-quatre ans, devait conduire sa voiture de location...

— Verey ? dit Aramon. T'as dit Verey ?

— Oui. C'est pas l'homme qui…

— Mais comment il a pu « disparaître » ?

— J'en sais rien. Mais c'est bien lui, non ? Celui qui est venu ici ?

Aramon recala le fusil sur son épaule et tendit la main vers le journal. Il approcha la photo tout près de son visage, et, lentement, très lentement, son œil parvint à se fixer sur un autre œil, celui de la photo. Lequel avait quelque chose de familier, qui le fit frissonner de la tête aux pieds.

— Ça se pourrait, dit-il. Si tu connais pas bien la montagne, tu te perds facilement par là-haut…

— C'est curieux, quand même, dit Audrun, qu'il ait disparu justement le jour où il est revenu ici. Tu ne trouves pas ? Tu trouves pas ça bizarre ?

Le jour où il est revenu ici.

Aramon abaissa le journal et regarda autour de lui, sans trop savoir ce qu'il cherchait, mais persuadé malgré tout qu'il lui fallait chercher à tout prix… comme si quelque chose, là – dans l'enclos dévasté des chiens ou dans les feuilles des chênes verts agitées par le vent chaud – pouvait ranimer sa mémoire défaillante.

— Comment ça, revenu ici ? finit-il par dire.

— Oui. Le jour où…

— Quel jour ?

— Mardi. Le jour où il a disparu.

— Il est jamais revenu ici.

Il vit sa sœur secouer la tête. La secouer, longtemps, comme si elle était en train de gronder un enfant.

— Tu me traites de folle, dit-elle. Mais c'est toi qui perds la boule. Je t'ai vu, Aramon, de mes yeux vu. Tu m'as fait honte avec ton allure de péquenaud, tes vieux vêtements crasseux, à côté de cet homme si bien habillé.

— Tu m'as vu… ?

— Près de la rivière, dit Audrun, qui commençait à s'éloigner. Avec Verey.

— Mais quand ça ? demanda-t-il d'un air désemparé.

— Mardi après-midi. Dis donc, ce cadavre empeste. Tu ferais bien de te dépêcher de l'enterrer.

Aramon baissa les yeux sur le chien mort, qui portait des traces de morsure autour du cou et à l'estomac. Les mouches étaient revenues et rampaient sur les plaies ouvertes. Dans le dos d'Aramon, les autres chiens donnaient toujours de la voix, et il savait qu'il lui fallait aller chercher de l'eau, nettoyer l'enclos, leur apporter à manger, parce que laisser ces bêtes souffrir comme ça, c'était un crime…

— Audrun, aide-moi…

Mais elle continua à s'éloigner, sans un regard en arrière.

Il rentra et appela Mme Besson. Il se dit qu'il n'était pas idiot ou abruti par la douleur au point de ne pas trouver un moyen de clarifier au moins certaines des choses qu'il ne comprenait pas. Ce fut la fille de Mme Besson qui décrocha : sa mère était sortie avec un client.

— Verey, glapit Aramon, cet Anglais qui a disparu, à ce qu'on dit. Il est venu chez moi une fois, hein ? Pas deux. Il est venu qu'une fois.

— Je crains bien de ne pas pouvoir vous répondre, répondit son interlocutrice, au bout d'un temps mort. Il faudra que vous vérifiiez auprès de ma mère. Je crois d'ailleurs qu'elle a quelqu'un d'autre qui serait intéressé par le mas.

— Ah, bon ?

Aramon sentit aussitôt son moral remonter. Les sommes astronomiques promises par la vente avaient tout d'une musique dans sa tête, comme ce bon vieux jazz qu'écoutait son père quand Bernadette était encore en vie : 475 000 euros… 600 000 euros… Les chiffres swinguaient et scintillaient. 650 000 ! Parce que, bon sang de bois, cette baraque et cette terre n'allaient pas tarder à avoir sa peau. Il était trop fatigué pour continuer à porter tout ça sur ses épaules. S'il ne s'en débarrassait pas rapidement, c'est sûr, il en crèverait.

— Je dirai à ma mère de vous appeler, dit la fille.

— Quand ça ?

— Quand elle rentrera, cette après-midi. »

Aramon se roula une cigarette, qu'il fuma assis, le temps que ses crampes se calment un peu. Puis il ressortit et se mit à creuser un trou pour le chien. Quand il leva sa pioche pour la planter dans la terre, il en sentit tout le poids ; la douleur lui remonta le long des bras, lui transperçant les omoplates.

Veronica était allongée dans le noir.

Elle s'étonnait que la nuit puisse être si tranquille, alors que son frère avait disparu et était peut-être mort à l'heure qu'il était. Elle aurait voulu que tout le monde parte à sa recherche, au milieu de l'éclat aveuglant des projecteurs. Elle croyait presque l'entendre l'appeler. *Je t'en prie, aide-moi, ma chérie. Je ne peux plus bouger. Je vais mourir...*

C'était tellement insupportable qu'elle se leva, enfila sa robe de chambre et s'en enveloppa étroitement, de façon à couvrir l'odeur laissée par l'amour sur sa peau. Elle descendit à la cuisine, but un peu d'eau froide au robinet, s'aspergea le visage et resta là à regarder dans le vide, épouvantée par sa conduite. Car qu'avait-elle fait – face à ce qui ressemblait de plus en plus à une tragédie – hormis appeler la police, dire ce qu'elle savait en répondant à quelques questions, et ensuite se déchaîner au lit... avec une absence de retenue inouïe. Bon Dieu, pourquoi fallait-il que l'on se laisse si souvent emporter par un comportement aussi choquant et déplacé ? Veronica s'estimait « civilisée », elle était connue pour son stoïcisme et sa gentillesse. Et pourtant, force lui était de constater que, par certains côtés, elle ne valait pas mieux qu'un animal.

Non pas qu'elle eût besoin de s'excuser auprès de Kitty. Pas du tout. Kitty s'était donnée corps et âme à leurs jeux érotiques. Mais ces moments-là, Veronica aurait donné n'importe quoi pour pouvoir les effacer totalement. Ils étaient pour elle une source d'embarras et de mortification. Elle se promit de ne plus laisser Kitty la toucher ni même l'embrasser tant qu'Anthony n'aurait pas réapparu. C'était le moins qu'elle lui devait. Il était, tout comme elle, la chair et le sang de Lal et de Raymond Verey. Elle lui devait – à lui ou à sa mémoire – une période d'abstinence sexuelle.

Apaisée par cette décision, Veronica s'assit à la table de la cuisine, attira vers elle un carnet et un crayon et commença à prendre quelques notes.

Que faire maintenant ? écrivit-elle en haut de la page. Tout en sachant qu'il n'y avait rien d'autre à faire qu'à attendre, elle se disait aussi qu'il fallait absolument qu'elle fasse quelque chose. Elle ne pouvait pas se contenter de rester tranquillement aux Glaniques avec Kitty. Elle ne pouvait ignorer la voix qui lui criait : *Aide-moi, aide-moi, ma chérie.*

Suivre la piste, écrivit-elle ensuite.

Un bon début. Elle irait à Ruasse voir Mme Besson et lui demanderait de lui indiquer la route pour se rendre à la maison qu'Anthony était censément allé visiter.

Elle se dit qu'elle, V, saurait – oui, d'une manière ou d'une autre, elle le découvrirait – si Anthony s'y était rendu ou non. Elle trouverait un signe de sa présence… ou de son absence.

Vérifier, nota-t-elle.

Mais, une fois la maison visitée, que faire d'autre ?

Veronica dénicha une carte des Cévennes, qu'elle étala sur la table, et examina le contour marron des montagnes, les lignes jaunes sinueuses des routes et les pointillés noirs des chemins de randonnée. Et elle comprit ce que signifiaient ces symboles : la nature à l'état sauvage, l'une des dernières régions sauvages protégées d'Europe. Anthony n'était pas la première personne à avoir disparu dans ce paysage. Les Cévennes recélaient les ossements d'un nombre incalculable de disparus. Parmi eux – c'était du moins ce que lui avait dit Guy Sardi –, des soldats allemands tués par la Résistance en 1944, et enfouis anonymement dans les broussailles.

Le téléphone sonna à 8 h 15 et réveilla Veronica, qui s'était endormie, la tête sur la table de la cuisine, avec la carte pour tout oreiller.

— Veronica, dit une voix forte en anglais, Lloyd Palmer à l'appareil. J'appelle de Londres. Je viens d'apprendre les nouvelles à la radio, et je suis encore sous le choc.

Veronica resta un moment sans pouvoir replacer le dénommé Lloyd Palmer. Puis elle se souvint d'une ou deux visites, en compagnie d'Anthony, dans une maison de Holland Park : dîner servi par un majordome, épouse dont la gorge, parée d'énormes diamants, lançait de minuscules poignards de lumière. Lors d'une de ces occasions, Anthony lui avait dit dans le taxi qui les ramenait chez lui que, en cas de décès, Lloyd Palmer serait son seul exécuteur testamentaire.

— J'aimerais pouvoir faire quelque chose, tonna Lloyd. C'est un vrai cauchemar. Dites-moi ce que je peux faire. Si vous voulez, je saute dans un avion et j'arrive.

Veronica prit son temps pour répondre. C'est d'ailleurs là, se dit-elle, ce qu'elle allait faire dans les jours à venir :

réfléchir à toutes les suggestions ou propositions qu'on lui ferait, et attendre avant de répondre.

— Veronica, vous êtes toujours là ? demanda Lloyd.

— Oui, finit-elle par répondre, d'une voix calme. C'est très gentil à vous d'appeler, Lloyd.

— Il est vivant, n'est-ce pas ? La radio dit qu'il pourrait s'être perdu ou être bloqué quelque part. Ils vont le retrouver, non ?

Veronica leva les yeux et vit Kitty sur le seuil de la cuisine. Elle était nue. Veronica baissa les yeux. Puis lui tourna le dos.

— Je ne sais pas s'ils vont le retrouver. Non, je n'en sais rien…

— Nom de Dieu ! s'exclama Lloyd. C'est pas possible. Je lui ai parlé il y a quelques jours à peine. Vous croyez qu'il a pu avoir un accident avec la voiture ?

Kitty ne partait pas. Elle restait là, les yeux gonflés, mal réveillée, à se gratter distraitement les poils du pubis. Veronica emporta le téléphone avec elle sur la terrasse, déjà écrasée de soleil. Elle referma la porte derrière elle. Une petite voix intérieure lui chuchotait : ça ne regarde personne d'autre. Que moi. Je suis seule responsable de tout et c'est moi qui retrouverai mon frère.

— Lloyd, ça ne sert à rien de me poser des questions, j'en ai peur. Je suis dans le noir le plus complet. Anthony est parti d'ici en voiture pour aller voir une maison, mardi matin. Je lui avais préparé de l'eau dans une glacière. C'est tout ce que je peux vous dire.

— Il ne conduisait pas très bien, si ? reprit Lloyd. Il était toujours en train de tourner la tête vers le passager quand il lui parlait.

Le passager ?

Le mot fit surgir une idée dans l'esprit fatigué de Veronica. Se pouvait-il qu'Anthony se fût arrêté pour prendre un auto-stoppeur, ou pour venir en aide à quelqu'un qui aurait semblé en difficulté au bord de la route, et qui l'aurait ensuite agressé avant de le délester de son portefeuille et de son portable, voire de voler la voiture ? Parce que malgré ses airs d'homme d'expérience – rien d'autre qu'un vernis cultivé au fil des années –, il y avait chez Anthony une vulnérabilité qu'il ne pouvait totalement masquer et qu'un étranger percevait aussitôt.

— Non, en effet, ce n'était pas un très bon conducteur, reconnut Veronica. Ou plutôt, non, ce *n'est* pas un bon conducteur. Je me refuse à parler de lui au passé.

— Ah, mon Dieu, désolé, certainement pas ! dit Lloyd. Ça m'a échappé.

Veronica se fit couler un bain, et resta un long moment dans l'eau, observant une araignée tisser sa toile dans un angle du plafond.

Vérification et abstinence. Ces mots semblaient contenir une forme de résolution tout à fait adaptée aux circonstances. Veronica se préparait déjà par la pensée au trajet jusqu'à Ruasse, et au-delà. Elle n'attendait que l'ouverture de l'agence à 9 heures.

Elle entendit Kitty devant la porte de la salle de bains, mais elle l'avait fermée à clé.

— Je t'ai apporté une tasse de thé, ma chérie, dit Kitty.

Réfléchir à toutes les suggestions ou propositions et attendre avant de répondre.

N'obtenant pas de réponse, Kitty frappa à la porte.

— Je t'ai apporté une tasse de thé.

— Merci, dit Veronica. Je n'ai besoin de rien.

Indécise, Kitty s'attarda un instant, avant de s'éloigner.

Veronica se sentit soulagée. Ce n'est qu'à ce moment, et pas avant, qu'elle revint sur ce qui était arrivé à Kitty la veille à Béziers et se demanda ce qu'elle pensait vraiment de ce refus.

Elle n'en avait pas été surprise outre mesure. La vérité était terrible à admettre sans doute, confinait presque à la trahison, mais le talent de Kitty était si mince, pratiquement inexistant, qu'il aurait sans doute été préférable qu'elle n'ait aucune disposition pour la peinture.

Si tel avait été le cas, Kitty ne se serait pas bercée d'illusions, et l'insatisfaction qui la tenaillait et dont elle n'arrivait pas à se défaire aurait fini par lâcher prise et la laisser tranquille, la libérant, elle aussi, du même coup, de la fastidieuse obligation de se faire complice de ces illusions. Car tous ces éloges dont elle couvrait les aquarelles de Kitty revenaient à une sorte de connivence malhonnête avec un mensonge.

Et cette obligation lui pesait considérablement. Elle s'en rendait compte, à présent. Les rêves irréalisables de Kitty l'épuisaient. Ils occupaient une trop large part d'un temps par ailleurs précieux.

Kitty insista pour lui préparer son petit déjeuner : croissants, café et melon.

Manger effaça en partie sa fatigue, mais quand Kitty s'approcha et voulut l'entourer de ses bras, elle la repoussa gentiment. De même, quand elle déclara qu'elle allait l'accompagner à Ruasse, Veronica refusa.

— Il n'est pas question que je te laisse partir seule, protesta Kitty.

— C'est ce qu'on va voir, rétorqua sèchement Veronica, je n'ai pas besoin de permission.

Elle rassembla ses affaires et se dirigea vers la voiture, Kitty sur ses talons, mais elle se contenta de monter et de démarrer, sans un regard en arrière ni un au revoir. Au sortir de l'allée, elle vit surgir deux journalistes, qui attendaient dans le chemin et qui la prirent en photo, mais elle fixa résolument un point sur l'horizon.

Comme toujours, la beauté de la route qui menait à Ruasse l'émut profondément : les luisances des platanes, leurs ombres enchevêtrées sur l'asphalte, les tournesols, comme autant de poupées jaunes animées par le vent. Le spectacle lui remit en mémoire la hâte qu'elle avait d'en finir avec le chapitre « Graviers décoratifs » pour pouvoir s'attaquer au suivant, intitulé « De l'importance de l'ombre ».

Puis lui revint le souvenir de Lal, qui, parce qu'elle avait grandi dans un pays chaud, s'était toujours moquée du fait qu'on puisse avoir besoin de se protéger du soleil en Angleterre. « Pour quelqu'un qui a passé son enfance au Cap, disait-elle volontiers, l'expression "été anglais" relève de l'oxymore. »

Des journées chaudes, pourtant, il y en avait eu. Lal les saluait comme elle l'aurait fait d'un tas de pièces d'or. Elle leur sacrifiait toutes ses tâches habituelles. Dans le jardin de Bartle House, elle s'allongeait sur une chaise longue en rotin, s'offrant au soleil en maillot de bain ou robe décolletée, des lunettes à monture blanche sur le nez. Docile, sa peau ne tardait pas à prendre une jolie teinte miel.

Le petit garçon qu'était Anthony sortait une vieille couverture écossaise, l'étalait par terre et jouait avec ses soldats de plomb, qu'il disposait en formation ouverte avant de les faire avancer petit à petit en direction de la chaise longue. Quand ils l'atteignaient, il les rassemblaient pour former une colonne et les lancer un par un à l'assaut de la chaise puis des pieds de Lal. En sentant leurs petites baïonnettes sur sa peau, celle-ci s'écriait, en riant : « Ah non ! Pas encore une tête de pont. »

Parfois, il coinçait les corps des soldats entre les orteils de Lal, prétendant qu'ils étaient morts, alignés à la morgue, et il lui immobilisait les pieds, la faisant pouffer de rire et se tortiller dans sa chaise. Il lui disait que le rouge écarlate de ses ongles était le sang de ses vaillants soldats.

Un jour, Anthony resta trop longtemps en plein soleil, sur la couverture écossaise. Son visage devint cramoisi, puis d'une pâleur extrême, et, pour finir, il vomit sur la pelouse. On appela le médecin. Une grave insolation devait clouer le petit garçon au lit pendant des jours et des jours. Lal n'était pas une infirmière très diligente. Elle laissait Veronica monter les bols de bouillon ou changer les draps d'Anthony. Et dès que ce dernier commença à se remettre, elle les abandonna purement et simplement pour rejoindre le Berkeley Hotel, à Londres. « Vous serez parfaitement bien, mes chéris, dit-elle. Mrs Brigstock prendra soin de vous. En cas d'urgence, elle m'appellera. »

Au bout de quelques jours de cet abandon, Veronica était sortie dans le jardin avec Anthony toujours en pyjama, accroché à son bras. Aujourd'hui encore, elle l'entendait lui répéter : « Pas au soleil, V, je t'en prie. Pas au soleil. »

Ils avaient marché très lentement jusqu'au petit bois et s'étaient assis sous les arbres.

— J'arrive ! lança-t-elle tout haut à présent, sa voix forte et décidée dominant le bourdonnement de la climatisation. C'est moi, V. Je viens te chercher.

L'élément « V » de Veronica, décida Kitty, c'était comme un poison qui coulait dans ses veines.

Il était à la source de toute manifestation d'égoïsme et de méchanceté de sa part. Veronica était aimante, compatissante, intelligente ; V, elle, n'était rien de tout cela, rien d'autre qu'une snob et un tyran. Le vestige d'une époque révolue.

Kitty s'allongea et dormit un moment : sa façon à elle depuis toujours d'essayer de surmonter son chagrin. Mais la chaleur de cette fin de matinée rendait l'atmosphère de la chambre suffocante, et, après un cauchemar qui l'inonda de sueur et dans lequel elle se retrouvait abandonnée pour toujours par Veronica, elle se leva, prit une douche et alla s'asseoir à l'ombre, sur la terrasse, avec un verre d'eau et des fruits, pour tenter de faire le point sur la situation.

Elle était démoralisée à l'idée que la disparition d'Anthony allait dorénavant constituer le seul et unique sujet de conversation aux Glaniques. Pour tout dire, pareille perspective était à ce point déprimante qu'elle en vint presque à souhaiter voir le pauvre diable soudain réapparaître. Un peu marqué, certes. Comme quelqu'un qui a dû affronter la terreur et la douleur pour la première fois de sa vie d'enfant gâté. Marqué, mais vivant. Et, avec un peu de chance, suffisamment traumatisé par ce qui lui était arrivé dans la montagne pour renoncer à son idée de vivre en France.

Alors, V redeviendrait Veronica. Et les choses seraient comme avant…

Kitty bâilla. Ramener Anthony à la maison supposait d'abord de le retrouver. La police française risquait de ne pas faire montre d'une diligence à toute épreuve pour retrouver un touriste anglais banal et vieillissant ; Veronica avait somme toute raison de tenter sa chance de son côté.

Mais, dans le même temps, il lui vint à l'esprit que Veronica n'avait pas pris la bonne direction. Peut-être Kitty Meadows était-elle bien finalement la seule à avoir compris que la maison de ses rêves, Anthony l'avait trouvée. Jusqu'à ce qu'elle lui montre l'affreuse bicoque, il avait été comme envoûté par le mas Lunel. Elle avait senti qu'il était complètement sous le charme, tandis qu'il contemplait la vue depuis la fenêtre du premier étage. Il se voyait déjà installé, maître du domaine. Et puis, délibérément, elle lui avait tout gâché. S'était réjouie de voir son visage s'assombrir sous le coup de la déception.

Mais Anthony était loin d'être idiot. Il avait très certainement réfléchi à un moyen de camoufler la bicoque. Avait peut-être même découvert des avantages à son existence, se disant par exemple que la femme qui l'habitait pourrait travailler pour lui, s'occuper de la maison pendant ses absences. Si bien qu'il serait retourné voir le mas…

C'était le milieu de la journée, le moment le plus torride. Le concert des cigales avait atteint des sommets de discordance. Les abeilles harcelaient la lavande. Kitty songea qu'il était vraiment temps d'aller dormir encore un peu, histoire de laisser passer la grosse chaleur, et de pouvoir ensuite réfléchir calmement dans la fraîcheur relative du soir. Mais l'idée d'attendre passivement que Veronica daigne revenir vers elle l'emplit de colère et de tristesse à la fois. Mieux valait au contraire ne pas être là à son retour. Mieux valait reprendre sa voiture et partir accomplir sa mission : Kitty Meadows, détective privé.

L'attachement de Kitty pour sa petite Citroën, qu'elle trouvait parfaitement adaptée à sa petite taille et à ses modestes ambitions, était au plus bas par temps de grosse chaleur. La voiture n'avait pas la climatisation. Kitty s'efforça de combattre l'atmosphère étouffante en baissant toutes les vitres pour faire courant d'air et en libérant de l'auto-radio poussiéreux la voix puissante de k.d. Lang.

Kitty chantait en même temps que k.d. Cette voix dure et sexy maintinrent son entrain jusqu'à Ruasse. Puis elle arrêta la musique, car, à partir de là, elle n'était pas sûre de reconnaître la route qui menait à La Callune, et avait besoin de toute sa concentration. Quand, à la sortie de Ruasse, elle se mit à monter et que les Cévennes commencèrent à l'encercler, elle fut à nouveau transportée à l'idée qu'Anthony Verey était peut-être mort. Ici, perdu au milieu des rochers, d'une forêt impénétrable, au fond d'un précipice, son corps pouvait rester des mois, des années, sans être découvert. Elle l'imaginait suspendu, tête en bas, ses chevilles minces dans leurs chaussettes en cachemire prises pour toujours dans un enchevêtrement de racines, ses cheveux plaqués sur son crâne par la pluie, sous un capuchon de neige. Elle imaginait toutes les créatures qui viendraient attaquer ses chairs, les dévorer, les digérer, les évacuer : Anthony Verey réduit à un tas d'excréments.

Elle sut qu'elle était sur la bonne route quand elle passa devant la baraque à sandwichs, La Bonne Baguette. Elle ralentit, guettant l'embranchement en direction de La Callune.

Le chemin mal entretenu qui menait au mas Lunel se trouvait un peu plus haut, au-delà du village, et Kitty le trouva sans difficulté. À sa gauche, exactement comme dans son souvenir, se dressait la maisonnette. Elle ralentit, se demandant s'il était opportun de s'arrêter pour bavarder un moment avec la sœur de Lunel. Mais la bicoque, tous volets fermés, avait l'air déserte, et Kitty poursuivit sa route.

Le beau mas au crépi jaune apparut à sa vue. Kitty alla se garer à l'ombre et coupa le moteur. Elle resta assise dans la voiture, absolument immobile, à regarder et à écouter. Les volets de la maison étaient rabattus, mais il y avait quelqu'un – M. Lunel lui-même, peut-être – à l'intérieur : les chiens aboyaient dans leur enclos et une vieille 4L marron était garée à proximité de la porte d'entrée.

À sa droite, au pied de la pelouse pelée, il y avait une grange en pierre encore belle, malgré son air délabré. Kitty ne s'en souvenait pas aussi bien que du reste, mais elle se dit qu'Anthony aurait certainement su quoi en faire : un garage ou un *pool house*. Rien ici, aurait-il compris, qui ne pût être détourné de sa fonction première, qui ne pût être mis au service de ses besoins. Rien sauf la bicoque. Sitôt qu'il l'avait vue, il avait tourné les talons. Mais Kitty était persuadée qu'elle était dans le vrai : l'endroit était magnifique, et le problème posé par cette baraque pouvait aisément trouver une solution. Anthony serait revenu, sans aucun doute possible.

Kitty essuya la transpiration qui perlait sur son visage, se passa la main dans les cheveux et descendit de voiture. Ce qui la frappa d'abord, ce fut la puanteur qui régnait au dehors. Et qui n'était pas là lors de leur première visite. Ce jour-là, l'air était imprégné des senteurs du maquis. Aujourd'hui, il était vicié. Se pouvait-il que des poches de pollution industrielle provenant des usines de Ruasse viennent jusqu'ici, quand le vent soufflait dans une certaine direction ? À moins que l'odeur n'ait une autre cause, plus proche ? Pour la première fois depuis son départ des Glaniques, Kitty fut un peu effrayée.

Elle n'en marcha pas moins d'un pas décidé vers la maison et frappa à la porte fermée. Ayant flairé son odeur, les chiens se jetèrent sur leur grillage. La peur qu'ils lui inspiraient était atténuée par la pitié que lui suggérait leur triste état. Que ferait Lunel de ces bêtes, une fois la maison vendue ?

Personne ne vint lui ouvrir. Kitty ne bougeait pas, regardant alentour. La puanteur était plus forte ici et semblait venir de l'enclos des chiens. Elle fit quelques pas vers la droite, jusqu'à une fenêtre dont les volets n'étaient pas complètement fermés, et, levant une main pour s'abriter de son propre reflet dans la vitre, regarda à l'intérieur. Elle ne distingua que quelques éléments épars d'une pièce plongée dans la pénombre : une table de cuisine, une bassine en fer-blanc débordant de vaisselle sale…

Puis elle perçut un mouvement derrière elle, se retourna et resta interdite à la vue de Lunel, debout à quelques mètres d'elle, pointant un fusil de chasse dans sa direction.

Elle leva les mains, tout en se disant : Voilà que je vais mourir à cause d'Anthony Verey. C'est inouï la somme de sacrifices que cet homme aura exigée des autres. Vraiment inouï.

— Monsieur Lunel… commença-t-elle.

— Qui êtes-vous ? Que faites-vous ici ?

Il n'avait pas abaissé son fusil, mais Kitty s'aperçut que ses mains tremblaient. Et il était essoufflé, sa poitrine maigre se soulevait et retombait par saccades derrière le fût de son arme. Il était capable de la tuer accidentellement dans les secondes à venir.

S'efforçant au calme, elle lui demanda en français d'écarter son fusil, mais il n'en fit rien. Il lui dit qu'il défendait sa propriété, la défendait jour et nuit. Ce n'est que quand elle prononça le nom de Verey qu'elle le vit changer d'expression. Lentement, il abaissa son arme.

— Verey ? dit-il. L'Anglais ?

— Oui, dit Kitty. Je suis venue visiter votre maison avec lui, il y a quelque temps.

— Sa sœur… C'est ça ? Vous êtes sa sœur ?

— Non. Je ne suis que… qu'une amie. Mais je suis venue vous demander…

— Il a disparu, à ce qu'on dit. On l'a retrouvé ?

— Non.

— Alors, qu'est-ce que vous venez faire ici ? Il est jamais revenu. Il est venu une fois, quand vous étiez tous là. Demandez à l'agence. Elle peut vérifier : il est venu que cette fois-là.

— Merci, dit poliment Kitty avec un hochement de tête. C'est tout ce que nous voulions savoir, si quelqu'un d'autre l'avait vu mardi dernier. Nous savions qu'il s'intéressait à votre maison, alors nous avons pensé que…

— Entrez. Servez-vous de mon téléphone. Vous pouvez appeler Mme Besson. Je vous raconte pas d'histoires. Verey, je l'ai jamais revu. J'étais prêt à lui faire un bon prix. Je me serais pas montré trop gourmand. Regardez-moi, j'ai l'air de quelqu'un qui a de gros besoins ? Et puis j'ai parlé à ma sœur, pour voir ce qu'on pouvait faire de sa bicoque...

— Ah oui ? Vous êtes arrivé à quelque chose ? Votre sœur accepte de vendre ?

— Pas encore. Mais ça viendra. Je voulais lui dire, à Verey, qu'on pouvait trouver une solution. Je m'attendais à ce qu'il revienne, mais je l'ai jamais revu.

— Vous êtes bien sûr ? Il n'est pas venu ici dans l'après-midi de mardi ?

— Il est *jamais* revenu, dit Lunel en faisant de violents mouvements de dénégation. Je le jure sur ma tête !

Kitty sentit que, à force d'avoir transpiré, elle avait froid maintenant. Elle quitta l'ombre de la maison pour revenir au soleil.

— Je suis vraiment désolée, monsieur Lunel, de vous avoir dérangé. Je n'avais aucun droit de pénétrer sur votre propriété sans y être invitée, mais vous comprendrez, j'espère, que nous sommes extrêmement inquiets...

— Moi, ce que je pense, madame, c'est qu'il a eu un accident de voiture. Vous autres les Anglais, vous conduisez du mauvais côté de la route. Alors comment vous voulez savoir de quel côté faut tourner le volant ?

Kitty sourit. Mais, même en plein soleil, elle frissonnait. Il lui tardait à présent de retrouver la chaleur de sa voiture, d'être à des kilomètres de là. La détective privée Kitty Meadows se serait sans doute débrouillée pour faire le tour de la maison, histoire de voir si elle ne recélait pas quelques indices. Mais elle ne se sentit pas le courage de pénétrer dans cette obscurité aux côtés de Lunel. Elle n'avait qu'une envie : quitter les lieux.

Elle tendit la main, et Lunel leva le fusil au-dessus de son épaule pour la prendre. Elle lui dit au revoir, et l'autre ouvrit la bouche, comme pour dire quelque chose, mais la referma aussitôt, avant de s'éloigner dans la direction d'où il était venu. Kitty le regarda disparaître, puis regagna sa voiture d'un pas rapide. Elle aurait donné cher pour avoir une bouteille de vodka sous la main. Elle était commotionnée et savait qu'elle aurait dû attendre un moment pour reprendre le volant.

Tout en ouvrant la portière, elle se rassura en se disant qu'elle pourrait toujours s'arrêter à La Callune. Il y avait forcément un café dans le village. Elle pourrait s'asseoir tranquillement et siroter une vodka tonic, le temps de se remettre avant le trajet du retour. Elle se laissa tomber avec soulagement sur le siège du conducteur. Elle s'apprêtait à claquer la portière, quand elle vit quelque chose, juste en dessous, briller dans l'herbe. Elle regarda de plus près et s'aperçut que ce qu'elle avait pris pour un éclat de verre était en fait un morceau de Cellophane ; elle le ramassa. Un emballage de sandwich provenant de la baraque au bord de la route, La Bonne Baguette. Kitty ferma la portière, heureuse de retrouver la chaleur qui l'enveloppa aussitôt, et examina l'emballage. Tout juste lisible, l'étiquette portait les mots fromage/tomate.

Kitty fourra le morceau de Cellophane dans la boîte à gants et mit le contact.

Il lui fallut faire trois manœuvres pour se mettre en position de départ. Ses mains moites collaient au volant brûlant. En arrivant à la hauteur de la petite maison, elle se rendit compte qu'elle conduisait du mauvais côté de la route.

Elle donna un brusque coup de volant pour remédier à la chose. Son œil accrocha au passage un tablier à fleurs solitaire, accroché à la corde à linge mollement agité par le vent qui se levait. Le mistral, se dit-elle. Il ne tardera plus maintenant, ce vent qui assèche les rivières, jaunit les feuilles avant l'heure, et dure, dure à n'en plus finir...

Audrun ne savait pas pourquoi, mais ces temps-ci elle ne faisait plus que des rêves agréables.

Était-ce parce que ce qu'elle avait tant attendu était enfin accompli ? Non, sans doute pas, parce que tout n'était pas terminé... pas encore, pas tout à fait. C'était inévitable désormais, mais il restait un dernier acte à jouer. Après, c'en serait vraiment fini, une bonne fois pour toutes.

Toujours est-il qu'ils étaient là, ces rêves d'un bonheur passé : le jour, par exemple, où elle avait pris le car avec Bernadette pour aller à la mer, elles avaient chanté tout le long et mangé des huîtres dans une assiette en fer-blanc sur le quai, face à l'immensité de l'eau.

Le meilleur de tous ces rêves était celui qui la ramenait à l'unique fois où Raoul Molezon était venu l'attendre à la sortie de la fabrique. Elle avait failli passer devant lui sans le voir, tant elle s'attendait peu à le trouver là, mais il l'avait appelée par son prénom, et elle s'était arrêtée. Il l'avait emmenée dans un café et lui avait offert un sirop de pêche, tandis qu'il prenait une bière. « J'ai remarqué une chose, Audrun, lui avait-il dit. Tu deviens une vraie beauté. Ta mère quand elle avait ton âge devait ressembler à ce que tu es aujourd'hui. »

Une beauté.
Elle, une beauté ?

Elle avait failli en pleurer. Peut-être même l'avait-elle fait. Pleuré sur son sirop de pêche, dans ce pauvre café, parce que Raoul Molezon avait prononcé des mots merveilleux.

Puis elle lui avait dit que l'usine empoisonnait lentement les gens. Les sous-vêtements étaient en rayonne. Quand on cousait, il fallait tirer sur le tissu pour le tendre, comme une peau, et dans cette peau il y avait un composé chimique appelé disulfure de carbone, qui, non content de sentir très mauvais, donnait de l'eczéma et des furoncles, quand il ne rendait pas aveugle.

C'était une honte, avait dit Raoul, qu'elle soit obligée de travailler dans un endroit pareil. Audrun n'avait jamais pu se rappeler ce qu'elle lui avait répondu ; il lui semblait qu'il n'y avait rien eu à dire, ni alors ni jamais par la suite.

À présent, elle rêvait, non pas de l'usine ni des boutons qui apparaissaient sur ses mains ou autour de son nez à cause du disulfure de carbone, mais uniquement du moment où Raoul avait dit d'elle qu'elle était une beauté.

Des rêves de ce genre étaient réconfortants. On se levait le matin sans plus sentir le poids de ce qui allait de travers, mais, au contraire, prêt à accueillir la nouvelle journée à bras ouverts, et curieux de voir ce qu'elle allait apporter. Cet optimisme pouvait durer jusqu'à l'après-midi ; parfois même jusqu'au déclin du jour.

Et puis, étrangement, il disparaissait. Audrun regardait alors le ciel qui s'assombrissait derrière son bois et sentait s'envoler tous ses rêves d'avenir.

Elle essayait de se divertir en allumant la télévision. Elle aimait les vieux films policiers américains, avec leurs bandes sonores terrifiantes. Et les drames qui se déroulaient dans les hôpitaux. Mais, surtout, les films qui venaient du Japon, où les gens faisaient les choses les plus bizarres : montaient à cheval à l'envers, exécutaient des sauts périlleux à travers des cercles de feu, mangeaient des tarentules, marchaient dans la neige sur des échasses. Ou se contentaient de rester allongés par terre, sans bouger, à regarder des milliers de cerisiers en fleur. Alors, Audrun se souvenait de ce jour où Aramon avait cassé une petite branche de fleurs blanches, la lui avait déposée dans les bras, puis l'avait embrassée sur la joue quand elle avait dit : « À présent, je suis une princesse, pas vrai ? »

Les jours passaient, et le niveau de la rivière baissait. Toujours pas de pluie.

En aval de La Callune, là où la rivière était plus calme, les campings commençaient à se remplir, et les cours de canoë-kayak à attirer du monde. Vêtus de leurs gilets de sauvetage jaunes, les touristes s'en allaient sur l'eau, poussant des cris d'orfraie quand les frêles embarcations bondissaient et tournoyaient dans les rapides. La fumée des barbecues imprégnait l'air du soir. On entendait de la musique, plus ou moins forte selon les caprices du vent.

Parfois, Audrun se demandait si le géomètre allait réapparaître, mais il ne donnait aucun signe de vie. De toute façon, à présent elle s'en moquait, parce que cette question de limites et de bornes ne se posait plus, ou du moins ne serait bientôt plus d'actualité.

Pour le moment, elle évitait Aramon. Elle l'apercevait parfois qui partait d'un pas lourd nettoyer ses terrasses, notait sa démarche titubante, la rapidité avec laquelle son état se détériorait. Mais elle s'abstenait de monter jusqu'à la maison.

Une famille de Hollandais vint visiter le mas avec Mme Besson, mais ils ne restèrent pas longtemps. Les enfants, terrifiés par les chiens, n'arrêtèrent pas de crier. Quand ils passèrent devant chez elle en repartant, ils regardaient droit devant eux, et personne ne se retourna pour jeter un coup d'œil en arrière. Puis elle lut dans un article du *Courrier cévenol* que les prix de l'immobilier commençaient à baisser. « Tu vois, dit-elle par la pensée à Aramon. Tout cet argent, ce n'était qu'un rêve. »

Un soir, Aramon débarqua devant sa porte – à cette heure de la journée où l'effet bénéfique des rêves s'était évanoui. Il était pâle, et c'est à peine s'il arrivait à parler, comme s'il avait vu un fantôme, lui fit-elle remarquer. À quoi il répliqua :

— Tu crois pas si bien dire. Viens voir dans la grange.

Elle partit avec lui. Il marchait devant, s'efforçant d'avancer à petits pas rapides et sautillants, mais très vite il fut hors d'haleine. Elle comprit que ses poumons et son cœur ne l'autoriseraient plus jamais à courir.

Les lourds battants du portail de la grange étaient ouverts. À l'intérieur, il faisait sombre, car la nuit tombait, mais Aramon prit une lampe torche sur un rayon et la braqua sur l'invraisemblable bric-à-brac entassé là au fil des ans.

— Regarde ! dit-il. Là, regarde !

Il y avait effectivement quelque chose. Une forme massive, recouverte de toiles de sac, à moitié cachée par un fatras de vieux outils agricoles, de boîtes, de cageots, de sacs de ciment et d'appareils ménagers cassés qu'on avait empilés dessus.

— Qu'est-ce que c'est qu'ça ? demanda Aramon. Comment ça a pu atterrir ici ?

Audrun avait le regard vide.

— Là, nom de Dieu ! hurla Aramon. T'es aveugle, ou quoi ?

Il s'avança, souleva quelques sacs, pour qu'Audrun puisse voir ce qu'il y avait en dessous. Une voiture.

Elle s'en approcha sans un mot. Aramon la vit tendre la main, comme si elle s'apprêtait à toucher le capot, mais elle la retira vivement.

— Elle est à qui cette voiture ? demanda-t-elle après s'être tournée vers Aramon.

— Mais j'en sais rien, moi. J'en sais rien... s'énerva-t-il, avant de continuer sur un ton pleurnichard. Je sais pas comment elle a pu atterrir ici, Audrun, je te le jure. Et je te jure sur ma tête que j'ai fait de mal à personne...

— Qu'est-ce que tu veux dire ? De quoi tu parles, au juste ?

Le désespoir lui fit monter les larmes aux yeux. Il s'approcha d'elle, comme pour lui demander de le prendre dans ses bras et de le consoler, mais elle garda ses distances.

— Allez, vas-y, dis-moi ce que tu as fait.

— Mais j'en sais foutre rien ! s'écria-t-il. Des fois, je tombe dans les pommes. Et je me réveille pas au même endroit. Je te jure que cette voiture, c'est la première fois que je la vois, mais ça pourrait être la sienne, non ? Comment je le saurais, moi ? Je l'ai jamais vue sa putain de voiture ! Je croyais qu'ils étaient venus dans celle de la bonne femme de l'agence, c'est pas ça ? C'est bien ça ?

— La première fois, oui, dit Audrun. C'est elle qui les a amenés cette fois-là, mais la deuxième fois, qui sait ce...

— Mais comment une *voiture* a pu entrer dans ma grange ? Nom de Dieu, c'est à devenir dingue ! Il faut que tu m'aides, Audrun. Il le faut !

Audrun sortit de la poche de son tablier un mouchoir (qui avait appartenu à Bernadette) et le tendit à Aramon. Celui-ci y enfouit son visage.

— Je suppose que tu l'as tué, hein ? dit Audrun. T'as eu une de tes crises et tu as tué l'étranger parce qu'il refusait d'acheter le mas, comme tu as tué cette putain à Ruasse il y a des années ?

— Non, je t'assure, sanglota Aramon. Pourquoi j'aurais fait ça ? Je l'ai vu qu'une fois, une seule…

— Tu sais bien que c'est pas vrai, rétorqua Audrun.

— Mais si, c'est vrai ! J'ai appelé la Besson. Elle me l'a confirmé. Elle a bien dit qu'il était venu ici qu'une fois.

— Une fois avec elle, oui. Et puis la deuxième fois… tout seul. Je t'ai vu avec lui.

— Non ! Il est jamais revenu. Je m'en souviendrais, bon Dieu. Sûr que je m'en souviendrais !

Elle le laissa pleurer. S'avança d'un pas décidé vers la voiture, la découvrit un peu plus, et tous deux purent constater que la carrosserie était noire.

— Dieu te pardonne, Aramon. Tu as tué ce pauvre homme. Tu l'as abattu d'un coup de fusil et tu as essayé de camoufler la voiture sous ce fatras.

— Non, sanglotait-il. Non, je t'assure !

Aramon se laissa tomber par terre. Il s'affaissa et resta allongé sur le sol poussiéreux de la grange, le visage dans les mains. Ses jambes s'agitaient frénétiquement, comme celles d'un bébé qui essaierait de ramper.

— Le corps est à l'intérieur ? lui demanda Audrun.

— J'en sais rien, couina-t-il. Débarrasse-moi de ça ! Dis-moi que je rêve ! Aide-moi à enlever cette voiture de là !

Elle tira sur les toiles de sac pour dégager les vitres, faisant dégringoler un tamis en bois et toute une pyramide de Tupperware décolorés. Elle voulut regarder à l'intérieur

272

de la voiture, mais il faisait trop sombre pour qu'on puisse voir grand-chose.

— Vaudrait mieux qu'on appelle la police, dit-elle.

Il eut un brusque sursaut, se mit sur son séant et la supplia, la supplia au nom de leur mère, de n'en rien faire.

— Il le faut bien, dit-elle. Qu'est-ce que tu veux qu'on fasse d'autre ?

— Je vais m'en débarrasser, sanglota-t-il. Je connais des endroits dans la montagne. Je la pousserai dans un ravin. Je ferai ça la nuit. Je t'en supplie, Audrun. S'il te plaît…

Elle fit comme si elle ne l'avait pas entendu et se pencha à nouveau pour regarder à travers la vitre, une main devant les yeux pour s'abriter du reflet de la lampe torche.

— Éteins-moi cette lampe, Aramon, aboya-t-elle.

Il chercha la torche à tâtons, la ramassa, puis la laissa retomber. Elle s'éteignit, et l'obscurité investit à nouveau la grange. Après s'être enroulé la main dans un morceau de toile de sac, Audrun essaya d'ouvrir la portière en tirant dessus de toutes ses forces, mais sans succès. Dans la seconde qui suivit, un son à vous déchirer les tympans sortit de la voiture – l'alarme antivol –, tandis que les feux de détresse se mettaient à clignoter frénétiquement.

Les pleurs d'Aramon se muèrent en hurlements. Il se plaqua les mains sur les oreilles. Il avait tout d'un fou furieux, à se contorsionner là, par terre, dans la saleté.

À force de se débattre de la sorte, il finit par heurter toute une rangée de vieux râteaux et de fourches appuyés contre le mur, qui lui tombèrent dessus, les uns après les autres, comme les barreaux d'une cage le retenant prisonnier au sol.

Elle le dégagea, trouva la torche, qui se ralluma d'elle-même, et l'aida à se relever. Quand elle posa la main sur son bras, elle sentit à quel point il avait maigri. Elle le fit sortir de la grange dans la nuit tombante. L'alarme de la voiture se tut brusquement. Audrun referma les battants du portail.

Tandis qu'ils remontaient vers le mas, Aramon cessa de pleurer. Les chiens commencèrent à gémir à leur approche. Audrun l'emmena dans la cuisine, alluma le néon au-dessus de la table. Elle le fit asseoir, lui versa une dose de pastis et remplit le verre à ras bord d'eau fraîche du robinet.

Il but avec reconnaissance. Les larmes avaient creusé des rigoles dans la poussière qui lui couvrait la figure. Audrun s'assit à côté de lui et entreprit de lui parler, calmement, comme le faisait Bernadette quand elle les grondait, enfants, sans jamais élever la voix.

— Aramon, ce n'est qu'une question de temps. Tu peux essayer de cacher les choses, comme tu l'as fait avec la voiture, mais elles finissent toujours par réapparaître. Il faut que tu essaies de te rappeler ce qui s'est passé. C'est ton seul espoir : essayer de te souvenir. Revenir sur ce que tu tiens à oublier, tu n'as jamais aimé ça, je sais bien, mais maintenant il faut que tu le fasses, pour pouvoir te défendre au mieux. Tu comprends ce que je te dis ?

Il s'essuya la bouche avec le mouchoir élimé de Bernadette qu'il serrait toujours dans la main. Hocha la tête.

— La voiture est fermée à clé, remarqua Audrun. Il faut donc d'abord que tu essaies de te rappeler ce que tu as fait des clés. Après, on pourra voir s'il y a quelque chose à l'intérieur…

— C'est tout parti, dit-il.

— Qu'est-ce qui est parti ? L'endroit où tu as mis les clés ? Tu as oublié où tu les as cachées ?

— C'est tout parti, je me rappelle plus rien. Tu crois que j'ai fait quelque chose d'affreux ? Peut-être bien qu'oui, Audrun, peut-être bien, parce que...

— Parce que quoi ? Parce que quoi, sacré nom ?

— Nom de Dieu, j'ai trouvé deux cartouches qui avaient déjà servi dans mon fusil ! Je sais pas comment elles sont arrivées là. Pourquoi je les aurais laissées, hein ? Jamais je ferais un truc pareil. Et je me suis servi du fusil pour quoi faire ? J'en sais rien, bordel ! J'en sais rien !

Il se remit à pleurer. Audrun le pressa de boire une autre gorgée de pastis, et il vida le verre d'un trait.

— Je pense que ça va te revenir, reprit-elle calmement. Souvent, on croit que certaines choses vous sont complètement sorties de la tête, et puis, tout d'un coup, on tombe sur un indice – une photo, une odeur –, et tout se remet en place. Je t'aiderai, va. Je crois que pour le moment tu devrais aller dormir, et demain, quand tu te sentiras mieux, je t'aiderai à boucher les trous, parce que, comme je n'arrête pas de te le dire, je t'ai vu ce jour-là, quand tu étais avec Verey. Je t'ai vu de ma fenêtre...

— Va pas trouver la police, implora-t-il en tournant vers elle un visage suppliant. T'es ma sœur, bon sang. Tu voudrais pas me vendre, dis ?

Elle prit sa main dans la sienne et la retint tendrement contre sa poitrine osseuse.

— C'est à cause de l'argent, hein ? dit-elle. Verey ne voulait pas payer ton prix, et ça t'a mis en rogne. L'argent... ça rend fou, l'argent.

Veronica avait l'impression de tomber dans une sorte de transe. Une transe douloureuse.

Ses absences la prenaient au beau milieu des tâches les plus simples. Quand elle s'asseyait pour enfiler ses chaussures, elle était capable de rester là à regarder ses pieds des minutes entières.

On était en juin à présent, et il faisait très chaud. Les journalistes et les photographes qui s'étaient agglutinés autour de la maison dès que la première déclaration de la police avait été rendue publique étaient partis. Les allusions que faisait encore *Le Courrier cévenol* à l'affaire étaient désormais en tout petits caractères. L'inspecteur chargé des recherches avait dit à Veronica que les chances de retrouver vivante une personne disparue s'amenuisent sérieusement au bout de trois jours.

— Vous n'avez pas pour autant le droit d'abandonner ! lui avait hurlé Veronica.

— Non, madame, avait patiemment répondu l'inspecteur. Telle n'est pas notre intention. Nous retrouverons votre frère… mort ou vif.

Mort ou vif.

Ce qui rendait la douleur de Veronica encore plus dure à supporter, c'était l'idée que, après avoir aimé Anthony et l'avoir protégé toute sa vie – autant de la négligence de leur père que des colères de Lal ou de lui-même et de son tempérament tourmenté –, elle avait été incapable cette fois-ci de le protéger du danger dont il avait, semble-t-il, été victime. Dans ses rêves, il était enterré vivant et suffoquait lentement, et elle se réveillait en criant. Kitty lui prodiguait ses caresses pour la consoler, mais elle résistait, de peur que la tendresse ne se transforme en passion.

Elle n'arrêtait pas de parler à Anthony dans sa tête. Lui disait qu'elle était allée jusqu'à la maison des Suisses : la police s'était contentée d'une fouille superficielle et rapide et était repartie sans avoir rien trouvé de particulier. Mais Veronica, elle, avait vu quelque chose qui l'avait convaincue de la présence d'Anthony sur les lieux ce jour-là. Les propriétaires possédaient quelques beaux meubles anciens de facture française. Ici et là, dans la poussière qui couvrait les tables et les vitrines, on distinguait nettement des traînées, que seul un doigt pouvait avoir tracées, et Veronica savait – elle en avait la certitude absolue ! – qu'elles étaient l'œuvre de son frère. « Tu ne cherchais pas à vérifier s'il y avait de la poussière, mon chéri, n'est-ce pas ? Simplement, tu avais reconnu des objets et des meubles de valeur, et tu voulais les *toucher*. Pouvoir les aimer l'espace d'un moment. Les imaginer peut-être prenant place au milieu des *bien-aimés*. J'ai raison, n'est-ce pas Anthony ? Je suis sûre que j'ai raison. »

Une équipe médico-légale fut dépêchée sur les lieux. Oui, en effet, informa-t-on Veronica, il y avait des traces assez nettes sur le mobilier. Seulement, avant de procéder à des recherches plus approfondies, l'équipe devait d'abord vérifier si les empreintes trouvées sur les lieux correspondaient bien à celles d'Anthony.

Les spécialistes débarquèrent donc aux Glaniques et relevèrent les empreintes sur les surfaces disponibles dans la chambre et la salle de bains d'Anthony, puis emportèrent presque toutes les affaires qui lui appartenaient, tandis que Veronica les observait et voyait les quelques fragments de sa vie qu'il avait apportés avec lui en France être méthodiquement glissés dans des sachets en plastique. Ils dénichèrent même son pyjama, que Veronica avait glissé sous son oreiller le jour de sa disparition, et ils s'apprêtaient à le mettre lui aussi dans un sac, quand elle s'interposa.

— Ah, non, pas ça. Qu'est-ce que vous voulez en faire ?

— L'ADN, madame, lui répondit-on. Tout a une importance cruciale.

Après leur départ, elle s'allongea sur le lit d'Anthony. Cette odeur – celle des crèmes et des onguents qu'utilisait son frère – imprégnait encore l'oreiller, en dépit du fait que l'on avait retiré la taie.

Elle se souvint de cet amour qu'il avait pour les parfums. Adolescent, il avait été surpris un jour assis devant la coiffeuse de Lal, alors qu'il était en train d'ouvrir tous ses flacons et d'en renifler le contenu. Dans la main, quand sa mère l'avait pris sur le fait, il tenait un pot en porcelaine de lubrifiant vaginal. Lal s'était emparée du pot qu'elle avait lancé à l'autre bout de la pièce avant de le frapper du dos de la main sur le côté de la tête et de le traiter de sale gosse, de petit dégoûtant.

L'incident s'était produit pendant les vacances d'été où Lal avait amené son amant canadien, Charles Le Fell, à Bartle House. Si Veronica se doutait depuis longtemps que sa mère avait des amants, l'idée n'était apparemment jamais venue à l'esprit d'Anthony, lequel dit un jour à sa sœur qu'à l'idée de ce que faisait sa mère avec ce Charles Le Fell il avait envie de le tuer.

— Ne fais pas ça, l'avait sermonné Veronica. Les Canadiens sont des gens très gentils.

— Je m'en fiche, avait-il rétorqué. Je voudrais pouvoir les tuer tous les deux.

La nuit, il parcourait furtivement la maison pour aller écouter à la porte de la chambre de Lal. Charles Le Fell était un homme grand et fort, pas loin d'un mètre quatre-vingt dix, avec de larges épaules et des battoirs en guise de mains, de vraies pattes d'ours, alors que Lal était petite et frêle, comme une antilope d'Afrique du Sud. Il fallait que le comportement des gens soit stupide, voire absurde, confiait Anthony à sa sœur, pour que sa mère choisisse une masse pareille et s'y soumette de son plein gré. Et pourtant, secrètement, il aurait voulu être témoin de la scène. Il brûlait de l'envie d'ouvrir la porte de Lal et de voir son corps nu écrasé sous le poids du Canadien. Puis de hurler. Oui, il aurait voulu pouvoir se planter au milieu de la chambre de sa mère et hurler à s'en rendre malade.

Il refusait d'adresser la parole à Charles Le Fell. À table, l'aimable Canadien essayait bien d'engager la conversation à propos des faits et gestes d'Anthony à l'école ou de ce qui se passait dans le monde, comme le lancement du premier vaisseau spatial russe, le *Spoutnik*, mais Anthony se contentait de marmonner un oui ou un non en guise de réponse et demandait à quitter la table dès qu'il avait fini son assiette.

Lal le punit en refusant de continuer à l'embrasser au moment du coucher. « C'est fini tout ça, lui dit-elle. Il faut que tu grandisses, Anthony. Dans tous les domaines. Ou tu n'arriveras jamais à te construire une vie digne de ce nom. Et tu aurais intérêt à te montrer poli avec Charles…

à moins que tu ne préfères passer tes vacances de Noël au pensionnat. »

— Je déteste les femmes, avait-il dit un soir à Veronica. Je les déteste toutes sans exception, sauf toi.

— Mais moi, je ne suis pas une femme. Je suis un cheval.

Il détestait les femmes, et pourtant...

Des souvenirs du mariage d'Anthony venaient souvent hanter l'esprit troublé de Veronica.

— Oublie tout ça, c'est de l'histoire ancienne, lui disait Kitty. Il faut que tu te le sortes de la tête, si ça te tracasse à ce point.

Mais Veronica avait l'impression que ces images ne lui revenaient pas par hasard. Qu'il y avait une chance pour que, à condition qu'elle s'autorise à les examiner de près, un peu à la manière de preuves que l'on voudrait présenter devant un tribunal, elles lui permettent de mieux comprendre ce qui s'était passé.

Elle revoyait très précisément le jour du mariage...

Lal, à l'église, dans une belle robe bleue vaporeuse, l'air fatigué et vieilli tout d'un coup, qui se retourne pour fouiller les visages des invités rassemblés, dans l'espoir peut-être de voir réapparaître Charles Le Fell et de l'entendre l'appeler sa « Lally-Pally », son « petit sucre d'orge »...

Anthony, debout au premier rang, qui attend l'arrivée de la future mariée, Caroline...

Anthony, immaculé dans sa queue-de-pie de Savile Row, les cheveux encore foncés à l'époque, le visage bronzé. À côté de lui, Lloyd Palmer (oui, bien sûr, le témoin c'était lui !), l'ami fidèle et toujours plein d'entrain. Et puis, tout à coup, au moment où l'orgue attaque la marche nuptiale et

281

où l'assemblée se lève dans un froissement de beau linge, Anthony qui se penche en avant, presque plié en deux, comme s'il allait vomir sur les dalles, et Lloyd qui lui passe un bras autour des épaules pour le réconforter. Veronica, dans la rangée juste derrière, qui voudrait pouvoir enjamber le banc pour rejoindre son frère, mais qui, engoncée dans son ensemble en soie moulant et gênée par ses chaussures en satin à hauts talons, ne peut que tendre sa main gantée...

Anthony ne vomit pas. Il réussit à se redresser au moment où Caroline remontait l'allée centrale avec élégance, mais fut incapable de se retourner pour la regarder s'avancer. Il était comme pétrifié, et Veronica voyait bien qu'il tremblait de peur, de la tête aux pieds. Il était censé sortir du banc au moment où Caroline arriverait à sa hauteur, mais il ne bougea pas. Caroline et son père s'arrêtèrent et attendirent. La jeune femme tourna vers lui un visage sévère sous son voile, clignant des yeux sous l'effet de la panique. Sa main, qui tenait le bouquet de lis, se tendit...

Il fallut que Lloyd pousse Anthony du coude pour le faire sortir du banc dans l'allée en direction de Caroline. Le pasteur les regardait, quelque peu désarçonné. Lal murmura à l'oreille de Veronica : « Il y a un problème, V. Mais lequel ? »

Mais lequel ?

Finalement, Anthony ne s'en sortit pas trop mal. Pendant la réception, il fit un petit discours sur l'amour.

Mais plus tard dans la soirée, quand Veronica tomba sur lui en sortant du vestiaire de l'hôtel, il la prit par le bras et l'entraîna dans le jardin, où un angelot aux cheveux bouclés pissait dans un bassin à nénuphars.

— Je n'aime pas Caroline, déclara-t-il. Oh, je l'aime bien, mais ce n'est pas pareil, comme nous le savons tous parfaitement.

— Ça n'a peut-être pas beaucoup d'importance, lui dit Veronica. Peut-être qu'avec le temps tout ira bien. Pense aux mariages arrangés. Parfois, l'amour arrive après…

— Oui, je sais. Je l'ai déjà entendu dire. Tu es vraiment un puits de sagesse, petite sœur.

Il semblait sur le point d'aller rejoindre les invités, quand il saisit soudain le bras de Veronica et le serra à lui faire mal.

— Ce matin, V, je me suis levé à 5 heures et j'ai marché jusqu'à Chelsea Bridge. J'avais des poids dans un sac de chez Harrods, et j'ai commencé à m'en remplir les poches…

— Qu'est-ce qui t'a arrêté ? demanda Veronica. L'idée de perdre un sac de chez Harrods ?

— Je suis sérieux, V. Très sérieux.

— Moi aussi, Anthony. Si tu voulais te suicider, qu'est-ce qui t'a arrêté ?

— Pas « qu'est-ce qui », dit Anthony, mais « qui ». Un adolescent. Seize, dix-sept ans. Qui rentrait d'une nuit de fête, empestant tout ce qu'on peut imaginer. Il n'était même pas beau, mais je m'en fichais. On est allés au Battersea Park. Il y a encore quelques endroits où on est à l'abri des regards.

— Et si le garçon n'était pas passé par là ?

— Je ne sais pas. Mais… pourquoi continuer à vivre ? Je n'ai pas trouvé de réponse à la question sur le moment, et je n'en ai toujours pas. *Pourquoi* ?

Pendant la nuit, Veronica réveilla Kitty.

— J'ai refusé de l'admettre jusqu'ici, mais il faut que je regarde les choses en face : il est possible qu'Anthony se soit suicidé.

— Tu crois ? interrogea Kitty.

— Il a fait une tentative, une fois. Peut-être davantage. Venir en France, pour lui, c'était son ultime démarche pour essayer de sauver sa vie. Du moins, je le crois. Et je pense qu'il a peut-être compris, quand il s'est retrouvé tout là-haut dans cette grande maison isolée, que ça ne marcherait jamais... que tout était fini.

Kitty caressa les cheveux de Veronica. Puis elle sortit du lit et se dirigea vers la commode où elle rangeait ses dessous masculins. Elle revint vers le lit, un morceau de Cellophane froissé à la main.

— J'ai trouvé ça en retournant au mas Lunel, dit-elle.

— Qu'est-ce que c'est ? demanda Veronica en mettant ses lunettes et en plissant les yeux pour regarder l'objet.

— Un emballage de sandwich. Fromage et tomate. Acheté à La Bonne Baguette.

— Et alors ?

— Je peux me tromper, mais c'est ce qu'Anthony avait choisi le jour où on est allés visiter le mas avec la femme de l'agence. Et je me demande... imagine qu'il y soit retourné... qu'il ait voulu le revoir...

Veronica contemplait l'emballage, le tournant et le retournant dans ses mains.

— On pourrait le donner à l'équipe médico-légale, finit-elle par suggérer. Mais je ne pense pas qu'il soit retourné là-bas. En fait, j'en suis pratiquement sûre. Il avait déjà pris sa décision. Il savait que cette bicoque était rédhibitoire. Au début, il a sans doute cru l'avoir trouvé, son paradis, puis il a ouvert les yeux, et il lui a bien fallu déchanter.

Aramon entama une prière à l'intention de sa mère défunte, Bernadette.

— Aide-moi ! la supplia-t-il. Aide-moi, maman…

Il savait qu'elle ne pouvait pas l'entendre. Et que, même si elle l'entendait, même si elle connaissait effectivement le fond de son cœur et de son esprit, elle ne lui apporterait aucune consolation, parce qu'elle saurait de toute façon que, il y avait longtemps de cela, il s'était lui-même privé à jamais du réconfort de son amour.

Ce qui ne l'empêchait pas d'imaginer son doux visage, serein et plein de tendresse, à son côté. Il la revoyait raccommodant ses chaussettes d'homme trouées. Elle maniait l'aiguille avec l'habileté d'un tailleur hors pair. Elle avait aux pieds des bottes en caoutchouc maculées de boue, à laquelle s'accrochaient encore quelques brins d'herbe mouillée.

Il se mit à fouiller partout dans la maison, à la recherche des clés de la voiture cachée dans la grange.

Ses douleurs à l'estomac lui arrachaient un grognement quand il lui fallait s'étirer pour atteindre les rayons les plus élevés ou le haut des armoires. Il trouva de vieilles couvertures mangées aux mites. Le manteau de futaine que portait Serge pendant la guerre, avec l'insigne du STO encore accroché sur le revers du col. Une carte du monde enroulée, sur laquelle l'Europe avait l'air très grande et l'Afrique minuscule. Et tout un fatras de chaussures, de cintres, d'abat-jour cabossés et de lampes électriques. Il savait que ces objets ne pouvaient plus servir, mais quelque chose le retenait d'allumer un grand feu et de tout jeter dedans. Si bien qu'il les laissa où ils étaient, jonchant le sol des pièces qu'il avait parcourues.

La nuit, il se réveillait inondé de sueur. Ce qu'il redoutait par-dessus tout, c'était justement de retrouver les clés.

Il dit à Bernadette qu'il se savait capable de tuer un homme. La vie – la sienne incluse – ne lui avait jamais paru à ce point précieuse, en tout cas pas depuis la mort de Serge, pas depuis le moment où il avait fallu que tout change et que lui soit enlevée à jamais la seule chose inestimable à ses yeux.

Dans ses rêves, il tuait Verey. Fréquemment. Il ne savait pas pourquoi, mais le fait était là. Il lui tirait une balle dans le ventre. Voyait ses intestins grisâtres gicler par un trou dans la peau. Puis il enroulait le corps dans une couverture, ou dans le vieux manteau de Serge avec son insigne du STO, et le fourrait dans la voiture. Le cadavre était léger, pas plus lourd que celui d'un gamin.

Mais au sortir de ces rêves, Aramon ne savait toujours pas ce qu'il avait fait, ou n'avait pas fait, dans la réalité. Les premiers mots qui lui venaient aux lèvres le matin au réveil étaient adressés à sa mère : « Aide-moi, maman. Viens à mon secours... »

Puis Mme Besson appela.

— Monsieur Lunel, annonça-t-elle gaiement, j'ai de très bonnes nouvelles. J'ai une autre famille anglaise qui aimerait visiter le mas.

Aramon était dans la cuisine. Cinq bouteilles de pastis vides trônaient sur la table. Par terre s'empilaient de vieux catalogues, des tapettes à souris, des cannes à pêche cassées, des poêles à frire au cul noirci, de la vaisselle ébréchée : tout le rebut qu'il avait sorti des placards, dans sa quête terrorisée des clés. Il regarda fixement les objets d'un œil vide, se baissa et ramassa une canne à pêche d'une main tremblante. Dehors, il entendait le mistral chahuter les arbres.

— Oui ? se força-t-il à dire.

— Est-ce qu'aujourd'hui vous conviendrait ? reprit-elle. Les clients sont avec moi dans mon bureau, en ce moment même. M. et Mme Wilson. Je pourrais les amener au mas cette après-midi, vers 3 heures.

À présent, la sueur lui dégoulinait sur le front et la nuque. C'était comme s'il avait complètement oublié qu'il voulait vendre le mas, oublié que d'autres étrangers risquaient de venir fourrer leur nez partout dans la maison... et dans la grange. Il se rendit compte qu'il ne pouvait se permettre d'ouvrir à quiconque, tant qu'il ne se serait pas débarrassé de la voiture...

— Monsieur Lunel, reprit Mme Besson, dites-moi si aujourd'hui vous conviendrait ? J'ai les Wilson avec moi...

— Non. Pas aujourd'hui. Je peux pas...

Il perçut le petit reniflement irrité de Mme Besson. Afin de l'empêcher de proposer un autre jour, et de s'empêcher, lui, d'accepter, il appuya la canne en travers de ses épaules – un peu comme on appuie un bâton sur le cou d'un chien pour lui apprendre à rester en place ou assis – et il bafouilla :

— Je voulais justement vous appeler, madame Besson. Pour vous dire... que je suis malade. J'ai bien peur de pas pouvoir recevoir de visiteurs pour le moment.

— Oh. Je suis vraiment désolée de l'apprendre…

— Je suis au lit. Le docteur m'a ordonné d'garder la chambre.

— Oh, fit encore Mme Besson, eh bien… ce n'est vraiment pas de chance. Vous avez toute ma sympathie. Rien de grave, j'espère ?

— Ben… on sait pas. Personne a l'air de savoir…

— Je vois, dit Mme Besson, qui poursuivit sans lui laisser le temps de parler. Mais il faut tout de même que je vous dise, monsieur Lunel, que si vous voulez toujours vendre, vous devriez laisser venir les Wilson aujourd'hui, ou demain, vous vous sentirez peut-être mieux. Ils doivent repartir en Angleterre vendredi, mais ils sont vraiment très intéressés par la maison. Ils ont vu les photos et la fiche descriptive, et, d'après eux, c'est exactement ce qu'ils cherchent, et ils cherchent depuis plus d'un an. Et puis, le prix ne devrait poser aucun problème, alors, s'il y avait un moyen… tenez, je pourrais leur faire visiter moi-même la propriété. Qu'en pensez-vous ? Je leur expliquerais que vous êtes malade. On s'arrangerait pour vous laisser en paix dans votre chambre…

— Non, dit Aramon. Non. Y s'est passé des choses… Faut que vous compreniez. Faut tout laisser tomber.

— Laisser tomber ? Qu'entendez-vous par là ?

Aramon regarda par la fenêtre et vit les feuilles jaunes voler dans le vent, comme si l'automne arrivait déjà. Il les voyait tombant et s'amoncelant sur le caveau de ses parents.

— Annuler la mise en vente. Je peux pas m'en occuper pour le moment.

Quand Audrun monta le voir le lendemain, elle lui dit qu'il avait bien fait.

— Ton seul espoir, dit-elle, c'est de tenir les gens éloignés, Aramon. Barricade-toi. Ne bouge plus. Attends que ça se tasse. L'urgence, c'est de te débarrasser de la voiture.

Il lui dit qu'il passait tout son temps à chercher les clés.

— Je te jure. J'arrête pas de tourner et de virer dans la maison, je les cherche même en dormant... mais j'arrive pas à mettre la main d'ssus.

— Tu as regardé dans la commode, là où se trouvent les vieux papiers de famille ?

— Je sais pas. Je sais plus où j'ai regardé et où j'ai pas regardé.

Elle se saisit de son poignet décharné et l'entraîna dans le salon. Elle ouvrit les volets, rabattus pour protéger la pièce de la chaleur de midi, et, dans la lumière revenue, ils s'agenouillèrent côte à côte devant le meuble.

Très vite, ils tombèrent sur les photos de Bernadette, et, quand Aramon les regarda, son agitation sembla se calmer. L'une d'elles, en noir et blanc, représentait Bernadette conduisant au bout d'une corde l'âne qui avait fini par mourir dans l'étable. Aussi maigres l'un que l'autre, ils avaient l'air de mourir de faim, et Audrun se dit que c'était là la condition à laquelle étaient encore soumis les Cévenols au milieu du XXᵉ siècle : il leur fallait endurer la faim. Puis elle se rappela qu'elle-même, enfant, avait eu à en souffrir, sans rien y trouver d'anormal, c'était le lot quotidien, semaine après semaine, mois après mois ; ce n'est que plus tard que les choses étaient devenues proprement insupportables.

Ils restèrent un moment à brasser des paquets de lettres et de coupures de journaux.

— Tu sais, finit par dire Audrun, on devrait trier tous ces papiers comme il faut. Il pourrait y avoir des choses importantes là-dedans.

— Importantes à une époque, p't'être bien, dit Aramon, mais tout le monde est mort maintenant. C'est plus qu'du vieux, tout ça…

— Et les lettres ?

— Des mots, dit Aramon en se frottant les yeux. Rien que des mots.

Audrun prit une lettre écrite par Serge et lut tout haut :

Ma très chère femme, un froid terrible ici la nuit, j'espère que le temps est plus clément à La Callune pour vous autres, toi, notre fils bien-aimé et la petite…

— « Notre fils bien aimé » ? releva Aramon. Il a vraiment écrit ça ?

— Oui, fit Audrun en lui tendant la lettre. Regarde toi-même.

Il chaussa maladroitement ses lunettes et commença à lire. Il était parfaitement immobile. Audrun vit les larmes couler le long des rides qui lui creusaient les joues.

— Aramon, dit-elle doucement. À ta mort, qui va hériter du mas ?

— Toi, pardi. C'est la loi. T'es ma seule parente proche encore vivante. C'est toi qui hérites de tout… à condition que ça soit pas vendu, et que tu sois toujours en vie à ce moment-là.

Il la regarda, agenouillée à côté de lui, indifférent, semblait-il, au fait qu'elle pût voir son visage ruisselant de chagrin.

— Comme ça, tu pourrais la rapproprier, la maison, lança-t-il, esquissant un pâle sourire. Hein, dis, Audrun ?

Même que tu pourrais faire venir le Molezon, ton vieil amoureux, pour qu'il s'occupe de cette fissure. Pas vrai ? S'il arrive encore à hisser son cul en haut d'une échelle.

Elle hocha lentement la tête.

Aramon reposa la lettre de Serge, et commença à fouiller dans les papiers au fond du tiroir. Puis il se redressa.

— Elles sont pas ici, ces foutues clés. Je me le rappellerais forcément si je les avais mises avec toutes ces vieilleries.

Kitty était allongée dans un hamac sous un mince croissant de lune. Elle contemplait ce croissant, pas plus large qu'une lame de faucille, et les éclats d'étoiles dispersés à travers le firmament.

« Impitoyable ! s'exclamait sa mère en levant les yeux vers l'obscurité au-dessus de Cromer. Aucun réconfort à attendre d'un ciel nocturne. »

Kitty imprima un léger balancement au hamac. Sa tête reposait sur un coussin à rayures, et elle s'était enveloppée d'une fine couverture. Le jardin, tout autour, était presque silencieux. De temps à autre, une cigale faisait entendre sa stridulation, et une chouette lançait son exclamation inquiète : Oh-hou, oh-hou ! Mais le mistral était tombé. Les branches des deux cerisiers auxquelles était suspendu le hamac étaient absolument immobiles. Et aucun bruit ne venait de la maison.

C'était là, à la belle étoile, que Kitty avait choisi de passer ses nuits désormais. Elle préférait être seule, seule dans l'obscurité, seule avec ses pensées. Parce qu'il fallait bien qu'elle s'accroche à ça. Qu'elle s'accroche à l'idée qu'elle était toujours Kitty Meadows, cinquante-huit ans, aquarelliste, photographe, amoureuse des femmes. Elle devait se persuader qu'elle existait en tant que telle, qu'elle avait une vie à elle, que personne ne la lui avait prise, qu'elle avait encore un avenir devant elle.

Mais il lui fallait quitter les Glaniques. Quitter ce lieu où elle avait pourtant vécu les jours les plus heureux de sa vie. Et agir avant qu'on la lui prenne bel et bien, cette vie. Parce que se sentir exclue, comme elle l'était, de l'amour de Veronica la tuait à petit feu. Kitty se sentait de jour en jour plus petite, plus laide, plus inutile. Et elle ne voyait pas de fin à ce cauchemar. À moins que, par quelque miracle, Anthony Verey ne réapparaisse aux Glaniques, rendu à sa sœur…

Peu importait le pays où elle irait. Elle décida qu'elle prendrait un billet d'avion pour une destination où elle n'avait même jamais imaginé aller : les îles Fidji, Mumbai, Le Cap, La Havane, Nashville, dans le Tennessee… Des lieux enchanteurs qu'elle essayait de se représenter avant de s'endormir, rêvant de danses guerrières fidjiennes, de musique country.

Mais son sommeil était haché, comme s'il n'existait pas en dehors de quelques rêves brefs et lumineux, et quand le ciel s'éclaircissait, Kitty était surprise qu'un fragment de temps ait pu passer sans qu'elle s'en aperçoive.

Elle restait sans bouger dans son hamac à contempler le jardin qui dépérissait. Les oiseaux quittaient leurs perchoirs nocturnes pour venir picorer des vers dans l'herbe, mais celle-ci était pleine de poussière et couverte d'un tapis de feuilles de cerisier brunâtres, qui tombaient déjà. Les lavandes, où venaient encore butiner les abeilles en quête de nectar, avaient perdu leur couleur. La cochenille s'attaquait aux lauriers, dont les feuilles se recroque-villaient et s'enroulaient sur elles-mêmes. Les lauriers roses se fanaient, les fleurs tombaient.

Le puits était presque à sec. Les maires des villages environnants s'étaient mis d'accord pour prohiber l'arrosage des jardins. Seuls les légumes échappaient à l'interdiction. Rien d'autre. Pas même les arbres fruitiers à l'agonie.

— Le plus triste, avait dit Kitty à Veronica, ce serait de perdre les abricotiers, tu ne crois pas ?

— Non. Il n'y a qu'une chose qui soit triste pour moi. Rien d'autre n'a d'importance. Pas même le jardin.

Kitty, pour une fois, avait insisté. Elle avait évoqué leur premier été aux Glaniques, l'époque où elles en étaient encore à expérimenter ce qui avait une chance de pousser. Et quand les abricotiers avaient donné leurs fruits, elles avaient eu une récolte qui par l'ampleur et la qualité dépassait toutes leurs espérances. Elles s'étaient gorgées de la chair juteuse et rosée des fruits. Avaient fait des confitures, des tartes et des tartelettes glacées. Un soir, tandis qu'elles étaient au lit et qu'elle mettait des abricots dans la bouche de Kitty, Veronica lui avait dit :

— J'ai du mal à me souvenir du monde d'avant les abricots, pas toi ?

Mais cette dernière avait rapidement mis un terme à ces réminiscences, levant les mains devant elle, comme pour arrêter un train en marche. Elle avait déclaré ne plus vouloir penser à cette « normalité ». Toute référence au monde normal lui paraissait offensante. C'était bien là le mot qu'elle avait utilisé : « offensante ».

Puis elle avait enfoui le visage dans ses mains. Kitty s'était alors rendu compte que les cheveux de son amie – cette masse épaisse, habituellement bien entretenue et brillante – avaient besoin d'être lavés. Elle s'était dit que si elle s'en chargeait elle-même, Veronica trouverait peut-être quelque consolation à ce geste, et lui avait gentiment proposé ses services. Mais Veronica n'avait pas bougé.

— Mes cheveux sont très bien comme ça. Merci.

Kitty s'était éloignée. *Comment jardiner sans pluie* n'était pas un mauvais titre pour un livre, mais elle savait à présent que celui-ci ne verrait jamais le jour.

Kitty sentit le hamac se balancer doucement. Elle tourna les yeux vers le bouquet de lauriers roses, aux feuilles jaunes flétries, les vit remuer, et songea que le nouveau malheur qui assombrissait sa vie était à l'image du mistral : il tombait le soir, le temps de lui laisser rencontrer les tisserands de Mumbai et les planchistes de l'océan Indien, et recommençait à souffler le matin. Et il n'y avait rien à faire. Le vent aspirait les dernières gouttes d'humidité de ce pauvre jardin assoiffé…

Il était encore tôt. À peine 7 heures. Mais elle entendit le téléphone sonner dans la maison et immobilisa le hamac, l'oreille tendue, attentive. Ces derniers temps, la sonnerie du téléphone faisait à Kitty l'effet d'un chat sauvage déchaîné, d'une créature échappée de sa cage et prête à nuire.

Et si elle partait dès aujourd'hui ? Ses bagages ne lui prendraient guère de temps. Il lui suffisait d'aller dans l'atelier emballer quelques-unes des aquarelles refusées par la galerie de Béziers, en choisissant les meilleures, pour tenter de les vendre le jour où elle manquerait d'argent là où elle se trouverait, et de remplir ensuite une petite valise de vêtements et de chaussures. D'y ajouter enfin deux photos : une de Veronica, une autre de la maison. C'était tellement simple. Et, le soir même, elle pourrait être à Londres ou à Paris, à décider de sa prochaine destination, à imaginer Veronica abandonnée à la séparation et à la solitude, à la nouvelle « normalité » qu'elle semblait avoir choisie…

Elle vit bientôt celle-ci, vêtue de sa robe de chambre de coton blanc, traverser la pelouse dans sa direction, une grande tasse de thé à la main, s'abritant les yeux de la lumière, plus vive maintenant dans le ciel. Kitty repoussa la couverture, sortit les jambes du hamac et sauta à terre. Son mouvement effraya un oiseau, qui s'envola d'un cerisier. Elle attendit.

Veronica lui tendit la tasse.

— Il est bel et bien allé à la maison des Suisses. Les empreintes concordent. Nous savons donc qu'il était vivant aux environs de midi, ce mardi-là.

— Et puis ? dit Kitty, les yeux dans sa tasse.

— C'est tout. La piste s'arrête là.

— Et pour ce qui est du mas Lunel ? demanda Kitty en avalant une gorgée. Tu as demandé à la police d'analyser l'emballage de sandwich que j'ai trouvé là-bas ?

— Non. Je ne sais pas ce que j'ai fait de ce morceau de Cellophane. Tout aussi bien je l'ai jeté.

Kitty regarda son amie tant aimée. Je ne lui suis plus d'aucune utilité, songea-t-elle ; tout ce que je dis l'agace. Elles gardèrent le silence un moment, tandis que le soleil montait lentement vers le faîte de la maison et jetait des reflets sur le plumage noir aux reflets bleutés d'un étourneau qui donnait des coups de bec dans la cheminée.

— Je crois que le mieux serait… que je parte, finit par dire Kitty.

Veronica avait les bras croisés sous la poitrine. En entendant ces mots, elle parut resserrer son étreinte, pressant sa robe de chambre sur son estomac, agrippant ses avant-bras de ses grandes mains sans grâce. Elle baissa la tête.

Kitty attendit, mais Veronica ne dit rien.

— Partir où, je me suis posé la question, reprit Kitty. Non pas que ce soit très important. Le monde est immense, et je n'en connais pas grand-chose. En dehors du Norfolk et de Londres. Alors, il est sans doute temps que je…

— Il ne peut pas en être autrement, la coupa Veronica. Je suis injuste à ton égard, je le reconnais. Mais je ne peux pas me conduire différemment. Chacune de nous a le passé qu'elle a, c'est tout.

Oui, bien sûr, nous avons chacune notre histoire, avait envie de dire Kitty, mais nous pouvons décider de la laisser derrière nous, comme je l'ai fait moi-même. Nous pouvons choisir de nous en libérer et d'aller de l'avant.

Veronica poursuivait, sans regarder Kitty, les yeux sur les feuilles de cerisier à ses pieds.

— Pendant les vacances scolaires, disait-elle, il nous arrivait d'aller chez nos cousins dans le Sussex ; ils avaient un jardin immense, connaissaient des tas d'autres enfants qu'ils invitaient chez eux, et nous formions des équipes pour jouer au cricket. Il fallait se mettre sur une file et attendre d'être choisi, et on ne souhaitait qu'une chose : entendre appeler son nom dans les premiers, parce qu'on était tout fier alors d'appartenir à une équipe.

» Pour moi ça se passait très bien, parce que tout le monde savait que j'étais du genre sportif et plutôt athlétique, mais Anthony, lui, n'était jamais retenu. Invariablement, il était le dernier. Celui qui restait après que tous les autres avaient été choisis. Je le vois encore. Avec ses petites jambes arquées. Tout seul dans son coin, parce que personne n'en voulait dans son équipe. Et je crois que c'est là que j'ai compris, dès ce moment-là, que j'étais la seule à pouvoir le protéger d'une colossale… tragédie. Je me suis juré alors de ne jamais faillir. Et je ne l'ai pas fait. La réalité des choses, elle est là, et je n'ai rien à ajouter.

Veronica n'attendit pas la réponse de Kitty, pressentant sans doute que ce qu'elle venait de lui raconter ne l'avait en rien émue. Elle pivota sur ses talons et repartit vers la maison.

Kitty, sa tasse à la main, regarda Veronica disparaître par la porte-fenêtre du salon, avant de commencer à faire tourner un globe dans sa tête, dans le sens des aiguilles d'une montre : Maroc... Égypte... Sri Lanka... Thaïlande... Australie...

Elle pensa à la vie excitante de ces pays, à la manière dont elle s'y intégrerait et tenterait de peindre ce qu'elle voyait. Mais elle aurait voulu une chose : *arriver* dans ce nouvel endroit – sur une jetée au bord d'un lac, aux marges d'un désert pur et infini – sans avoir à connaître les tourments solitaires du voyage.

Aramon achetait le journal tous les jours, à présent.

Parfois, on y voyait des photos de la police en train de battre le maquis. D'autres fois, il n'y avait rien sur l'affaire Verey – comme si elle était tombée dans l'oubli. Et puis, soudain, les gros titres réapparaissaient : *AFFAIRE VEREY : toujours aucun indice. DISPARITION DU TOURISTE ANGLAIS : la police lance un appel à témoins.*

Aramon guettait le hurlement d'une sirène, signalant l'arrivée de la police.

Dans la chaleur de la nuit, il croyait parfois entendre la voiture de police remonter lentement l'allée pleine d'ornières et stopper non loin de la maison. Il sautait alors de son lit, allait écraser son visage contre la vitre et, les yeux mi-clos, regardait à travers les volets entrouverts. Il connaissait la forme de toutes les ombres dessinées sur les terrasses par le clair de lune. Il s'efforçait d'identifier chacune d'elles, sentant son cœur battre la chamade, retenant son souffle, attendant que les chiens se déchaînent. Mais ceux-ci demeuraient silencieux.

Il faisait des rêves dans lesquels Serge lui donnait la ceinture pour avoir négligé les bêtes. Il avait le dos et le derrière à vif.

Il sortit de bonne heure un matin, avant la grosse chaleur, et ouvrit la grille de l'enclos, laissant les chiens aller fourrager au milieu des chênes verts. Puis il se mit à ratisser la croûte puante qui recouvrait le sol. Il se noua un mouchoir autour du visage. Il rassembla cette saleté en un tas qu'il pelleta dans une brouette, alla vider le tout dans les broussailles, épandant son chargement sur la terre desséchée et le livrant aux bousiers et aux mouches.

Puis il se rendit à l'appentis, derrière la grange, où étaient empilées des balles de paille. Il en ouvrit une d'un coup de couteau et commença à en arracher des brassées pour les charger sur la brouette. Il était épuisé. Le mouchoir sur sa figure était trempé ; il l'arracha et le jeta par terre. Le soleil montait sur les collines, de l'autre côté de la vallée. Aramon s'admonesta : Allez, finis le boulot. Étale la paille, remplis l'abreuvoir, siffle les chiens et boucle-les. Après tu te prends un pastis pour te calmer le cœur, et tu vas te coucher...

Il entassa la paille et repartit vers l'enclos avec sa brouette, la fit pivoter pour entrer et la vida, s'empara de sa fourche et se mit à épandre la paille sur la terre fraîchement ratissée. Il sentit soudain la chaleur du soleil le frapper de plein fouet et interrompit son travail. C'est alors que, au moment où il se redressait, son regard accrocha quelque chose qui luisait sur le sol, à l'autre bout de l'enclos.

Il appuya la fourche contre la brouette et s'approcha. Se baissa. Tendit la main pour ramasser des clés de voiture.

À l'idée de ce qu'il lui fallait faire maintenant... Aramon faillit s'évanouir de terreur.

Il s'agenouilla dans l'enclos, les clés serrées dans la main, l'odeur de paille fraîche dans les narines. Il aurait voulu être chien, avoir l'existence simple et irresponsable d'un animal. De ses poumons abîmés monta un râle déchirant à peine humain.

Il laissa tout en l'état, son travail inachevé, l'abreuvoir à sec, la grille de l'enclos ouverte, les chiens lâchés au milieu des chênes verts, à l'affût d'une piste de sanglier.

Il regarda dans la direction de la bicoque d'Audrun. Il voyait le linge qu'elle lui avait lavé sécher sur l'étendage, encore noyé dans l'ombre là en bas, et immobile en l'absence de vent. Il redoutait de voir Audrun en train de l'épier. Si je remets à plus tard ce que j'ai à faire, songea-t-il, elle va arriver, me trouver, découvrir ce qu'il y a dans la voiture, et alors tout sera perdu.

Il se dirigea vers la grange en boitillant et en marchant comme un crabe, comme s'il cherchait à échapper à son ombre. Il avait le poing serré si fort que les clés lui tailladaient la paume.

Il entrouvrit le portail juste assez pour pouvoir entrer. Il faisait froid dans la grange, et la sueur qui lui couvrait le corps lui donna soudain l'impression d'un linceul glacé. Il resta à regarder la voiture couverte de ses toiles de sac et de sa pile de cageots et de cartons. Il se sentait incapable du moindre mouvement.

Et s'il était vraiment là, le cadavre d'Anthony Verey, en train de se décomposer dans cette voiture de location ?

Aramon aurait voulu pouvoir se raccrocher à quelque chose. Pourquoi ne pas mourir là, sur place, s'effondrer sur le sol de la grange et cesser d'exister ? Parce que cette… chose, là, elle était entrée dans sa vie et la lui avait empoisonnée. Et il ne pouvait même pas la nommer, cette chose, parce qu'il ignorait ce qu'il avait fait.

Pour s'obliger à s'approcher de la voiture, il dut s'imaginer que Serge était derrière lui, le frappant à coups de ceinture pour le faire avancer.

Allez, vas-y, mon garçon. Avance et ouvre la portière…

Il appuya sur la commande à distance pour déverrouiller les portières. Les feux clignotèrent.

Maintenant tu vas voir ce qui t'attend, ce qui t'attend là dans le noir…

D'un geste précipité, il tendit la main, agrippa la poignée, tira sur la portière, délogeant un cageot vide, qui s'écrasa par terre à côté de lui.

Aussitôt, il fut pris à la gorge par l'odeur pestilentielle qui se dégageait de la voiture. Il poussa un cri et re-claqua la portière.

Un moment, il ne bougea plus, le souffle si court et si laborieux qu'il avait la poitrine en feu. Il en appela à son père : « Délivre-moi, délivre-moi de ça… »

Puis il perçut un mouvement à la porte de la grange, accompagné d'un gémissement étouffé.

Il comprit que quelques-uns des chiens l'avaient retrouvé à l'odeur. Une idée lui traversa alors l'esprit : il n'avait qu'à laisser les chiens le trouver. Eh oui, laisser ces animaux affamés se repaître du spectacle, puis lacérer le cadavre avant de le dévorer… et après, plus rien, disparu, il n'aurait plus à s'inquiéter…

Le dos à la voiture, Aramon ouvrit à nouveau la portière, toute grande cette fois-ci, et se mit à appeler les chiens, qui gémirent en réponse.

Il alla jusqu'au portail aussi vite que le lui permettaient ses jambes flageolantes, l'ouvrit, et ils entrèrent en bondissant, trois chiens qui s'accrochèrent à lui de leurs griffes et qu'il repoussa vers la voiture, sachant que l'odorat était le sens qui gouvernait leur moindre action et qu'ils iraient directement là-bas, vers cette puanteur, et s'attaqueraient au travail que leur dicterait leur instinct animal.

Il revint sur le seuil de la grange et avala l'air goulûment. Il entendait les griffes des chiens cliqueter et déraper sur la carrosserie. L'un d'eux se mit à aboyer. Puis ce fut le silence, et il sut qu'ils avaient suivi l'odeur et étaient à présent à l'intérieur. Il attendit que la fureur se déchaîne.

Le temps semblait s'étirer au grand dam d'Aramon. Dehors, les cigales et les abeilles se réveillaient sous la chaleur du soleil. Une buse tournoyait dans le ciel bleu. Le monde, le vrai, le voilà, songea Aramon avec nostalgie, et la voiture noire n'en fait pas partie, elle appartient à quelque sombre cauchemar qui m'échappe.

Il était assis à la table de la cuisine, lampant pastis sur pastis.

Point de cadavre dans la voiture.

La puanteur qui avait momentanément empli l'air venait des restes d'un sandwich au fromage et à la tomate, tellement avarié que même les chiens n'en avaient pas voulu.

Aramon s'était obligé à ouvrir le coffre, vide en dehors d'une paire de jumelles, d'une casquette et d'un sac isotherme contenant une bouteille d'eau. Il referma la voiture, qu'il verrouilla, tout en y laissant le sandwich qu'il se sentait incapable de toucher. Siffla les trois chiens et sortit avec eux au grand soleil, les clés dans sa poche.

Ce qui lui occupait maintenant l'esprit, tandis qu'il buvait son pastis, c'était le moyen le plus sûr de se débarrasser du véhicule.

Il avait vu des tas de films à la télévision, dans lesquels les gens réussissaient à pousser une voiture du haut d'une falaise, à y mettre le feu ou à l'engloutir dans un lac.

Celle-ci finissait toujours par être retrouvée. Elle refaisait immanquablement surface, sous une version calcinée ou démantelée. Et si ces scènes dans les films étaient si captivantes, c'était précisément parce qu'on savait que d'une manière ou d'une autre, et quoi que fassent les meurtriers, la voiture réapparaîtrait bel et bien.

Les meurtriers !

Se pouvait-il qu'il en soit un ?

Aramon savait que se débarrasser de la voiture était au-dessus de ses forces. Il était bien trop faible et trop malade pour envisager pareille perspective. Elle resterait là, dans la grange, un point c'est tout. N'en bougerait pas. Il la camouflerait en entassant de la paille dessus. Et mettrait un gros cadenas au portail. Il ne pouvait pas faire mieux.

Il monta au premier, titubant sous l'effet du pastis. Entra dans la chambre qui avait été celle d'Audrun autrefois, et où ni lui ni elle ne mettait plus jamais les pieds. Les volets étaient fermés, et il y faisait froid. Aramon sortit les clés de sa poche et les fourra sous le matelas d'Audrun.

Audrun commença à mesurer le niveau de la rivière.

Elle sortait aux premières lueurs du jour, quand la vallée était encore noyée dans l'ombre.

Elle n'avait pas besoin d'un bâton à encoches ni d'une corde à nœuds : son œil lui suffisait. Elle se rappelait Raoul Molezon lui disant un jour : « Le vent aspire l'eau. Surtout le mistral. Il a soif de la rivière. » À voir la vitesse à laquelle le niveau baissait, elle sentait les battements de son cœur s'accélérer.

Elle regardait la météo à la télévision. Voyait les températures indiquées en rouge : 38°, 39°, 41°… Le genre de chaleur qui faisait des victimes. Les gens suffoquaient dans leur appartement privé d'air, attrapaient des insolations, se laissaient mourir de déshydratation ou brûlaient vif dans des incendies de forêt en essayant de sauver leurs bêtes ou leurs biens. La fin de la canicule n'était pas en vue, disaient les météorologues. L'eau manquait, en dépit d'un printemps pluvieux. Les congés de tous les pompiers de la région avaient été annulés, les canadairs étaient en état d'alerte vingt-quatre heures sur vingt-quatre. On redoutait de gigantesques incendies dans les Cévennes.

Des incendies.

Pendant quinze ans, jusqu'à la mort de Serge, un incendie avait dévoré Audrun. Quinze longues années. Sa jeunesse s'était consumée en elle, dans d'atroces souffrances, sans qu'elle ait personne à qui parler, personne pour lui venir en aide. Pas même Raoul Molezon. Comment aurait-elle pu parler – avec lui ou n'importe quel homme – de cette honte, de sa chair brûlée au fer rouge ? Impossible. Pas même quand Raoul était venu l'attendre à la sortie de l'usine ce jour-là, pour lui faire la cour en fait, lui offrir ce verre de sirop de pêche, et, tandis qu'il buvait sa bière, lui dire qu'elle était belle. Elle avait bien senti qu'elle l'aimait, mais elle était trop déshonorée, trop honteuse de ses actes pour courir le risque de lui ouvrir son cœur.

Allez, enfile la gaine, Audrun.

Un régal, ce bout de chatte que j'aperçois en dessous.

Tu vois l'effet que ça me fait ? Tu le vois ?

Et ton frère, c'est pareil. Aussi gros qu'un serpent, son engin. Tu vois ?

On peut pas s'en empêcher. C'est ta faute, t'as qu'à pas être comme ça.

Elle pensait que Raoul l'aimait. Ce jour-là, la tendresse dans ses yeux bruns était comme une caresse. Elle n'avait qu'une envie : tendre la main, lui toucher les cheveux, la bouche. Mais c'était impossible. Tout était impossible, et il lui avait bien fallu le dire : « Ne viens plus m'attendre, Raoul. Ça sera mieux pour tous les deux. »

Audrun avait trouvé sa tristesse insupportable.

C'est ta faute, t'as qu'à pas être comme ça.

Elle était devant la fenêtre de sa cuisine, épluchait des oignons blancs pour son souper, quand une voiture s'arrêta devant sa grille.

Deux personnes d'un certain âge, qu'elle ne connaissait pas, en descendirent et regardèrent autour d'elles. Puis l'homme s'avança vers la porte, tandis que la femme restait en arrière, gênée ou effrayée.

Audrun se rinça les mains, ôta son tablier à fleurs, lissa les plis de sa jupe et alla calmement lui ouvrir. L'homme la regarda, l'air nerveux.

— Je peux vous aider, monsieur ? demanda-t-elle.

C'était un étranger. Il parlait français avec un vilain accent. Il avait appris par une agence de Ruasse qu'il y avait un mas à vendre à la sortie de La Callune, le mas Lunel, mais l'agence n'avait pas voulu l'amener jusqu'ici, parce que, semblait-il, le vendeur avait changé d'avis. Alors, avec sa femme, ils avaient décidé de venir tout seuls pour jeter un coup d'œil à la maison… au cas où…

Audrun regarda fixement ces étrangers. Quelque chose dans la maigreur et l'air fatigué de l'homme lui rappela Verey.

— Le mas Lunel m'appartient, dit-elle avec un sourire.

— Ah, bon ? s'étonna l'homme. On nous a dit que le propriétaire était un monsieur…

— C'est mon frère, dit Audrun. Il s'occupe des terres. Ça m'arrange de le laisser habiter là-haut. Moi, je préfère ma petite maison, avec le confort moderne, voyez-vous.

— Oui, oui, je vois. Mais le mas est-il toujours à vendre ? Nous en aimons beaucoup les proportions, la vue aussi… Je m'appelle Wilson. Voici mon épouse…

La femme à l'air effrayé s'avança et tendit la main. Audrun la serra.

— C'est que ma situation a changé, annonça-t-elle d'un ton sucré. Ça arrive parfois dans la vie, sans qu'on puisse prévoir, n'est-ce pas ? J'ai décidé de ne plus vendre. La maison est dans la famille depuis trois générations, et je vais la faire restaurer. Peut-être même que j'y finirai mes jours... Qui sait ?

Ils prirent un air dépité. Lui demandèrent s'il n'y avait pas moyen de la persuader de changer d'avis.

— Non, dit-elle. D'autres choses ont changé, mais mon avis, lui, restera le même.

Ils se tournèrent à demi et contemplèrent le mas. On lisait le regret dans leurs yeux, ainsi que le désir de posséder la maison. Ils lui dirent qu'ils visitaient des maisons depuis longtemps dans cette partie de la France et qu'ils repartaient le lendemain pour l'Angleterre...

Audrun eut le temps de constater combien ils étaient ordinaires. Elle s'étonna que des gens aussi ternes, aussi empruntés, aient pu gagner suffisamment d'argent pour se permettre de venir faire un tour dans les Cévennes et de s'acheter une résidence secondaire. Mais aussi, songea-t-elle, j'ignore comment on gagne de l'argent. Je l'ai toujours ignoré. Tout ce que Bernadette avait, c'était ce que nous cultivions sur les terrasses, ou ce que nous pouvions obtenir en échange de nos produits ; tout ce que j'avais, moi, c'était ce que je gagnais à l'usine, et tout ce que j'ai aujourd'hui, c'est ma petite retraite – ça, et ce que je fais pousser dans mon potager.

— Je suis désolée, dit-elle. Il n'y a rien à vendre ici.

Les Wilson remontèrent dans leur voiture. Ils n'étaient pas sitôt partis qu'Audrun vit Aramon descendre l'allée en boitant. Il avait tout d'un épouvantail, avec son pantalon retenu à la taille par un bout de ficelle et ses cheveux sales en bataille.

— Qui c'était, ces gens ? Qu'est-ce qu'ils voulaient ?

Audrun détourna les yeux. Elle savait qu'elle aurait pu lui donner des sueurs froides en prétendant que c'étaient des amis de Verey, mais c'est le moment que choisit Marianne Viala pour se présenter à la grille.

Elle embrassa Audrun. Puis elle se tourna vers Aramon.

— Ça n'a pas l'air d'aller, mon ami, lui dit-elle.

— Non, ça va pas. Y a quelque chose qui m'empoisonne le sang. Il va peut-être bien falloir que j'aille à l'hôpital.

— C'est ce que tu aurais de mieux à faire, répliqua Marianne. Et puis tu devrais arrêter de boire, Aramon, si tu as mal à l'estomac…

— Qui c'était, ces gens ? cria Aramon, revenant à la charge. Dis-moi qui c'était.

— Des étrangers. Ils se sont arrêtés pour demander leur chemin.

— Le chemin pour aller où ?

— À Ruasse.

— Ruasse ? Mais la voiture était pas dans le bon sens.

— Ben, justement, je les ai remis dans la bonne direction.

Il resta là, le visage tordu par la peur. Un peu d'écume blanche moussait au coin de sa bouche. Marianne lança un regard interrogateur à Audrun, puis tendit la main pour la poser sur le bras d'Aramon.

— Tu devrais prendre soin de toi, Aramon. En attendant, j'ai un service à te demander.

Aramon jeta des regards furtifs autour de lui, et Audrun savait ce qu'ils cachaient : *Non, ne me demandez pas de services. Je suis trop malade, trop fatigué, et j'ai trop peur pour rendre des services.*

— Bon, ben c'est quoi, ce service ?

— Jeanne voudrait amener sa classe ici demain, après la visite du musée de la Soie à Ruasse. Elle apporte des paniers-repas pour les gamins, et elle cherche un endroit agréable et ombragé pour le pique-nique ; alors j'ai pensé aux terrasses du bas, chez toi... si ça ne te gêne pas de les avoir sur tes terres. Ils ne sont pas nombreux et...

— Sur mes terres ? Où ça sur mes terres ?

— Je viens de te le dire : sur les terrasses du bas, le petit replat herbeux en dessous des vignes...

— Je veux pas voir des gamins fouiner chez moi. Je te l'ai dit : je suis pas bien. Je veux pas qu'on vienne en plus m'embêter.

— Ils ne viennent pas fouiner. Ils vont pique-niquer, c'est tout.

— Les gamins. Je les supporte pas...

— Ils peuvent faire leur pique-nique de l'autre côté de la route, intervint Audrun d'une voix calme. Sur ma terre. Près du bois.

— Oui, fit Marianne. Mais j'avais pensé... si Aramon n'y voyait pas d'inconvénient... qu'ils pourraient profiter de l'occasion pour regarder comment sont montés les murets en pierre sèche des terrasses. En faire des dessins et...

— Pas question ! s'exclama Aramon, avec un regard affolé à l'adresse de Marianne. Personne s'approche de chez moi. J'en ai marre des étrangers. Je veux qu'on me fiche la paix !

Il tourna brusquement les talons et repartit en clopinant vers le mas ; les deux femmes l'observèrent en silence.

— Tu crois qu'il est en train de mourir ? demanda Marianne quand il fut hors de portée de voix.

— Ma foi, disons que le temps a fini par le rattraper.

Le temps.

Un tremblement, qui agite chaque moment avant qu'on puisse le vivre pleinement – comme si le temps était une sorte de tornade, un mistral, expédiant toute chose dans l'au-delà –, voilà ce à quoi était confronté Anthony Verey depuis des années, depuis que son commerce avait commencé à battre de l'aile. Puis, alors qu'il était assis en cette matinée de printemps à attendre dans son arrière-boutique, il avait aperçu le fil de soie qui pendait de la tapisserie d'Aubusson, ce fil noir qui s'échappait de la tête de la vieille sorcière, et qu'il avait tenu entre le pouce et l'index en comprenant enfin ce qui l'attendait : *la mort dans toute sa nudité.*

Et c'est ainsi qu'un certain jour était arrivé.

En ce jour fatal, Anthony, dans un fauteuil en acajou (« Origine probable France, env. 1770. Dossier rembourré à cartouche. Accotoirs et assise sur pieds de biche »), regardait autour de lui une pièce de belles proportions, dans une maison étrangère et isolée, dont les fenêtres découpaient de grands pans de ciel.

Son regard se posait, puis repartait, s'arrêtait encore, puis se déplaçait à nouveau. D'un point de vue esthétique, rien à redire, aucune fausse note. Pourtant, c'est ici, dans cette pièce presque belle, sur ce fauteuil coûteux tapissé d'un tissu damassé gris anthracite et blanc, qu'Anthony Verey sentit tout son être envahi d'un sentiment d'ultime défaite.

Il était assis dans une immobilité totale. Si totale qu'il entendait son cœur cogner dans sa poitrine. Le grand salon avait un haut plafond à poutres apparentes, peint dans une nuance de vert légèrement bleuté. Près de lui, une cheminée en pierre de belle taille (« Moderne. Grès. De style georgien. Lignes et moulures simplifiées »), et, dans l'âtre, une bûche à moitié consumée sur un tas de cendres.

De son œil froid de collectionneur, une part de lui-même, certes enfouie, encore vivante dans le moment présent, Anthony admirait la pièce, ses proportions, l'impression qu'elle donnait d'une certaine majesté, sa situation dans le plan d'ensemble de la maison. Un instant, il réussit à se libérer de son sentiment d'abattement, en imaginant le couple suisse qui avait créé cette pièce : des avocats ou des professeurs, des gens instruits, avec un carnet d'adresses bien rempli, qui peut-être les reliait à plusieurs mondes différents. Des gens à qui la vie avait souri. Mais qui pour autant avaient gardé leur âme. N'avaient rien de vulgaire. N'avaient pas peur du silence.

Au bout d'un certain temps, malgré tout, ils avaient compris ce que comprenait Anthony : cette maison les *exposait* trop. Elle était trop haut perchée sur un plateau impitoyable, au bord d'un précipice, livrée à tous les vents, sans aucune protection. Le vent courbait les pins plantés autour pour l'ombrager et l'abriter, les courbait et les faisait plier.

Les arbres arrivaient tout juste à survivre. Ils s'accrochaient au sol pierreux, y plantaient les griffes de leurs racines obstinées, mais étaient incapables de protéger la maison et ses occupants. Ici, le dôme du ciel embrassait tout dans son étreinte. Ici, la nuit, il n'y avait aucun moyen de se soustraire à la clarté froide des étoiles. L'univers descendait jusqu'à vous. Et tout ce que vous aviez jamais été, ce que vous aviez tenté d'être et espériez encore pouvoir devenir, tout cela vous était soudain révélé comme absurde et illusoire... comme si votre vie était privée de décence autant que d'honneur.

Tout au plus pouvait-on allumer un feu dans l'âtre, se serrer autour, chercher quelques petits réconforts dans le vin ou les souvenirs. Mais, toujours, vous encerclant de toutes parts, s'étendait le vide envahissant. On se voyait comme de très haut, en train de passer péniblement d'une occupation à une autre, recommençant sans cesse pour renoncer aussitôt, sans cesse en proie à l'espoir puis au regret, victime d'une éternelle détresse.

Anthony agrippa les accotoirs du fauteuil. Contempla la bûche calcinée sur la petite montagne de cendres. Il n'arrivait plus à se concentrer sur son évocation du couple suisse. Celui-ci se vit remplacer dans son esprit désespéré par une image de Lal pénétrant avec grâce dans cette pièce, de sa démarche toujours légère, et vêtue peut-être de cette robe lavande qu'elle portait le jour où elle avait grimpé jusqu'à sa cabane dans les arbres et mangé des cigarettes russes fourrées à la crème fouettée.

Il leva les yeux. Oui, c'était bien elle qui entrait, sa Lal bien-aimée, aussi immatérielle que de la barbe à papa. Puis quelque chose retint son attention : la vue de la bûche à moitié consumée sur les cendres froides. Elle alla d'un pas sautillant s'agenouiller devant l'âtre et dit :

315

— Oh, regarde, mon chéri ! Ce bout de bois ridicule ne te rappelle pas quelqu'un ? C'est à se tordre de rire, non ? Un bout de bois ! Il ne te fait pas penser à toi, justement ?

En dépit de l'insulte (à moins qu'il ne s'agît d'une plaisanterie, parce que, avec Lal, on n'était jamais sûr), Anthony avait grande envie de voir sa mère s'attarder près de lui. Dans son rêve éveillé, il se levait de son fauteuil, lui prenait les mains, l'attirait vers lui pour la serrer dans ses bras, avant d'enfouir le visage dans ses cheveux dorés et de lui dire :

— Reste avec moi, maman. Je t'en prie. Ne me laisse pas ici tout seul.

— Bon, d'accord, mon chéri. Je reste. S'il le faut vraiment. Je ne t'abandonnerai pas.

Mais elle s'arrachait à ses bras pour retourner s'agenouiller devant le foyer, et c'est alors qu'elle faisait quelque chose d'affreux : elle se traînait jusqu'à la montagne de cendres, s'allongeait dessus, se couchait carrément dans la cendre, serrant la bûche à demi consumée contre sa poitrine.

— Oh, non, maman, je t'en prie…

Elle avait de la cendre dans les cheveux, dans les plis de sa robe, sur ses jambes fines, sur ses pieds nus. Il se penchait pour tenter de la relever, mais elle refusait de bouger.

— Maman… la suppliait-il.

Mais elle restait couchée là, et riait, toujours agrippée à son morceau de bois. Couchée là, à s'esclaffer de son rire cristallin et à répéter :

— Tu vois, Anthony, je t'ai avec moi maintenant. C'est bien ce que tu as toujours voulu, non ? Je t'ai tout contre moi !

Lui continuait à la supplier.

— Maman, lève-toi. Tu es couverte de cendres. Je t'en prie…

Mais elle n'avait jamais écouté un traître mot de ce qu'il avait pu lui dire. Et, à présent, elle ne pouvait plus l'entendre.

Anthony fit lentement le tour de la pièce, passant les doigts sur les surfaces des meubles qu'il admirait. Il constata que cette admiration pourtant n'avait plus rien d'intense, comme si même tout cela – ces *bien-aimés* potentiels – ne présentait plus pour lui aucune espèce d'importance.

Il sortit de la maison et fut saisi d'effroi à la vue du vaste cirque de collines qui l'entourait et fermait l'horizon. Le vent soufflait si fort que la voiture tanguait sur l'allée en gravier où elle était garée. Si je m'approchais du bord, se dit-il, du bord du plateau côté nord, là où le mistral exerce la pression la plus forte sur la pesanteur, je n'aurais pas longtemps à attendre avant d'être emporté. Je basculerais dans les ténèbres où, sans bruit, sans voix, m'attend Lal.

Alors, tout serait fini.

Tout serait fini.

Fini ces cajoleries pour tenter de séduire l'avenir, dans n'importe laquelle de ses versions toujours changeantes, toujours éphémères. Je serais simplement emporté par le vent et jeté sur un lit de cendres.

Et je me soumettrais.

Jeanne Viala s'installa avec les enfants dans le petit pré d'Audrun, près des chênes qui poussaient en bordure du bois.

La classe avait été attentive et s'était bien tenue au musée. Même Jo-jo, pourtant doté d'une faible capacité de concentration, avait semblé intéressé par la visite, et tous les enfants avaient exécuté de bons dessins des différents stades de l'élevage des vers à soie : l'incubation des œufs dans de petites poches qu'on gardait à même la peau ; les vers étalés dans les magnaneries ; les procédés utilisés pour éloigner les rats et les fourmis ; le ramassage des feuilles de mûrier ; la *montada* des vers adultes, cinq centimètres de long, dans les rameaux de bruyère ; le filage des cocons ; les insectes qu'on ébouillantait au sortir des cocons à mesure que ceux-ci se dévidaient…

Seule la petite Parisienne, Mélodie, n'avait pas semblé s'amuser. Son dessin, exécuté à contrecœur, n'était qu'une sorte de quadrillage noir de la page. Quand Jeanne lui avait demandé ce qu'il était censé représenter, Mélodie avait répondu d'une voix étranglée : « Les flats. Tous les vers morts. »

Et puis, au milieu du pique-nique, si agréable sous les grands arbres sombres – un moment si heureux, en fait, que Jeanne aurait aimé le partager avec son nouvel ami, Luc, le sapeur-pompier –, Mélodie s'était brusquement levée et était partie en courant, sans permission, sans même un regard en arrière quand Jeanne l'avait appelée.

Jeanne avait décidé de la laisser faire. Elle connaissait ces terrasses comme sa poche. L'enfant ne courait aucun risque. Le terrain était bien en dessous de la route ; et l'accès à la rivière, impossible, pour la bonne raison que, depuis des années maintenant, Aramon Lunel passait outre les arrêtés municipaux relatifs à l'entretien des berges. Et puis, Jeanne ne voulait pas abandonner tout le groupe pour courir après un seul des enfants. Elle se dit que Mélodie ne tarderait pas à réapparaître. Elle avait apporté des bouteilles de Yop à la cerise pour le dessert, et elle pensait que, ainsi tentée, la petite accepterait de venir se rasseoir.

Les autres ouvrirent de grands yeux en voyant leur camarade s'enfuir et disparaître.

— Elle a pas aimé les vers à soie, dit Magali. Tout ce qui l'intéresse, c'est les cours de danse et le violon !

Ils s'esclaffèrent en chœur.

— Elle se la joue ! s'exclama Jo-Jo. Juste parce qu'elle habitait Paris avant, pauv' débile !

— Ça suffit, Jo-Jo ! intervint Jeanne. Je ne tolérerai pas ce genre de commentaires.

— De toute façon, elle est juive, marmonna Stéphanie. Hartmann, c'est un nom juif, ça.

— Pardon ? dit Jeanne. Qu'est-ce que tu viens de dire ?

— Rien, rien…

Jeanne Viala posa sa bouteille d'eau d'Évian et leva les bras dans un geste destiné à resserrer le groupe autour d'elle.

— Écoutez-moi tous. Un peu de silence, s'il vous plaît. On m'écoute, maintenant. Ça vaut pour toi aussi, Jo-Jo. Je vous rappelle que nous sommes un pays tolérant. Vous savez ce que veut dire « tolérant » ? Ça veut dire que nous acceptons les gens, dans notre communauté et dans nos cœurs, sans nous préoccuper de leurs origines, de leur religion, ni de la ville d'où ils viennent. Ça veut dire aussi – écoutez-moi, s'il vous plaît – que ces gens, on ne les persécute pas et on ne les injurie pas. C'est compris ? J'aimerais que ce soit clair pour tout le monde.

Les enfants gardèrent le silence, tous autant qu'ils étaient.

— La manière dont Mélodie Hartmann a été traitée dans cette classe est… pour le moins contrariante, reprit Jeanne en secouant la tête d'un air chagrin. Elle habitait Paris. Et alors ? Ce n'est pas un crime. Elle essaie de s'adapter à son nouvel environnement. Mais vous ne lui facilitez guère la tâche et…

— Elle « s'adapte » pas du tout, la coupa Magali. Elle arrête pas de nous dire que son école à Paris, elle était super et tout.

— Elle a le mal du pays, c'est tout, dit Jeanne. Si vous faisiez tous un effort pour être plus gentils avec elle, elle serait moins malheureuse. Alors, je veux qu'aujourd'hui vous preniez tous une bonne résolution. Tu m'écoutes, Stéphanie ? Oui, à partir d'aujourd'hui, je veux que vous vous montriez gentils avec Mélodie. D'accord ? Vraiment gentils. Faites-la participer à vos jeux. Si elle est perdue, aidez-la. OK ? C'est clair ?

Certaines des filles acquiescèrent de la tête. Les garçons, dans leur ensemble, regardèrent ailleurs, manifestement peu concernés.

— On peut avoir le Yop, maintenant ? demanda Suzanne, la plus jeune de la classe.

Jeanne attendit. Elle voulait obtenir quelque chose de plus des enfants. Elle s'inquiétait de la manière dont la petite Parisienne était traitée. Elle songea à cette pauvre Audrun, et à ce que Marianne lui avait dit à son propos :

— Quand la vie des gens est brisée de bonne heure, Jeannette, certains ne s'en remettent jamais, et c'est une vraie tragédie.

Jeanne commença à sortir les bouteilles du sac isotherme.

— Avant de vous les distribuer, dit-elle, je veux entendre de chacun d'entre vous que vous avez bien compris ce que je viens de dire. Alors répétez après moi : « Je ne m'en prendrai plus à Mélodie Hartmann. »

La petite bouteille commença son trajet en direction de la main du premier des enfants... mais sans jamais l'atteindre ni provoquer chez lui la moindre réaction... car c'est à cet instant précis que Jeanne et les enfants entendirent les cris.

Jeanne lâche la bouteille et bondit sur ses pieds. Tous les visages se tournent vers le bout du pré. Jo-Jo et son ami André se dressent d'un bond, pris d'une agitation fébrile.

— C'est quoi, m'dame ? C'est quoi ?

— Attendez ici, dit Jeanne au groupe d'un ton ferme. Surtout ne bougez pas ! Jo-Jo et André, asseyez-vous sur le plaid. Personne ne bouge d'ici, d'accord ? Vous restez tous exactement où vous êtes. C'est promis ? Magali, distribue les Yop.

Les cris ne faiblissent pas. Jeanne Viala s'élance au pas de course dans leur direction. Elle court vite, de plus en plus vite, mais son cœur, pareil à celui d'une vieille femme au souffle court, est bientôt saisi de crampes tandis qu'elle force ses jambes à la porter à travers le pré en pente. Elle se maudit. Quel genre de professeur est-elle donc pour avoir laissé une enfant quitter toute seule un pique-nique en pleine campagne ?

Et… *mon Dieu…* mais de quel côté la petite est-elle partie ? Les cris cessent brusquement quand Jeanne atteint le bas du pré. Faut-il continuer tout droit, et entrer dans la pâture qui mène à la rivière, ou tourner à gauche ? Elle regarde l'herbe sèche, en quête de traces, sans rien découvrir. Rien d'autre que les grillons au dos rouge qui sautent alentour et les têtes de ciguë desséchées, brûlées par le soleil.

Elle appelle : « Mélodie ! Mélodie ! » Mais à présent, tout autour d'elle, règne un silence incommensurable. Elle ne distingue rien en dehors des battements de son cœur. Elle se presse la poitrine, son chemisier blanc lui colle à la peau. Au secours, Luc, a-t-elle envie de crier, aide-moi.

Puis elle se force à penser de manière rationnelle : essaye d'abord une direction, puis une autre. Continue à appeler. Tout dépend de toi, maintenant.

Elle reprend son chemin en trébuchant, criant le nom de l'enfant, lui disant qu'elle est en route, qu'elle arrive, que tout va bien… Elle pousse une grille rouillée pour entrer dans la pâture, se disant qu'elle trouvera peut-être des empreintes de pas dans l'herbe humide, mais s'aperçoit bien vite que là aussi l'herbe est brunie et desséchée. La terre forme des mottes sur lesquelles elle se tord les chevilles dans ses espadrilles. Plusieurs fois elle manque de tomber, et se rétablit juste à temps ; elle continue à courir, en direction maintenant d'un petit bois de frênes au-delà duquel se trouve la rivière.

Elle est hors d'haleine et doit se battre avec ces touffes d'herbe morte qui lui blessent les pieds. Elle s'arrête un moment. A-t-elle entendu quelque chose ?

Non, rien. Le cri d'un oiseau de proie, une buse ou un petit faucon. Et puis… mais si… quelque chose d'autre… le bruit de la rivière. Elle continue dans cette direction, traverse le bois de frênes, reconnaissante de l'ombre mouchetée des arbres grêles, qui l'abritent, ne serait-ce qu'un instant, du soleil. Le bruit de la rivière lui parvient plus distinctement, à présent. Mais entre les frênes et la berge, il y a une barrière de ronces et d'orties. Tout de même, la petite ne l'a pas franchie ?

Jeanne fait une nouvelle pause. Elle s'apprête à rebrousser chemin et à retraverser la prairie, quand elle s'aperçoit que ce qu'elle a pris pour des orties n'en est pas : il s'agit de ces grandes herbes brunes à plumet qui tapissent les berges en galet du Gardon aux endroits ombragés, où l'on trouve parfois des nids de serpent, et que les pêcheurs évitent soigneusement.

C'est alors qu'elle voit, un peu plus loin, que ces herbes sont couchées sur un espace réduit. Peut-être a-t-elle finalement pris la bonne direction… Elle suit les traces, imaginant la gamine foulant les herbes de ses petits pieds, continuant à courir, sans penser aux serpents, si grand est son chagrin et fort son désir de fuir les persécutions de Jo-Jo et les moqueries des autres gamines, se débattant pour avancer dans cette végétation luxuriante…

Jeanne débouche sur une petite étendue de galets : la rivière essaye bien de couler régulièrement, mais se voit ralentie, là, presque sous ses yeux, comme tous les étés, quand il n'a pas plu depuis le mois d'avril. Son regard pourtant ne s'attarde pas sur l'eau. Elle se met en quête d'éventuels indices sur les galets. Les cailloux sont glissants et irréguliers, mais, près du bord, il y a une plage de sable gris. Elle s'en approche et croit discerner des traces qui partent vers la gauche, en direction d'un coude de la rivière.

« Mélodie… Mélodie… » appelle-t-elle à nouveau, tout en sachant que sa voix ne porte plus. Elle est épuisée, comme si elle avait fait toute la montée de Ruasse à La Callune à pied, frôlée par les voitures, sur un bord de route jonché de pierres tombées des parois rocheuses. « Oh, je vous en prie, je vous en prie, faites que je la retrouve. Par pitié… faites qu'elle soit en vie… »

À peine a-t-elle commencé à longer le coude qu'elle aperçoit l'enfant : étendue sur un gros rocher au milieu de la rivière, nue à l'exception d'une petite culotte rouge et blanche. Elle est sur le dos, les jambes dans le vide, la pesanteur menaçant à tout instant d'entraîner son corps dans l'eau. Les vêtements qu'elle portait pour la sortie sont éparpillés sur les galets.

Le froid. Jeanne est soudain frigorifiée. La seule pensée d'avoir à pénétrer dans cette eau glacée lui est insupportable. *Oh, mon Dieu…* si seulement Luc était ici pour prendre l'enfant dans ses bras, pour effrayer l'étranger qui se cache peut-être quelque part le long de la rivière… Mais il arrive, et Jeanne le sait fort bien, qu'il n'y ait ni Luc, ni Marianne, ni personne. On est seul, et il n'y a rien d'autre à faire que d'aller de l'avant, tout seul. Sans pouvoir empêcher ce qui doit arriver…

Jeanne se débarrasse de ses espadrilles, et, se rappelant que son portable est dans une des poches de son jean, elle le sort pour l'enfoncer dans une chaussure. Elle entre dans l'eau, et sent le froid lui encercler les mollets. Elle se retient aux rochers pour pouvoir avancer dans le lit pierreux et glissant de la rivière.

— Je suis là, répète-t-elle tout haut. J'arrive. Je suis là, maintenant…

Elle y est, en effet, ou peu s'en faut. Elle tend le bras. Prononce à nouveau le nom de l'enfant. Saisit une des petites jambes lisses, dont le pied frôle presque l'eau. Elle la tient serrée, puis prend appui contre le rocher pour amener l'enfant à elle. Mélodie est toujours allongée sur la pierre, mais désormais quelque chose la retient, les bras de Jeanne Viala. Elle a les yeux clos. La bouche ouverte. Mais la jeune femme sent les battements de son cœur, l'entend respirer.

Elle la secoue un peu, l'appelle, lui dit qu'elle est en sécurité à présent. À son intense soulagement, Mélodie ouvre les yeux. Et Jeanne sent les bras frêles de l'enfant se glisser autour de son cou et s'accrocher à elle.

Jeanne la blottit contre elle, la berce, tout en laissant porter l'essentiel du poids de la petite sur le rocher, l'étreint de toutes ses forces et se prépare à la soulever pour la porter sur la rive.

— Que s'est-il passé ? dit-elle doucement. Tu t'es fait mal ? Quelqu'un t'a fait mal ?

La petite est incapable de parler. Elle a beau ouvrir la bouche, aucun mot n'en sort, rien qu'une plainte mélodieuse et étouffée.

Allez, réchauffe-la, s'encourage Jeanne. Porte-la jusqu'à la berge et habille-la. Et puis, trouve du secours. Appelle Luc, dis lui d'envoyer une ambulance. Appelle maman pour qu'elle vienne s'occuper des autres enfants.

Il lui faut maintenant soulever Mélodie, prendre tout son poids sur elle, et faire demi-tour pour regagner la plage sans glisser ni tomber. La petite dans les bras, Jeanne cherche des yeux l'endroit le plus sûr où traverser.

Au-delà du rocher, une sorte de petit bassin assez profond lui remet en mémoire ces trous d'eau où, petite, elle venait patauger et se baigner avec son père, du temps où il était encore vivant et où il essayait de dénicher des truites pour le souper sous les pierres en surplomb.

Elle a les yeux sur l'eau verte du bassin quand elle y voit tout à coup des poissons. Deux poissons, morts, dont le ventre blanc flotte à la surface. Bizarrement, ils ne sont pas emportés par le courant... comme s'ils étaient attachés à quelque chose sous l'eau... Mais... ce ne sont pas des poissons...

Un haut-le-cœur, et Jeanne détourne les yeux. Prise de frissons, l'enfant toujours serrée contre elle, elle sent monter la nausée. Elle essaye de toutes ses forces de la contenir, mais en vain. Elle se plie en deux et vomit son sandwich. Des particules de nourriture régurgitée éclaboussent le bras de Mélodie. Puis le courant les entraîne, en direction de l'eau verte, des plantes de pied blanchâtres du noyé et de l'entonnoir étroit où des lambeaux de peau, formant un tourbillon sanguinolent, remontent des profondeurs, où doit se trouver la tête.

Voilà qu'elle arrivait.

L'ultime tempête de sa vie. Audrun savait que, après son passage, si elle lui survivait, plus rien ne serait pareil, et elle serait libre. Elle déferla sur La Callune par une fin d'après-midi où le soleil était encore chaud, et le ciel d'un bleu sans fond.

D'abord, Audrun entendit la sirène d'une ambulance, puis elle vit plusieurs voitures de police se rassembler sur la route. Elle compta les policiers qui en descendaient : cinq, six, sept... et se dit : je vais peut-être devoir répéter mon histoire sept fois, ou plus, qui sait, encore et encore, la même histoire, la même déclaration.

Elle alla se changer, enfila une robe en coton propre et des sandales en cuir marron, achetées au marché de Ruasse.

Elle se recoiffa. Elle entendait les radios des policiers crachoter et glapir comme des animaux dans un zoo. Tout se passait exactement comme elle l'avait imaginé, comme si elle l'avait déjà vu dans un film – des centaines de films, qu'elle avait regardés seule, dans son fauteuil, les après-midi d'hiver, sa couverture au crochet sur les genoux, avec pour toute lumière celle de la télévision. Des films qui lui avaient appris une chose : comment doit se comporter le témoin innocent, autrement dit elle-même.

Elle s'attendait presque à voir débarquer un Aramon affolé, mais il ne se montra pas. Elle en conclut qu'il se cachait. Dans un endroit où il se croirait en sécurité : dans une armoire, en compagnie de ses vieux vêtements et de son fusil ; au grenier ; dans le petit bois de chênes verts derrière l'enclos des chiens. Comme si, une fois roulé en boule comme un hérisson, il avait le pouvoir de devenir invisible...

Ce fut peu avant le coucher du soleil que le premier policier frappa à la porte d'Audrun. Un autre homme l'accompagnait, habillé en civil, le genre d'expert qui, dans les films à la télé, reconstitue les événements.

Celui-là, contrairement aux simples flics, se voit toujours gratifié d'une vie privée à problèmes : son mariage bat de l'aile, il boit, ou il souffre de dépression. En fait, tout ce qui peut le rendre humain et faciliter l'identification du spectateur.

Audrun savait donc que c'était à lui qu'elle devrait adresser ses déclarations − d'une voix un peu hésitante (forcément, à cause du choc), mais en observant une séquence logique. Et cet homme se montrerait gentil avec elle, l'écouterait patiemment, pendant que le flic, lui, prendrait des notes...

Il s'appelait Travier, inspecteur Travier. La quarantaine, bel homme. Il prit place dans la cuisine, propre et bien rangée.

— On a repêché le corps d'un homme dans la rivière, annonça-t-il d'un ton grave.

Audrun en eut le souffle coupé. L'attente du moment où elle entendrait enfin ces mots lui semblait à présent avoir duré une éternité, des années. Elle empoigna le haut de sa robe en coton.

— Noyé ? se força-t-elle à demander d'une voix haletante. C'est pas un des pêcheurs du village ?

— Non, non. Nous sommes sûrs à quatre-vingt-dix pour cent qu'il s'agit du corps du touriste anglais disparu, Anthony Verey.

— Ah, oui, l'Anglais, fit Audrun. J'ai lu ça dans les journaux. Il était dans la rivière, alors ? Il a glissé et il est tombé ? Elle peut être traître la rivière, quand on ne connaît pas...

— La cause de la mort reste encore à déterminer, dit Travier, mais nous avons des raisons de croire, au vu d'une blessure au ventre, qu'il s'agit d'un crime.

— Oh, mon Dieu ! s'exclama Audrun, avant de se lever pour attraper un verre sur l'égouttoir, le remplir au robinet et avaler plusieurs gorgées.

Travier attendait. Du coin de l'œil, Audrun vit le flic qui la regardait avec attention, mais Travier attendait patiemment, se contentant de parcourir la pièce des yeux. Quand Audrun se rassit, Travier s'éclaircit la voix.

— Il est établi, commença-t-il, que, le 27 avril dernier, M. Verey est venu ici, pour visiter la maison connue sous le nom de mas Lunel...

— Excusez-moi, dit Audrun. Je suis vraiment désolée, mais je suis incapable de parler pour le moment. Je n'arrive pas à retrouver mon souffle. Je suis tellement bouleversée par la nouvelle. Qui est-ce qui a découvert le corps ?

— Une jeune femme, madame. Qui pique-niquait avec un groupe d'élèves. En réalité, c'est une des enfants qui a été la première sur place.

— Oh non ! s'exclama Audrun. Mon Dieu, il arrive de ces choses…

— Je sais, dit Travier, comme pour faire écho aux pensées non exprimées d'Audrun. C'est terrible.

Audrun triturait sa poitrine osseuse, comme si elle cherchait à se masser le cœur. Quand son agitation se fut un peu calmée, l'inspecteur Travier lui dit :

— Vous vous sentez mieux ? Puis-je vous poser quelques questions ?

— Mon Dieu, mon Dieu ! fit encore Audrun. C'est que, vous savez, je l'ai rencontré, ce pauvre monsieur. Je l'ai vu vivant…

— Vous l'avez rencontré quand il est venu visiter le mas ?

— Oui.

— C'est votre maison de famille ?

— *C'était*, inspecteur. Aramon – c'est mon frère – en a hérité à la mort de notre père. Mais c'est trop lourd pour lui aujourd'hui : maintenir la maison en état, s'occuper de la terre… Il est plus âgé que moi. Et il n'est pas en bonne santé…

— Alors il a décidé de vendre ?

— C'était l'argent qu'il voulait, inspecteur. Beaucoup d'argent. Eh oui, tout le monde veut être riche aujourd'hui, c'est la plaie du monde moderne. On ne l'a jamais été dans cette famille, on se débrouillait, sans plus. Je ne sais pas ce qui lui a pris, à Aramon.

L'inspecteur Travier réfléchit, le menton dans la main. Audrun avala une autre gorgée d'eau.

— Vous avez rencontré M. Verey, c'est bien ça, le jour où il est venu de Ruasse visiter la maison avec les agents immobiliers ?

— Je ne sais plus, dit Audrun. Les jours, les dates, vous savez… Je m'y perds… Et puis, c'est terrible, j'arrête pas de penser à cette pauvre petite qui a découvert le corps ! Une chose pareille pourrait vous marquer pour la vie, non ? Vous hanter jusque dans vos rêves.

— On va lui fournir un soutien psychologique. L'aider à oublier. Bon, maintenant pourriez-vous me confirmer la date de votre rencontre avec M. Verey ?

— Probablement fin avril. Je ne me souviens pas de la date exacte. Je n'ai pas de calendrier, voyez-vous. Je n'aurais pas grand-chose à inscrire dessus.

— Je comprends. Mais vous êtes bien sûre de l'avoir vu à cette occasion ?

— Oui.

— Pourriez-vous nous dire s'il était seul, en dehors de la personne de l'agence ?

— Non, il n'était pas seul. Cette fois-là, il était avec sa sœur, je crois, et une amie, en plus de la dame de l'agence. Et la seconde fois…

Audrun s'arrêta net, plaquant sa main sur sa bouche. Le silence s'installa dans la petite pièce. Travier, qui avait les mêmes yeux bleus intelligents que ceux de ses homologues cinématographiques, échangea un regard avec son assistant, puis ses yeux bleus si attirants se plissèrent et se fixèrent sur Audrun avec une attention qui lui procura un frisson de plaisir.

— Parlez-moi un peu de cette « seconde fois », dit-il.

— Je ne suis pas vraiment sûre, reprit Audrun en secouant la tête. Je ne devrais pas dire des choses dont je ne suis pas sûre…

Elle baissa la tête. Les deux hommes la regardèrent attentivement. Elle posa ses mains l'une à côté de l'autre sur la toile cirée à motifs, assise à la place où elle prenait ses innombrables repas solitaires, et ses comprimés, et restait parfois sans rien faire, à attendre que commence sa vie – sa vraie vie, celle dans laquelle elle se sentirait enfin en sécurité. Puis elle respira profondément et, ce faisant, prit conscience de l'odeur un peu entêtante que distillaient dans sa minuscule cuisine ces deux hommes en pleine force de l'âge.

— Cette seconde fois… poursuivit Travier. Vous dites ne pas être sûre, mais vous croyez avoir revu Verey, c'est bien ça ?

— Je crois que c'était lui, dit Audrun après une hésitation. Je n'en jurerais pas. J'ai vu un homme monter vers le mas.

— Seul ?

— Oui. J'ai regardé par la fenêtre et je l'ai vu, de dos. Je me suis dit : Tiens, M. Verey a décidé de revenir. Je ne suis pas sortie lui parler. Je l'ai juste vu se diriger vers l'entrée du mas, et il était seul. Et puis, un peu plus tard, je regardais par l'autre fenêtre, celle de mon salon, et je l'ai vu, ce M. Verey j'entends, traverser la route avec Aramon…

— Aramon, votre frère ?

— Oui.

L'agent n'arrêtait pas d'écrire. Le visage de Travier était maintenant tout près de celui d'Audrun. En dépit de la couleur des yeux, il y avait en lui quelque chose qui lui rappela Raoul Molezon, le Raoul d'antan. Elle se surprit à se demander si Travier avait jamais offert un sirop de pêche à une jeune fille chère à son cœur dans un café de Ruasse.

— Et après, cet homme, vous l'avez revu ? demanda l'inspecteur.

— Non, répondit Audrun.

— Vous êtes sûre ? Absolument sûre ? Vous ne les avez pas aperçus tous les deux, revenant de la rivière ?

— Non. C'est la dernière fois que je l'ai vu.

— Et votre frère ? Vous l'avez revu, après ?

— Je ne m'en souviens plus, dit-elle, après avoir bu encore une gorgée d'eau.

— Donc, vous ne l'avez pas vu lui non plus revenir de la rivière ?

— Non.

— Quand croyez-vous l'avoir revu… Aramon, j'entends ?

— Je ne sais pas. Je vous l'ai dit, j'ai du mal à me retrouver dans les dates. Je dirais trois ou quatre jours plus tard. Peut-être le jour où il a trouvé un chien mort dans l'enclos.

— Un chien mort ?

— Oui. Mon frère en était tout retourné. Il adore ses chiens, des chiens de chasse. Mais un matin, quand il est sorti, il en a trouvé un qui était mort. Ça l'a retourné.

— Il chasse le sanglier avec ses chiens ?

— Oui. Il y a une société de chasse à La Callune.

— Il a un fusil alors ?

— Oui, bien sûr. Mais, rassurez-vous, il a un permis. On ne sait pas pourquoi le chien est mort. Mais Aramon a eu du mal à s'en remettre. Et… je crois bien que c'est ce jour-là que je lui ai montré la photo de M. Verey dans les journaux. Je lui ai dit : « C'est pas la personne qui est venue ici ? » Il m'a paru tout affolé. Mais c'était l'histoire du chien qui le tourmentait, je crois, il se demandait comment il allait pouvoir l'enterrer, dans ce sol qui est dur comme du caillou.

L'agent cessa d'écrire, et Travier et lui échangèrent à nouveau un coup d'œil. Un coup d'œil on ne peut plus parlant, de l'avis d'Audrun. Dans les films, les regards se substituaient souvent aux mots, parce que les metteurs en scène s'efforçaient d'être réalistes, de rendre la manière dont les choses se passaient dans la vie, par le biais de silences, de profondeurs muettes...

Travier se leva de sa chaise et se mit à aller et venir dans la pièce. Les mains dans les poches.

— Mademoiselle Lunel, finit-il par dire après s'être immobilisé, votre frère s'était-il mis d'accord avec M. Verey sur la vente de la maison ?

— Non, dit Audrun. Il pensait que M. Verey allait l'acheter... pour une très grosse somme, mais, finalement, il a changé d'avis.

— Qui a changé d'avis ?

— M. Verey. Il s'est ravisé... du moins c'est ce que mon frère m'a dit. Peut-être qu'il avait trouvé une autre maison. Aramon a été...

— Oui ?

— Ma foi, je crois qu'il a été déçu. C'était vraiment une grosse somme, vous comprenez. Il se voyait déjà riche.

Travier se rassit et tendit le bras vers Audrun, comme s'il voulait prendre une de ses mains dans les siennes, mais elle les croisa sur ses genoux et garda ses distances. Elle s'imagina le metteur en scène en train de lui dire :

— Non, non, ne le laissez pas faire, Audrun. Rappelez-vous que vous êtes innocente. *In-no-cente.* Et les innocents ne trahissent aucune faiblesse. Au contraire, ils montrent qu'ils n'ont aucun besoin d'attentions particulières.

Travier lui parla néanmoins d'une voix douce et pleine de gentillesse.

— Permettez-moi de vous demander, mademoiselle Lunel, si, selon vous, votre frère éprouvait une quelconque hostilité à l'égard de Verey ?

— Est-ce que vous êtes en train de me demander, dit Audrun, ouvrant de grands yeux et soutenant le regard de Travier, si je pense que mon frère aurait pu lui nuire ?

— Tout à fait. Je voudrais effectivement savoir si, à votre avis, votre frère a quelque chose à voir dans la mort d'Anthony Verey.

C'est alors qu'elle se mit à pleurer. Sans effort.

Les larmes lui avaient toujours été faciles : elle n'avait qu'à penser à Bernadette. Elle n'avait même pas besoin de faire semblant. Il lui suffisait de penser à Bernadette l'appelant de la chaise où elle était assise au soleil à effiler des haricots, une passoire sur les genoux.

Audrun enfouit la tête dans ses mains, la secoua d'un côté et de l'autre et sentit la main réconfortante de l'inspecteur Travier sur son épaule.

— Je suis désolé, dit-il, d'avoir à vous poser une question aussi pénible. Vous n'êtes pas obligée d'y répondre. Vous n'êtes pas obligée…

— J'ai peur pour lui ! s'écria Audrun. Il a des absences. Il fait des choses et après il oublie. Le pauvre ! Il a complètement perdu la mémoire. J'ai tellement peur pour lui, si vous saviez !

Elle sanglota un long moment… des sanglots qui lui parurent très beaux, très harmonieux.

Comme elle s'en doutait, les policiers ne s'attardèrent guère, après cette scène.

Ils rejoignirent l'une des voitures stationnées sur la route, et les borborygmes saccadés des radios retentirent dans toute la vallée. Audrun resta hors de vue, dans la pénombre derrière sa fenêtre, à observer et à attendre. Le soleil se coucha bientôt, et la grisaille engloutit le paysage désormais sans relief.

C'est dans cette lumière entre chien et loup qu'elle les vit passer devant sa porte : vingt ou trente policiers armés.

Ils sont bien trop nombreux, songea-t-elle. Trop nombreux pour le peu qu'il y a à faire.

Elle entrouvrit sa porte et regarda, sans bouger.

Les hommes se déplaçaient lentement et sans bruit, se déployant en éventail devant le mas. Travier les accompagnait. Un fourgon cellulaire attendait.

Quand les chiens flairèrent l'odeur de tous ces hommes, ils se mirent à japper et aboyer, et Audrun se demanda si Aramon, dans un geste ultime de défi, n'allait pas les lâcher. Elle entendait leurs griffes racler contre le grillage de l'enclos.

Elle tendit le cou pour mieux voir. Trois des policiers se dirigeaient vers la grange, tandis que les autres continuaient à avancer vers le mas. Audrun suivit un moment les premiers par la pensée. Elle les entendait d'ici forcer le cadenas neuf qu'Aramon avait posé sur le portail, tirer sur les battants…

Elle pensa que, même aidés de leurs torches, ils risquaient de ne pas voir la voiture tout de suite, parce que la grange avec sa haute voûte sombre était immense et parce qu'elle avait si bien réussi son camouflage… mais il ne leur faudrait pas longtemps pour la découvrir…

La rentrer dans la grange, cette voiture tellement plus grosse et puissante que sa petite Fiat, lui avait donné des sueurs froides. C'était le pire moment qu'elle ait connu. Son cœur battait d'une façon pitoyable, comme celui d'une poule naine. Dans ses gants en caoutchouc, ses mains transpiraient abondamment. Elle avait calé dans l'allée et avait dû donner un grand coup d'accélérateur en redémarrant, terrifiée à l'idée qu'Aramon voie ou entende quelque chose, parce qu'alors tout serait perdu, absolument tout. Mais personne ne s'était montré. Aucune voiture n'était passée sur la route.

Quand la Renault avait enfin été en place – l'horrible sandwich soigneusement enfermé à l'intérieur –, et qu'Audrun eut commencé à la recouvrir avec des toiles de sac avant d'entasser par-dessus toute une collection d'objets déglingués et abandonnés là par Aramon au fil du temps, elle s'était louée de son habileté. Les gens la croyaient stupide. Simplement parce qu'elle n'avait pas pu avoir une vie normale avec un mari qu'elle aurait aimé, ils croyaient qu'elle n'avait aucune idée de la manière dont fonctionnait le monde. Elle aurait bien voulu savoir à présent combien d'entre eux auraient été capables de mener à bien une telle entreprise. Combien auraient pu le faire et ressentir, dans le même temps, pareille exaltation.

Plus tard, le fourgon passa devant sa porte, l'éclat jaune de ses phares trouant l'obscurité. Audrun savait qu'Aramon était à l'intérieur. Elle imagina le commissariat dans lequel on l'enfermerait, vit sa vieille tête d'épouvantail tomber sur la couchette inconfortable, vit ses yeux loucher sous l'effet de l'incompréhension, en parcourant, hébétés, la cellule autour de lui.

Veronica fut conduite à la morgue de l'hôpital de Ruasse.

On lui avait dit au téléphone que le corps avait déjà été identifié grâce aux échantillons d'ADN, et que, par conséquent, elle n'aurait pas à subir cette épreuve, laquelle était, dans de nombreux cas, dont celui-ci, épargnée aux familles et appartenait désormais à une époque révolue.

Mais Veronica savait que, tant qu'elle n'aurait pas vu Anthony de ses yeux, qu'elle ne serait pas sûre qu'on ne lui mentait pas, elle ne pourrait pas faire son deuil. Et risquait de devenir folle. Elle passerait son temps assise à la fenêtre, à guetter le bruit de sa voiture. Elle vieillirait là, à attendre, l'oreille tendue. Elle continuerait à faire le ménage dans sa chambre et à aérer le lit. L'illusion qu'il puisse un jour franchir le seuil de la porte ne la quitterait jamais.

Elle contemplait à présent un cadavre grisâtre et gonflé, un assemblage de chairs décomposées et fétides et un visage aux traits complètement effacés, le tout enfermé dans une housse étanche dont on avait en partie baissé la fermeture Éclair.

Ça pourrait être n'importe qui... avait-elle envie de dire. Mais certainement pas Anthony. Qui était mince, avait des cheveux drus et abondants, des mains fines...

C'était bien lui, pourtant. Impossible de se tromper.

Un immense sentiment de pitié l'envahit, pareil au *largo* d'une symphonie, une pitié profonde et sans borne.

On l'emmena se remettre dans une petite pièce voisine. Elle s'assit sur une banquette dure. Un assistant de la morgue lui apporta un verre d'eau. En Angleterre, se dit-elle, elle aurait eu droit à une tasse de thé, mais peu importait.

Aucun de ces petits détails n'avait plus la moindre importance… n'en aurait plus jamais.

Elle ne savait pas où aller ni que faire. Elle songea à la vie de l'hôpital qui continuait au-dessus d'elle, autour d'elle. Les médecins et les infirmières se précipitant d'un pavillon au bloc opératoire, puis à la salle de réanimation, puis à un autre pavillon, essayant de dompter la souffrance, de sauver des vies. Et les malades, si touchants dans leur conviction que leurs souffrances seraient effectivement domptées, leur vie sauvée ! Oubliant que, au bout du compte, toutes les batailles sont perdues. Toutes sans exception.

Le jeune assistant, un étudiant d'une vingtaine d'années, s'était agenouillé à côté d'elle et lui tenait la main. Sur sa combinaison verte, il portait un tablier en plastique de la même couleur, d'une propreté aveuglante.

— Je sais, lui dit Veronica, que j'aurais des choses à faire. Des tas de choses. Mais, pour l'instant, je n'arrive même pas à imaginer lesquelles.

Il inclina sa tête recouverte d'une coiffe en gaze en signe d'assentiment.

— Vous verrez plus tard, madame, dit-il avec douceur.

— Je ne sais pas. J'ai l'impression que mon esprit s'est... comment dire... dilué, en quelque sorte.

— C'est normal. Tout à fait normal. C'est le choc. Pensez-vous pouvoir vous lever ? Je vais vous emmener jusqu'à la voiture de la police, qui vous raccompagnera chez vous.

— Comment vous appelez-vous ? demanda Veronica d'une voix tendre, presque maternelle.

— Paul.

— Paul, répéta Veronica. C'est un très joli nom. Facile à mémoriser. J'aime bien les prénoms comme ça.

Des tas de choses à faire...

Mais elle ne fit rien. Tout en sachant qu'elle était impardonnable.

Elle resta assise sur la terrasse, à regarder tomber les feuilles. Dans une immobilité telle qu'elle en eut bientôt les pieds presque complètement insensibles. Puis elle se leva, gagna sa chambre en boitillant et s'allongea, incapable de rester debout plus longtemps. Elle se couvrit du drap et du dessus-de-lit bleu et blanc, ferma les yeux.

Elle savait que pleurer figurait parmi les choses qu'elle aurait dû faire, mais c'était là une exigence impossible à satisfaire, le genre d'exigences stupides et cruelles qu'aurait eues Lal – elle, ou quelque étranger qui ne la connaissait pas vraiment, ne la connaîtrait jamais, ne saurait jamais, absolument jamais, ce que c'était que d'être Veronica Verey, vivante parmi les vivants...

Elle se demanda si, en fait, elle referait jamais quelque chose un jour, en dehors de rester allongée sur son lit aux Glaniques. Simplement allongée là, incapable du moindre mouvement, comme un personnage d'une de ces épouvantables pièces de Beckett dans lesquelles il ne se passe jamais rien. C'était probable.

Elle réfléchit à toutes les choses qu'elle pourrait faire, aucune ne la tentait. Elle se rappela que le jour où il avait fallu appeler le vétérinaire pour faire piquer Susan, elle s'était précipitée dans le petit bois derrière Bartle House, et, un bâton à la main, s'était mise à courir dans tous les sens, en fouettant les arbres. Elle avait continué ses assauts jusqu'à ce que le bâton se casse, puis elle en avait trouvé un autre et avait recommencé à cingler les arbres autour d'elle jusqu'au moment où, hors d'haleine, elle s'était affaissée face conre terre sur un oreiller de mousse.

Aujourd'hui, avec le recul, elle admirait la fille qui s'était livrée à un tel assaut, imaginait le rose qui lui était monté aux joues.

Elle trouvait pareille réaction admirable, et tout à fait justifiée pour un cheval aussi adorable. Mais, à présent, allongée sur son lit, elle se sentait si épuisée à l'idée d'avoir à faire le moindre mouvement qu'elle avait l'impression de s'enfoncer dans le matelas, aussi mou et profond que des sables mouvants. Le seul fait de respirer la fatiguait.

Peut-être avait-elle dormi. Elle n'en était pas sûre.

La pièce était sombre, et elle entendait quelque chose, un bruit qu'elle était censée reconnaître, sans pour autant pouvoir le faire.

Un bruit qui appartenait à une vie antérieure.

Au bout d'un moment, elle décida qu'il devait s'agir de la sonnerie du téléphone, mais il n'y avait personne à qui elle eût envie de parler. Elle était heureuse d'une chose : elle était seule. Elle se dit qu'il y avait dans cette solitude une forme de dignité et de paix.

Les souvenirs affluèrent en cascade, tels des lutins, des personnages échappés d'une histoire et engagés dans une folle farandole. « *Regarde-nous ! Regarde ! Nous sommes vivants !* »

Un soir où…

… Anthony et elle mangeaient des céréales, seuls dans la cuisine de Bartle House. Lal dînait dehors. Elle-même devait avoir une quinzaine d'années, et Anthony, douze ou treize ans. En guise de souper, ils n'avaient que des céréales. Anthony alla ouvrir la porte du réfrigérateur pour constater qu'il était rempli de bouteilles de champagne et de plats de gibier et de poisson tout préparés en prévision d'une réception que donnait Lal le lendemain soir pour ses amis huppés du Hampshire.

— Regarde ça, dit-il. Et nous, on n'a jamais rien. Je comprends pas pourquoi.

— Bien sûr que si, répliqua Veronica.

— Tu veux dire qu'elle n'a rien à faire de nous ?

— Je veux dire qu'elle ne nous aime pas, tout simplement.

Il revint s'asseoir et contempla ses céréales à peine entamées dans le bol bleu. Puis il renversa le bol et laissa la bouillie de lait et de corn flakes détremper la nappe, avant de l'étaler sur la table. Veronica se leva et vint lui passer les bras autour du cou. Elle l'embrassa sur le sommet du crâne.

— Moi, je t'aime, avait-elle dit. Et je t'aimerai toujours. Je te le promets, toujours.

— Je sais, V, avait-il répondu.

Avait-elle été fidèle à sa promesse ?

Il y avait eu des moments d'abandon, des mois entiers pendant lesquels elle ne l'appelait pas, pensait à peine à

lui, surtout après qu'elle eut rencontré Kitty Meadows.
Elle voyait clairement aujourd'hui comment les choses
s'étaient passées : Kitty avait toujours voulu la séparer
d'Anthony, détruire les sentiments qu'elle avait pour lui
— comme s'ils étaient d'ordre sexuel et représentaient pour
elle une menace. Si bien que, en un sens, c'était Kitty qui
était responsable de la mort d'Anthony...

L'idée tenait tout à fait debout : *Kitty était responsable.*

Veronica décida qu'elle pourrait désormais s'y tenir :
oui, Kitty avait causé la mort d'Anthony. Certes, c'était
quelqu'un d'autre, un pauvre malheureux, à moitié fou,
qui l'avait tué... parce que c'était un touriste, un
étranger ? Bref, pour une raison qui lui échapperait
toujours. Mais c'était Kitty qui avait voulu sa mort. Elle
qui s'était montrée trop bornée pour comprendre la
nature de la relation qui les unissait, son frère et elle, et
qui, mue par une jalousie tout à fait hors de propos, l'avait
tué à force de désirer sa mort.

Le téléphone sonna à nouveau ; Veronica ne bougea pas.

Pendant la nuit, elle se réveilla et crut entendre la pluie.
Mais elle savait qu'on peut parfois se tromper et croire
qu'il pleut, alors que ce n'est que le vent qui tourne et
bruit différemment dans les arbres.

Le chuintement se poursuivit longtemps, sans faiblir.
Elle faillit se lever pour aller voir s'il pleuvait vraiment, si
ces semaines de sècheresse arrivaient enfin à leur terme,
avant de constater que la pluie la laissait tout aussi insensible que le reste. Le jardin pouvait bien mourir...

Après tout, qu'est-ce qu'un jardin ? Un bout de terre
artificiellement transformé, qui réclame des soins à n'en
plus finir. Une tentative pour créer un paradis miniature
destiné à consoler de tout ce qu'on ne possédera jamais.

C'est alors que lui vint une nouvelle idée : *un enfant, il leur aurait fallu un enfant.* Le mien ou celui d'Anthony, peu importe. Quelqu'un à qui léguer aujourd'hui le fruit de nos efforts.

Un vrai *bien-aimé*, enfin.

Le feu arriva dans les collines derrière La Callune.

Un promeneur inconscient jette un mégot de cigarette. Une feuille s'enflamme...

Le mistral poussait les flammes sur l'horizon. Le vent soufflait du nord, et le feu, gorgé de résine de pin, s'apaisa un moment, avant de changer de direction et de se lancer à l'assaut de la vallée.

L'air était chargé de fumée et résonnait des sirènes des camions de pompiers. Marianne Viala arriva hors d'haleine chez Audrun, et les deux femmes vieillissantes se postèrent près de la grille pour regarder. Ce n'était pas la première fois qu'elles étaient confrontées à la grandeur impitoyable des incendies cévenols. En maintes occasions, elles avaient vu le ciel noircir. Les vignes se couvrir d'une couche de cendres grises. Les lignes électriques exploser. Mais jamais encore elles n'avaient vu le feu venir droit sur elles, comme il le faisait en cet instant, droit sur le mas Lunel, poussé par le vent tournant.

Marianne saisit la main d'Audrun. Les pompiers hissaient leurs lourds tuyaux sur les terrasses abruptes.

— Les canadairs arrivent, dit Marianne. Jeanne a eu Luc au téléphone, elle vient de m'appeler. Les canadairs vont éteindre tout ça, Audrun. Ils sont sur la côte en ce moment, en train de faire le plein.

Audrun leva les yeux vers les hauteurs. Ce qui la fascinait dans le feu, c'était son côté vivant. Au milieu de ses crépitements et de ses crachotements, elle l'entendait presque clamer fièrement : *La terre m'appartient, cette terre inflammable comme de l'amadou m'a de tout temps appartenu.*

Par comparaison avec ce feu infatigable et fier, Audrun se faisait l'impression d'un fantôme. Elle savait qu'elle était au bord d'un de ses « épisodes ». Savait qu'elle aurait dû aller s'allonger, tout de suite, avant qu'il se déclenche pour de bon. Mais cette fois-ci, elle essaya de résister. Elle s'accrocha à Marianne, la tête baissée, le regard concentré sur le sol à ses pieds. Parfois, elle réussissait à en venir à bout de cette manière, par sa seule volonté, les yeux rivés à terre.

Quand elle releva les yeux, Raoul Molezon était là, sa camionnette arrêtée dans l'allée. Elle entendit Marianne lui dire :

— Elle ne va pas bien, Raoul. Elle ne va pas tarder à…

Mais ce n'était pas le moment de penser à ça. Audrun elle-même le savait. Elle sentit la main de Raoul sur son bras.

— Les chiens ! lui hurla-t-il. Je vais libérer les chiens.

— Les chiens ?

— On peut pas les laisser brûler vifs !

Il s'élança en direction du mas, et Audrun se réjouit de penser que Raoul Molezon pouvait encore courir aussi vite qu'un adolescent. Elle se dégagea de l'étreinte de Marianne et essaya de courir après lui, non pas parce qu'il était encore beau à ses yeux, mais parce qu'il avait raison, il fallait sauver les chiens – ces pauvres bêtes qu'elle maintenait en vie avec des os et des abats depuis qu'Aramon avait été emmené sous bonne garde dans le fourgon de la police.

Elle comprit aussi, tout en courant, que, s'il fallait sauver les chiens, il y avait d'autres choses à sauver au mas.

Audrun entendit Marianne lui crier de revenir, mais elle continua sa course.

Elle devait avoir l'air ridicule, à vouloir courir ainsi. Un de ses pieds semblait partir dans la mauvaise direction, et elle n'arrêtait pas de trébucher. Mais il fallait qu'elle atteigne la maison avant que les pompiers l'envahissent et l'en empêchent. Parce que tout ce qu'il restait de Bernadette était à l'intérieur. L'évier où elle épluchait les pommes de terre. Le lit où elle dormait. La table à laquelle elle s'accoudait...

Raoul était devant l'enclos. Audrun le vit pousser la barre qui fermait la grille ; les chiens se bousculèrent, se montèrent les uns sur les autres, pressés de retrouver la liberté, puis se mirent à tourner en rond comme des fous, urinant et déféquant de joie et d'excitation. Un seul chien restait dans la cage, allongé dans la boue desséchée, les yeux fixes et terrifiés, mais sans voix. Raoul alla vers lui et le souleva dans ses bras pour le sortir, et Audrun se dit : Raoul Molezon est bon, il l'a toujours été...

Elle passa près de lui sans s'arrêter et continua jusqu'à la maison. Elle poussa la porte, la lourde porte que la police avait fendue en la forçant, et qui ne fermait plus. Elle se retrouva dans la cuisine qu'elle avait nettoyée de fond en comble une fois Aramon parti, une fois terminée la perquisition des gendarmes ; elle avait alors jeté tout ce qui avait appartenu à son frère : tous ses gadgets et ses trucs à moitié cassés, tous les ustensiles domestiques dont il avait pu se servir. La cuisine était débarrassée de son odeur et sentait maintenant la soude caustique et la cire. Les vieux robinets en cuivre sur l'évier étincelaient dans le soleil. La table en chêne noircie retrouvait lentement sa blancheur primitive.

Audrun se dit que si le feu devait venir détruire tout ça… maintenant que tout était récuré, rénové, en passe de retrouver son état premier… il y aurait là quelque chose de profondément injuste. Elle le dit même à voix haute : « Ce n'est pas juste. »

Elle entreprit de pousser la lourde table en direction de la porte défoncée, pour essayer de la sortir, de la sauver du feu, avant de s'apercevoir qu'elle était trop large pour passer par l'ouverture, même si elle avait eu assez de force pour la soulever. Si bien qu'elle se retrouva coincée derrière la table en travers de la porte, et elle resta là comme une commerçante attendant les clients derrière son comptoir. Elle savait que c'était stupide, que ça n'avançait à rien. Mais elle ne voyait pas ce qu'elle pouvait faire d'autre. Elle sentait l'incendie se rapprocher, sans avoir la moindre idée de la manière dont elle aurait pu le combattre. Quand elle tomba, elle s'effondra la tête sur la table, les bras en croix.

Parfois, quand un « épisode » se produisait, c'était le noir total qui l'encerclait, et par la suite elle ne se souvenait plus de rien. D'autres fois, des images trouaient le noir, des visions qui prenaient corps et s'animaient, comme au début d'un vieux diaporama, ou d'un film… et des fragments lui restaient en mémoire…

Le ciel est immense, empli de lumière, pareil à un écran géant.

Audrun est sous ce ciel, effile ses haricots d'Espagne, quand elle voit la voiture noire passer devant chez elle pour aller s'arrêter devant le mas.

L'Anglais en descend et frappe à la porte, mais il n'y a personne. Aramon est dans les vignes, sur les terrasses, avec son sécateur, son pulvérisateur de désherbant, de la bière et du pain pour son repas.

Audrun interrompt son travail. Elle est tout excitée soudain à l'idée d'être seule ici avec le touriste anglais et de l'avoir en quelque sorte à sa merci. La terre lui appartient à elle – aurait dû lui appartenir tout entière, jusqu'au dernier centimètre carré –, et Verey a pénétré sans autorisation sur une propriété privée ; elle peut s'amuser avec lui comme bon lui semblera.

Elle enlève ses gants verts en caoutchouc et les glisse dans la poche de son tablier. Elle remonte sans bruit l'allée et prend Verey par surprise. De toute évidence, c'est un homme nerveux. Il lui fait penser à un pantin, long et mou.

Elle se présente : je suis la sœur d'Aramon, la propriétaire de la petite maison. Il lui jette un regard dédaigneux (« la propriétaire de la bicoque... celle que je voudrais pouvoir faire disparaître »), avant de se rappeler qu'il lui faut être poli ; alors il lui serre la main, lui dit qu'il est revenu jeter un coup d'œil au mas. Il a un geste de la main qui embrasse les alentours.

— C'est magnifique, dit-il. Et puis j'aime ce silence.

Elle ouvre la porte du mas et passe devant lui. Il fait lentement le tour de la maison. Ses yeux se portent le plus souvent sur les poutres des hauts plafonds. Elle le suit en silence d'une pièce à l'autre, observant ses moindres mouvements. Elle sait qu'il se voit déjà propriétaire du mas, et imagine Bernadette, si elle était encore de ce monde, lui adresser son plus joli sourire et lui dire tranquillement :

— Désolée, monsieur, mais vous vous faites des illusions, j'en ai peur. Ici, c'est ma maison.

Ils arrivent à l'ancienne chambre d'Audrun. Celle-ci reste sur le seuil. Verey entre, ouvre grand les volets, inondant la pièce de lumière ; le soleil tombe sur le lit d'Audrun et sur la commode où elle cachait ces gaines dégoûtantes sous ses pauvres hardes.

L'Anglais se penche à la fenêtre. Il écarte les bras, comme pour embrasser la vue sur la vallée. Puis il se tourne vers Audrun.

— Si j'achetais la maison… dit-il dans son français hésitant, ce que j'ai l'intention de faire… accepteriez-vous de travailler pour moi ? Je vais avoir besoin de quelqu'un pour s'en occuper…

Elle le regarde, les yeux ronds, cet étranger qui a pris possession de sa chambre. Elle s'imagine à genoux par terre, en train de récurer les sols pour lui, travaillant jusqu'à épuisement, jusqu'à ce qu'elle soit trop vieille pour pouvoir continuer, enfermée chez elle, prisonnière derrière le mur que cet homme aura élevé pour la tenir hors de vue. C'est alors qu'elle la sent germer – exactement comme elle l'a toujours pensé –, cette idée qui va la libérer.

À présent, Audrun et Verey marchent en direction de la rivière. Ils avancent lentement, tant Verey semble éprouver de difficulté à marcher sur le sol parsemé de touffes d'herbe. Les grillons bondissent autour de leurs pieds, et il essaie en vain de les écarter avec une petite branche cassée.

Audrun a le fusil d'Aramon à l'épaule.

Au moment où ils s'apprêtaient à quitter la maison, elle a sorti ses gants de caoutchouc de sa poche et les a enfilés, puis elle a décroché le fusil du râtelier. Délicatement, elle a introduit deux cartouches dans la chambre, émerveillée de la façon dont elles s'adaptaient à leur logement.

— Pour les hérons, a-t-elle dit, en soupesant le fusil.

— Les hérons ? a demandé Verey.

— Oui. Les oiseaux du diable, comme on les appelle chez nous.

Elle ignorait si l'Anglais comprenait tout ce qu'elle lui disait, mais s'est dit que c'était sans grande importance.

— Il y a encore des poissons dans la rivière, a-t-elle poursuivi. Des truites et des ombres. Quand j'étais enfant, on mangeait souvent du poisson de rivière. Mais les étés sont trop secs à présent. Les poissons meurent dans l'eau peu profonde, parce qu'ils n'ont pas assez d'oxygène, et c'est alors qu'arrivent les hérons. De vrais vautours, ceux-là. Ils se contentent d'attendre et fondent sur leur proie. Ils prennent les derniers poissons qui restent dans le Gardon. C'est pourquoi il faut les éliminer.

— Les éliminer ?

— Ben oui, les tuer.

— Ah oui, je vois.

— Chaque fois qu'on va à la rivière, on prend le fusil.

Au moment où ils sortaient du mas, elle a jeté un coup d'œil vers la gauche, en direction du sentier qui mène aux vignes en terrasse, au cas où Aramon aurait décidé de cesser le travail et de rentrer. Mais il n'y avait aucun signe de lui. Ces derniers temps, en s'escrimant sur ses vignes, il lui avait rappelé un personnage de conte de fées, qui essayait de filer de la paille pour la transformer en or. Elle avait compris le terrible pacte qu'il essayait de conclure : si Verey faisait l'acquisition du mas, son frère n'aurait plus besoin de s'échiner sur les vignes, ni sur rien d'autre d'ailleurs. Serait alors placé dans ses mains tout l'or dont il avait jamais pu rêver, bien plus que son pauvre corps délabré pourrait jamais en porter.

Audrun et Verey traversent maintenant le petit bois de frênes où les feuilles jaunissent et volent dans le vent. Verey demande à Audrun si cela la dérangerait – une fois que le mas lui appartiendra – qu'il plante une haie de cyprès à croissance rapide devant sa maison.
Une haie de cyprès à croissance rapide.
Le genre de choses auxquelles pense quelqu'un qui veut cacher ce qu'il ne supporte pas de voir…
Les doigts d'Audrun se crispent sur le fût de l'arme.
— L'intimité, je sais ce que c'est, monsieur Verey, lui dit-elle d'un ton suave. Il n'y a rien de plus précieux. Personne ne le sait mieux que moi.
L'Anglais hoche la tête et sourit. Audrun a remarqué à Ruasse que beaucoup de ces Britanniques semblent être des gens vulgaires et grossiers, mais Verey, lui, est du genre courtois. Il a l'intention de faire un jardin magnifique, tente-t-il de lui expliquer. Sa sœur l'aidera, sa sœur qu'il aime beaucoup, elle est jardinière paysagiste.
— Ce sera ma dernière entreprise, dit-il, ma dernière… réalisation…
— Ah bon ? commente-t-elle avec intérêt. C'est bien d'avoir un projet dans lequel placer ses espoirs.
Côte à côte, ils descendent la pâture, puis longent la berge de la rivière envahie par une végétation sauvage et luxuriante, jusqu'à un endroit où, à une centaine de mètres plus à l'est, se trouve un étroit chemin de galets. Cet accès à la rivière, qui débouche en face d'un bassin profond, est un passage secret, dit Audrun. Il a été

construit il y a bien longtemps par son père, Serge. Pour son usage exclusif, même si de temps à autre il lui arrivait de l'amener ici… Il a transporté les lourdes pierres une à une, de ses propres mains, avant de les enfoncer dans la terre.

— Ah, l'histoire… dit Verey. Cette région en est pleine.

— Oh, oui. Vous avez bien raison, monsieur. Nous avons du mal à oublier.

Pendant quelques instants, c'est le trou noir, le vide.

Puis, comme si Audrun le voyait à l'autre bout d'un long tunnel silencieux, le visage de Verey est là, muet, avec ses yeux bleus, ses lèvres desséchées par le soleil. Il ne montre aucune surprise. La bouche ne s'ouvre pas dans un cri. Presque comme si l'homme s'était déjà résigné à ce qui allait se passer, comme s'il se murmurait simplement à lui-même : *C'est donc là le dernier acte. Le bout du chemin…*

Verey tombe à la renverse. Le sang gicle autour de lui et les gouttes écarlates restent comme suspendues dans l'air ensoleillé. C'est presque beau.

Puis il est allongé dans l'eau ; seules dépassent ses jambes, qui reposent sur la petite plage de galets. Audrun ne voit plus rien d'autre. Elle est fascinée par le spectacle. Une réalisation presque parfaite.

Elle se débarrasse de son fusil et s'approche lentement du corps. Elle se baisse et fouille dans la poche du pantalon de Verey pour y prendre les clés de la voiture, qu'elle pose soigneusement sur une pierre plate. Alentour, l'air est soudain silencieux.

Le sang s'écoule dans l'eau, libéré en longs filaments qu'emporte le courant.

Une réalisation parfaite.

Elle ôte sa blouse, sa jupe, son corsage et ses chaussures. Puis elle enlève pudiquement ses jolis dessous en coton blanc (pas de ces horribles dessous roses pleins de sulfure de carbone que produisait la vieille usine de Ruasse !) et entre nue dans la rivière. Elle ne porte plus que ses gants verts en caoutchouc. Elle tire à elle le corps de Verey, puis commence à nager sur le dos, en le tenant sous les aisselles, comme si elle était en train de lui sauver la vie.

Elle a atteint maintenant le bassin où elle jouait, enfant, pendant que Bernadette battait son linge sur les pierres. Elle est accueillie par une eau froide et bienfaisante. Elle sait que dans les profondeurs, si l'on ose plonger assez loin, là où il n'y a presque plus de lumière, où les algues jaillissent du lit de la rivière comme des anguilles plates, s'ouvre une cavité dans le rocher où, les jours de grande chaleur, elle venait enfoncer un lourd pot d'Anduze, presque rond mais pas tout à fait.

Audrun prend une longue inspiration avant de plonger. Elle entraîne avec elle le corps, qu'elle tient fermement dans ses bras. Tend la main pour trouver le creux dans le rocher.

Pendant qu'elle est occupée à coincer la tête de Verey dans la cavité, faisant craquer les os du crâne qui racle contre la pierre, puis à enrouler de longues herbes autour du cou, qu'elle noue à plusieurs reprises, elle se souvient que, dans le temps, il y avait de la limonade dans ce pot, parfois du sirop de menthe, et, plus rarement, une ou deux fois dans l'année, pour une raison qui lui est toujours restée obscure, le récipient était rempli de cidre. Quand elles le buvaient, le monde entier leur semblait beau.

L'enfant, Mélodie, était allongée dans sa chambre.

Ce n'est pas ma chambre, songeait-elle. Pas ma vraie chambre. Ma chambre à moi est à Paris. De la fenêtre, je voyais juste le sommet de la tour Eiffel. Des fois, à minuit, je me levais pour la regarder tout illuminée.

Sa mère était assise sur le lit et lui tenait la main. Elle lui dit qu'on allait l'emmener le lendemain voir une psychologue, qui l'aiderait à intégrer ce qui lui était arrivé à la rivière.

— Ça veut dire quoi « intégrer » ? demanda Mélodie.

— Que, avec le temps, tu finiras par oublier.

— Jamais. Jamais j'oublierai ça.

La psychologue, âgée d'une quarantaine d'années, très calme, s'appelait Lise.

Lise occupait un petit bureau au-dessus du cabinet d'un médecin de Ruasse. Elle était assise immobile, les mains croisées sur les genoux. En sa présence, loin de son père et de sa mère, Mélodie avait le sentiment qu'elle pouvait libérer sa colère, raconter à Lise qu'on l'avait privée de sa « jolie vie » pour lui en donner une autre, dégoûtante, qui vous obligeait à garder les yeux fermés presque tout le temps, parce qu'elle contenait plein de choses qu'on n'avait pas envie de voir.

— Quel genre de choses, par exemple ? demanda Lise.

— Les insectes, répondit Mélodie.

— Oui. Et quoi d'autre ?

— Tout, dit l'enfant. Tout. Y a rien que j'ai envie de voir !

Lise laissa s'installer un long silence. Mélodie remarqua que le soleil qui filtrait dans la pièce par un store vénitien dessinait des bandes bizarres, toutes biscornues, sur le sol : ça non plus, ça ne va pas, se dit-elle. Tout est de travers dans ce pays.

— Mélodie, dit Lise quand elle consentit à rompre le silence, il t'arrive de revoir le corps de l'homme dans la rivière ?

— C'était pas un homme. C'était... rien.

— Moi, je crois que c'était un homme. Un noyé.

— Non ! hurla l'enfant. C'était rien ! C'était juste... une chose, là, comme un serpent mort. C'était tout blanc et gluant. Un ver à soie géant !

Mélodie fondit en larmes. Se cacha le visage dans les mains. Lise resta immobile sur sa chaise.

— Cet homme que tu as vu, dit-elle avec douceur, il a été tué. Abattu par un autre homme. Des gens meurent partout dans le monde, tu sais. C'est terrible, mais c'est comme ça, il nous faut l'accepter. Parfois ils connaissent une mort violente, comme cette personne que tu as vue. Mais une fois qu'ils sont morts, ils sont en paix, en repos. Il est en paix aujourd'hui, l'homme que tu as vu dans la rivière. Et ce que j'aimerais, Mélodie, c'est que tu essaies d'imaginer cette paix. À ton avis, à quoi est-ce que ça peut ressembler ?

L'enfant se trouva incapable de répondre. Des mots comme « paix » lui semblaient dépourvus de sens.

Elle avait la tête remplie de choses horribles. Elle était tellement pleine à craquer, sa tête, qu'elle avait l'impression que son crâne allait exploser, et qu'un truc gluant aller gicler et glisser le long de son cou ou de sa figure, et que les autres à l'école mettraient les doigts dedans et partiraient en courant en faisant semblant de vomir.

Berk ! T'es dégueulasse, Mélodie !

T'as vu ta tête, Mélodie ! T'as du caca qui te sort de la cervelle.

Lise se pencha vers Mélodie et lui donna un mouchoir en papier.

La petite fille en fit une boule et la jeta sur le sol. Elle se barbouilla les mains de larmes et de morve et les tendit à Lise pour les lui faire voir.

— Voilà à quoi tout ça ressemble maintenant, dit-elle. À cette merde.

Elle refusa de retourner à l'école.

Elle entendit ses parents en parler à voix basse, dans la soirée.

— Ça n'a pas vraiment d'importance, à son âge.

— De toute façon, c'est presque la fin du trimestre.

— Il n'y a plus qu'à espérer qu'elle aille mieux en septembre.

Elle alla les trouver dans la cuisine aux gros murs de pierre, où ils buvaient du vin... tranquillement, comme si tout était normal. Elle se précipita sur eux et se mit à marteler son père de ses poings. Le grand verre à pied lui échappa et se brisa sur le carrelage. Sa mère tenta de la maîtriser, mais Mélodie la repoussa, et continua à leur résister, animée d'une volonté aussi dure et noire que le corps d'un scorpion.

— Ramenez-moi à la maison ! cria-t-elle. Ramenez-moi à la maison !

— Ma chérie, dit sa mère, c'est ici ta maison maintenant...

Mais ce n'était pas vrai. PAS VRAI. Cette maison ne serait jamais la sienne. Ne la protégerait jamais.

— Je veux rentrer à la maison, à *ma* maison, cria-t-elle encore plus fort, essayant à nouveau de les frapper à coups de poing, à coups de pied, à coups de tête.

— Bon sang, Mélodie, ça suffit...

Non, ça ne suffisait pas. Rien ne suffirait jamais. Tant qu'elle n'aurait pas tout retrouvé : sa chambre, avec sa moquette blanche si douce et son papier peint bleu et blanc décoré de bergères et de moutons bleus cotonneux. Le trajet de l'école, avec la boutique de la fleuriste, la pâtisserie, le magasin d'optique à l'angle, et enfin la grille de l'école, où ses copines, ses vraies copines, l'attendaient. Jusque-là, jusqu'à ce qu'on lui ait rendu tout ça, en dépit de ce qu'elle pourrait faire pour punir ses parents, ce ne serait jamais assez.

Jeanne Viala vint la voir une après-midi.

Mélodie était allongée sur le canapé et regardait la télévision, pressant sa Barbie sur sa lèvre supérieure, à demi somnolente sous l'effet de la caresse apaisante des cheveux soyeux de la poupée. Mais quand sa mère fit entrer Jeanne dans la pièce, elle jeta sa poupée à la vue de la jeune femme – la seule personne qui se souciait d'elle dans cette école, celle qui l'avait portée dans ses bras loin de la rivière –, se leva, courut vers elle et enfouit la tête dans sa poitrine.

Les bras de Jeanne se refermèrent sur elle et l'étreigni-rent. La mère de l'enfant sortit discrètement de la pièce. Mélodie se mit à pleurer, à verser des larmes qui, loin d'augmenter sa colère, étaient au contraire salutaires, un peu comme quand on prend un médicament dont on ignore à quoi il sert. Puis elle se rendit compte que Jeanne pleurait aussi, et que c'était ainsi qu'il fallait qu'elles restent toutes les deux, serrées l'une contre l'autre, pleu-rant jusqu'à épuisement.

Pour finir, Jeanne essuya les larmes de Mélodie et les siennes ; elles s'assirent sur le canapé, et Jeanne ramassa la poupée, dont elle lissa les cheveux dorés.

— Je suis venue te demander, dit-elle au bout d'un moment, si tu aimerais aller avec moi à Avignon, un jour. C'est une grande ville, tu sais. Une belle ville, avec beau-coup de gens, partout, un peu comme à Paris, et ce n'est pas très loin.

Mélodie hocha la tête. Elle ignorait qu'il y avait des vraies villes dans les environs. Elle pensait qu'ils n'étaient entourés, sur des kilomètres et des kilomètres au-delà de Ruasse, que de rochers, d'arbres, de rivières et d'insectes.

— Je me disais qu'on pourrait aller à un concert en matinée. Je sais que tu faisais du violon... et tu vas pouvoir en refaire, parce que j'ai bien l'intention de te trouver un professeur. Ça te dirait d'aller à un concert ?

— Oh, oui !

— Très bien. Je vais acheter des billets. Et puis, après, je me disais que... si tu voulais bien... on pourrait trouver un joli salon de thé et commander des gâteaux et des milk-shakes au chocolat. Juste nous deux. Toi et moi. Si tes parents sont d'accord, bien sûr. Qu'est-ce que tu en penses ?

Mélodie tendit le bras et prit la Barbie des mains de Jeanne, avant de presser à nouveau les cheveux dorés de la poupée contre sa lèvre.

— Quand est-ce qu'on y va ? demanda-t-elle. Demain ?

Par une après-midi d'octobre, Veronica se trouvait dans le cimetière de l'église Sainte-Anne à Netherholt, dans le Hampshire, une urne en plastique contenant les cendres d'Anthony dans les mains.

C'était une de ces journées exceptionnellement ensoleillées où la campagne du sud de l'Angleterre semble être le plus bel endroit du monde. Le cimetière était bordé d'une haie d'ifs sombres. Au-delà, côté est, se dressait un vieux hêtre majestueux que Veronica avait toujours connu, et dont les feuilles brillaient de reflets ambrés sous la lumière éclatante. Derrière l'église s'étendait un pré vert où broutaient deux chevaux bais.

Veronica se trouvait aux côtés de deux hommes qu'elle connaissait à peine : le pasteur de Netherholt et l'ami et exécuteur testamentaire d'Anthony, Lloyd Palmer. Tous les trois fixaient en silence la pierre tombale de Lal Verey, qu'avait fait exécuter Anthony.

Lavender Jane (Lal) Verey
Notre mère bien-aimée
Johannesburg 1913 – Hampshire 1977

Juste devant la dalle qui fermait la tombe de Lal, il y avait un trou fraîchement creusé. C'était là que seraient déposés les restes d'Anthony, profondément enfouis dans la terre, non pas *à côté* de sa mère, mais à ses pieds.

Tel avait été son souhait, sa volonté. Une volonté que l'on avait cru un moment ne pas pouvoir respecter. Le cimetière de Netherholt était plein, avait-on informé Veronica. Son frère allait devoir être enterré dans le carré servant à « décongestionner » le grand cimetière, derrière la mairie.

Décongestionner.

Veronica savait que le mot aurait déplu à Anthony, tout comme il aurait détesté l'idée de reposer à proximité de la mairie du village, un bâtiment de brique d'un seul étage qui accueillait les mariages abondamment arrosés, les fêtes d'anniversaire pour les enfants, les soirées loto, les efforts du théâtre amateur, et (c'était déjà arrivé, disait-on) les *rave parties* interdites. Anthony voulait être près de Lal, aussi près que possible, un point c'est tout.

Lloyd lui avait sauvé la mise.

— Je vais arranger ça, lui avait-il dit d'un ton enjoué. L'Église anglicane adore faire des difficultés à propos de tout et de rien, mais n'oublions pas que ces petites paroisses sont toutes au bord de la faillite ou presque. Laissez-moi faire, Veronica.

Combien Lloyd Palmer avait-il dû verser pour obtenir la permission d'inhumer ici les cendres d'Anthony ? Veronica ne lui avait pas posé la question. Mais le pasteur s'était empressé de dire que... oui... après tout, il ne s'agissait que de... euh... d'un petit récipient, pas d'un cercueil... et que l'on pourrait peut-être trouver une place... « entre les rangées ».

Si bien qu'ils se retrouvaient là : Anthony serré sur la poitrine de Veronica, Lloyd vêtu d'un pardessus noir en cachemire et d'une écharpe rouge également en cachemire, et le pasteur frissonnant un peu dans son mince surplis, son livre de prières serré lui aussi sur sa poitrine.

— Puis-je commencer ? demanda ce dernier, l'air inquiet. Vous êtes prêts ?

— Oui, dit Veronica. Je vous en prie.

Les paroles bien connues tombèrent dans l'air frais et ensoleillé.

… L'homme né de la femme n'a que peu de temps à vivre… Il naît puis, à peine a-t-il éclos, il est coupé comme une fleur ; il s'enfuit comme une ombre… La terre retournera à la terre, la cendre à la cendre…

La voix du pasteur était plutôt douce, pas désagréable. Veronica sentait bel et bien dans la brise l'odeur de la cendre : de la fumée montait d'un feu de jardin où se consumaient feuilles et brindilles. On n'aurait pu rêver mieux, songea-t-elle. C'est ici qu'Anthony et moi avons commencé. Nous sommes ici chez nous.

Mais quand vint le moment de déposer l'urne dans la cavité boueuse, elle ne put s'y résoudre, incapable de s'en séparer. Les deux autres attendaient en silence, la tête inclinée. Elle tenait toujours la boîte serrée contre elle, tout en pensant : Moi aussi, je l'aimais. Il m'appartient, à moi aussi, pas seulement à Lal…

Elle tendit l'urne devant elle, et le soleil tomba sur le couvercle, recouvert d'une laque aux teintes cuivrées, lui conférant l'or lustré d'un cuivre ancien. Elle vit Lloyd lever la tête et regarder l'urne, puis son visage.

— Anthony, dit-elle tout haut, donnant à sa voix une force peu commune, voici venu ce que tu aurais appelé un « moment atroce ». Le moment de l'abandon. Mais je vais m'y résoudre. Quand j'y songe, j'aurais sans doute dû te laisser à toi-même il y a bien longtemps, mais je n'y suis jamais parvenue. Je t'aimais bien trop pour ça.

Elle s'interrompit, consciente de ce que sa voix résonnait fort dans le silence ambiant.

— Tu es à Netherholt, reprit-elle. D'accord, chéri ? Je sais que tu ne peux pas le voir, ni le sentir. Je sais qu'en fait tu n'es nulle part. Mais c'est ici que tu voulais reposer. Le hêtre est toujours là. Et le soleil brille. Je vais te déposer aux pieds de maman. Nous ne pouvons pas faire mieux. J'espère que tu n'auras rien à redire. Tu te souviendras mieux que moi, je pense, qu'elle portait toujours des chaussures absolument extraordinaires…

Veronica aurait eu envie de poursuivre, de dire quelque chose de plus solennel, mais elle s'en trouva incapable et s'arrêta net, avant de s'agenouiller et de déposer l'urne dans la terre. À son côté, elle s'aperçut que Lloyd Palmer pleurait. Il se moucha bruyamment, puis ramassa une poignée de terre humide et la jeta sur l'urne.

— Adieu, vieux brigand, dit-il. Coule des jours heureux.

En sortant du cimetière, Veronica et Lloyd marchèrent jusqu'au pré où broutaient les chevaux. Au loin, au-dessus des combes, des nuages de pluie assombrissaient le ciel. Lloyd et Veronica s'appuyèrent sur une barrière en bois. Puis, dans un geste qui était comme une seconde nature chez Veronica, celle-ci tendit la main vers les chevaux et les vit aussitôt relever la tête.

Ils la regardèrent, immobiles, les oreilles dressées. Elle aimait ce moment : quand elle parlait en silence à un cheval et qu'il paraissait l'écouter. Puis ils s'approchèrent, traversant à l'amble le pré scintillant, et, bientôt, leur odeur – l'odeur des chevaux qui, pour Veronica Verey, était plus réconfortante que toute autre – lui parvint, la retenant sous le charme.

— Mes jolies, dit-elle. Mes toutes belles…

Elle ôta ses gants noirs et posa la main sur la tête dure et tiède des juments, leur frottant et leur caressant le museau chacune à leur tour. Au début, elles frémirent imperceptiblement, encore méfiantes face à cette étrangère. Puis elle sentit leur inquiétude se dissiper, et quand l'une d'elles finit par poser sa tête sur son épaule, Veronica lui entoura le cou de son bras.

— Seigneur, fit Lloyd, le coup de foudre, hein ?

— Ah, les chevaux, dit Veronica avec un sourire. Ma passion depuis toujours. J'aimais mon poney, Susan, bien plus que je n'ai jamais aimé ma mère.

— Cela peut se comprendre.

Puis il se moucha à nouveau et fourra son mouchoir dans sa poche.

— Et maintenant, qu'allez-vous faire, Veronica ?

— Ce que je vais faire ? Vous voulez dire, du reste de ma vie ?

— Oui. Je sais que ça ne me regarde pas, mais vous allez hériter d'une jolie somme, une fois que nous aurons fait homologuer le testament…

Veronica ne répondit pas tout de suite. Elle caressait les chevaux, goûtant la chaleur de leur contact, de leur souffle sur son cou. Elle se demanda si, au bout de tant d'années, elle pourrait réapprendre à monter.

— Je ne sais pas… hésita-t-elle. Je n'ai jamais eu de vraie passion. En dehors des jardins. Et des chevaux.

Elle leva les yeux vers le ciel. Le soleil brillait toujours sur Netherholt, mais il pleuvait sur les combes, et elle trouva très belle cette proximité du soleil et des hachures de la pluie.

— Je croyais être heureuse en France. Mais après tout ce qui est arrivé… Je me demande si je l'étais vraiment. Je crois plutôt que j'essayais de m'en convaincre.

— Le bonheur… soupira Lloyd. C'est ce dont Anthony et moi avons parlé la dernière fois que je l'ai vu. L'impossibilité ou presque de le retenir plus de cinq minutes. C'est à cette occasion qu'il m'a dit n'avoir été vraiment heureux qu'une seule fois dans sa vie.

— Et c'était quand ? Quand il était bébé et qu'il tétait sa mère ?

— Ma foi, presque. Il m'a dit qu'il avait construit une cabane dans les arbres…

— Ah, la cabane dans les arbres ! Et il avait invité maman à prendre le thé ?

— Oui, c'est ça. À l'entendre, ce moment avait été parfait. La plus belle après-midi de sa vie.

Veronica se mit à caresser l'oreille du cheval dont la tête était posée sur son épaule.

— Il a vraiment dit ça ?

— Oui, oui. Il a dit que tout était d'une beauté parfaite.

— Ouais… Voulez-vous que je vous dise, Lloyd, en fait, c'est tout le contraire. Le thé lui-même était peut-être parfait… préparé sans doute par les soins de Mrs Brigstock. Il se peut même qu'Anthony et maman aient eu une conversation très agréable dans l'arbre. Mais après… maman a glissé de l'échelle en redescendant, et elle est tombée. Elle s'est fait très mal au dos. À dater de ce jour, la douleur ne l'a plus quittée. Jusqu'à sa mort. La douleur était toujours présente. C'est peut-être même ce qui a provoqué son cancer.

Lloyd resserra sa coûteuse écharpe autour de son cou, comme si tout à coup il avait froid.

— Anthony avait tout simplement effacé la chose de son esprit, poursuivit Veronica. Il avait littéralement oublié l'accident. Si vous vous avisiez de le lui rappeler, il vous disait toujours que vous vous trompiez. Il avait réussi à se convaincre que la chute de maman s'était produite un autre jour… et ailleurs. Il ne supportait pas l'idée qu'il puisse être d'une quelconque manière tenu pour responsable.

Lloyd et Veronica rentrèrent à Londres dans l'Audi argent du premier. La pluie fouettait l'autoroute grise.

Soudain lasse, Veronica se laissa aller sur le cuir noir et souple de son siège et somnola bientôt tandis que le soir tombait.

À mi-chemin entre la veille et le sommeil, elle se remémora la routine rigoureuse qu'elle suivait sans faillir quand elle était adolescente et s'occupait de Susan. C'était comme une grand-messe, un rite scrupuleusement observé, jour après jour, où rien n'était omis ni bâclé, où tout se faisait en temps et heure :

Réveil à 6 heures.

Coup d'œil par la fenêtre pour étudier le temps. Sans pouvoir s'empêcher d'espérer le soleil en été, la pluie au printemps, la neige ou le gel en hiver : à chaque saison, le climat adéquat.

Quelques vieilles hardes enfilées à la hâte : chemise Aertex, jean, pull, bottes, bombe.

Descente des escaliers aussi discrète que la venue de la petite souris sous l'oreiller. Ouverture de la porte de derrière.

L'air matinal aspiré à pleins poumons. Et une folle envie de courir, courir jusqu'à l'écurie.

Ouverture du portail. L'odeur de Susan dans les narines, quelques mots doux, une étreinte et une poignée d'avoine.

Le licol pour la mener dehors, l'attacher au poteau.

Nettoyage du box, pelle en main. Vingt minutes en moyenne.

Passage au jet. Épandage de paille fraîche, une bonne couche bien épaisse.

Remplissage de l'abreuvoir.

La selle. Ajustage des sangles, et direction le paddock. Dans le soleil levant, ou presque, au cœur de l'hiver. Ou sous la pluie.

Deux tours de paddock au trot, avant d'enfoncer doucement les étriers dans les larges flancs de Susan pour passer au trot enlevé. L'allure la plus confortable jamais perfectionnée par un cheval : d'un côté de l'autre, d'un côté de l'autre, une cadence fluide et rythmée. Valse des arbres et de la barrière tout autour.

Et, en même temps, la vapeur des souffles, le sien et celui de Susan, qui montent dans l'air, et la pensée qu'elles sont l'une et l'autre vivantes, *vivantes...*

Veronica changea de position dans son luxueux siège.

Elle se rendit compte qu'elle avait dû dormir un moment, parce qu'elle avait rêvé, non pas de Susan, mais de Kitty.

Dans son rêve, Kitty lui envoyait une invitation pour un vernissage : *Kitty Meadows, œuvres récentes.* Sur le carton, une reproduction de l'aquarelle du mimosa en fleur. Réduit aux dimensions d'un grand timbre-poste, le tableau donnait une impression d'habileté et de maîtrise, et Veronica se prit à souhaiter, pour le bien de Kitty, que son rêve corresponde à la réalité, qu'il y ait effectivement eu une exposition réservée à son seul travail, que l'aquarelle du mimosa ait été achevée à la perfection. Tout en sachant que ce n'était pas le cas.

Dans la réalité, ce qui était arrivé aux Glaniques, avant le départ de Veronica pour l'Angleterre, c'était une carte postale d'Adélaïde. Une photo représentait Kitty, souriante, vêtue d'un T-shirt blanc et d'une salopette bleue, et tenant dans les bras un koala. La légende, de la main de Kitty, disait : *Voilà au moins quelqu'un qui m'aime !*

Veronica avait contemplé la photo un long moment, ainsi que l'écriture penchée à l'envers de Kitty, imaginant son ex-amie seule dans une chambre d'hôtel d'Adélaïde, souriant à l'idée de son commentaire, fière un instant de sa triste petite plaisanterie.

Puis Veronica avait déchiré la carte et l'avait jetée.

Veronica prit son sac et en sortit une pastille de menthe qu'elle glissa dans sa bouche.

— Ça va ? demanda Lloyd.

— Oui, répondit Veronica. Vous conduisez remarquablement bien, Lloyd. Vous voulez un Tic-tac ?

Lloyd refusa. Veronica garda le silence un moment.

— Vous savez quoi, dit-elle tout à trac, j'ai bien réfléchi : le jardinage dans le sud de la France est un travail franchement ardu. Je n'arrive à faire pousser aucune de mes plantes ou de mes fleurs préférées, c'est bien trop sec.

— J'imagine aisément.

— Je rêve de plus en plus souvent de fleurs anglaises : pois de senteur, pivoines, myosotis…

Lloyd coupa le concerto de Mozart qui passait en sourdine et en boucle depuis qu'ils avaient quitté le Hampshire.

— Rentrez donc en Angleterre, dit-il. Vendez votre propriété en France et achetez ici. Benita vous aidera à décorer la maison, si vous voulez. Et réalisez le jardin de vos rêves. Pensez primevères, coucous, jonquilles, pergolas de roses ébouriffées…

— Oui, dit-elle d'une voix apaisée. Je crois que c'est ce dont j'aurais envie. Un vrai jardin anglais, et un enclos pour mon cheval. Croyez-vous que ce soit vraiment trop égoïste ?

— Je ne vois pas pourquoi, dit Lloyd. Quand la vie est si foutrement courte.

Audrun se réveilla dans une pièce obscure.

Elle était dans un lit, mais ce n'était pas sa chambre, et elle n'était pas chez elle. Alors, où ? Une odeur âcre de murs humides lui pénétrait les narines. La prison ? Une cellule ?

Elle essaya de se redresser. Mais une douleur, qui se faisait plus forte, plus profonde, quand elle bougeait, lui étreignit la poitrine et l'obligea à se rallonger, la repoussant avec violence comme un vieil ennemi debout à son chevet.

Sa main tâtonna jusqu'à sa poitrine pour masser le peu de chair qu'elle avait sur le sternum. Elle se dit qu'elle ne pouvait qu'attendre : attendre que quelqu'un entre dans la chambre, ou allume la lumière. Alors, elle saurait...

Si c'était la prison, c'était calme et paisible. Pas de portes qui s'ouvrent ou qui se ferment. Pas de cris. Pas de bruits de pas. À moins qu'elle soit incapable d'entendre les bruits qui l'entouraient ? Le silence était-il à l'intérieur d'elle-même ? Elle essaya de chuchoter son nom : Audrun Lunel. Elle crut l'entendre, mais il lui parut hésitant et lointain, comme le nom que prononce du bout des lèvres un écolier timide lors de l'appel du matin.

Elle avait passé une si grande partie de sa vie ainsi, à attendre dans l'obscurité, sans bouger, qu'elle avait une bonne pratique de ce genre de soumission.

Mais qu'attendait-elle cette fois-ci ? En dehors de cet air au parfum étrange qu'elle était obligée de respirer, il semblait qu'il n'y eût aucun moyen de deviner la suite des événements.

Elle se mit à fouiller dans sa mémoire.

L'inspecteur, celui qui était si bel homme, était-il revenu l'arrêter ? La pauvre enfant traumatisée, Mélodie Hartmann, ou même Jeanne Viala, s'étaient-elles souvenues d'un détail qu'elles lui auraient murmuré dans le creux de l'oreille... quelque chose que personne d'autre ne savait ?

Ou alors avait-il lui-même découvert, cet inspecteur Travier, ce qui restait dissimulé à tout le monde, à la manière dont ses homologues au cinéma entrapercevaient si souvent de leurs yeux bleu ciel l'obscur chemin qui mène à la vérité ?

Audrun n'avait aucun souvenir d'avoir été arrêtée. La dernière chose qu'elle se rappelait, c'est qu'elle était au bord de la route avec Marianne en train d'observer le feu dans les collines, et qu'on lui disait que les canadairs étaient en route pour l'éteindre. Qu'était-il arrivé ensuite ? Les avions étaient-ils bel et bien venus ? L'eau s'était-elle déversée en cascade sur les arbres ? Était-elle rentrée chez elle, avait-elle refermé la porte, avant d'aller s'asseoir dans son fauteuil ? Et après ?

Je suis désolé, mademoiselle Lunel. Je suis désolé de devoir vous déranger à nouveau, après toute l'inquiétude qu'a dû vous causer l'incendie, mais je me demandais si vous accepteriez de répondre encore à quelques questions...

Avait-il réellement prononcé ces mots ? Ils lui semblaient familiers. Était-il revenu avec le même agent, celui qui prenait des notes ?

Encore quelques questions.

Ça ne sera pas long. Je voudrais juste éclaircir un ou deux points...

Il avait été si gentil, si poli. Mais c'étaient les violences et les propos agressifs dont on gardait la trace dans le cœur et dans le corps, et non la conversation des gens aimables.

Me retrouver enfermée en prison : c'est ce qui pourrait m'arriver de pire, songeait Audrun. Elle aurait voulu pouvoir dire au gentil inspecteur, au cas où il l'aurait ignoré :

— Vous savez, je suis déjà passée par là quand j'étais plus jeune. Entre quinze et trente ans – tout au long des « meilleures » années de ma vie –, j'ai su ce que c'était que de vivre en prison. Dans deux prisons, en fait. L'usine de sous-vêtements, où l'on respirait le sulfure de carbone, et ma chambre à la maison, qui empestait mon père et mon frère. Je ne voulais qu'une chose : mourir.

Je suis désolé, mademoiselle Lunel, je compatis, vraiment, mais ce que vous me dites ne change rien à l'affaire. Je vous arrête pour le meurtre de l'Anglais, Anthony Verey. Vous avez le droit de garder le silence...

On l'avait emmenée dans un fourgon et jetée dans une cellule. Et c'est là qu'elle resterait, pour toujours, au milieu des odeurs nauséabondes d'inconnus, exactement comme à l'usine – comme si, finalement, elle n'avait jamais échappé à cet enfer.

Elle se mit à pleurer. Elle avait du mal à respirer. Ses larmes étaient brûlantes sur sa peau et ruisselaient dans ses cheveux. Puis une voix se fit entendre dans l'obscurité :

— Vous allez la fermer, oui ? Y en a qui veulent dormir ici.

— Où suis-je ? demanda Audrun.

Mais personne ne répondit.

Puis il y eut de la lumière.

Une lumière au-dessus d'elle, qui ne tombait pas d'une fenêtre, mais de tubes de néon à l'éclat dur accrochés très haut au plafond. Elle sentit une présence à son côté. Tourna la tête et vit une jeune infirmière, debout près du lit, qui lui prenait le pouls. Derrière l'infirmière pendait mollement un rideau vert, qui cachait à la vue le reste de la pièce.

Un hôpital.

L'infirmière était arménienne. Ou algérienne. Sa main était tiède.

— Qu'est-ce qui s'est passé ? demanda Audrun à la jolie infirmière algérienne, mais celle-ci se contenta de sourire, reposa le poignet d'Audrun sur le lit et disparut, tirant le rideau vert derrière elle.

Un aide-soignant au visage bienveillant lui apporta son petit déjeuner : une tasse de café, un croissant rassis, et une minuscule noix de confiture. Il l'aida à se redresser dans son lit pour qu'elle puisse manger plus à son aise.

— Qu'est-ce qui m'est arrivé ? redemanda Audrun.

— Ça va, maintenant, dit le vieil homme. Ça va aller. Vous voulez du sucre dans votre café ?

Elle essaya de manger et de boire. Avaler lui était pénible. Elle pensait que si elle retrouvait un peu de force, elle réussirait peut-être à retrouver la mémoire.

Elle s'endormit, se réveilla, plusieurs fois. Urina dans un bassin, accrochée à l'infirmière. Dormit encore, oppressée, la poitrine douloureuse. La lumière au-dessus d'elle ne variait pas.

Puis elle vit Marianne à son chevet. Une Marianne pâle, l'air fatigué et contrarié.

— Comment tu te sens ? demanda celle-ci d'une voix neutre.

— Je ne sais pas, dit Audrun. J'ai mal dans la poitrine. Je ne sais pas ce qui s'est passé. Les canadairs ont fini par arriver ?

Marianne se détourna, pour prendre, sembla-t-il, une longue inspiration.

— C'est fini, dit-elle, en plantant ses yeux dans ceux d'Audrun. Il fallait que je vienne te le dire. Il fallait que quelqu'un vienne te le dire en face. C'est fini.

— Fini ?

— Oui.

— Je ne vois pas ce que tu veux dire, Marianne.

— Le mas Lunel, c'est fini. Le feu, tu comprends. Il y a encore quelques murs debout, mais ils sont noirs, complètement noirs. On aurait dit qu'il se fendait par le milieu. De ma vie, je n'ai vu une chose pareille ! La chaleur a fait… littéralement exploser les pierres.

Audrun ne dit rien. Elle ferma les yeux et revit Raoul Molezon qui courait, courait en direction de l'enclos, criant qu'il allait sauver les chiens. Elle le suivait, s'efforçant de courir elle aussi, mais n'allait pas jusqu'à l'enclos. Elle ouvrait la porte défoncée du mas, entrait et se retrouvait dans la cuisine, plongée dans l'obscurité à cause des volets fermés pour garder la pièce fraîche.

Elle tendait les bras, empoignait la lourde table en chêne de Bernadette, qu'elle avait eu tant de mal à décaper, à récurer, pour faire réapparaître le bois blanc, tirait, poussait. Ses bras et son dos lui faisaient mal.

Elle savait qu'elle n'aurait pas la force de soulever ce vieux meuble, affaiblie qu'elle était par le poids des années. Mais elle refusait de renoncer. Elle n'était pas Audrun Lunel pour rien. Elle allait sauver ce qu'il restait de sa mère, tout ce dont Aramon avait tenté de la dépouiller, mais qui désormais lui appartenait ; elle allait tout sortir avant l'arrivée du feu. Elle se souvenait d'avoir entendu des cris dans les collines au-dessus, et les plaintes et les aboiements des chiens, mais sans y prêter attention…

— Tu as eu beaucoup de chance, dit Marianne avec une certaine brusquerie. Raoul Molezon a risqué sa vie pour te sortir de là.

— Risqué sa vie ?

— Ma foi, oui. Apparemment, tu avais bloqué la porte d'entrée, on ne pouvait plus l'ouvrir. Raoul a essayé de l'enfoncer à coups d'épaule, mais sans succès. Le feu était terriblement proche et sautait d'arbre en arbre tout autour. Les pompiers ont dit à Raoul de s'éloigner, mais il a refusé. Il en a aidé un à arracher la porte de ses gonds. Il t'a transportée dehors.

Audrun regarda Marianne, dont l'expression était toujours sévère, mais elle s'en moquait. Totalement. Un sourire s'étala malgré elle sur son visage, à l'idée que Raoul Molezon avait risqué sa vie pour la sauver.

— C'est un homme bien, Raoul. Il l'a toujours été.

Aramon Lunel fut incarcéré dans la prison au-dessus de Ruasse, le temps que son affaire passe devant les tribunaux. Il savait que le procès n'aurait pas lieu avant longtemps, et que, de toute façon, l'issue était courue d'avance, si bien qu'il y pensait rarement.

Il s'efforçait de vivre sa vie au jour le jour.

Les bâtiments de la prison avaient à une époque abrité un régiment de la Légion étrangère. Ils étaient froids l'hiver, mais les murs de pierre étaient épais. Aramon était seul dans sa cellule. La politique de l'établissement voulait que l'on séparât les criminels et les délinquants sexuels des détenus de droit commun. Le directeur de la prison avait déclaré que ceux qui avaient ôté des vies ou gâché à jamais une ou plusieurs existences devaient être condamnés à l'isolement. Mais Aramon était insensible à ce genre de mesure. La solitude, c'était son lot depuis trente ans.

Sa cellule aux murs blancs disposait d'une petite fenêtre protégée par une grille métallique. À travers ce treillis de fer, Aramon pouvait plonger le regard dans la vallée encaissée jusqu'aux toits de la ville : les toits pentus aux tuiles grises et rouges et aux cheminées trapues du vieux Ruasse, les ondulations mates de ceux des entrepôts, les châteaux d'eau, et les antennes de télévision qui hérissaient les barres des HLM de la banlieue, datant des années soixante-dix et construits dans des quartiers que l'on s'obstinait à appeler « neufs ».

C'est dans l'un de ces immeubles que Fatima avait vécu et était morte. Aramon se surprenait parfois à penser à elle : aux foulards dont elle voilait ses abat-jour pour tenter de camoufler l'aspect minable de sa chambre, à cette danse du ventre à laquelle elle se livrait pour l'exciter. De temps à autre, il se demandait s'il ne l'avait pas effectivement tuée. Tuée à cause de ce ventre gras et tressautant. Tuée parce qu'elle n'était pas celle qu'il aimait.

Fatima, la putain, et sa danse du ventre... Il n'avait aucun souvenir de lui avoir ouvert le corps de la poitrine au pubis. Aucun. D'un autre côté, il n'avait aucun souvenir non plus d'avoir jamais tiré sur Anthony Verey. Il avait d'abord cru qu'il finirait par lui revenir, ce moment au bord de la rivière. Il affluerait dans sa tête, se déroulant comme un film, et alors il sentirait forcément, au plus profond de lui, qu'il avait supprimé une vie humaine. Mais les jours avaient passé, et rien ne s'était produit. Pas de film, pas de prise de conscience : uniquement le brouillard et l'obscurité.

Son avocat, maître de Bladis, avait laissé entendre qu'il avait « effacé de son esprit » l'acte terrible qu'il avait commis. Lui avait fait remarquer que certains meurtriers n'arrivaient pas à « supporter » le sentiment d'horreur et de culpabilité que leur inspirait leur geste. Et s'efforçaient alors d'« occulter leur crime ». Aramon appartenait vraisemblablement à cette catégorie. En conséquence de quoi, il pouvait prétendre à une aide psychiatrique, s'il en faisait la demande.

Sa cellule faisait quatre mètres sur deux mètres et demi. Elle contenait un lit en bois, étroit et presque au ras du sol. L'unique oreiller était d'un moelleux surprenant. Sous la fenêtre, il y avait une table et une chaise en bois.

Dans l'angle le plus proche de la porte se trouvait un w-c et un lavabo, tous les deux tachés et fendus, mais tout à fait utilisables. Et la nuit, quand il avait besoin de vider sa vessie, Aramon se faisait souvent la réflexion qu'il était bien commode, voire franchement agréable, de disposer d'un w-c à quelques pas de son lit.

Il lui arrivait de ne même pas prendre la peine de se mettre debout, et de se contenter de ramper à quatre pattes jusqu'à la cuvette (elle aussi, très basse). Puis il revenait à son lit et écoutait l'aube se lever, tout en sombrant souvent dans des rêves où il se revoyait enfant, travailler dans les rangées d'oignons avant le lever du soleil derrière les collines de La Callune.

À son arrivée à la prison, on l'avait mis à l'infirmerie parce qu'il n'arrivait pas à garder ce qu'il mangeait. Il avait dit aux médecins qu'il pensait avoir un cancer de l'estomac. Ceux-ci avaient fait preuve à son égard d'une compassion et d'une bienveillance surprenantes. Après lui avoir fait passer un scanner, on lui apprit qu'il n'avait pas de cancer, mais deux ulcères hémorragiques.

— Pardi, c'est pas étonnant, dit-il. Je me disais bien aussi. Je le sentais que ça saignait à l'intérieur. Je crois que ça fait un moment que ça dure.

On le mit à un régime antiacide. On le priva pendant un temps de cigarettes. Et quand il sortit de l'infirmerie de la prison, il se sentait presque complètement rétabli, suffisamment en tout cas pour se tenir droit, et sortir quelques plaisanteries pendant les repas ou l'exercice dans la cour, ou encore à l'atelier où il fabriquait des palettes.

Il se lia d'amitié avec un autre criminel, un vieux Somalien du nom de Yusuf, qui avait un rire haut perché contagieux. Yusuf prétendait ne pas pouvoir, lui non plus, se souvenir de son crime. La police lui avait dit qu'il en avait commis plus d'un, mais lui en avait oublié depuis longtemps et la nature et les mobiles.

— Qu'est-ce que ça peut bien faire, ce qu'ils étaient ces crimes, dit-il à Aramon. J'ai peut-être été mauvais dans le temps. J'ai peut-être même tranché la gorge d'un homme, et, va savoir, de plusieurs, mais Dieu m'a pardonné. Il m'a permis de me reposer de mes labeurs. Dans mon grand âge, Il m'a donné un abri. Et, maintenant, Il en fait autant pour toi.

Un abri… dans mon grand âge.

Cette idée avait fait sourire Aramon. Et l'avait amené à tirer une certaine fierté de sa cellule, qu'il l'entretenait avec soin. Au mas Lunel, il laissait tout aller à vau-l'eau, sans se préoccuper – si tant est qu'il la remarquait – de la puanteur qui envahissait la maison, jusqu'au jour où la saleté et le désordre étaient devenus tellement insupportables et impossibles à endiguer qu'il avait dû aller chercher Audrun pour remédier à la situation.

Ici, en prison, il désinfectait sa cuvette de w-c trois fois par semaine. Il défroissait les draps de son lit. Il aurait bien aimé avoir des photos ou des posters à scotcher aux murs : des vues d'endroits où il n'était jamais allé, n'irait jamais, et où en conséquence on ne lui demanderait jamais rien de son passé. Comme les chutes du Niagara. L'Etna. La Grande Muraille de Chine. Venise. Un lac quelque part en Somalie où, lui avait dit Yusuf, les hommes pêchaient des anguilles sous un soleil couchant cramoisi. Ces images, se disait-il, fourniraient à son esprit un lieu où se reposer, un ailleurs où trouver la paix.

*

Beaucoup parmi les détenus étaient jeunes : Français blancs, Somaliens, Nord-Africains, qui se regroupaient par ethnie.

Pendant les repas et dans la cour, les membres de chaque clan fanfaronnaient, se vantaient, juraient à qui mieux mieux. Il y avait parfois des combats sanglants, qui amusaient Aramon, lui rappelaient ses vingt ans et la rage qui l'habitait alors.

— Je voudrais pas revivre ma jeunesse. C'est trop fatigant, admettait-il pourtant devant Yusuf.

Un jour, une bande de jeunes Blancs fit cercle autour d'Aramon dans la cour, et l'un d'eux, un dénommé Michou, lui dit :

— On s'est laissé dire que c'était toi l'mec qu'avait zigouillé l'rosbif. Le mec du journal, qu'avait disparu. C'est vrai ?

À ce moment-là, Aramon était appuyé contre le grillage de la clôture, en train de fumer. Il faisait froid, le ciel était plombé. Il regarda ces visages attentifs, et son orgueil, le sentiment de sa virilité lui interdirent de dire à ces jeunots qu'il ignorait s'il était ou non le meurtrier de Verey.

— Ouais. C'est vrai.

En réponse, les autres ricanèrent bêtement.

— T'as descendu sa sale face de carême, c'est ça ? demanda Louis, l'ami de Michou.

Sa sale face de carême…

— Il m'avait promis du fric, dit Aramon d'une voix forte. Un gros paquet de fric, contre de la terre que je devais lui vendre. On avait un contrat. Vous pigez ? Il a voulu faire marche arrière. Ce fils de pute. Il a essayé de me rouler. S'était trompé d'adresse, un Lunel, ça se laisse pas rouler !

— Quel effet qu'ça t'a fait ? *Tchak !* Un étranger en moins ! Ça a dû être putain d'bon, non ?

— Pas mal, oui, dit Aramon.

— Tu lui as explosé la gueule au premier coup de fusil ?

— Non, pas la gueule. Je lui ai tiré dans le bide.

Il était sur le point de se vanter d'avoir abattu Verey du premier coup, mais il se souvint des deux cartouches utilisées qu'il avait trouvées dans la chambre.

— Je croyais avoir besoin que d'une seule cartouche, bafouilla-t-il, mais j'avais les mains qui tremblaient. Il a fallu que je tire la deuxième.

— Et c'est là qu'il a craché ses tripes ?

— Ouais.

— T'as bien fait, dit Michou. Une sale race, ces étrangers. Y en a d'plus en plus tous les ans, bordel, y nous envahissent, comme des rats. Et pis, y se gênent pas pour s'servir, y nous piquent tout not' bien. Y font rien que nous rouler. T'as bien fait, vieux.

Le groupe – Michou, Louis et trois autres – décida de « prendre » Aramon « en charge », par *respect*, selon leur expression. Lui procurant des cigarettes supplémentaires et des revues pornos. À sa demande, ils lui dénichèrent une photo en couleur des chutes du Niagara, qu'il fixa avec du papier collant sur le mur au-dessus de son lit et qu'il contemplait des heures durant. Il sentait que, ces dernières années, sa vie avait cruellement manqué de sujets d'émerveillement.

Un jour, dans la cour, Michou, le trouvant fatigué, lui demanda pourquoi il ne se laissait pas tenter par la belle blanche, la poudre qui vous faisait oublier tous vos malheurs.

— La belle blanche ?

— Ouais. La coke. Le crack. N'importe. Même l'héro, si tu crois qu'tu peux l'encaisser. Facile à se procurer. Facile, mec.

— Et comment je fais ? demanda Aragon.

Michou dit que ça ne posait pas de problèmes. Il y avait plein de petits trafics dehors. Certains des gardiens leur facilitaient le travail, histoire d'arrondir leur salaire minable. Simple comme bonjour.

Aramon dit qu'il allait réfléchir. Il n'eut pas à réfléchir bien longtemps, parce que c'était ce dont il rêvait – avait rêvé pratiquement tout au long de sa vie de ténèbres. Une drogue qui lui ferait apparaître le monde sous un jour merveilleux.

Yusuf le mit en garde, lui conseilla de ne pas y toucher : c'était s'enchaîner, se réduire en esclavage.

Mais Aramon en rêvait déjà. Étreignant son oreiller, il évoquait dans sa tête l'image d'une substance d'une blancheur parfaite, qui lui permettrait de retrouver les sensations éprouvées il y avait si longtemps, avant la mort de sa mère.

Cette sensation que, certains soirs d'été, Bernadette appelait le bonheur.

La neige tombait sur les murs calcinés du mas Lunel.

Seule au milieu de cette désolation, Audrun, ses bottes en caoutchouc aux pieds, son vieux manteau rouge sur le dos, se prit à penser qu'elle aurait voulu voir la neige tomber jusqu'à ce que soient effacés tous les contours et les arêtes de la bâtisse, jusqu'à ce que le mas ne se distingue plus dans le paysage, simple monticule, petite éminence perdue au milieu des collines alentour.

Elle aimait cette blancheur qui recouvrait tout. Ainsi que le froid âpre qui habitait l'air.

Et puis le silence. Le silence, plus que tout le reste.

Quand la neige commença à fondre et que les vestiges du mas réapparurent dans toute leur noirceur et leur laideur, Audrun se vit contrainte de laisser les stores de sa maisonnette baissés, et c'est à peine si elle osait se risquer dehors tant la proximité de cette *chose* horrible lui pesait.

Quand elle comprit qu'elle était à nouveau prisonnière d'une obsession, elle fit venir Raoul Molezon. Lui offrit un pastis, qu'elle lui servit avec des crackers au fromage et lui demanda de raser le mas Lunel.

— Le raser ? Et puis après ? demanda Raoul.

Et puis après ?

Elle se rappela son père se vantant de vendre les pierres après avoir abattu les deux ailes du mas, il y avait si long-temps.

Et puis après ?

— Après ? Rien. La terre reprendra ses droits.

Raoul resta silencieux un moment. Audrun remarqua qu'il avait fait tomber quelques miettes de biscuit sur sa chemise à carreaux. Les hommes, songea-t-elle, voient rarement ce qui est tombé, a été renversé ou abandonné. Ils se contentent de passer outre…

— J'ai une meilleure idée, dit Raoul. Avec l'argent de l'assurance, je pourrais le reconstruire, si tu voulais. Ça prendrait du temps, c'est sûr, mais…

— L'argent de l'assurance ! dit Audrun. Mais Aramon n'en verra pas un sou. Il ne touchera rien tant que les tribunaux n'en auront pas fini avec lui. Pourquoi voudrais-tu que les assureurs aillent rembourser un meur-trier s'ils n'y sont pas obligés ? On les comprend, en un sens.

Raoul hocha la tête. Il but son pastis à petites gorgées, la tête baissée. Le mot « meurtrier » semblait l'avoir décon-certé.

— Le mieux serait de raser le mas, Raoul, dit Audrun au bout d'un moment. Ça vaudrait mieux et pour moi, et pour la terre. Tu ne pourrais pas venir avec un bull ? Je te paierai tes heures. Et tu pourras récupérer les pierres si tu veux.

Raoul garda le silence un moment.

— Et Aramon ? demanda-t-il. Qu'est-ce qu'il veut, lui ?

— Ça, pour le savoir… C'est sans importance, de toute façon. Aramon mourra en prison. Apparemment, il va écoper de trente ans. Il ne remettra plus jamais les pieds sur cette colline.

Raoul arriva avec son équipe de démolition à la fin du mois de février. Les journées étaient grises et froides.

Audrun fit du café pour les hommes. Elle redonna ses instructions à Raoul : faire place nette, tout raser, tout emporter, jusqu'à la dernière pierre, la dernière tuile, la dernière solive, même les vieux morceaux de tuyauterie et les débris de plâtre.

— Ce que je veux voir, une fois que ce sera terminé, dit-elle, c'est un terrain plat. Plus rien ne doit dépasser du sol.

Raoul dit à ses hommes de monter jusqu'au mas, mais lui resta en arrière, assis dans la cuisine, les mains autour de son bol de café, ses yeux marron fixés non pas sur Audrun, mais sur le fond du bol.

— Audrun, je voulais te dire quelque chose. J'aurais dû le faire la dernière fois que je suis venu. Je suis désolé pour ce qui est arrivé. On l'est tous, tu sais. Tout le monde à La Callune. On voudrait t'aider ; alors, si on peut faire quelque chose pour toi...

Audrun le regarda, cet homme qui portait encore beau, et qu'elle aurait pu si facilement aimer si seulement sa vie avait pris un tour différent, et éprouva à son égard une tendresse que le temps ne réussirait jamais à effacer.

— Merci, Raoul, dit-elle. Moi aussi, je suis désolée pour Jeanne. Je regrette vraiment que ce soit elle qui ait découvert le corps... Je suis sûre que personne n'aurait jamais pu imaginer une chose pareille. Et pour la petite Parisienne... le jour de leur pique-nique...

Il secoua la tête, comme pour dire que ce n'était pas là ce dont il voulait parler. Il faisait tourner le bol en rond sur la toile cirée et s'obstinait à ne pas regarder Audrun en face, même si celle-ci se doutait qu'il avait autre chose à lui dire.

— Je sais… commença-t-il. Je sais… que quand on était jeunes, ta vie a été difficile à cause de… certaines choses qui…

Audrun se leva brusquement et repoussa sa chaise avec une telle violence que celle-ci alla se fracasser par terre.

— Une vie est une vie, dit-elle d'un ton sentencieux. Je ne m'attarde jamais sur le passé. Jamais ! Ce qui explique que tout ira beaucoup mieux pour moi quand le mas Lunel aura disparu. À propos, tu as vu l'heure, Raoul ? Tu ferais mieux de t'y mettre, tu ne crois pas ? D'autant qu'ils ont prévu de la pluie pour cette après-midi.

Raoul se leva. Sortit ses gants de sa salopette et les enfila lentement. Puis il hocha la tête et sortit.

La construction du mas avait pris des années, quelques jours suffirent à sa démolition.

Respectant les instructions d'Audrun, Raoul et ses hommes firent table rase de la maison. Quand ils en eurent fini, il n'y avait plus à l'ancien emplacement qu'une légère déclivité rectangulaire dans le sol.

Audrun fit et refit le tour de ce périmètre, de cette blessure de calcaire et d'argile recousue de façon fantaisiste par les passages en fermeture Éclair du bulldozer. Le rectangle peu profond semblait avoir une superficie bien moindre que celle de la bâtisse elle-même, et donna à Audrun l'impression d'une inutilité embarrassante, comme si, finalement, la belle colline au-dessus de La Callune avait été creusée, nivelée et terrassée de façon tout à fait gratuite. Cette idée déchira Audrun, car elle mettait à mal le souvenir sacré qu'elle conservait de Bernadette :

Bernadette devant son évier, ou sa table à repasser, en perpétuel éveil.

Mais c'est alors que, en entendant un merle chanter dans un chêne vert, Audrun se rappela que le printemps arrivait et que les saisons opéreraient, l'une après l'autre, à leur manière, des changements salutaires. Dans les ornières laissées dans le sillage du bulldozer, comme dans la glaise et le calcaire mis à nu, de minuscules particules de matière s'agrégeraient, apportées là par la pluie et le vent : filaments de feuilles mortes, brindilles de genêt calciné. Et dans l'air, presque invisibles à l'approche du printemps, flotteraient des grains de poussière et de sable qui tomberaient lentement pour se déposer au milieu des détritus, préparant un lit pour les spores de lichen et de mousse. En une seule saison, la blessure commencerait à cicatriser.

Là-dessus, elle ne se trompait pas.

Plus tard, au cours des tempêtes d'automne, quand les pluies s'abattraient au pied du mont Aigoual, des baies et des graines tomberaient sur le lichen, où elles prendraient racine. Buis et fougères se mettraient à pousser, et, avec le temps, un temps qui n'était pas si long... les poiriers sauvages, l'aubépine, les pins et les hêtres déploieraient leurs branches...

Là-dessus, elle ne pouvait pas se tromper.

Elle connaissait sa terre bien-aimée. Ce qui allait pousser tout autour d'elle, au fil des saisons, c'était une forêt vierge.

Le printemps arriva lentement, comme à contrecœur, accompagné de froides giboulées, de gelées matinales et de nuits pendant lesquelles le vent semblait vouloir emporter le toit de la maisonnette.

Puis tout se calma. Le soleil se fit soudain tiède. Dans le bois d'Audrun, les aconits et les dents-de-chien pointaient leur tête dans l'herbe nouvelle. On entendait les premiers coucous.

Elle descendit à Ruasse en voiture, se gara sur la place et traversa la vieille ville pour monter jusqu'à la prison. Elle n'aurait jamais cru faire un jour pareille visite. Mais un brusque accès de... comment dire ?... de bonté d'âme ? En tout cas, un apaisement soudain lui était venu qui l'avait poussée à se mettre sur son trente et un, à descendre à Ruasse, puis à remonter la rue pavée qui menait en pente raide à la prison et à demander à voir son frère, Aramon Lunel. Elle se retrouva à la grille sans avoir compris ce qui lui arrivait. Pas plus tôt son nom annoncé, des nuages s'amassèrent sur la ville et une pluie fine se mit à tomber.

Elle pénétra dans le bâtiment, et les murs de pierre de l'ancienne caserne de la Légion se refermèrent sur elle. Les gardiens la regardèrent non sans curiosité. Elle était la première et l'unique personne, en dehors de son avocat, à rendre visite à Lunel. On lui dit d'attendre. Elle avait apporté avec elle un paquet informe enveloppé dans du papier journal, mais on le lui enleva.

Assise sur un banc très inconfortable, elle écouta les bruits de la prison. Au bout d'un moment, le paquet enveloppé de son journal lui fut rendu, et on l'introduisit dans la longue salle vide réservée aux visites, où étaient disposées des tables et des chaises, comme pour un examen dans une école. Il n'y avait personne dans le parloir en dehors d'Audrun et d'un vieux gardien aux traits mélancoliques.

— Vous connaissez mon frère ? demanda Audrun.

L'autre hocha la tête.

— Est-ce que… comment est-ce qu'il supporte… ? demanda-t-elle.

— Il ne se remettra jamais, dit le gardien en haussant les épaules. On lui a soigné ses ulcères, mais ils saignent toujours…

— Et… dans sa tête… comment il est dans sa tête ?

Au moment où Audrun posait la question, une clé tourna dans la serrure, la porte s'ouvrit, et Aramon pénétra dans le parloir. Il portait son uniforme de prisonnier : pantalon gris, chemise bleue, pull-over gris. Et dans ces vêtements, songea Audrun, il avait l'air mieux habillé qu'il ne l'avait été depuis bien des années. Rasé de frais, les cheveux coupés court et lavés : la prison l'avait comme décrotté et étrillé.

Un deuxième gardien le conduisit jusqu'à la table où Audrun était assise, avant de s'éloigner. Lui et son compagnon plus âgé allèrent se poster près de la porte.

Aramon était maintenant debout devant elle, les bras le long du corps, et la regardait. Elle entendait dans son dos la pluie fouetter les étroites fenêtres. Aramon s'assit. Posa les mains à plat sur le bois éraflé de la table qui les séparait.

— Normalement, dit-il, j'ai pas de visiteurs.

— Ah, bon ? fit Audrun. De toute façon, la solitude, tu connais, pas vrai ?

Ses yeux n'étaient plus rouges, et une forte odeur de savon avait supplanté celle de l'alcool. Il avait l'air excité et fébrile, comme s'il était sous le coup d'une nouvelle enthousiasmante.

— T'as pas à me plaindre, tu sais, lui dit-il.

— Oh, mais je ne te plains pas.

— J'ai une pièce rien que pour moi. Toute blanche. Enfin, c'est une cellule, pas une chambre, mais, pour moi, c'est ma petite chambre. Et puis j'ai mes toilettes et mon lavabo.

— Bien. C'est très bien.

— Et une photo des chutes du Niagara sur le mur.

— Ah, oui ?

— J'aime bien les chutes et les cascades. Y en avait dans le temps dans le Gardon, tout en haut, près du mont Aigoual, l'hiver après la neige. Tu te souviens ?

— Oui, oui.

— Y veulent pas me laisser l'encadrer, ma photo du Niagara. Quelle bande de crétins ! Y veulent pas que j'aie du verre, au cas où je voudrais me taillader les poignets, pardi ! Mais j'ai pas envie, moi. Je suis bien comme ça.

— J'en suis heureuse pour toi.

— T'as pas à me plaindre, je te le dis. Je suis fier de ma cellule. Je la tiens bien propre. Pas comme au mas, avant, hein ? Je retrouvais plus rien, là-bas. Même pour travailler la terre, j'arrivais plus à faire face. Je suis bien mieux ici.

— C'est vrai ?

— Si je te le dis ! C'est comme toi, Audrun, t'es bien mieux dans ta bicoque. Je te l'avais dit, quand le père est mort : un coin à toi, quelque chose de pas trop grand, que tu peux entretenir sans te casser la tête…

Elle l'interrompit en se penchant pour prendre le gros paquet qu'elle avait apporté. Et le posa devant lui sur la table.

— Je t'ai apporté ça, intervint-elle.

— Qu'est-ce que c'est ? J'ai pas le droit d'avoir des trucs à moi.

— Regarde, ce n'est pas un « truc ».

Ses mains de paysan, lentes et hésitantes, s'attaquèrent au papier journal qui enveloppait le paquet et finirent par mettre au jour une branche de cerisier en fleur.

396

Audrun l'observa attentivement. Aramon leva les mains, comme s'il avait peur de toucher la branche, mais ses yeux, qui brillaient d'un éclat si étrange, s'étaient écarquillés, émerveillés. Il semblait s'imprégner de tout son être de la beauté des fleurs et de leur parfum Puis, il prit la branche entre ses mains, y enfouit le visage et se mit à pleurer.

Immobile sur sa chaise, Audrun jeta un coup d'œil en direction des gardiens et enregistra leur expression alarmée, mais ce n'étaient pas les larmes d'Aramon qui les mettaient en émoi ; ils ne semblaient même pas les avoir remarquées. Ce qui les préoccupait, c'était la pluie, qui, à présent, martelait violemment les vitres. L'un d'eux dit qu'il faisait déjà sombre dans la pièce, alors qu'on n'était qu'au milieu de l'après-midi.

Elle restait là sans bouger, laissant Aramon pleurer comme un enfant, laissant les ténèbres de l'orage s'épaissir autour d'eux. Elle voyait la maigre poitrine d'Aramon se soulever et redescendre au rythme des sanglots qui l'étouffaient. Puis il leva les yeux sur elle.

— Pourquoi t'as apporté ça, dis ? Pourquoi ? demanda-t-il.

— Ma foi, je suppose que quand j'ai vu le cerisier, j'ai pensé… j'ai pensé à toi et à moi, tels que nous étions. À l'époque où nous étions gentils l'un avec l'autre.

Il reposa la branche et enfouit sa tête dans ses mains. Il se mit à pleurer de plus en plus fort, et les deux gardiens s'approchèrent, l'air inquiet ; puis le plus âgé posa une main sur l'épaule d'Aramon.

— Allez, Lunel, dit-il. Te rends pas malade. On va te ramener à ta cellule, maintenant.

— Madame, dit l'autre surveillant, je regrette, mais la visite est terminée.

Audrun se leva docilement, mais Aramon tendit soudain le bras et s'empara de sa main.

— Ah, je regrette ! bégaya-t-il. J'ai toujours voulu te le dire. Je regrette tellement ! Tu étais ma princesse… voilà. Tu étais ma princesse, et j'ai jamais pu en retrouver une autre. Tu as été la princesse de ma vie !

Un grand silence tomba sur le parloir, troublé seulement par le ruissellement de la pluie sur les vitres. Audrun ne dit rien, mais posa avec douceur sa main sur celle d'Aramon et l'emprisonna un moment dans une tendre étreinte, avant qu'elle lui soit arrachée par les surveillants, qui emmenaient son frère.

La porte s'ouvrit et se referma ; Audrun entendit la clé tourner dans la serrure et sut qu'elle était seule. Sur la branche abandonnée, les fleurs rayonnaient d'un blanc éblouissant dans l'obscurité qui noyait tout alentour.

REMERCIEMENTS

Extrait de *Quelques Jours avant la nuit*
reproduit avec la permission de The Agency (Londres) Ltd
© 1954 Julian Slade.

Extrait de *Staying on* de Paul Scott © 1977 Paul Scott,
Publié par William Heinemann.
Reproduit avec la permission de David Higham Associates
et de Paul Scott.

Pour l'éditeur, le principe est d'utiliser des papiers composés de fibres naturelles, renouvelables, recyclables et fabriquées à partir de bois issus de forêts qui adoptent un système d'aménagement durable.

En outre, l'éditeur attend de ses fournisseurs de papier qu'ils s'inscrivent dans une démarche de certification environnementale reconnue.

Ce volume a été composé par Facompo
Impression réalisée par
CPI BRODARD ET TAUPIN
La Flèche
en mai 2010
pour le compte des éditions J.-C. Lattès
17, rue Jacob
75006 Paris

N° d'édition : 01 – N° d'impression : 57706
Dépôt légal : juin 2010
Imprimé en France